法兰西情人

《法兰西情人》

作者：B 杜

中文电子书于 2017 年由电书朝代制作发行，推广销售

电书朝代 (eBook Dynasty) 为澳大利亚 Solid Software Pty Ltd 经营拥有

网站：http://www.ebookdynasty.net/

电邮：contact@ebookdynasty.net

简体中文纸本书于 2017 年由 IngramSpark 按需印刷

Ingram Content Group 推广销售

版权所有，翻印必究

作者简介

深居上海的 B 杜曾是灌溉民族幼苗的园丁，后在 X 国大使馆工作，现专心写作。

在异国的背景下加入缠绵悱恻的爱情故事是 B 杜小说的一大特点，她的文笔清新、笔触诙谐、画面感很强，读完小说有种看完一部爱情偶像剧的感觉，特别适合怀春少女及对爱情有憧憬的女性阅读。

《法兰西情人》是 B 杜一系列异国恋情 N 部曲之一，另著有《新西兰之恋》、《英伦玫瑰》、《东瀛之爱》、《爱在暹罗》、《情定布拉格》等作品，欢迎关注。

《法兰西情人》

第一章：爱在巴黎

如果你够幸运，在年轻的时候来过巴黎，那么巴黎将会永远跟着你，因为巴黎是一席流动的宴席。

——海明威

我沿着塞纳河奔跑，今天又下起绵绵细雨，河的风景也变得阴郁。放眼望去，河面停了许多游艇，换作平日，我会停下脚步，瞻仰那些有钱人家，幻想自己也是其中一员，可惜今日不一样，我得给罗宋汤送炭笔。

罗宋汤不是"那个"罗宋汤，他姓罗，名宋，二字名，但谁让乌克兰的"罗宋汤"名闻遐迩，罗宋有幸和它攀了点儿关系，便顺理成章地从二字名变成三字名。

"嘟……嘟嘟……"手机响了，我按下接听键。

"依依，你在哪儿？"

听到罗宋的声音，我赶紧加速："快……快到了，看……看到尖塔了。"

我从 6 区的拉丁区，也就是有名的左岸跑向 12 区的圣母院，为的是给什么都带齐惟独缺画笔的罗宋送炭笔。

好不容易我终于跳上锁桥往胜利奔去，不禁有种跑完马拉松的欣喜，相较于我的"大功告成"，罗宋却是一副"错过高考"的衰样。

"谁让你跑来？"他叉着腰质问我。

"你啊！你……你不是要炭笔？"我边把笔递给他边弯腰喘气。

"我是说，你为什么不坐车？"

问得好，我认不得路、不懂法文、也不知车往哪里开，怎么坐车？

"来法国都一个多月了，难道还……"罗宋犯嘀咕。

"你就非得说些打击我的话不可吗？我还不是为了给你送笔。"我很委屈。

罗宋显得无奈，他说是我把笔拿走的。

"只是借用一下嘛！又不是故意的。"我作势要哭。

"好了，好了，不哭，"罗宋大手将我一揽，拥入怀里："我是心疼你跑那么远的路。"

躺在罗宋怀里，我又闻到他身上的烟味，画画时他总爱抽上几口，说是激发灵感。

"你又抽烟了。"我推他一把，顺便抱怨。

"今天的第一根，因为等你，错过了中国旅行团，一大票人哪！有老有小，好可惜！"

听罗宋这么一说，我很懊恼，如果不是昨晚发神经想画几笔"神来之笔"，并且忘了"物归原主"，现在的罗宋早已赚到两只烤鸡或一大盘焗蜗牛了。

"没事，我有预感，待会儿会有台港澳的旅行团过来。天黑前，我还有机会赚到今晚的晚餐。"罗宋安慰我。

噢！忘了自我介绍，我叫马依依，Z 大中文系毕业生，职业——汉语教师。罗宋是我男友，他正在巴黎美术学院学习油画，周末、假日或闲暇时会到圣母院前的广场摆摊，他帮游客画像，素色的 €20 / 张，彩色的 €30 / 张。

找他画的人不多，因为竞争很厉害，但他的"好孩子"形象吸引了中国大妈，无形中为他拉来客源，这也是他偏好中国旅行团的原因。

我在罗宋面前坐下，他开始帮我画今生的第一百零一张素描。

没有人比他更了解我的五官，在游人聚集前，他已经在做最后的修饰。

"好像啊！"

"简直就是一个模子刻出来的。"

"连笑容都画得那么逼真！"

……

围观的群众叽叽喳喳地发表意见，并且一边倒地赞赏。

"马上就好，谁是下一位？"罗宋喊着。

趁着罗宋在赚我们的晚餐钱，我信步走向圣母院。这个在法国文豪雨果笔下的"石头的交响乐"，经过几代工匠、雕刻师傅的前仆后继，以接近完美无瑕的哥特式建筑迎接我。

教堂的上方是双塔造型，正门的四周布满雕像，一层接着一层。拱门上方为众王廊，陈列旧约时期的 28 位君王像，两侧为石质中梃窗子，中间是彩色玻璃窗，有方形也有圆形，其中一个最大的圆形俗称"玫瑰玻璃窗"，其富丽堂皇的设计最令人赞叹。

瞻仰过这个耗时 180 年才建造完成的旷世杰作，我走上爱之锁桥，就在圣母院旁。

刚才急匆匆给罗宋送笔，没来得及看我和罗宋的"连心锁"，所以赶紧上前察看是否安在？

刚来法国时，罗宋曾告诉我，欧洲有个传说，只要在桥上挂上锁，然后将锁的钥匙丢进河里，情侣间的爱情就可以天长地久。于是我俩很诚心地在中国城的五金行选了个结实的好锁，誓必生生世世都要锁住彼此。

"哈！在这里。"我几乎毫不费力就找到，这都得感谢我们选了一把琵琶造型的铜锁，上面还被罗宋用小刀刻上一行小字：罗马不是一天造成的（取他的罗姓和我的马姓）。

我们的确不是一天造成的，我们已经相爱五年了。

我和罗宋都是 Z 大的，毕业后我修读汉办的汉语教师班，顺利拿到教师证，也有了两年教外国人汉语的经验；罗宋则是在大四时决定赴法留学，临时恶补了几个月法语，加上他过硬的 20 份作品集，毫无意外地击败众多申请者，进入巴黎美术学院。

我们都来自中等家庭，他又想当孝子，所以俩人的生活一直过得紧巴巴，这次来法国的路费，还是我缩衣节食省下来的。

"依依～依依～"罗宋背着画具在桥的那端呼唤我。

"画完了？"我问。

他向我跑来，很兴奋地说："嗯！画了一老一小，一白二黑，外加一条狗，你老公今天赚到两人份的海鲜大餐了！"

我们没有吃海鲜。

跨过爱之锁桥，我和罗宋来到了摩洛哥小哥的烤肉摊，叫了两份卷饼，是用北非大饼卷上薯条、烤肉、生菜加上浓稠的烤肉汁而成，香味四溢，好吃的不得了。

"说了好几次请你吃海鲜都没去成。"罗宋很抱歉。

"我喜欢吃这个，况且我对海鲜过敏。"我安慰他。

我当然对海鲜不过敏，罗宋也知道。他握了握我的手，我感受到他的爱意，像太阳一样温暖。

吃完烤肉大饼，他执意给我买一个冰淇淋，我选了桑椹口味的。

"你怎么只买一个？"我拿着卷成一朵花的冰淇淋问。

"我对冰淇淋过敏。"他答。

这次是我握紧他的手，把冰淇淋往他的嘴巴送，他舔了一口说："好甜。"

我们相视而笑。

第二章：吃人不吐骨头

我跟汉语学校请了三个月的假准备去巴黎，教务主任臭着一张脸："估计你回来后，学生都改朝换代了。"

我没理会她，转身着手打包。

一来罗宋为我申请的是访友签证，与一般 30 天的旅游签证不同，前者可待三个月；二来我对这份工作有了倦怠感，一个课时 60 元，外加好多的行政工作，主管又经常摆脸色，我都快抑郁了；三来我对巴黎花都有不可救药的遐想，好不容易攒下路费，总得玩到尽兴为止。

只是，我还是太高估我和罗宋的钱包，到了法国，没多久就火烧屁股，逼得我重操旧业，当起法国人的汉语老师。

补习班丢给我的是个二十岁左右，想到中国留学的大学生。说好的在补习班上课，临时他致电给我说想喝咖啡，边喝边上课，约在左岸。

想到左岸是艺术家的精神乐园，是伏尔泰、西蒙、海明威、毕卡索等名人曾经伫足的殿堂，我二话不说，马上接下这个任务，风尘仆仆地赶到圣米歇尔大街，又在众多的咖啡厅中找到蒙帕纳斯大道 71 号的"丁香小花"，那个据说是海明威未成名前经常流连的咖啡馆。

天知道我临时恶补的法文及一口烂法语是怎么找到的？！

没想到那个没教养的学生非但没体贴我的不易，反而批评我一句："你用的是中国时间吗？"

我不想第一天见面就摆脸孔，遂压住怒火，马上坐下来上课。

Didier 学过两年汉语，大概就是 HSK 四级的水平。很好，不用从拼音开始教起，但他的问题实在太多了，有时我都不知如何作答。

"'了'是什么意思？"他问。

"动作完成的意思。"

"'吃过'的'过'是什么意思？"他又问。

"也是完成的意思，代表吃这个动作完成了或经历了。"

"那'吃过了'是什么意思？"他接着问。

"就是……就是'吃过了'的意思啊！已经做完吃的动作了。"我觉得莫名其妙。

"'过'和'了'都是动作完成，为什么要用两次？"他不依不饶。

"语气加强，你也可以说'吃过'或'吃了'。"

"意思完全一样吗？"

"也……也不是完全一样。"我有些招架不住。

"哪里不一样？"他打破砂锅问到底。

"哪里不一样？那个……嗯……"

可以想见我这个老师当得有多尴尬，全程都是类似的对话，叫我冷汗直流。

"别难过，你比我上一个老师好多了，至少你还试图解释，那个王老师只会一句~背起来，意思是她也不懂。"

我干笑两声，搞不清楚他是褒还是贬？

此时罗宋给我来电话，让我替他送笔，恰好下课时间也到了，我说了句："à la prochaine."

Didier递给我€40，我正想答一句"merci"，他以迅雷不及掩耳的速度抽走了€15。

"这是espresso的咖啡钱。"他理直气壮。

啥？是他说想喝咖啡，我竟然要替自己的咖啡买单？！

可以想见，当我选择"跑步送快递"时，是有那么点儿气愤在，气学生小气，也气自己愚蠢，€15可以买好多支炭笔了！

巴黎分为五环，两环之内称为小巴黎，在小巴黎坐地铁Metro，不论多远，统一票价；两环之外称为大巴黎，得坐地铁RER，票价根据远近有所不同。也就是说住的离市中心远，虽然省了房租，但贵了交通。

罗宋考虑再三，还是决定在美术学院所在的5区租房，离学校近不说，离"兼职"的圣母院也不远，即使13区的中国城，步行半小时也能到，对于经常开伙的他非常方便，但是有利必有弊……

"我有两位室友，一位来自中国哈尔滨，另一位是地道的欧罗巴人。"罗宋到机场接我时，兴致勃勃地对我说。

转了好多趟地铁，又坐了一次公交，罗宋把我带到一条石板路的巷子里。

"依依，这就是我们的家。"罗宋指着一栋三层楼的灰色公寓说。

他有三把钥匙，第一把钥匙打开大门，里面类似中国的天井，左手边有一整排的邮箱，可想而知，第一个门的钥匙，邮差先生也会有；第二个门是内门，只有住户才能进；第三个门才是自家大门。

"请进。"罗宋打开第三个门。

这是约 50 平方米大小的典型法式公寓，有小巧的阳台和落地长窗，浴室很大，有个超大浴缸，房间很小，摆了床和衣柜，基本只容转身。

"面北的那间是小尤的，朝东的是欧罗巴的。"罗宋宣布。

"这里只有两间房，你的呢？你的是哪间？"我迷糊了。

罗宋张开双手："喏！就是这里，凌晨 12 点过后，整个客厅都是我的。"

听他这么一说，我怔住了。

"我负责打扫卫生，每周的租金只要 €100。"

罗宋大概等着我表扬，孰料我却捂住嘴哭了起来："原来，原来你过得这么苦。"

"宝贝儿，不哭，"他见状将我拥入怀里："乖，我一点也不苦，哪天我出名了，让小尤、欧罗巴人睡客厅，你和我各睡一间房。"

说得我破涕为笑："谁理你！"

既然罗宋连个像样的房间也没有，那就别幻想我们的重逢会有多浪漫。通常的情况是耳鬓厮磨过后，他喃喃地对我说："路口有家宾馆，以小时计。"

我不想在美丽的花都草草做了那事，所以来到法国一个多月，我们还像室友般纯洁，难怪最近罗宋"兼职"得很勤快，他说要租个开间，和我大开裸体派对。

补习班的陈校长要我过去详谈，大概是谈我的去留。

我在法国的第一次试教以"惨烈"收场，所以对接下来的谈话信心全无。

"Didier 对你的评价不高，他说你没有守时观念，答疑也多所犹豫，中文底子不够。"陈校长一字不落地转述。

听到"中文底子不够"这六个字，让我怒火中烧，我承认也许我的表达能力有待加强，但我不承认我的中文底子不够，好歹我也是 Z 大中文系毕业生。

"我说了你别生气，现在的大学生一抓一大把，混文凭的多得是。"陈校长向我挥刀。

如果有人对你说"我说了你别生气……"意思是你听了绝对会非常、非常生气，好比现在，我生气到想把陈校长碎尸万段。

"既然这样，那没什么好说的，我不过是想要有海外教学经验，教一次和教一百次，对我来说都一样，好歹我也算有过一次经验，不算太糟，就这样了，au revoir。"我站起身。

"坐下，坐下，年轻人这么急躁怎么行？"那个年过半百的胖女人开口挽留，让我又看到一线曙光。

我重新坐了下来。

"华夫人……"陈校长特意看了我一眼，确认我不知此为何人后，继续开讲："华夫人替她的公子找中文家教，一个月 €3000，怎么样，感兴趣吗？"

一个月 €3000，这……实在太好了，我和罗宋马上就可以开裸体派对了。

"包食宿。"陈校长补充。

"包食即可，我自己找住的地方。"

我很客气，但不知为什么，陈校长竟笑岔了气："呵呵……呵呵……你自己找住的地方？你知道卢瓦尔河谷有的只是古堡，要嘛你富可敌国买一座，要嘛你挥金如土租一间，两者都不是 €3000 能打发的。"

陈校长所言，信息量很大，一、华夫人住在城堡里，这代表她很有钱。二、她花重金替儿子找家教，可见这个宝贝儿一定是块朽木。三、我若入住学生家里，而这个家又在遥远的地方，注定我和罗宋又要"人生不相见，动如参与商"。

"不了，我还是想待在巴黎。"我拒绝。

陈校长一听，很失望的样子，她喃喃自语："华夫人已经来了好几回了，再没有老师，她会对我的办事能力存疑……"

我心想，她对你存疑，干我何事？

谁知陈校长话锋一转，说这样吧！她这边帮我办工作签证一年，我去教半年就好。半年一到，如果我不愿教下去，她不勉强，我仍然保有剩下的半年签证，她也会如此跟政府机关报备。

这么说，我只要忍耐半年，就能赚到€18000，相当于人民币十三万元，顺便还多出半年的签证。

"条件是不错，但为什么别的老师不愿意去呢？"我问。

"不是不愿意去，而是他们携家带眷的，哪能说走就走？也只有你未婚，我才推荐你，不然本校中文底子棒的老师多得是。"陈校长说。

最讨厌这种人了，给你苹果吃，还得先在上面吐口水。

我也来气，说先把一年的工作签证办出来再说。还有，半年的工资在开课前一次性付给我。

陈校长恶狠狠地看着我，说："你知道什么叫吃人不吐骨头？"

"彼此彼此，我是向你学习的。"我一吐为快。

第三章：不明白的事

我跟罗宋说，有个住城堡的女王在给王子找老师。

"是找老师还是找奶妈？别是当丫鬟去了。"他说。

能赚 €3000／月的丫鬟也不多，我打算忍耐半年，然后租个开间给罗宋，我讨厌自己的男人过得像个小媳妇似的。

我跟小尤说，罗宋不续租了，下礼拜就搬。

"这小子闷声大发财，也不早说，临时让我们上哪儿找租客？！"小尤抱怨。

我说罗宋也不知道他要搬，是我自作主张，再说了，把客厅租给租客本来就是违法的。

看小尤脸上怏怏的，我又加了几句："当然，有需求就有供给，罗宋也有错，咱们各退一步，好聚好散。"

我说得合情合理，小尤紧绷的脸终于松懈下来。

"也罢，让情侣睡客厅的确太不人道了，想搬就搬吧！不过……那件事我还是希望你考虑一下。"他说。

小尤是个自由摄影师，他的作品经常发表在国际杂志上，如：The Face、Vision……等，国内的《今日人像》和《中国摄影家》也看得到他的足迹，是摄影界新兴的一颗明星。

"你应该找洋人拍，尤其是法国人，他们不会介意在镜头前袒胸露背。"我建议。

小尤说他就是想找个保守的东方人拍尺度大的写真，绝对会把我拍得美美的。

"你不也看过我拍的东西？"他问。

我的确看过小尤的作品，很不错，有股颓废的美感。

"想想吧！当你人老珠黄或成一抔黄土时，你二十岁时的美照依然存在，人生有几个最美的时光？"小尤继续游说我。

从小我就是个乖乖女，但骨子里总想着有朝一日一定要做一件惊世骇俗的事，那么就从拍艺术照开始吧！至少还不那么猥琐。

"好，我答应你，就这个星期五吧！因为星期日下午，我得搭火车到图尔上班。"

"找到工作了？恭喜。不过我不能确定星期五行不行，得看那天的光线定夺，光线不对，再好的摄影技巧也徒呼负负。"小尤说。

我在距离旧公寓两个 block 远的地方租了个大开间，房子有个小储藏室，罗宋可以把他的画作和颜料放在里面，而不是像垃圾似地堆放在墙角及洗衣房内。

将男友的东西都搬到新家后，我才发短信给他：罗宋同学，我在 43Av.beauxarte 租了钟点房，已经开始计时了，速到！

我猜他一定是插了翅膀，否则怎么可能一刻钟不到就出现在楼下？

"依依，这不是酒店，你搞什么鬼？"罗宋打手机给我。

"等等，我马上下来。"

拿上钥匙，我心里暗笑，捉弄男友真是天底下最好玩的事。

我觉得好玩，罗宋可不这么认为，实际上他非常恼怒！

"谁说你可以去图尔上班？谁又说你可以乱搬我东西？"

我很少看到罗宋如此生气。

"人家……人家只是想给你一个惊喜嘛！"我像只撒娇的猫。

罗宋说他银行的存款不足以应付生活费和一个 30 平方米的开间。

"来，你坐下。"我把他拉到床上："闭上眼睛。"

"你又想变什么把戏？"他问。

"嘘～别说话。"我捂住他的嘴，再捂住他的眼，让他安静下来。

等到确定他没偷看，我转身翻包。

"快点儿！"他催促。

"知道了，偷看是小狗。"我再次给于警告。

拿上了东西，我蹑手蹑脚地走向罗宋，然后一鼓作气将手中物洒向他，同时大喊："Surprise."

罗宋睁开眼，看见花花绿绿的钞票从天而降，怔了几秒钟。

"你抢银行了？"他问。

我笑着弯腰拾起地上的纸钞，再给罗宋下最后一场雨。

"女王给的，"我跨坐在罗宋身上，给他一个吻："是我半年的卖身钱，被我特意从银行里取出来，就想着有朝一日能在钱堆里做爱。"

罗宋回吻我，把我的下嘴唇用力吸吮进他嘴里，这才突然想起一件事："怎么办？刚吃了大蒜。"

"没事，我刚刷了牙，用的是薄荷味的牙膏，让我帮你洗洗牙。"我边说边和罗宋滚进床单里。

巴黎北部的蒙马特原来是一片布满葡萄园和磨坊风车的乡村，1860年才划为巴黎市，可以说是巴黎最年轻的一个区。这里有风景如画的蜿蜒小径，有高大庄严的圣心教堂，有画家聚集的小丘广场，有香艳四射的红磨坊，还有写满爱情的巴黎爱墙，是一个极具特色的观光胜地，而小尤竟然要我在这里宽衣解带。

"No way."我想都不想，直接说不。

"是在天朦胧亮的时候拍，观光客没那么早起。"小尤解释，紧接着又跟我阐述他的拍摄理念～将人和上帝之间的枢纽打开。

听他这么一说，我能猜到他要我在圣心教堂对着上帝光屁股。

"太大不敬了，我不想死后下地狱。"我还是说不。

小尤说这就是症结所在，上帝造人，我们把祂的创造以美的形态献给祂，有什么大不敬？相反的，这是对他最大的礼赞！

他的这段话把我唬得一怔一怔的，我好像成了祭坛上的供品了。

"你绝对会是史上独一无二的完美祭品。"小尤笑了，露出脸颊浅浅的酒窝。

我想了一下，伸头一刀，缩头也是一刀。

"好吧！大祭司，但你一定得把我美美地献给上帝才行。"我说。

我跟罗宋撒了谎，说明天想晨跑，还特意买了跑步鞋。

"这么早就出门？天还是黑的。"罗宋半坐起，揉揉睡眼说。

"嗯！跑一跑，天就亮了。"我弯腰系鞋带。

"哎～就是爱折腾！"罗宋重新躺回床上。

我半跪在圣心教堂的台阶上，背对镜头，身上只披了件白色薄纱，长发被小尤用红色麻绳松松地打了个海军结。

他在我背后咔嚓咔嚓地猛拍。

"很好……美极了……侧身……抬头……手搁在下巴……凝望……想像穹苍……"

小尤边拍边念念有词，我却心神不宁，除了冷得打哆嗦外，右前方有个溜狗的老爷爷在对我行注目礼，如果我没瞎的话，教堂的彩色玻璃后，还有一双修士的大眼睛。

"上帝，请饶恕我吧！"我皱了皱眉，内心祈祷着。

好不容易拍完，小尤把防风衣丢给我，我马上裹在身。老爷爷看大势已去，牵着狗走了，我转身向后，玻璃后的眼睛也不见了。

"我能不能得哈姆丹国际摄影奖就靠你了，奖金有 12 万美元。"小尤说。

"这么多？！得奖了，可别忘了分我一半。"

他说顶多在致辞时感谢我一下，在摄影界里，照片属于拍照者，而非被拍者。

"不早说？！早说我就收费了。"我懊恼着。

"太晚了，"小尤又露出他的小酒窝："不论如何，照片洗出来，我会送你一张，现在让大师掌镜，起码要你三个月的工资。"

我说照片送不送没关系，因为我只是想做一件惊世骇俗的事罢了，不过请别告诉罗宋，因为他的脑子里躲着一位清朝的老先生。

"呵呵！不只他的脑子里住着一位老先生，如果我的女友当着别的男人的面轻解罗衫，我也会跟人拼命，因为……因为即使像我这种专业的摄影师，生理上也是会有反应的。"

"那可一点儿也不专业啊！"我吐槽。

小尤卸责，他说谁让我有性感的肩胛骨还有坚挺的乳房，里面充满了乳汁。

我纠正他只有分娩的女人才有乳汁。

他来劲："每个男人的脑子里还住着一个小男孩，总想吃母亲的奶。"

"Stop."我做了足球裁判喊停的手势："色聊到此为止。"

"哈！"小尤显得很开心："就喜欢东方女子的风情，欲迎还拒，你……符合我对异性的所有遐想。"

我开始把衣服一件件地套回去，没好气地说想做惊世骇俗的事就得付出代价，这包括满足一位摄影师的异想天开。

大概我的脸色很不好看，小尤忽然严肃起来，问："罗宋汤难道没有告诉你？"

"告诉我什么？"我套上羊毛衫。

小尤说他是 Gay，如果刚才的谈话有任何冒犯之处，请见谅，他不过是在赞赏一位女性的美丽胴体罢了。

"你……你是 Gay？"我太惊讶了："可……可是为什么你会有反应？"

"这也是我搞不明白的地方。"小尤苦笑，看不见他的酒窝。

第四章：华夫人

卢瓦尔河河谷的中心城市是图尔，从巴黎的奥斯特立兹火车站开出后，两个多小时便可抵达。华夫人的城堡在图尔附近的 La Rochelle，火车站没有直达的公交，但我不担心，因为华夫人会派人过来接我。

从北门走出来，我发现东西两侧也有出入口，东侧有个指示，上面写着火星文：Rue Édouard Vaillant，西侧则为有轨电车（还好我认出了 Tramway 这个法文）。

怎么办？我该在哪里等？

极目所见，都是高大的洋人，只有我这株瘦小的狗尾巴草夹杂于其中，司机应该不会认不出我来吧？！

"Bonjour." 一位儒雅的亚裔中年男士上前和我打招呼，他身着藏青色呢大衣，脖子上系了条苏格兰羊绒围巾，头上戴了一顶米色贝雷帽。

"Bonjour." 我也跟他道好，但心里犯嘀咕，可别向我问路啊！我也是初来乍到。

"你是马老师吗？" 他说着一口字正腔圆的京片子。

"噢，是……是，是，是。" 我点头如捣蒜。

他不卑不亢地说华夫人让他来接我，大家都叫他管叔。

"你好，管叔。" 我微笑："我就是马老师。"

"太好了，终于接对人了，上次阴错阳差地把一个中国游客带回古堡，让真正的老师在寒风中等了大半天。" 他兴奋非常。

这么说，我不是第一个上门的家教，心里喀噔了一下，想着这个小少爷一定不好惹。

"那么，我们走吧！车子就停在转角处。" 管叔指着前方说。

我随他坐上一辆被擦得光亮的银色老爷车，驾驶盘上有个 VETERAN 的标志。

"好特别的车啊！" 我说。

虽然座椅有点儿硬，坐起来不是很舒服，但是车子的工艺水平高，一看就知道所费不赀。

管叔解释这是 1918 年产的元老牌，是当时汽车界的翘楚，几年前华夫人以五百万法朗竞拍得到。

哇！这个华夫人真是富得流油，连个座车也要三千多万人民币，还附带一个好看的男司机。

"古堡远吗？"我问。

"不算远。"管叔拐了个弯，上了乡间小径。

果然不到二十分钟，我看到一座白墙灰瓦的古城堡，它的左右两翼跨着支河，河水反映城堡的倒影，好像童话故事似的，简直美呆了。

"好美啊！"我赞叹着。

管叔顺着我的眼光望过去："的确很美。"

"没想到华夫人这么有钱。"我心生羡慕。

"她是很有钱，但在法国，我们尽量不谈论别人的经济状况。"管叔说。

我红着脸道歉。

管叔笑笑，要我别放在心上。

眼看着老爷车开离了城堡，而且越开越远，远到城堡只剩下一个小黑点。

"那个……我们不去华夫人家吗？"我问。

管叔答当然去，再一个多小时就到了。

"噢！我还以为刚刚经过的城堡是华夫人家。"我喃喃说道。

管叔看了我两眼，很轻蔑地说："开什么玩笑？！刚刚那座是舍农索城堡，现在是梅尼尔家族的产业。"

尽管很想知道梅尼尔家族是何方神圣，但怕管叔会再次鄙视我，只能把话吞下肚，并且心生疑问，陈校长明明说华夫人住在古堡里，难道她是胡诌的？

见我闷不吭声，管叔开口了："华夫人的华堡没舍农索大，但也很豪华，你待会儿就知道，是以舍韦尼城堡为原型，模仿建造的，连家具也特地请木匠依样画葫芦。"

"模仿建造？"

"是的，卢瓦尔河谷的城堡很多都是非卖品，就算有钱也买不到，Guillaume 爵士只好从自己的领地中划出一大块来大兴土木，取名'华堡'。"

"Guillaume 爵士？"

管叔答他是华堡的主人。

"等等，我搞迷糊了，我以为华夫人才是华堡的主人。"我还是管不住自己的好奇心。

管叔沉思了一会儿，似乎琢磨着该如何回答，最后他打了个比方，如果华夫人是公司的 CEO，那么 Guillaume 爵士就是背后的金主。

刚开始，我以为 Guillaume 爵士是华夫人的老公，但听管叔这么一解释，感觉两人就是合作伙伴关系。

"那么华夫人的老公也住在华堡里？"我开始八卦起来。

"华夫人的老公也住在华堡里？"管叔以夸张语调重复我的问题。

有……有什么不对吗？

管叔失笑，喃喃自语："哈！华夫人的老公，呵呵呵，华夫人的老公……"

沿途我们又经过了几座美到令人窒息的古堡，但我不再闹笑话了。总结的结果是：只要看到旅游大巴停在那儿的，肯定不是华堡；占地太小，看起来"年久失修"的也不是。

我在找一座"作旧"了的崭新城堡，能配得上一位雍容的贵妇。

果然，前方就有一座矗立在大片绿色草坪上的宏伟建筑，墙面是玉石般洁白的大理石，屋顶是倒扣的半球形，蓝灰色。

"到了。"管叔边宣布边将老爷车弯进一条长长的私家林荫小道。

到了城堡正门，两位穿着女佣服的洋人已站在门口迎接。

"*%#？+\¥!^……"管叔说了几句优美的法语，女佣便过来将我的行李拿走。

"矮的那个叫 Manon，胖的那个叫 Clara，你跟着她们上楼，休息一下，下午四点到 Drawing Room 和华夫人喝下午茶。"

Drawing Room？画画的房间？我想问清楚，但管叔已转身和园丁打扮的人交头接耳，无奈之下，我只好随着一矮一胖跨进那个有四个人宽的厚重铁门。

当门在我身后哐的一声关上时，我竟然还能听到回音，顿时有种被监禁了的恐惧感……

第五章：小猴子 Bruno

一矮一胖带我上二楼，楼梯吱吱作响。

这是栋仿古的新楼，难不成连"作旧"也如此逼真？

来到一扇胡桃木门前，Clara 转身对我吧吧拉，吧吧拉……我一句也听不懂，只好微笑。

她转开古铜色的门把，和矮个子一起把我的行李提进去。

"@？%*！&+=_=^……"这次换成 Manon 对我吧吧拉。

"d'accord." 我说。

那两人很满意地走了。

天知道我为什么要回答 OK，一点儿都不 OK，好吗？但是坐了三、四个小时的交通，我极需休养生息。

我在带顶棚的大床上坐了下来，床罩是用手工织上去的，上面有大朵白花黄蕊的波斯菊。我用手指抚着花，仿佛能闻到花香，没错，是花香。我抬头四望，发现角落的花几上摆了一盆法国国花——鸢尾花，味道很淡，像……像香奈儿的邂逅淡香水（没错，罗宋也会搞送女友香水的小把戏，这是我惟一拥有的名牌香水）。

因为花，我立马喜欢上我的小房间。说它小，其实也不小，有 25 平方米大，但是少了厨房、卫浴和客厅，所以看着非常巨大。

除了床和楠木做的衣柜外，窗台下还摆了张书桌，桌上有个复古造型的枱灯，没事我可以写写字，风花雪月一番。

管叔说下午四点喝下午茶，但他不知道，今早我除了喝杯黑咖啡，咬块荞麦面包外，就再也没进食过，现在正饥肠辘辘。

虽然还有一刻钟才到四点，但古堡这么大，也不知道哪个才是"画画的房间"，所以我打算以"探险家"的精神，先把华堡观光一遍。

我在二楼走了一圈，看似"高大上"的房门，我都不敢进，因为印象中"画画的房间"应该有很多阳光，很清新、很古朴，然而二楼几乎都是昂贵的橡木门，上面还雕刻了繁复的花鸟鱼虫，只有我的房门是胡桃木，而且无任何装饰。

这个新发现让我很气馁，有种被踩在脚底下的挫败感。

我又踩着吱吱作响的楼梯上到了三楼，还好这一层不那么"高大上"，有很多素面的胡桃木门，顿时我又从挫败中站了起来。

"嗑～"什么东西掉在地上的声音，我寻声走向那个圆拱门。

"扣，扣，"我敲了两下，无人应门，正想转身。

"嗑～"又有个东西掉下来。

我说过，我总想做点儿惊世骇俗的事，这句话的解读是～我总是想跨越世俗的条条框框，然后在枪林弹雨中求生。

这不，我没经过同意就开门进去，成了"不速之客"。

一推开门，我不禁喜出望外，终于找到"画画的房间"了，里面不仅有大大小小的石膏头像，还有画画的布框，有的已完成，有的画到一半。

我走了进去，这里摸摸，那里瞧瞧，我认出石膏头像中的两个：《大卫》和《荷马》，及临摹的画作：梵高的《向日葵》和塞尚的《浴女们》，这都得感谢我有个学画的男友。

长条桌上有塑料仿真水果，它们被塞在一个木制的水果盆里，我顺手拿起一粒橙子，谁知竟被一只毛绒绒的灰白色小手给抢走了。

"啊～"我尖叫一声。

"Silence."一个细细小小的声音从角落传过来。

我转过头去，一个穿白袍的少年就坐在画架后面，神情很淡漠。

"Tu……You……你……"我语无伦次。

老天，我在说什么？

"你吓坏它了。"他说。

少年把小猴子抱起来放在他的大腿上，小猴子边注视我边啃起抢来的橙子。

惊吓过后，我开始懂得抱怨："你怎么闷不吭声？吓死人了。"

"是你闯进来，不是我请你进来，这有本质上的差异。" 少年很老成地回答我。

呃……好像真是这样，这么说是我的错？

"我……我敲门了，以……以为里面没人。" 我还在作困兽之斗。

少年执拗地说他没听到我的道歉。

"Well，我是不对，但是……All right，道歉也可以，Sorry。" 识时务者为俊杰，我匆忙道了歉。

"好，我接受，但你还没跟 Bruno 道歉。" 他说。

唤 Bruno 的小猴子此刻正用无辜的眼神望着我。

"但是……它也吓到我了。" 我不服气。

此时，Bruno 跳下主人的怀抱，走到我面前，把沾满口水的塑料橙递给我。

"Merci。" 我对猴子说。

"好，我想 Bruno 已经原谅你了。" 少年说完，继续手中的绘画，不再看我。

我在房间里待了会儿，觉得无趣，忽然想起我的下午茶，很明显，这个 Drawing Room 不是 "那个" Drawing Room。

"请问……Drawing Room 在哪里？华夫人约了我喝下午茶。" 我问。

少年答一楼楼梯口左手边的休息室便是，红茶的香气会告诉我在哪里。

说完，他继续手中的动作，头抬也不抬。

我下到一楼，果然闻到红茶的香气。

"马老师，你上哪儿去了？华夫人都等了十多分钟了。" 管叔一见到我，话匣子马上打开。

"我……迷路了。"

"迷路了？这……" 管叔怔了一下后，马上恢复管家的嘴脸："快到休息室吧！别让华夫人好等。"

我赶紧尾随他进入 "Drawing Room"。

华夫人在我的杯口上置了滤匙，然后用典雅的骨瓷茶壶帮我斟了七分满的红茶。

"要柠檬还是奶？"她问。

"柠檬，谢谢。"

于是华夫人递给我一个小碟，上面整齐摆放了柠檬切片，我用银制镊子夹了一小片到杯里。

"Sucre？"华夫人又递给我一个小巧的糖罐。

"不，谢谢。"

我呷了一口茶，的确甘醇，但心里多少有点儿失望，我以为会有三层瓷盘装盛的点心招待，第一层放三明治、第二层放 Scone、第三层放蛋糕及水果塔，当然，由于身处法国，我也把一直想吃而吃不起的"马卡龙"加入幻想名单内。没想到洛可可风的台架桌上，除了精致典雅的杯具外，空荡荡一片，即使女主人盛装出席，以无懈可击的妆容及曳地长裙迎接我这个"小"老师，仍难以抚慰我饥饿已久的脾胃。

华夫人大概听到我的心声，她开口了："我个人偏好英式下午茶，有黄瓜三明治和手卷点心，但管叔建议呈上法式下午茶，所以我交待厨子准备甜樱桃可丽饼及土豆吞拿鱼。"

华夫人说完，对站在旁边的 Manon 及 Clara 点了一下头，她俩立马转身离开休息室，回来时手上各捧着金边大盘。

"一甜一咸，希望你会喜欢。"华夫人说。

我以风卷残云的速度把眼前的美食一扫而光。

"看来你很喜欢法式下午茶点心。"华夫人很欣慰。

我的眼光扫向华夫人的盘子，她的饼还剩下大半个，土豆没蹿，鱼吃了几口，我因此担心她会不会以为我是饿死鬼投胎？

"我喜欢看年轻女孩吃东西，这代表健康，何况你不胖。"她说。

这下子我担心的不是自己狂吃的丑态，而是眼前这位贵妇是否有读心术了？

还好华夫人转了话题。

"听陈校长说你是补习班重金从中国挖来的语言专家。"她问。

这叫我如何回答？陈校长要嘛把我踩在脚底下，要嘛把我捧上天，两者都无法让我安全着陆。

"陈校长过奖了，我还有很多需要学习的地方。"还是决定虚怀若谷，这个比较不讨人嫌。

"雅各对学习汉语很抵触，以前的老师对他太严格，让他提不起兴趣，我希望你能多点儿耐心给他，他……他是个敏感的孩子。"

"我会的，"我信心满满地说："读大学时我接了很多小学生的家教工作，完全了解儿童的心理。"

"咳，咳，"华夫人捂住嘴："对不起，呛到了，那个……雅各已经不算儿童，他十六岁了。"

十六岁？华夫人看起来很年轻，不像有一个16岁儿子的女人啊！

我很快稳住自己："噢！抱歉，我搞错了，十六岁……那就是高一，正要准备考大学，学校汉语教科书用的是哪个版本？"

华夫人有些囧态："雅各……雅各没上学，他在家学习。"

"这样啊……"我一时语塞，脑中突然闪过一个影子，遂问那个穿白袍的少年莫非就是雅各？

华夫人笑了："对，他就是雅各，他喜欢画画。"

"他的猴子好可爱啊！"我讨好着说，试着拉近彼此的距离。

"什么？！你说什么？"华夫人脸色大变。

"那个……有一只小猴子在他的画室里……"我手指着西边的方向。

华夫人一听，惊慌失措地冲出房外，大喊着："管叔，管叔……"
我不明所以，像个木头人似的怔在那里。

第六章：讨救兵

管叔告诉我，雅各是血友病患者，是一种遗传性凝血功能障碍的疾病。换言之，一点点的小伤口，很可能让他血流不止，急救若不及时，甚至会丧命。

"雅各上过学，但经常被淘气的同学欺负，自从头上破了个洞，险些一命呜呼，华夫人便不再让他上学，而是请家教到家里来教。"管叔解释。

原来如此，难怪小猴子对雅各而言非常危险，一来野生动物可能携带病菌，二来它的尖锐爪子可能抓伤雅各。

"那么你们要如何处置 Bruno？"我问。

管叔说 Bruno 会被园丁带到东边的丛林里放生。

我想此刻的雅各一定很伤心，以前我也曾养过一只比熊犬，后来走丢了，废寝忘食找了一个多月后才放弃，从此便不再养宠物，因为那种失去"亲人"的疼痛太刻骨铭心了。

"他在哪里？"我指的是雅各。

管叔说他在床上，谁也不理。

雅各的房门上有一只秃鹰，我击打了那只秃鹰两下："扣、扣。"
果然无人应门，我转开门把。

"出去！"雅各背对着我下逐客令。

"我听说了，Bruno 回到它丛林的家。"我走进房内。

"Bruno 的家在这里，它是我的朋友，我惟一的朋友。"雅各气呼呼地说。

我在床旁的法式扶手椅上坐了下来，天鹅绒的座垫非常舒服。

"我完全能理解你的愤怒和伤心，也许愤怒还是针对我，但我只能说抱歉，如果早一点儿知道你的病情，我会管好自己的嘴，我知道失去朋友的痛苦。"

"你知道什么？你什么都不知道，上次也是汉语老师告的密，Bruno 已经被赶出去一次了，还好它认得路，自己又偷偷跑回来。这次他们一定会把它带到更远的地方，我这辈子再也见不到它了。"

我安慰他不会见不到，管叔说 Bruno 被带到东边的丛林里，有地点就好找。

"你……" 雅各翻身坐起："你是哪一边？"

我笑了，说我站在他这一边。

雅各深深地看了我一眼，问："你叫什么名字？"

"马依依。"

"马-依-依-" 雅各默念一遍："Cheval 的马吗？"

Cheval 是啥？

"马，四只脚，跑得很快，会嘶～嘿儿嘿儿的叫。" 我学马叫声。

"呵呵，你很有趣，我喜欢你。"

虽然知道法国人表达感情的方式很直接，但被一个初识的男孩当面说喜欢，我还是很受震撼。

"谢谢，既然不讨厌我，我们何时上课？" 我乘胜追击。

"等 Bruno 回来，我们就开始。" 他答。

我真是自己给自己找罪受，但雅各不是说着玩的，上课时间一到，他完全当我是空气，自顾自地在素描本上画画。

"你母亲付我很多钱，你现在在浪费她的钱。" 我说。

"我家最不缺的就是钱。" 他头抬也不抬。

"你母亲会炒我鱿鱼。" 我放低姿态，希望唤醒他的慈悲心。

"你走了，还会有下一个马老师，Je m'en fiche。"

因为雅各无所谓的态度，所以我猜最后那句法语的意思是～我不在乎。

想到这里，我怒火中烧，熊孩子就是熊孩子，一点儿教养也没有，既然这样……

"你不想上课也行，我们来玩接龙游戏，谁接不下去就算输，输的人必须无条件满足赢的人的愿望。"我说。

雅各不置可否，依旧低头画画。

我不理会他，继续："我说个语词，你以最后一个字为首，讲另一个语词，不可重复，我先来。"

"喜欢。"我说。

"……欢喜。"雅各接龙了。

"喜好。"

"好吃。"

"吃完。"

"完美。"

"美玉。"

"玉石。"

"石猴。"

"猴子。"

"子……子……子……"

糟糕，"子"什么，我接不下去了。

雅各抬起头，胜利一笑："三天后，把猴子交还给我。"

说完，他又低下头画画，我这才发现他画的是 Bruno。

我十万火急地跟罗宋讨救兵。

"怎么办？找不回猴子，我就要回家吃自己了。"我很苦恼。

罗宋在手机那头气定神闲地说："那就回来吧！你才走了两天，我就开始想你了。"

我也想念罗宋，但是那个老奸巨猾的陈校长让我签了但书，教不满半年离职，工资全数归还及立即取消工作签证，也就是说我分分钟会被"驱逐出境"。

"这么说，我马上又得回到小尤的客厅寄人篱下了？"罗宋问。

我赶紧把罗宋拖下水，说救我也算救他。

"嗯……"罗宋陷入沉思："找猴子得有车，总不能徒步走，我能想到的是小尤，他有一辆八九年的雪铁龙，但这小子很小气，不见得借得到。"

没想到隔天下午，罗宋和小尤便一起来到华堡，当我看到那辆破旧的雪铁龙，简直就像看到久违的亲人。

"怎么来的？"我问。

"我没课，刚好今天的光线不好，小尤不想拍照，所以约了一起过来。"罗宋解释。

小尤跟着下车，他摘下太阳眼镜，仰望："这就是贵妇的城堡？"

"嗯，她叫华夫人。"我心不在焉地回答。

看到罗宋和小尤，我当然高兴，但上班才两天，我就带进来两个陌生客，不知华夫人会怎么想？我有些担心。

"你们是马老师的朋友？"华夫人在客厅接见他俩。

"是的，我是依依的男朋友，这位是我以前的室友，我们来看看依依工作的地方。"罗宋解释。

"华堡不接待陌生人。"华夫人不假辞色。

"我能理解，我们只要求能将车子停在城堡内，一来是安全问题，二来是天气越来越冷，有城墙护着，多少温暖些，我和小尤可以睡在车内。"

华夫人听了，沉默了一会儿后说天气的确越来越冷，她可不希望有人冻死在车内，人言可畏啊！这样吧，马老师的朋友可以睡在屠宰室旁的佣人房里，那里空很久了，打扫一下还能住人。

我早听说华堡有自己养的牛羊，没想到还有专用的屠宰室，真是"自给自足"啊！

"没问题，有的住就行。"罗宋像个顶天立地的男子汉。

我们很快起身告别，离去前……

"如果是我邀请你们，待遇将会完全不同。"华夫人凭空补一句。

话是说给罗宋和小尤听，但是华夫人的眼光却只落在罗宋身上，让人很不舒服。

　　"罗宋，快走吧！别耽误华夫人的时间。"我催促着。

　　那两个男生向华夫人点个头后，开门走了，我随后跟上。

第七章：欢迎回家

打开松木门，我随着罗宋和小尤来到佣人房，这是我第一次踏足入内，所以有些期待，但令人失望的是，里面除了两张简易的床，别无长物，倒是天花板上有一大张蜘蛛网。

小尤伸手摸了一下凹凸不平的墙面，说："怎么到处都是灰尘？"又用长铁勺勾了一下壁炉内缘："估计这里没人住过，壁炉里连烧过柴火的痕迹也没有。"

"还好有一扇镂花窗枢，阳光能洒进来，不算太坏。"罗宋苦中作乐。

我感到抱歉，因为没料到房间如此简陋。

"没事，男子汉哪里不能睡？！"他安慰我。

"我就不能睡，"小尤提出异议："我宁愿睡雪铁龙，也比睡在这里舒服。"

我很内疚，若不是自己捅了个篓子，今晚他们俩人铁定能睡在自己的席梦思床上。

"Excusez，@$&*%#^~......"Manon 和 Clara 抱着雪白的棉被和枕头进来，并且你一言我一语地解释。

"她们说什么？"我压低声音问罗宋。

"她们说华夫人让她们过来铺床及打扫，并且给壁炉加柴火。"

原来，原来华夫人这么心善，看来我错怪她了。

"$+=%>^......"Clara 走过来对两个男生说话，说完，指了指厨房的方向。

"她又说什么？"我又问罗宋。

"她说厨房里有热汤和裸麦面包，我们若肚子饿，可以过去吃。"

"华夫人真好。"我说。

"好什么？"小尤呛声："我原以为今晚可以在城堡里大啖鱼子酱

和香煎鹅肝呢！"

待两个饥饿的人喝了热汤、吃了面包，回到看似干净、整齐的房间里，我终于觑了个空，交待明天的任务。

我描述了猴子的长相，又把雅各画的图像给他们看。

"它叫 Bruno，灰白色的毛，公猴，对了，"我从包里拿出塑料橙："这是信物，Bruno 认得出。"

"信物？"小尤笑得好大声："怎么像是去寻找我失散多年的未婚妻？"

"对，你们要像找老婆一样地找 Bruno，找不回来就单身一辈子，所以一定……一定得找到，"我做了 fighting 的手势："加油！我相信你们！"

罗宋和小尤像看到怪物似地看着我。

还是罗宋先开的口："时候不早了，我陪你走回去吧！"

他将我往外推。

我们还没走出房，就听到背后小尤的声音："依依是不是疯了？"

"你还剩下一天。"雅各提醒我。

"我知道。"我有气无力地回答。

因为雅各的不合作，上课时，我们两人大眼瞪小眼。到了下午，我实在忍不住，想着也许今天是我在华堡的最后一天，索性问他想怎么熬过这剩下的几小时？雅各说他想画我。

我当人体模特儿的经验非常丰富，这都得感谢男友请不起模特儿，我只好亲自粉墨上场的缘故。

画架后的雅各非常专注，不知他会把我画成什么模样？

"即使没把我画成白雪公主，也请别把我画成后母，尤其当她变成卖苹果的老妪时。"我说。

雅各笑着答不会，他正在画我性感的肩胛骨及坚挺的乳房……

这……这不是小尤说过的话吗？

小尤是社会人士，偶尔疯言疯语，听听也就算了，但是雅各这个小屁孩竟然也开黄腔，我正想拿出老师的威严，训他两句时，耳中传来轻快的意大利口哨歌曲《How do you do?》。

这是我和罗宋的暗号，我喜出望外地夺门而出。

"怎么找到的？"我把 Bruno 接过手，上气不接下气地问。

小尤抢着回答，说他们刚开始拿出我所谓的信物，在丛林里不停地唤着 Bruno，Bruno……妈的，连个鬼影子也没。于是小尤跟罗宋说，一个塑料橙能吸引到猴子才怪，必须改变方针，所以他们把昨晚从华堡厨房偷来的大串香蕉拿出来，两人边剥边吃，还特意沿路扔香蕉皮，等到把车停下来休息时，赫然发现这个小家伙已经立在车顶上，也不知道待多久了？

"呵呵，太好了，雅各会高兴坏了。"我笑着说。

"那就好，你不用被驱逐出境了。"罗宋摸摸我的头，爱怜地说。

"那个人是雅各吗？"

听小尤这么一问，我顺着他的眼光望过去，雅各正抚着推开的窗户往下看。

"是的。"我边说边把 Bruno 高高举起。

不知是不是我多疑，雅各的眼光竟然越过 Bruno 和我，落在立于我背后的小尤身上。

我转过头，小尤也正仰头向上望，他没有笑，我却看到他的酒窝。

第八章：看门狗

因为 Bruno 的安全归来，我在雅各心目中的满意指数蹭蹭蹭地往上冲，所以当他提议到屋外走走时，我感觉到我们的关系又近了一步。

"马老师，天气有点儿冷，散步时间请别太长。"管叔提醒我。

"知道了。"我弯腰系鞋带。

待我站定，看见管叔正侍候雅各穿衣，帮他系上红色围巾，又蹲下身把擦得倍儿亮的小牛皮牛津鞋摆在面前，只见雅各的脚一伸进去，管叔把鞋拔子一拔，大功告成。

"¥@#*%&……"管叔边说法语边用刷毛器去除雅各大衣上的毛球。

"Je sais."雅各小声地答"知道了"。

从管叔身上，我看到仆役对主人的忠诚。

"管叔待你真好！"一离开管叔的视线，我有感而发。

"唠唠叨叨个没完，真烦！"雅各说。

没想到这是雅各对管叔的评价。

当我们信步走到雅各房间的楼下时，他抬头看着窗口，用力吹了声口哨，我看见 Bruno 的小脑袋瓜伸出半开的窗，它看到主人非常高兴，以快速、敏捷的动作，从二楼窗户沿着排水管下到地面。

"bon garçon"雅各对猴子说。

不用猜也知道，必定是讲赞扬的话。

"原来我是你的借口。"我有种被利用了的屈辱感。

"别误会，我很想跟你散步、聊天，"雅各把小猴子放在肩膀上："顺便带上 Bruno。"

"好吧！估且相信你。"我很大度。

我们默默无语地走了十多分钟，说想和我聊天的雅各却一句话也没说。

"你想聊什么？"我们走到大到需要三人合抱的古树旁，我问。

此时 Bruno 跳下雅各的肩膀，咚咚咚地爬上大树，并且不知捡到什么好东西似地啃了起来。

"那天……哪个是你男友？"

我想了一下，雅各说的是 Bruno 失而复得的那一天。

"最帅的那一个。"我答。

"两个都很帅。"雅各说。

"OK，高的那一个。"

雅各停了一会儿，问："你们认识多久了？"

"五年。"

"那么该做的都做了。"雅各下了结论。

什么叫做"该做的都做了"？虽然我不是老古板，但师生间还是要讲礼数的，这个小屁孩竟然没大没小起来，看我如何教训他！

"如果你要训人，我们的谈话到此为止。我已经 16 岁了，在法国，16 岁是成人，可以开车、喝酒、抽烟，甚至结婚，"他转头直视我："你必须像对待大人一样地对待我。"

说得我哑口无言。

"Well，把你视为大人也可以，那我们谈谈现实问题，你打算读大学吗？"我不忘老师的职责。

"可读可不读，看我到时的心情。"

啥？实在任性的可以。

见我不出声，雅各做了补充："我的任务不是读大学，而是平平安安地活下来，直到完成生育下一代的任务。"

雅各把繁衍子孙说成"任务"。

"我以为那是男欢女爱必然的结果。"我说。

"能男欢女爱当然好，但不能男欢女爱也得把孩子生出来，那就不妙了。"

我不知道雅各为什么这么消极？他才 16 岁，以法国的浪漫氛围及对性的纵容，他想生一打都没问题。

"我想我是活不到有人喊我爸爸的时候。"他仰天长叹。

看雅各如此消沉，我只好把网上搜索来的资料一倾而出，告诉他只要饮食、作息正常，有一定的保护意识及急救常识，血友病患者也能像正常人一样的生话，甚至养儿育女。

"哎～"雅各听了非但没有欣喜，反而叹了一口气："你还是不了解我，算了，这个世界上还有谁能了解谁，我又何必强求？"

他对着树上的 Bruno 吹了一声口哨，小猴子咚咚咚地从树上下来，跳上雅各的肩膀。

"回去吧！"他说。

我们一路无语地回到城堡。

每个月的月底，我会有四天长假，方便我回到巴黎做想做的事。我想做的事无非是和罗宋见面，做做好吃的东西，谈谈有趣的话题，然后在阳光里疯狂做爱……

我才来华堡十多天，整天就想着月底要做的事，因为幻想给我带来希望，否则待在与世隔绝的城堡里，每天一成不变的，光无聊就能把人逼疯，直到有一天……

一辆林肯牌的加长形礼车从城墙铁门直喇喇地开进来，因为承重力不同，车轮碾过石头路发出的声音也不同，我因此判断来者是客，遂望向窗外。

"是 Guillaume 爵士。"管叔在我背后答疑，意思是金主来了。

我看见 Manon 和 Clara 神情紧张地冲向门口，不只她俩，连园丁、厨子也排排站。

"马老师，请移驾到门口迎接贵客。"管叔提醒我。

什么？连我也得加入欢迎的对伍？

我站在最边边的位置，好冷眼旁观。

管叔走过去开门，一只光亮的鳄鱼皮皮鞋先下了地，然后我看到灰蓝色的丝质裤管，接着是同布料的合身西服，再来是灰黑色条形毡帽，还有帽檐下一张俊朗的脸孔。

"Bonjour，€#^*+？#……"管叔鞠了个躬。

"Bonjour，$:@？^%*……"爵士说了几句。

"Oui."管叔点头称是。

Guillaume 爵士无视立于两旁的我们，他大踏步走上阶梯，那气势仿佛国王出巡。

我一直想抑制打喷嚏的冲动，尤其在这个关键时刻，可惜鼻子还是出卖我，不仅打了个特响的喷嚏，而且还连打三个，管都管不住。

"je sui sdésolée."我红了脸。

爵士停下脚步看着我，管叔马上上前和他耳语一番。

"God bless you."他操着流利的伦敦口音。

"……Thank you."我一时迷惑该用英语道谢还是法语道谢？

Guillaume 爵士一进屋，大家便作鸟兽散，当然，除了管叔之外。他一直随侍在旁，直到打扮得艳光四射的华夫人从楼梯上下来。

看佳人来到，爵士站了起来。

"Bonjour."华夫人快步向前，并把纤纤小手递给他。

"Bonjour."爵士亲吻华夫人的小手，又给了贴面礼："Long time no see."

"Long time no see."华夫人巧笑倩兮地把来者带进客厅。

一时我又迷惑了，这个爵士是法国的？英国的？还是美国的？

"马老师还有事？"管叔问我。

"没，没事。"我有些无措。

"没事请回。"管叔难得严厉："在华堡，我们围着 Guillaume 爵士和华夫人打转，因为他们是我们的衣食父母，但这不表示包括偷窥。"

"我没偷窥。"我扬起声。

"正大光明地看也不允许，那是不礼貌的。"他不假辞色。

我说我只是好奇。

"好奇害死猫，还是收拾起你的好奇心吧！"

说完，他走过去把客厅的门关上，并且立在门外，仿佛怕我会偷听似的，让人为之气结。

"不过是只看门狗，有什么好骄傲的？！" 我心想，扭头就走。

第九章：开瓶器

自从第一天和华夫人用过下午茶后，我便不再与她同桌而食，因为城堡里的上下阶级很明显，我被归为劳工，意思是得和 Manon、Clara......等一起在厨房内的大长桌上用餐。

我一点儿也不介意，因为他们都是和善的人，会教我简易的法语。

"你昨天中午吃什么？"我们刚上完上午的课，雅各问我。

我答蔬菜汤加咸面包。

"那前天中午吃什么？"雅各又追问。

我想了一下："焗蜗牛和青蛙腿。"

"那大前天中午吃什么？"雅各不屈不挠。

"大前天......大前天......"我努力回想："想不起来了，你为什么问这个？"

雅各答因为他不想和母亲及爵士一起用餐，他想吃我吃的。

我把雅各带进厨房，立刻引起骚动。

"&$-@*€#......"

"?&@:+=%......"

"¥{%|+。@......"

雅各大声要在场者坐下，但佣人和园丁还是离了席，只有厨子很囧迫，他不知道该留下来服务还是依据礼节闪人？

雅各对他说了几句，他冷静下来，回答："D'accord."

没多久，他捧来两盘西红柿鸡肉泥，又到酒窖拿来一瓶九五年年份的波尔多白酒。

为我们斟了酒后，厨子很识相地走人。

"原来你们在这里用餐。"雅各说。

"嗯......"我有些担心那些吃到一半的人："不知道 Clara 他们吃饱

了没？"

"没吃饱就喝下午茶嘛！"

雅各说得理直气壮，让我想起晋惠帝说过的历史名句："何不食肉糜？"

他不知道劳力者的下午茶，很可能只是一杯红茶加上消化饼干，和他想的，有高级瓷盘盛的各色糕点有所不同。

我闷着头吃饭，心里堵得慌。

"这就是你们每天吃的？"雅各用叉子挑起碎成泥的鸡肉问。

"你如果不喜欢吃，大可不吃，没人强迫你。"说完，我大口大口地吃着鸡肉糜，仿佛跟谁赌气似的。

"抱歉，我没别的意思。"

雅各收起轻佻的态度，开始认真吃他的午餐，反倒让我内疚，他不过是个胡髭都还没长齐的孩子啊！

"好吃吗？"我释放善意。

"嗯，"他举起高脚杯："Cul sec."

由于他用的是年轻人间会用的"干杯"词语，而不是硬梆梆、很正式的 A votre santé，让我觉得他不过是想轻松地吃个饭而已。

"Cul sec."我举起杯子，给他一个微笑。

"马老师，听说中午你带雅各进厨房用餐。"管叔一副山雨欲来之势。

"是的，我应他的要求。"

"你应他的要求？"管叔扬起声："你知不知道 Guillaume 爵士和华夫人等了多长时间？"

"不知道，没人告诉我。"我和他杠上。

管叔摇摇头，说看来他得跟我上上课。

"不必，"我立刻反击："你做好你管家的工作，我做好我家教的工作，咱们互不相干。"

管叔听了很生气，说我造反了。

我却火上加油："如果雅各不想赴约，一定有理由，他这个年纪需要吃饭，不吃饭或吃不下饭对他的病情一点儿帮助也没有。"

管叔气得太阳穴上的青筋都浮上来了，他警告我，水可载舟亦可覆舟，他跟陈校长很熟……

"呵呵，我跟陈校长不熟，你想告状？Go ahead，大不了我买张机票飞回中国！"

我察觉管叔正极力压抑着怒火，这可以从他紧握的拳头看出。

时间一分一秒地流逝，一、二、三……七、八、九……

"Well，"他放开拳头，似乎已经把怒气压下去："一码归一码，我可不做背后捅刀的小人行径。反正我已经交待下去，雅各不能再踏入厨房，他只有两个选择：吃或不吃，选择吃就只能在正式餐桌上吃。好，我走了，跟你谈话很有趣，Au revoir。"

看着远去的管叔，我不得不佩服他的绅士风度，绅士生起气来，果然文明多了。

我和雅各住在城堡西翼，西翼有画室、兵器室、图书馆和乐器室，但依我看，他应该和华夫人一样住在东翼，因为听说那里的房间更大、更豪华，每间都有起居室及独立卫浴，还有警报装置，一按下警报器，华堡的警卫室及图尔警察局都能收到讯号，其舒适性和安全性不是西翼所能及。

"我才不住那边，会坏了我母亲的好事。"雅各说。

我不完全明白他说的意思，但多少能猜出。

华夫人是宴会女王，她总爱在东翼大厅开派对，觥筹交错、冠盖云集的场合，对一个内向且敏感的少年来说过于沉重，雅各会选择逃避也不足为奇。

这不，今晚又是派对之夜，小提琴悠扬的声音从东而西传了过来，夹杂客人的嬉闹声，想安静地读本书都觉得心浮气燥的。

我决定到花园走走，远离人群。

说要远离人群，但走到一楼中庭，看见厨子们正合力抬着一头烤乳猪进到宴会厅，我还是嘴馋地跟了过去。

华堡宴会厅的地板是棋盘式设计，天花板彩绘了天使天神图，图的中央有座华丽的水晶灯饰垂挂下来，而最最特别的是，它模仿凡尔赛宫的镜厅，墙壁上贴满了落地长镜，猛一看，人山人海的。

站在厅口好一会儿，到处都是盛装的男女，独缺华夫人，我很快便觉得无趣而退出宴会厅。

走没几步，我瞥见 Manon 和 Clara 鬼鬼崇崇上二楼的身影。

"她们俩个去哪里？"我心想。

再往前走几步，我看见管叔站在走廊尽头，手里拿着瓶香槟，左顾右盼，很着急的样子。

他看到我，虚应一下："马老师，你也来参加派对？"

"不是，看看而已，你在找什么？"我问。

"我在找 Manon 和 Clara，她们把开瓶器拿走了。"

"我刚看到她们上二楼……"我手指着楼梯的方向。

此时厨子走过来和管叔交头接耳，管叔听完后把香槟硬塞给我，匆忙和厨子往厨房的方向走去。

我看了一眼手中的香槟，觉得上二楼拿个开瓶器也不是事儿，何况两天前才因雅各缺席午餐的约会，和管叔有了小小的不愉快，正好借此机会修补修补，于是我拿着香槟上到二楼……

第十章：对不起

我很讶异地发现，东翼的楼梯并不会吱吱作响，仿佛耕作的牛少了铜铃般，让人很不习惯。

上到二楼，我还能听到楼下宴会厅传来的吵杂声。

"还好我住在西翼，否则每天都得黑着眼圈上课。"我心想。

二楼的过道铺有深蓝底拼花地毯，踩在上面非常柔软舒适；墙壁贴了米色云母片壁纸，有几幅油画点缀其间；壁灯是下垂的百合花造型，光线淡雅柔和；空气中飘浮着栀子花的香气，浓郁而不腻……我仿佛一下子跌进时光隧道，走向中世纪宫廷。

可惜我把宫廷全走遍了，连个鬼影子也没见着。

"%#*£¥#……"是 Clara 的声音，来自三楼。

我赶紧往上走。

三楼不若二楼奢华，但很雅致，是我喜欢的清新风格，连地毯也换上浅绿色，上面有白色小花，仿佛走在原野上。

我踩着草坪走到走廊的尽头，不料却成了叉路，该往左或往右？

"%#< ? +=$……"

这次是 Manon 的声音，我往右走去，那里有一长排的房间，不知她们在哪一间？

就在一扇虚掩的房门后，我瞧见一矮一胖的身影，她们趴在地上，屁股撅起，样子很诡异。

"Excusez……"我走进去。

Manon 和 Clara 听见我的声音，吓得从地上跳起，一前一后地落荒而逃。

"Excuse……"我冲着她们的背影喊，但那两人似乎听不见，甚至小跑步起来。

"真是奇怪！"我犯嘀咕。

这是一间工具室，里面有吸尘器、拖把、抹布、厕纸、清洁剂……等等，Manon 和 Clara 趴着的位置在工作枱下方。

我犹豫了一下，还是抵挡不住好奇心的驱使，把手中的香槟随手放在枱面上，人跪下去，像 Manon 和 Clara 一样，做了同样的不雅动作。

离地面二十公分的高度，有个直径五公分的小洞，像是被人刻意挖的，我把眼睛凑上去，想看个仔细。

因为光线的关系，花了我几秒钟才适应黑暗。从洞口往下看，我看到床头柜，上面有蒂凡尼的彩色玻璃灯座，暗黄色的光线很是暧昧。

我往右移，看到大红床单，再往右，终于看到如绸缎般的青丝以及青丝下一脸怪异妆容的华夫人。

她的脸上扑了厚重的白粉，像日本艺伎似的，额心画了三片粉红花瓣，眉毛剃了，只剩中段部分，嘴巴是真正的樱桃小口，因为血红唇膏只涂了人中下方的位置。

她的香肩裸露出来，乳房像一座山似的饱满，我看到一个松垮的中年身躯正骑在她身上，巧妙地遮住华夫人的私密部位。

"真是变态！"我离开洞口，骂人也骂自己，怎么就成了偷窥狂？

当我正准备起身离去，一连串模糊的呢喃声传来，我又回到洞口。

这次华夫人趴着，屁股像我一样撅起，男子抱着它，猛力撞击，华夫人低声唤着 f，h，d……的尾音，也不知道说些什么？

我一直趴在那里，直到男子起身离开，华夫人把床单拉过来裸睡为止。

"真是变态！"我又再次骂人也骂自己，只是这次大声了点儿，吓得我赶紧捂住嘴。

屋漏偏逢连夜雨，就在匆忙起身之际，我的小脑袋瓜撞击到枱面，让上面的香槟以自由落体的速度着地，发出哐啷一声。

"完了！"我手足无措。

望着眼前的狼藉，我选择像 Manon 及 Clara 一样～落荒而逃。

"马老师，香槟呢？"隔天管叔遇见我，劈头就问。

"香槟？……什么香槟？" 我装傻。

"昨晚我塞给你一瓶香槟，不记得了？"

"噢……那个香槟……" 我看见 Manon 走过来： "那个香槟我放在中式玄关台上了，也许你可以问问 Manon……"

我的余光瞥见 Manon 正想逃走。

管叔转过头去，对她招手： "Manon……"

Manon 像只受惊的小鸡，缩着头走过来。

管叔比了个香槟酒瓶的大小，问 Manon 看到了没？

Manon 无辜地摇摇头，管叔大手一挥，让她走人。

"那瓶是限量版的 Perrier-Jouet，要价 €6000。" 他很懊恼。

"对不起，我现在马上过去，看看它还在不在？" 我也想逃。

管叔要我不用去了，哪里不好放？竟然摆在玄关处，昨晚那么多客人，识货的准拿走了，还会留到现在？

"哎～我是怎么了？这个月赚的全上缴了。" 他转为自责。

我再次表达歉意。

"也罢，" 管叔摊开手： "人生不如意事，十之八九，算是上了一课。"

他很失望地走开。

"Je sui svraiment désolé, veuille m'excuser." 我对着管叔的背影深深一鞠躬，说着法语 "对不起" 中的最高级，绝对诚意十足。

第十一章：分离

我给雅各上《中国文学史》，他问我，中国的第一本小说为何？我答：《山海经》，它是中国最早的神话故事。

雅各对神话故事敬谢不敏，他对情色小说感兴趣。

"中国也有情色小说，譬如《金瓶梅》，里面有性描写，但更多是写市井人物的生活，所以还是有文学价值在。"我答。

"看过《Lady Chatterley's Lover》吗？"雅各问。

"那是什么？"

"英国情色小说。"

"你看过？"

"看过。"

"里面讲什么？"我问。

"讲欲女的故事，不过很有深度，不是每个人都看得懂。"

雅各说不是每个人都看得懂，我认为他是影射我看不懂，是可忍孰不可忍？当晚我便上网看了电子版，原来《Lady Chatterley's Lover》，中文翻译为《查泰莱夫人的情人》，是英国作家劳伦斯的最后一部长篇小说，书中因有大量对性爱的描写，被多国列为禁书。

此书的内容繁琐，简单地说，女主角是个贵妇，老公因战受伤，夫妻从此没有性生活。某天，贵妇在森林里遇见阶级低贱的林园看守人，两人干柴烈火，从此一发不可收拾……

合上书，我咋舌，原来性也可以玩那么多花样。

我的脑中迅速闪过红色床单上的华夫人，感觉她就是查泰莱夫人的化身，和她比，我简直就是高原上的纯情牧羊女。

还有两天就可回巴黎，我高兴地手舞足蹈，连走路都蹦蹦跳跳的。这一天，处于亢奋状态的我，边走边想着该不该给罗宋带点儿惊喜？冷不防一头撞上正下到底楼的男士。

"je sui sdésolée." 我赶紧低头道歉。

"Never mind." 是伦敦口音。

我抬起头来，看到 Guillaume 爵士正冲着我笑，赶紧又低下头："je sui sdésolée."

"I said – never mind." 那个中年男子好脾气地说。

"Je......I......" 我的法语和英语都不太行。

"You have the most beautiful eyes I have ever seen." 他说。

"What?"

爵士竟然说我有一双他看过最美丽的眼睛，把我惊得下巴都要掉下来。

"You are also the most beautiful girl I have ever seen."

爵士继续给我糖吃，这次他直接说我是他见过最美的女孩。

魔镜，魔镜，魔镜，谁是世界上最美丽的女人？当魔镜说是白雪公主时，坏心肠的王后决定斩草除根……

"Honey," 华夫人下楼来，她的深绿色连衣裙，在我看来就是一身戎服，手上的雨伞则是穿甲剑，她就要扬手给我致命的一击……

"Don't forget your umbrella." 华夫人微笑着把伞交给爵士，转身换了张脸孔："马老师，雅各最近的表现如何？"

"很好，越来越好。"

"好听的话，谁都会说，请把他的作业拿给我看，还有，今晚我要亲自考考他，确保自己的钱没打水漂。"

华夫人从头到尾没讲一句丑话，但杀伤力十足，杀得我尸首异地。

"好的，没问题。" 我维持最后的一点儿尊严："那……我走了。"

我不忘对爵士点一下头，然后快速离开。

喜悦的心情瞬间被泼了冷水，我的心 down 到谷底，还好后天就能见到罗宋，我要跟他讲三天三夜的话，把华夫人骂得狗血淋头，直到完全泄愤为止。

"你怎么了？脸色很难看。"雅各问我。

"没什么，你赶紧把作文完成，这样就有十篇了，你母亲要看，顺便进行口试。"

"什么时候？"

"今晚。"

"今晚？"

"是的。"

雅各笑说他妈是吓唬我的，她既没时间看作文更遑论口试，因为她每晚都有约会。

"跟谁？Guillaume 爵士？"我想起一早给我糖吃的好看男人。

"今天星期几？"雅各没回答我，反而问起风马牛不相及的问题。

我答星期三。

"星期三？……星期三是贝律师。"

贝律师？中国人？

"晚上见律师，肯定有重要的事。"我一本正经地说。

"呵呵，重要的事？"雅各失笑："对他们来说，的确很重要。"

我一下火车就看到罗宋。

"你怎么来了？我说了可以自己回家。"

罗宋把我的行李接过去，说："想早点儿看到你。"

他的一句话，把所有的阴霾一扫而光，我甚至觉得可以为他两肋插刀，只要他的生活过得好。

回到家，赫然发现罗宋不仅把家打扫得窗明几净，餐桌上还有数十个白白胖胖的生饺子。

"饺子皮是我擀的，比现成的好吃。"他说。

"什么馅儿？"我闻到韭菜香。

"韭菜猪肉，我还加了点儿香干。"

我搂着罗宋的腰，问他怎么知道我就爱吃韭菜猪肉饺？

他答因为昨晚我托梦了……

"怎么办？待会儿吃完饺子，接吻会有味道。" 我忽然想起韭菜的冲鼻味。

"那还等什么？"

罗宋脱了上衣，我把窗帘拉上。

我背对罗宋，他的手环抱着我，吻我的肩膀，一遍又一遍，口中呢喃着："你今天怎么了？"

"什么怎么了？"

"你……很主动。"

"不好吗？"

"好，不过有点儿奇怪，是不是……"

"是不是什么？"

罗宋说没事，翻身回到自己的床上。

我想了想，主动去抱他："罗宋，je t'aime。"

不知为什么，我宁愿用法语也不用普通话说"我爱你"。

罗宋拥着我，用法语轻轻唱起一首旋律悠美的歌。

我问他唱的是什么？他说唱情歌。

"我听不懂，怎么算是情歌？"

于是罗宋即兴将歌词翻译出来，美的像首诗。

他们两人犹如花藤，

攀结于一株榛树上，

试图分离它们的人，

将令榛树夭亡。

美丽的恋人啊！你我便是如此，

你不能没有我，我不能没有你。

"罗宋～"

"嗯？"

"你认为会有人试图分离我们吗？" 我问。

"谁？谁会分离我们？"

"不知道，" 我把头埋进他怀里："也许是时间，也许是距离，也或许是……我们自己。"

第十二章：感动

我睁开眼睛，看到罗宋搬了张椅子坐在床边，他的双脚悬空踩在床沿，大腿上置了画板，他在画我。

"你正在侵犯我的肖像权。"我说。

"给大师画像是至高无上的荣耀，想像一下，当你人老珠黄或成一抔黄土时，你二十岁时的美画依然存在，人生有几个最美的时光？"

咦～这不是小尤说过的话？

"小尤最近怎样？"我顺便一提。

罗宋说我怎么问起小尤来了？他最近在帮人拍婚纱照。

"婚纱照？我以为他是有个性的摄影师。"

"有个性的摄影师也需要吃饭。"罗宋说。

怎么，他吃不起饭？我决定打破砂锅问到底。

"也不是，他把欧罗巴人赶走，将房间用来做暗房。我走了，欧罗巴人也走了，意思是他得独力负担租金，人一下子变穷了。"罗宋边涂抹画作边答。

"那他以前是怎么洗照片的？"我好奇。

"让专业的人洗呗，但他不满意，想要亲手接生自己的孩子。"

呃，艺术创作者的力求完美，真让我甘拜下风。

"今天不上课？"我忽然想到。

"上，等我把画完成。"

听罗宋这么一说，我一时兴起，从床上爬起，绕过画板看大师的半成品。

"怎么把我画成人体解剖图？"我问，因为我身体的一半被罗宋画成骷髅。

罗宋说我不懂，这是后现代主义的画法，接着命令我回去躺好。

我乖乖地躺回自己的位置，心里想着："什么是'后现代'？该不会也有'前现代'或者'超现代'吧？！"

罗宋和我约在圣母院，他说下午四点，阳光隐去前，他还可以赚五十个饺子，所以我躺回床上睡回笼觉，直到近中午才起。

胡乱吃过早午餐，我披上罗宋的大衣，沿着塞纳河慢慢踱步而去。

"Bonjour."一艘观光船在河面上驶过，船上的游客正挥手和我道日安。

"Bonjour."我也和他们挥手祝好。

沿着河，岸边有很多卖旧书、旧海报的小摊，你也可以在此买张明信片寄回家乡报平安。我就曾买了张色情明信片寄给爸妈，没办法，骨子里想做点儿"惊世骇俗"的想法在作祟，希望别太吓坏那两位可怜的老人才好。

当我心情愉悦地到处溜达时，正好看到前方的一对新人离开桥头去补妆。

"依依~"

听见有人唤我，我转过头，原来那个蓄满络腮胡的摄影师是小尤，他一下子老了十岁。

我问他怎么在这里？他说帮瞎折腾的新人拍照，还问我怎么也在这里？罗宋汤呢？

"我休假四天回来看看，罗宋上课去了，和他约了四点在圣母院见面。"我解释。

"这样啊，"小尤看看表，"都两点了，本来想把照片给你……"

我说明天吧！明天罗宋要去普罗旺斯画薰衣草，带队的教授是中国人，不允许携家带眷。

"呵呵，你真好玩。"小尤笑了，我看不见他的酒窝，因为藏在胡子里。

此时补完妆的新人回来，小尤边摇头边感慨又要为五斗米折腰了。

"你继续折腰吧！我也得走了，祝你今天愉快！"

我一直走到爱之锁桥才回头，此时小尤躺在石板上，镜头向上，正在仰拍一对造作的新人。

由于没和小尤约好时间，我不知道这个艺术家是不是夜猫型，所以迟迟不敢上门。

"嘟……嘟嘟……"我的手机响了。

"Allo."

"依依，你怎么还没来？"小尤问。

"我以为你日上三竿才起床。"

小尤说他早闻鸡起舞了，问我在哪里？

我答在家。

他说他煮了红烧肉，要我赶快过去。

想起油汪汪的红烧肉，我垂涎欲滴，二话不说，双脚跳进新买的靴子里。

小尤开门，我吓了一大跳。

"胡子呢？"我问。

"昨晚被精灵一根根拔起。"

我说那不痛死了？顺便脱下大衣，小尤接了去。

"谁说不是？我躲在棉被里呜呜呜地哭。"

"Soigne-toi bien."我抚着他的臂膀要他多保重。

没想到他一下子跳弹开来，让我很吃惊。

"……抱歉，我的手扭伤了。"他解释。

"扭伤了？看医生了没？"我关心地问。

"没，过几天会好的。"小尤借口挂大衣，我们避开了这个话题。

"这就是哈姆丹国际摄影奖的参赛作品？"我抚着实木相框问，里面是张 50 寸蓝灰色色调的照片。

"嗯，我能不能一炮而红就靠它了。"小尤答。

我的眼光再次回到照片，披白色薄纱的我，宛如出水芙蓉。

"怎么拍的？"我问。

"把人物抠出来再做背景，色调先黑白，再蓝灰，把色相的饱和度降低，建立蒙板，再把不要的部分剔除。"小尤说着专业术语。

"我是问，你怎么把我拍得这么美？我都快认不出自己来。"

"呵呵，你是很美啊！有性感的肩胛骨和……"

"坚挺的乳房，里面充满了乳汁。"我替他把话接下去。

小尤好生尴尬，转而问我想不想看暗房？为了达到密闭不透光的效果，他把墙壁全部涂成哑光黑。

我对暗房的印象还停留在电影里，真正面对面还是头一遭，哪有不看的道理？

"里面很暗，怕不怕？"他问。

"不怕。"我答。

"为什么暗房里只开红色灯？"一进到暗房，我问。

小尤解释感光底片对红光比较不敏感，但即使再纯净的红光也会使底片反应，所以光线仍要尽可能的暗。

在有些暧昧的红光下，我看到双层厚重的黑色窗帘、大水槽、空气净化器、净水设备、工作枱、药品存放柜，还有钢丝上挂的些许底片，我伸手过去……

"别踫！"小尤大喊："还没干。"

我赶紧收手，很是尴尬。

"对不起，吓到你了。"小尤说。

我答没事，暗房已经看得差不多了，还是走吧！

"等等，"小尤阻止我："能让我抱抱吗？"

什么？！小尤是不是吃错药了？

"自从上次帮你拍照后，我……不确定，想……再确认一下，Do you mind？"

我想起小尤说他是 Gay，却在帮我拍裸照时有反应……

"你的意思是想确认自己是不是同性恋者？"我问。

他答是。

我不放心，问他是不是只要抱抱？

小尤笑出声来："放心，只是抱抱。"

于是我主动上前给他友谊的一抱，他拥着我，脸埋在我的发丝里。

"有反应吗？"我问。

"时间太短，再等等。"他说。

于是我们在暗红色的狭窄空间里，抱了十多分钟。我不想打扰他，他需要时间确认。

是小尤先放的手。

"没反应。"他说，用手划了一下眼角。

"太好了，可是……"我看着他的眼睛："你哭什么？"

"感动。"

"感动什么？"

"感动我终于有能力去爱人和被爱。"

这是啥跟啥？

我还想问清楚，但被小尤推出暗房外。

第十三章：留宿

我很喜欢小尤替我拍的照片，但它实在太大，肯定会被罗宋发现。

"这样吧！我洗张小的送你。"小尤提出解决方案。

"不，我喜欢大的，大的有气势。"我很坚持。

"那么只好邮寄回中国啰！相框需要特殊包装，这个尺寸的邮费不便宜。"

我想起中国那对思想还停留在 50 年代的保守父母，寄色情明信片给他们已经够吓人了，若再把他们宝贝女儿的裸照空运过去，我怕会出人命。

"不了，让我把它带到华堡吧！以后的事……以后再说。"

于是当场和小尤达成协议：他替照片做个木架，再用油布包裹起来塞进后车厢里。

"后天下午，我送你回华堡，顺便把照片神不知鬼不觉地运送进去。"小尤说。

我答太麻烦他了。

"快别这么说，我没付你当模特儿的钱，这个……就算抵工资吧！"

罗宋从普罗旺斯回来，兴奋得不得了，不停地说着那里有多迷人。

"真是太美了，我第一次看到如此茂盛的薰衣草田，纯粹的紫色在高高低低的田园里绽放，空气里、头发上、肌肤上都沾满了薰衣草的味道，那种沉静、甜蜜，我一辈子也忘不了。"

"真那么美？哪天我们一起去？"我兴致勃勃地提议。

罗宋没接话，反而走到画架后面摆上布框、备好油彩……

"你想干嘛？"

"我想抓住那抹紫色……"他答。

我提醒他，现在已接近午夜 12 点。

"我知道，我不困，你先睡。"

我难以置信地躺回床上，孤枕难眠。

死罗宋，我好不容易回来一趟，就是为了看你画画的背影吗？

我翻了个身，击打罗宋的枕头，想将他一拳打醒。

罗宋不知是几点上的床，反正我起床时，他鼾声大作。

我蹑手蹑脚地起床、梳洗、吃了谷物当早餐，然后轻轻地带上门。

从封闭的城堡里出来，再怎么着，也得好好利用得来不易的假期。我打算上中国城逛逛，顺便采买食材，因为在外面吃实在太贵了，中式餐馆的三菜一汤，足够我们买一个星期的菜。

"我才眯个眼，你就把超市搬回家了。"罗宋一脸欣喜。

放下手中物，我往沙发上一躺："搬运工的工作到此结束，现在是厨子上场，我想吃好吃的。"

罗宋看了看袋中物，如数家珍："红烧牛腩、芋头炖小排、凉拌黄瓜，饭后水果是葡萄，饭后点心是绿豆糕。"

"这么厉害，该开个中国餐馆。"我有气无力地答。

罗宋说这是个不错的提议，但他得先把画卖出去，才有钱买面条卖炒面。

说这话是因为罗宋两个月后将开学生画展，他正紧锣密鼓地准备。

"希望到时能得到伯乐的青睐。"我喃喃说道。

罗宋信心十足地答一定会，他有预感。

"你确定不要我送？"罗宋问。

"不用，小尤载我去就行，你专心准备画展。"

不要罗宋送，其实是为了雪铁龙后车厢的照片，我不想让男友误会我是暴露狂。

"那好，到了华堡打个电话给我。"他说。

　　我和小尤在下午一点离开巴黎，预计五点能抵达华堡，但人算不如天算，小车开出去没多久便逢上难得的大暴雨，视线很不好，我们只好以龟速前行。抵达华堡时已接近晚上九点，偏偏雨还一直下，伴随着闪电。

　　"怎么办？天那么黑，雨又那么大，回去很危险。"我很担心。

　　小尤把包了油布的照片交给我，说："能怎么办？我不想再睡那个小房间，阴气太重，少了罗宋，我怕遇见鬼。"

　　我还是觉得不妥，但小尤执意要走，我也只能暗自祷告。没想到开了八个小时的雪铁龙不干了，它嘟囔两声，来个大罢工。

　　"妈的，屋漏偏逢连夜雨。"

　　面对小尤的懊恼，我想着时间那么晚了，四下又无人，何不……

　　"你不怕我把你给吃了？"小尤扬起眉梢问。

　　"不怕，因为你是 Gay。"

　　小尤忽然欲言又止。

　　"别犹豫了，帮我把行李拿上楼。"

　　我环抱着大照片先行一步，小尤考虑了几秒钟，随后跟上。

第十四章：敏感而富才气的灵魂

　　我和小尤蹑手蹑脚地上楼，楼梯还是吱吱作响，我好害怕遇见认识的人，以为我带男人回房啃苹果。

　　"唧唧……唧唧唧……"Bruno 不知何时竟然站在楼梯扶手上，由上而下俯视我们，很开心的样子。

　　这下子我担心的不只是小尤，还有眼前这只被视为杀手的猴子。

　　"Bruno, go, bon garçon."

　　我压低声音，英、法语并用，可惜它听不懂，更误会我在鼓励它，咚咚咚地沿着扶手下来，围着我打转。

　　"哪来的猴子？"小尤问。

　　"城堡少爷的。"

　　Bruno 对我手上的东西极感兴趣，它用鼻子闻了闻不说，竟然动手扒起油布来。

　　"Stop, Bruno."我喝止。

　　Bruno 充耳不闻，甚至加快扒的速度。

　　我只好把照片高高举起，谁知那泼猴竟沿着我的大腿往上爬，跳上肩膀，再一跃而上，直接矗立在照片上……

　　"Bruno, viens."

　　我抬起头，猴主人正站在二楼楼梯口，一脸严肃。

　　Bruno 听到雅各唤它，从高处一跃而下，再咚咚咚地上楼梯，一头扑进主人的怀里。

　　"那个……我回来了。"我解释。

　　雅各看了我一眼，又看小尤一眼，很冷酷地说："上来吧！"

　　他让出楼梯口的位置，于是我和小尤吃力地拿着手中物往上爬。

　　上到二楼，Bruno 不见了，仿佛变魔术似的。

　　"我以为你的男友是高的那一个。"雅各问。

"是高的那个啊～"我的余光扫过身旁的男人，大梦初醒："噢！他不是我男友，他是我男友的前室友，他开车送我回来。"

"Bonjour，我叫小尤。"小尤自我介绍。

"Bonjour，我是雅各。"

此时屋外传来一声巨雷，雅各说着废话："天气很不好。"

小尤望向窗外，雨淅沥沥地倾盆而下。

"是不好。"他同意。

雅各又问他待会儿是否开车回去？

小尤转头看我，不知如何作答。

我赶紧接了去："雅各，你看到了，天气很糟糕，小尤如果开车回去，很危险的。"

"我了解，但……你们打算同居一室？"雅各问了敏感的问题。

看另一个当事人保持沉默，我只好代答："小尤可以睡沙发。"

雅各意有所指地说我在考验人性，而我竟哑口无言。

"你说得对，"小尤突然开口："千万别考验人性，我放下行李就走。"

小尤帮我把行李放进房内。

我向他道谢，说要不是他，我肯定在火车站过夜，因为没有出租车会愿意在风雨中跑那么一大段路。

"别放心上，你若没安全抵达，我也睡不安稳。对了，刚刚猴子有没有抓坏照片？"

想到我们大老远运送的照片可能受损，我三两下扒开油纸，还好，它完美如初。

"那只猴子真淘气！"小尤说。

"谁说不是，"我凝视着照片中的自己，问："我该把照片挂在哪里？"

听我这么一问，小尤认真地打量起房间。

"挂这里吧！"小尤指着一面墙："正对着床，你一睁开眼就能看见，而且阳光照不到，不容易变色。"

"好，听你的。"

于是小尤把原本挂在墙上的花卉油画移开，换上我的裸照。

他倒退一步，问："现在是不是很有感觉？"

我又再次欣赏眼前的艺术照，的确，和这个房间很般配。

我们的眼光同时落在一丝不挂的胴体上，时间一分一秒地流逝，气氛也变得越来越诡异……

"依依～" 小尤唤我，我的心跳得好快……

"扣、扣。"

敲门声响起，我和小尤同时转头过去。

"怎么办？" 我吓得要死。

"扣、扣。" 又是两下敲门声。

小尤说还是开门吧！

他不知道我一进城堡就被告诫：绝不允许留宿客人。

当我正左右为难时～

"马老师，开门。"

是雅各的声音，我松了一口气。

"那个……天气很不好。" 我一开门，雅各又讲了废话。

我说我知道天气很不好。

"我想……小尤可以跟我挤一晚，我是主人，没人敢说话。" 雅各提出解决办法。

这……小尤是成年人，雅各是懵懂少年，我是老师，老师保护学生责无旁贷。

"不行，小尤得走，马上！" 我不假辞色。

小尤也婉拒了："谢谢你，我正要走，因为挂照片的关系，耽搁了点儿时间。"

"照片？" 雅各往里探了探头。

"进来吧！" 我侧身："小尤帮我拍了照。"

雅各走了进来，然后我们三人同时望向那张裸照。

"拍得很美，你是摄影师？"雅各转头问小尤。

小尤很谦虚地说不过混口饭吃。

"才不只是混口饭吃，小尤是个有名气的摄影师，很多中外杂志都用他的作品。"我补充说明。

这次雅各没拐弯抹角，他直接拜师，请小尤教他摄影。

"恐怕不行，巴黎到这里有四个小时车程，时间就是金钱。"小尤说。

面对拒绝，雅各不动声色。

"也是，你是初入门，先自己摸索看看，等到达到一定程度，小尤可以偶尔指导你一下，是不是？"我望向小尤，希望他不要太伤一颗少年的心。

"是的，偶尔指导一下是可以的。"

面对小尤的善心，我心存感激。

雅各没接话，反而回到一开始的话题："这样吧！你睡画室，没人会到那里去，因为我下了命令：闯入者，杀无赦！"

我想起第一天就误闯禁地的我。

"谢谢！"我代小尤回答，顺便感谢少爷的不杀之恩。

雅各不理会我，转而对小尤说，明天一早他亲自带他下楼，没人敢说什么。

"谢谢！"这次是小尤亲自道谢。

半梦半醒间，我听到汽车发动的声音，睁开眼，阳光已洒了一地。

"还好，雨停了。"我想。

这次是车子驶离的声音，我又想了一下，突然跳起，冲到窗口时刚好看到雪铁龙的车屁股。

"这小子连个再见也没说！"我很气愤。

"merci."是雅各的声音。

我低下头去，他正向一个手持扳手的人道谢。

"Je vous en pris." 工人用敬语说 "不用谢"。

然后我看到雅各转头看远去的车辆，直至看不见为止。

"把李白的《静夜思》背给我听。" 我坐下来上课，第一件事就是检查功课。

"床前明月光……低头思故乡。"

"很好，接着……"

雅各突然截断我的话，他问我李白是不是很有才气？

"嗯，他是诗仙。" 我答。

"那么他一定是 Un homo ou un homosexuel。"

我问那是什么意思？他答李白一定是男同性恋者。

啥？这个人小鬼大的雅各！

"历史上无此一说。" 我塘塞了一下。

雅各拒绝塘塞，他说伟大的创作者都是同性恋者，比如达芬奇、米开朗基罗、近代的有英国流行乐之父 Elton John 及美国脱口秀明星 Ellen。

我说他以偏盖全。

"不管你信不信，反正我是信了，每个同性恋者都有敏感而富才气的灵魂。" 雅各说。

"呵呵，我男友就不是，他很有才。" 我抗议。

"也许他的才气还不够。" 雅各迎头一击，让我为之气结。

"Well，今天的上课主题是唐诗……" 我把他抓回到课本上。

谁料雅各旧话又重提，他说他想跟小尤学摄影。

我无奈地放下课本，说："世界上不只有小尤这个摄影师。

"但是……他有敏感而富才气的灵魂。" 雅各答。

第十五章：摄影老师

"今天下午我看到小尤的雪铁龙了。"我刚上完课就接到罗宋的电话。

"So？"

"他说他刚到家，因为昨晚的大暴雨。"

所以呢？我实在不明白罗宋打电话来的用意。

"他昨晚在华堡过夜了。"

我解释天那么黑，雨又那么大，所以我让他在这里过夜。

罗宋又说小尤没睡在那个恐怖的房间里……

"因为恐怖，所以没睡，罗宋，你到底想问啥？"我冒起无名火。

"我想问……"

"没有。"我直接丢出答案。

"什么？"

"我没跟他上床，他是 Gay，你不知道吗？"

罗宋在手机那头停顿了许久后，说："对不起。"

我叹了口气说没事，这样很好，有误会马上澄清。

"依依～"

"嗯？"

"我……爱你。"

"罗宋，我……也爱你。"

这是我们第一次用普通话说"我爱你"，感觉有些羞涩，不若其他语言来的大方。

挂上电话，我有种幸福感，就是那种刚喝完水，发现杯子还是满的感觉，毕竟物质不充裕，我们有的也只剩精神上的小确幸了。

"给。"我把三不猴摆在雅各桌上："去中国城特地给你买的。"

"谢谢，"雅各把玩那三只猴："我已经有一只真正的猴子了。"

我说这三只猴不一样，然后把"非礼勿言、非礼勿视、非礼勿听"的出处和典故告诉他。

没想到雅各的结论是：这个不行，那个也不行，中国人活得真累。

"礼数还是要讲的，不然都成了野蛮人了。"我说。

雅各沉默了一会儿后，问："如果对方已经明显拒绝，我若再试一次？这合礼数吗？"

我说这得看情况，如果他拒绝的理由不再成为理由，他就不会再拒绝你了。

雅各沉思了一下，豁然开朗："谢谢，我知道了。"

当老师的职责就是传道、授业、解惑，看雅各似乎解了心中的结，我颇感欣慰。

"今天我们上宋词，宋词是一种相对于古体诗的新体诗歌，是宋代文学的最高成就，宋词句子有长有短，便于歌唱，又称曲子词……"

雅各很认真地听讲。

"马老师，请留步。"

吃完饭，我正想回房小憩一会儿，没想到在柠檬树下被管叔叫住。

"有事吗？"我问。

"雅各说想学摄影。"

呃，这小子该不会把小尤留宿华堡的事给说出来了吧？

"很好啊！"我说。

"不好，他说他喜欢的老师住在巴黎，他想搬到巴黎去。"

这……雅各也太任性了，但话说回来，如果雅各搬到巴黎，我就不用和罗宋相隔两地，岂不美哉？

"其实，他想去巴黎也行，我可以在巴黎教他，不用舟车劳顿。"我表明立场。

谁知管叔斩钉截铁地表示，雅各留在城堡是最后底线，其他可以商量。

我问他华夫人怎么想的？毕竟她才有话语权。

"她当然说不，结果雅各说学不成摄影，中文他也不想学了。"

什么？竟然波及到我？

"雅各太孩子气了，但我不明白你为什么要告诉我这些？这干我何事？"我问。

管叔答因为摄影师是我的朋友，雅各说的。

这个雅各真是"不见黄河心不死"，还有，什么"解惑"嘛！明明是绕圈子套我的话！

我无奈承认那人的确是我朋友。

管叔松了口气，说："那就好，你帮忙传个话，就说华夫人想聘他为家教。"

我说没用的，他是个有名气的摄影师，巴黎离这里那么远，时间就是金钱……

"华夫人说了，只要他愿意接受这份工作，一个月 €20,000。"管叔说。

什么？！竟然是我薪水的6倍多，顿时我像只泄了气的皮球。

"早知道读什么中文系，一早去影楼当学徒多好！"我的"酸葡萄心理"开始发酵。

管叔要我别感慨了，他在华堡当了二十年的管家，一个月的薪水也只够买一瓶叫得上年份的酒，他是半百老人，我是年轻人，该知足了。再说，雅各学东西一向三分钟热度，很难坚持下去，我朋友若能教他半年，算久的了。

我联系小尤，他在手机那端沉默了许久。

"你说一个月 €20,000？"他问。

"是的。"

"包食宿？"

"是的。"

"一个月有四天休假？"

"是的。"

"嗯……"

我知道小尤正在被"利诱"，而且眼看就要上钩，不得不提醒他："管叔说了，雅各学东西一向三分钟热度，很难坚持下去，你若能教他半年，算久的了。"

没想到小尤听了反而宽心，他说那样更好，华夫人开出的条件很诱人，但他想做个真正的摄影师，而不是某个人的教师，既然那孩子没定性，他就权当赚快钱，毕竟摄影的工作很烧钱……

我没想到事情这么容易就解决了，感觉很不真实。

"其实你能来挺好的，在这个封闭的城堡里，一点点儿的变化都能成为生活的调味品，何况……"

"何况什么？"他问。

我答没什么。

挂上手机，我望着小尤替我拍的照片发怔……

"何况我一点儿也不讨厌你，甚至还有点儿喜欢呢！"我说。

一听到熟悉的车声，我马上冲到窗口，果然是他！

我笑着跑下楼，差点儿撞上刚下车的小尤。

"嘿，你吃错药了？"小尤很惊讶。

"才没呢！看到你很开心，你呢？看到我，开心不开心？"我问。

小尤说他当然开心，能赚那么多钱，还是我牵的线，怎能不开心？

原来我是中介！我伸手跟他讨中介费，被他一手打掉，说："先欠着，月底请你吃好吃的。"

"一定喔！我想吃西柠鸡、蚝油牛肉，炒……"

我看见小尤的眼光不在我身上，他直勾勾地往上瞧……是雅各，他正倚着窗口。

"Hi，雅各，"我向他挥手："你的摄影老师驾到了。"

我以为雅各会很高兴，但他一脸寒霜地退回屋内，让我好生尴尬。

"那个……"

"没事，青春期的孩子都这样，阴阳怪气的。"

见我还是快快，小尤替我打鸡血："我的作品入围了，就是那幅裸照。"

"真的？我太高兴了，恭喜。"我上前拥抱他表示祝贺。

他也抱住我，只是我想松手时，他仍紧抱我，为了挣脱他，我费了好些力气。

"Well，我的房间在哪里？"他像什么事也没发生似的。

"来，我带你去！"

于是我们踩着吱吱作响的楼梯上楼。

第十六章：意外之旅

由于小尤是初来乍到，我责无旁贷地担任起"导游"的工作，把华堡内的各个位置、设施一一介绍给他，包括一些规矩。

"不要留宿客人？"小尤喃喃复诵。

"是的。"

"所以上次我是犯禁忌？"

"没错，押上我的身家性命。"

大概我的声音过于严肃，小尤没接话，我们沉默地走过喷水池，又走过石头砌成的磨坊，我正想着该如何打破僵局，小尤停下脚步。

"那就是教堂？"他指着前方。

华堡的教堂不大，就在城堡的南边，藏在花团锦簇中，是个典型哥特式建筑，有白色的花岗岩、拱门、绘有圣经故事的花窗玻璃、尖尖的高塔，正门上还有个十字架。

"是的，这就是做礼拜的地方。华夫人是个虔诚的教徒，呃，我是说……表面上是。"

小尤问我可以不做礼拜吗？因为他是无神论者。

我说还是入乡随俗吧！把它视为公关活动，唱唱圣歌，听听布道，最后讲句"阿门"就结束了。

小尤又凝视教堂好一会儿后，说："能进去坐坐吗？"

"可以。"我先行一步推开那扇木门。

雅各似乎很喜欢他的摄影课，经常见他摆弄相机。

这一天，我从窗口往外看去，小尤正指导雅各拍摄白蜡，此时已是秋末，树叶早掉光了，光秃秃一片。

大概雅各的仰角位置不对，他试了几次还是不行，小尤把相机接了过去，亲自替他找最佳角度，就在这时，诡异的一幕出现了。我看见雅各的身体靠了过去，他把手环在小尤的腰际上，小尤缓慢地放下相机，转头看他……

我赶紧离开窗口，心跳得好快，好像看到什么见不得人的事。

当我再次往窗外探去，却只看到孤独的白蜡和两个远去的身影，不仅有些惆怅。

"我明天不上课。"

我刚布完明天的功课，我的学生直喇喇地宣布他休假。

"为什么？"我问。

雅各说他要跟小尤到巴黎买相机。

"你不是已经有了？"

"那是老款的，我需要最新型，而且很多配备也得买。"

我很想告诉他，新手练练手，不需要好的机子，但继而一想，他家又不缺钱，何必帮他省？

我问他去多久？他答一整天。

"就你和他？"

"当然，不然还会有谁？"雅各觉得奇怪。

我和雅各坐在后座，他一脸的不开心（即使知道我只是偷闲会男友而已）。

"巴黎之行"纯属意外。昨天下午雅各一通知我隔天不上课，我马上在晚餐时间质问小尤，为什么我是最后一个知道？

小尤很无辜地表示雅各也是临时决定的，即使他告诉他，初入门不必用太好的相机，他的 Canon 550D 单反相机已经足够了，但是雅各还是坚持买专业摄影工具，并且找他当参谋。没办法，拿人薪水就得为人办事，他也不想跑那么一趟远路。

"看来，我错怪你了，以为你想趁机玩玩。"我边吃熏肉塔边开玩笑地说。

"要玩也不找小屁孩玩，"他咬了一口法棍："我想跟你玩。"

什么？我有没有听错？

"别误会，"小尤马上解释："反正顺路，你又没课，我把你人肉快递给罗宋汤一天，如何？"

"说什么啊你！"我嘴巴怪嗔，但心早已飞到罗宋身边。

在取得管叔同意后，我高兴地上了雪铁龙……

"到了巴黎，我在哪儿放你下车？"小尤问。

"凡尔赛宫御花园。"

我一和罗宋联系上，他很高兴地和我约在那里。

"买完东西来接你，Bye。"小尤说完，雪铁龙呼啸而去。

这是我第一次上凡尔赛宫，据说它的御花园是世界上最大的宫廷园林。放眼望去，道路、树木、水池、亭台、花圃、喷泉等呈几何图形，不仅走道宽敞、绿树成荫，连草坪和树木也被修剪得整整齐齐。我走走停停，照片拍个没完，真的，处处是美景，随便一抓，都是拍婚纱照的绝佳背景。

"到了御花园，你找一个美女马身雕像，你不会错过的，雕像上面还坐了个白白胖胖的天使。"我记起罗宋说的。

偏偏我还是错过了，我找到美女、找到骏马、找到可爱天使，偏偏没找到他们的综合体。

"依依，你到了吗？"是罗宋的声音。

"到了，可是找不到你说的雕像。"

"别心急，告诉我你四周围有什么，我过去找你。"

我描述一番后，罗宋挂上手机。约莫一刻钟后，我看到罗宋背个画架跑步过来。他的头发长了，在风中飞舞，但眼睛在笑，嘴巴也在笑。

"今天写生？"我问。

"嗯，期中作业，"他牵起我的手："饿了吧？我带你去吃好吃的鳗鱼饭。"

我们一路向北。

第十七章：雨过天晴

这是个家庭日式料理店，主打鳗鱼饭，鳗鱼又肥又大，酱汁酸甜浓稠，饭粒颗颗饱满，上面的海苔片还是现烤的。

"嗯，好好吃！"我塞满一大口的饭，含糊不清地说。

"就知道你喜欢。"

罗宋把他碗里的一片鳗鱼夹给我，他总共也就只有三片。

"你吃，别给我。"我正要夹还给他，被他阻止了。

"我喜欢看你吃，把你喂得白白胖胖的，是我的职责，我能给你的不多，有的也只有这些了。"

"罗宋～"我感动地说不出话来。

想当初，父母、朋友知道我交了个美术系男友，纷纷给我建言，不外学艺术的人邋邋遢遢、对感情朝秦暮楚、就业难……等等。我的确也见过穿人字拖、衣服皱巴巴的美术系男生；也听过他们当中一些始乱终弃的可恶例子，但这都不是罗宋的写照。

罗宋像个尽忠职守的公务员，安分地做着份内的工作，日复一日，给我踏实、安稳的感觉。

"毕业后，我打算回母校教书，工作个几年，然后贷款买个房子，给你和孩子一个家。"罗宋不急不徐地说。

这……这是在求婚吗？不会吧？！

见我一脸惊讶，罗宋又作了说明："也许我该买束花，单膝跪在凡尔赛宫前，以天地为鉴，和你约好生生世世，但我更愿意在这个家庭食堂里和你讲未来五十年的计划。你应该不是那种活在象牙塔里的女人，所以我也不替你织些不切实际的梦。"

话说得没错，但我毕竟是女人，会幻想一个别开生面的求婚场景。罗宋呀罗宋，你也太不了解女人的心思了！

由于罗宋像讲"手机欠费"或者"转角新开了家牛肉面馆"似地谈论我们的人生大事，让我心情低落，一路闷闷不乐。

"怎么了？"罗宋也察觉不对劲。

"没什么，大姨妈来了。"

"听说大姨妈来了，吃点儿巧克力会好很多。"

奇怪，明明是关心的话语，听在耳里却感到厌烦。

"那你去买啊！为什么不去？就只会说说说，为什么不做？"我的脾气还是爆发了。

"依依，你怎么了？刚刚还是大晴天，怎么一下子就变脸了？"罗宋把画架往地上一搁："你站在这里别动，我这就给你买去。"

"不用了。"我对着他的背影喊，但他跑得更快。

"嘟……嘟嘟嘟……"手机响了，我接听。

"依依，你在哪里？"又是小尤的声音。

在御花园里时，小尤打了第一通，我说迷路了，他说要赶过来，被我阻止了；第二通是在日式料理店，他问我吃什么？我答鳗鱼饭。他说我吃的这一家一般般，他知道有家更好的，发薪水时带我去吃；第三通是在厕所里，我说小尤你烦不烦？连上个厕所也不让上；第四通就是这一通，他照例问我在哪里？

"在床上，正跟罗宋温存着！"我心中有气，胡言乱语。

"你……这么快就回罗宋家了？"他怀疑。

我说干嘛回罗宋家？这里到处都是酒店、宾馆什么的。

不知为什么，小尤不似先前那么兴致高昂了，我问一句，他才答一句。

"雅各买到照相机了吗？"我问。

"买到了。"

"你能来接我吗？"我看到罗宋向我跑来。

"好。"

"我在凡尔赛宫地铁站附近。"

"十分钟。"他一句废话也无。

挂上手机，我正好迎上气喘吁吁的罗宋。

"帮你买来了。"他交给我一个深褐色小盒，我一看是 Godiva。

这个牌子的巧克力很贵，我心疼死了。

"我知道很贵，但是你心情不好，也许看到精致可口的巧克力，心情会好点儿。"他说。

哎，这个实心汉子的爱情就是这么实诚。

"罗宋，"我主动去拉他的手："小尤待会儿来接我。"

罗宋很吃惊这么快就要走了。

我说回去的路上不好开，也不想太晚回去，因为冬天天黑的早。

"也对，安全最重要，还是早点儿回去。"他说。

"罗宋，"我把他拉向我，对着他的耳朵呢喃："对不起，下次不再乱发脾气了。"

"没事，你好好的就好。"他的鼻子磨擦我的鼻子，酥酥痒痒的。

我试着推开他，反而被搂得更紧，我们像所有在巴黎铁塔下的情侣一样，毫不避讳地接起吻来。

"叭叭……叭叭叭……叭叭叭叭……"

在法国是不能随便乱按喇叭的，是哪个没礼貌的家伙在大按特按？

"Hi，小尤，你来了。"罗宋喊。

原来是小尤，这路段不允许停车，我得赶紧上车，免得他吃罚单。

"小尤，请把我老婆安全送回去。"罗宋把头伸进车内交待，顺便对我微笑："到了打电话给我。"

"嗯，知道了。"我说。

小尤一句话也没吭，脚踩加油，我们往华堡驶去。

第十八章：你的容颜

回到华堡，一切都变了。

小尤不再和我"嘻笑怒骂"，他很冷，冷得像屋外的天气。

"天气不太好，看样子今晚要下雪了。"我泡了杯热可可，坐在小尤的对面。

"不清楚，我不是气象台。"小尤说。

今天的下午茶点心，他吃 Souffle，又称蛋奶酥，是一种法式蛋糕。

"你的 Souffle 看起来很可口。"我讨好着说。

"太甜了。"

"甜才好。"我答。

谁知小尤把 Souffle 往我的方向推："给你吃，我不吃了。"

看他离去的背影，我感到莫名其妙，一个人默默喝着热可可，又吃了小尤的 Souffle，果然甜的腻口。

都说吃甜的会让人身心愉悦，然而此时的我却像吃了黄莲似的，苦不堪言。

我试着回想那次的"巴黎之行"，不认为自己有冒犯小尤之处，何况我们一向打闹惯了，也从未见他有不豫的脸色，所以他的刻意疏远，着实让我一头雾水。

再说雅各，那天他买了个号称"全可见色域"的 PaPaLaB 相机，拥有 1068 万像素的传感器，这是世界上最精密的机子，可是他全无快乐的神情，反而比以前更闭塞。

"你写的句子都太简单，比如：'他穿了一条长裤'，你可以写'他穿了一条黑色的长裤'或'英俊的他，穿了一条黑色条纹的毛呢长裤'，是不是更好、更仔细呢？"我对雅各写的诗做出评论。

雅各闷不吭声，把本子拿回去，刷刷刷地重写，三两下功夫，他重新递给我。

本子上写着：

　　眼带忧郁的他，

　　穿了一条斜纹羊毛裤，

　　瘦削的脸庞努力挤出笑容，

　　他的笑没有了酒窝，

　　是世界上最苦闷的微笑。

我很讶异，雅各竟能写出这么凄美的诗，正想开口赞美他几句，谁知他把本子抽回去，刷刷刷地又写。

这次我没了惊喜，持着本子的手微微颤抖，因为……

　　态度模拟的她，

　　穿了一条白色铅笔裤，

　　丰腴的脸颊上有幸福的笑容，

　　她的笑充满了诱惑，

　　是世界上最残忍的微笑。

"写得好吗？"雅各似笑非笑地问。

"不错，很有寓意。"我诚实点评。

"谢谢。"雅各玩着桌上的三不猴，很不在意的样子。

我忍不住问他写的东西有针对性吗？譬如针对某个人。

"诗反映人生，人生就在诗里。"他像个禅师似地回答我。

"扣、扣"。有人敲门。

"Entrez."雅各说。

来者是管叔。

"马老师，不好意思打扰，雅各的牙医来了，他好不容易来一趟，能暂停上课吗？"管叔问。

"当然。"

我放学生去洗牙，自己默默坐在书房里发怔："难道只是巧合？"

我想起小尤的酒窝和我现在穿着的白色铅笔裤，一再琢磨雅各的诗中意。对比小尤最近的反常举动，的确有些端倪，我决定亲自去问个明白。

"扣、扣。"

"Entrez。"

我开门进去，道了声："Hi."

小尤坐在桌前，案上摆了好多四方图片，他看是我，继续手中的动作。

"你在干嘛？"我走过去。

他反问："你说我在干嘛？"

小尤看着像在玩拼图，这张图移过去，再把那张图移过来。

"我说你以忙碌为理由，借口逃避。"我说。

"不知道你在说什么？"他还是一副死样子。

我把学生的诗作递过去，说是雅各写的。

小尤停止手中的动作，眼光落在那些不太整齐的字上。

"不错，"他把本子还我："假以时日会是第二个缪塞。"

"就这样？"我很讶异："你不认为他在影射你和我？"

"我和你？呵呵，想太多了，那不过是少年的无病呻吟罢了。"

竟然说成无病呻吟？！

"好吧！既然这样，没什么好说的，我以为……算了，你继续阴阳怪气，我继续明哲保身吧！"

"我阴阳怪气？"小尤扬起声。

"是的，从巴黎回来后，一直都是。"我答。

小尤沉默了许久后，无力地说："知道了……抱歉！"

知道什么？又抱歉什么？

小尤说知道他阴阳怪气，抱歉让我不开心。

"我是不开心，你开心吗？"

"你不开心，我怎么会开心？"

"既然知道我会不开心，干嘛还让我不开心？"

小尤恼怒地把手中的图片往桌上扔，责问我是否一定要绕口令才开心？

我也觉得幼稚，遂说不绕了，想跟他回到从前。

"好，回到从前。"

听小尤这么一说，我的心豁然开朗，也有心情打量他桌上的东西，问："这是什么？"

我拿起被切割成 5 公分见方的图片端详，清一色的蓝、灰、白。就在一张一张的浏览中，我赫然发现其中有个用红色麻绳打的结头，那是海军结。

"你的照片。" 他没拐弯抹角。

我问他为什么要把照片给剪了？他答因为想把它拼成原来的模样。

真是奇怪，他不剪不就好了？

"我想知道自己是不是已经记住了你的容颜。"

说完，他把我手中的图片抢去，然后一张张很认真地拼了起来。

第十九章：解惑

穿着黑色 Casaque 的神父正在圣坛上用法语带领大家做最后的祷告：
"*€#^?......¥+^%~--$?@+~......!@&$......"

我看见第一排正中的雅各，从做礼拜的一开始，就一直低着头，很无奈的样子。他的身旁坐着华夫人，头发被高高盘起，右鬓插了朵蓝星花，高贵中带着俏皮。

"华夫人旁边那个男的是谁？"小尤压低声音问。

"Guillaume 爵士。"我小声回答。

今天的小尤又西装革履，只是领带不是上次那一条；我也是，穿上了惟一的套装，只是衬衫换上黄色的。

"法国男人会调情的多，但没几个好看的。"小尤又说。

"我觉得爵士算好看的，虽然年过半百，还是很有魅力。"我答。

"嘘～" "嘘～" "嘘～"

华堡上下对我们嘘声四起，吓得我和小尤赶紧闭嘴。

礼拜结束后，神父照例站在教堂大门口欢送大家并话家常，我和小尤因长着一副亚洲脸孔，微笑点个头，神父便放行，没啰啰嗦嗦。

我们正庆幸逃过一劫，没想到小尤却被华夫人叫住，两人谈论起雅各的学习状况。我走也不是，不走也不是，只好在他们的视力范围内踱步，因为小尤约了我一起去食堂吃饭。

"Hi."爵士冷不防在我背后出现。

"Hi."我努力挤出笑容。

这次的意外会面，爵士问了我很多问题，包括家庭背景、学历、婚姻状况、有无小孩......等等，我一一答复同时迷惑不已，因为法国人向来不问别人的个人信息，除非是雇佣关系。

"How much do you earn per month?"爵士问了个极隐私的问题。

　　我感觉非常不舒服，但还是诚实作答，没想到爵士竟然批评华夫人是吸血鬼，怎么可以让这么可爱的女孩赚这么少的钱？

　　我不知如何作答，只能干笑。

　　"Work for me." 他说："I can pay you much more."

　　什么？！爵士竟然要我替他工作，而且给的薪水比华夫人给的要多的多。

　　我讶异地看着他，想确认这不是在说笑？然而他却哈哈大笑离去，让我抓不着头绪。

　　"依依，怎么了？" 小尤向我走来，又看了错身而过的爵士两眼。

　　"没……没什么，" 我的眼光离开那个好看的中年男人："对了，华夫人找你有事？"

　　"她说雅各抱怨我上课心不在焉，又要求他母亲给我加薪水……"

　　我一时仿佛喝了冷热水，不知该喊冷还是热？我以为一个心不在焉的老师，下场是被炒鱿鱼，再不济也得损几句，没想到竟然是加薪！

　　"我也觉得奇怪，虽然我不喜欢当老师，但每次上课都尽心尽力，或许……有那么几秒钟，脑子开小差，但大部分的时间，我是很清醒的，反而雅各心不在焉，问他懂了没，沉默的紧，作业倒是交了，照片也拍得不错。"

　　"那就好。"

　　"不好，现在华夫人每月多给我 €10,000，我觉得怪，但又说不上怪在哪里，好像有人抱怨我煮的东西不好吃，但天天上我家吃饭还加价，你说我是煮还是不煮？" 小尤问。

　　我同意这件事很怪，话说回来，我倒宁愿雅各也抱怨我教得不好，让他母亲给我加薪水……

　　"呵呵，你真有趣。"

　　"是真的，我有老公要养。" 我一本正经地说。

　　罗宋还是学生，虽然偶尔帮人作画有进账，但学费及生活费，我多少还是得资助一下。

　　没想到我无意间的一句话，让小尤认了真，他问我钱还缺多少？他口袋有，可以先拿去用。

我赶紧拒绝，说我们尚可"自给自足"。

"那就好，不够你说。"

"好的。"

讲到罗宋、讲到我的经济窘迫，我们的谈话迅速冷场。

"天气越来越冷了。"我讲了双关语。

"是冷，希望中午有热汤喝。"小尤说。

我们很有默契地往厨房走去。

"马老师，能问个问题吗？"我收拾东西准备离开，雅各开口了。

"问。"

雅各问我会和现在的男友结婚吗？我答有这个打算。

"中国女人结婚后可以有外遇吗？"他又问。

我说如果他问的是"可不可以"，那当然是"不可以"，但我知道有人婚内出轨。

雅各咬着笔头说："法国人就不一样，他们对出轨很包容，甚至认为偶尔出轨对家庭的稳定性有帮助。"

果然是"浪漫"之国啊，结了婚不守妇道或勾三搭四，竟然还得到"鼓励"。

"我铁定不会包容我老公出轨。"我很确定。

"意思是，只要你结了婚，一定也不会多看别的男人一眼。"

"那当然。"

"包括小尤？"

我转过头去，直挺挺地看着雅各，说："小尤不一样。"

他问我哪里不一样？

"他……他是我闺蜜。"

话一说完，我终于帮小尤找到定位，原来……我把他视为"闺蜜"。

"谢谢，"雅各很满意："你成功地解答我所有的疑惑。"

第二十章：柳暗花明

雅各曾说他的母亲每晚都有约会，由于我很少到东翼，所以也无从得知，直到有一天……

"Guillaume 爵士和华夫人是什么关系？"我们吃完晚餐，小尤问。

我说大概是某种合作关系，这城堡是爵士盖的，但使用者却是华夫人，具体我也不太清楚。

"据我的观察，Guillaume 爵士总在周末来，他的座车是林肯牌的加长型礼车；星期三则是戴眼镜的华人，他自己开车，是红色 Maserati；其余的日子，来的人都不固定，有一次我竟然看到政府高官，那架势就像国家元首。"

"真的假的？"我笑了："何以见得是高官？"

小尤说有保镖，个个高头大马，戴墨镜，穿深色西装，就像电视上看到的一样。

我说我不信，小尤说他有证据。

"这就是证据！"小尤把一大沓的照片丢在桌上。

我把它们一一拾起，果然看到 Guillaume 爵士还有一个戴眼镜的华人及其他政商名流，我甚至还看到穿长袍的中东人。

"你好大胆，敢拍照。"我咋舌。

小尤说这是他的职业。

"No，你的职业是雅各的摄影老师，这些……"我指着照片："还是销毁吧！免得带来麻烦。"

小尤说他会的，要我别担心。

我坐在小尤的椅子上，他则躺在床上，呈大字形，夜黑风高，我认为是该离开的时候……

"依依～"小尤唤我。

"什么？"

"罗宋汤对你好吗？" 小尤望着天花板问。

我答好，罗宋很疼我。

"嗯……那就好，" 他从床上坐起："如果有一天他对你不好，你第一时间通知我。"

"怎么，你要揍他？"

"差不多。"

我笑了："好，我答应你。"

然而好气氛一眨眼就消失，小尤忽然脸色大变，他像箭似地冲向门口，用力将门打开。

"听够了没？" 小尤没好气地问。

雅各竟然站在门外。

"我……给你看我拍的照片，是用你教的多重曝光法。"

雅各将照片递给小尤，小尤没接，非常拒人千里之外地说："我明天看，你也该休息，小孩子的睡眠很重要。"

雅各说他不是小孩子。

"好吧！不是小孩子的小孩，现在赶紧回房睡觉！" 小尤下最后通牒。

此时雅各的余光扫到我，像看到救命稻草："马老师，我有作文需要修饰，你能指导我一下吗？"

我正要说些什么，被小尤截了去："马老师累了，她哪里也不去，小屁孩快走，是不是要我通知管叔？"

雅各很愠怒，扭头就走。

"你对他太严厉了。" 看雅各受伤的神情，我忍不住说。

小尤说雅各偷听已经不只一、两次了，他都忍了下来，没想到今晚还是，让他的脾气一下子爆发出来。

"可是……雅各毕竟是雇主的儿子。" 我说。

"知道了，下次我会注意的。"

他信步走向窗口，看着窗外白茫茫的一片，喃喃自语说下雪了，不知哈尔滨下没下？

"小尤～"

"嗯？"他转身。

"我觉得那孩子怪怪的，我是指对你。"

"没错，"小尤像是抓到什么把柄："有次上课，我不小心弄断指甲，那孩子竟然把它捡起，放进胶片盒，我问他干嘛？他说留作纪念。妈的，他是不是有恋物癖？"

听小尤这么一说，我心如明镜了。

"马老师，请留步。"

这么巧？管叔又在柠檬树下将我拦截，只是树已剩枯枝。

"有事吗？"外面正在下雪，我冷得打哆嗦。

"华夫人约你喝下午茶。"

真是怪，都两个多月过去了，她才想起跟我喝"第二次"下午茶。

"我……跟小尤约了。"

"马老师，这不是问句，而是命令句。"管叔很直白。

我只好服从命令。

今天喝的是英式下午茶，三层点心瓷盘上摆满了垂涎欲滴的糕点，下层放黄瓜及火腿三明治、中间层放司康及马芬、上层放了蛋糕及水果塔。

"马老师，请用。"华夫人递给我一杯芳香四溢的大吉岭红茶。

"谢谢。"我呷了一口，依然甘醇。

华夫人微笑着看我，今天的她是天使。

"谢谢你指导雅各学习中文，辛苦了。"她说。

"哪里，应该的。"

"陈校长说得没错，你是语言专家，让你一对一的教，太大材小用了。"

"我不算专家，我也喜欢当雅各的家庭教师。"我慢慢地说，心里犯嘀咕。

华夫人优雅地就着白玉瓷杯，小小地呡一口后，说她已跟陈校长说了，请她另派个合适的人过来，因为把人摆在不对的位置上，是用人大忌……

原来，原来这是场鸿门宴，我被 fired。

此时华夫人的小天使形象也瞬间变成面容狰狞的魔鬼。

放下瓷杯，我的声音发干，说："我不知道雅各这么不满意我的教学。"

"他没不满意，只是爵士和我商量了，我们另有要务交给你。"华夫人说。

什么？！竟然又柳暗花明了。

我问是什么要务？她答是很重要的任务，必须借重我的长才。

"什么长才？"

华夫人的微笑加深了，意味深长地说："今天就谈到这里，来日方长。"

她夹了块脆皮蛋糕到我盘里，和善的宛如御前的红衣主教。

第二十一章：鸠占鹊巢

　　华夫人说另有要务交给我，但一个礼拜过去了，仍不动声色。我是说，太阳照样升起；华夫人照样神神秘秘；我照样给雅各上课；而小尤则照样像大哥哥似地照顾我。

　　"其实我可以载你去火车站。"小尤说。

　　我和小尤站在雪地里，大雪纷飞，管叔正将铁链加在老爷车的轮子上，以免行驶中打滑。

　　"没事，你还得上课，雅各等着你呢！"我抬头看雅各的窗口，可惜窗户紧闭。

　　这是管叔故意的安排，他让我和小尤分开来休假，这样一来，雅各每天都有课上。

　　"到了巴黎火车站，罗宋汤会去接你吗？"小尤问。

　　"会，他说会。"

　　"那就好，到了打个电话给我。"

　　"嗯。"

　　我上了车，小尤对我摆摆手，我又看到他略带忧愁的酒窝。

　　我在火车站等了一个多小时，仍不见罗宋的身影，打他的手机却已停机，我的心情也开始由愤怒转为担心，他该不会出了什么事吧？！

　　"依……依依……"

　　罗宋一跨进火车站大厅，马上向我飞奔而来，脸颊红扑扑的，好像参加了马拉松长跑。

　　"你该不会是跑来的吧？！"我努力压抑怒火。

　　"嗯，从学校跑到这里，跑死我了。"

　　我问他今天地铁罢工、电信也短路了吗？

　　他想了想，说："应该没有。"

"那你……"我正准备大发雷霆。

罗宋赶紧解释他没钱买地铁票，手机则是今天一早停机的。

"没钱？"我扬起声："我给了你 €6000。"

罗宋说他知道，但教授推荐他参加美国的 Alexander Rutsch Award and Exhibition，所以他把钱拿去买颜料了。

"€6000 的颜料？"我不信。

"还有……"罗宋嗫嗫地："雇模特儿的钱及教授私下的指导费。"

看罗宋一副做错事的样子，我把骂人的话硬生生的吞下肚。

"还剩多少？"我问。

他没回答我的问话，只说两天没吃饭了。

我带罗宋到就近的肯德基吃饭，看他一副狼吞虎咽的样子，我感到鼻酸。

"学生画展办得怎样？"我问。

"很好。"罗宋大口吃着炸鸡。

又问他有人买画没？

他答有，但不是他的。

"一张都没卖掉？"我问。

"一张都没卖掉。"他答。

我一下子没了气力。

"别担心，会卖掉的，梵高生前才卖出一幅，我身强力壮，入土前一定卖出不止一幅。"罗宋很乐观地说。

哎呀～我的老祖宗，就算两幅画被卖掉好了，难道我们这辈子就靠那两幅过活？

我的眼眶发热，忍不住耸动一下鼻翼，免得鼻水流下来，就是这个动作，让我闻到类似流浪汉身上的臭味。

"你多久没洗澡了？"我问罗宋。

"只有三天，因为没钱交瓦斯费。"

我无力地问家里有水电吗？

"目前还有。"他答。

我在 ATM 机上又汇了 €6000 给他。

"谢谢！"罗宋头低低的。

我安慰他一切都会好的。

"没错，一切都会好的。"他苦笑。

我主动去拉罗宋的手，他拖着我的行李，我们往地铁站走去。

给了罗宋 €6000，我只剩下不到 €1000，下个月的房租怎么办？

在寸土寸金的巴黎，独立负担一个开间，果真是太过浪漫而不切实际。也罢，毕竟做过一场梦，虽然昂贵了些。

"还是把房退了吧！我可以到偏远一点儿的地方租房。"罗宋说。

我不同意，这个想法我们以前就讨论过，虽然便宜了租金，却贵了交通，得不偿失。

"那怎么办？哎……我不参加比赛就好了。"罗宋很懊恼。

"去，去参加，"我像只保护小鸡的母鸡："能得到教授的推荐是至高无上的荣耀，钱的事……我来解决。"

钱的压力实在太大了，以致于在巴黎的四天，我和罗宋深居简出，就怕多花了一欧元。我们甚至也无心做爱，因为买不起保险套了。

"今天是你的安全期吗？"罗宋从后抱住我，亲吻我耳朵。

"那个不准。"我知道他想干嘛。

"应该不会那么好运。"

"错，那叫霉运，"我将他推开："我们现在绝对、绝对不能有小孩。"

还好我的理智战胜性欲，离开巴黎前，我们都没有越雷池一步，躲过了我说的霉运。

我一回到华堡，感觉就不一样了，说不上为什么，就是怪。

我把行李拖上二楼，找到那扇胡桃木门，然后将钥匙插进门孔，奇怪，竟然转不开，这明明是我的房间啊！

我不信邪，一试再试……

"请问……"一个戴眼镜的中国大妈开口了："你在干嘛？！"

我注意到她的手上抱着几本汉语书。

"我……这是我的房间。"我答。

她说我一定是搞错了，这才是她的房间，然后她将她的钥匙插进门孔，三、两下便打开了。

"请问……"我正想开口询问，她却关上门，一副拒绝交谈的样子。

当我正不知所措时，从某个房间走出来的 Clara 看到我了，她高兴地叽叽喳喳起来："Bonjour, *€£+=%#>¥……"

"De quoi parlez-vous?"我不明所以。

Clara 见我一头雾水，转而去抢我的行李。

"Un instant."我赶紧追了上去。

第二十二章：犹豫不决

　　我走入红色客厅，到处摆满鲜花，墙上挂着拿破仑的大型油画像，沙发和茶几是成套的，都是乳白色镶金边的巴洛克式风格，座面是纺织面料，上面锈了花卉及几何图案。

　　卧室在左侧，是以黄色为基调。我走了进去，看到带顶棚的大床紧靠着墙，床上覆盖着红色波斯绣花绸缎；东面有个路易十四的壁橱，里面挂满了华丽的晚礼服；台桌上有各种珍品，如：小巧的西洋古董钟、中国的青花瓷瓶及富丽堂皇的掐丝珐琅工艺品等。

　　我不知道为什么 Clara 要带我来这里，直到看到自己的私人用品正安静地躺在大床旁边的纸盒里，这才恍然大悟，原来我"搬家"了，搬到东翼，与华夫人比邻而居。

　　"扣、扣。"门开着，管叔还是礼貌性地敲门。

　　"管叔，你来的正好，"我走过去："为什么我搬家了？我不喜欢住这里，我要搬回去。"

　　管叔觉得莫名其妙，他以为华夫人已经跟我谈妥了。

　　我说她谈了一些，但没谈到搬家，也没说这么快就给雅各换老师。

　　"这……我想你还是亲自去问华夫人及贝律师吧！他们在会客室等你。"管叔说。

　　我读着用简体中文打出来的契约书，手微微地颤抖着。

　　"薪水还可以商议，对于工作内容，你有什么疑问或要补充的？"贝律师推了推他厚重的眼镜说。

　　"那个……接待华人政军商是什么意思？"我问。

　　贝律师解释，很多华人会来法国投资或与法国政府高层谈话，白天他们奔波劳碌，到了晚上就需要休息、娱乐，我的工作就是让他们彻底放松，以便隔天有更多的精力做事。

"彻底放松是什么意思？"我契而不舍。

贝律师还想进一步说明，但被华夫人截了去，她说："就是说他们想听的话，做他们要你做的事，不违背他们的意思，满足他们的需求，换言之，你是他们的侍从。"

听起来很诡异。

"我不习惯做别人的侍从，我也做不好，你们找错人了。"我板起脸孔说。

"不会错的，Guillaume 爵士很有信心你能担任这个工作。"华夫人说。

"那个……"我看了一眼贝律师，不知该不该当着他的面问。

华夫人马上心领神会，她请贝律师移驾到欧风阁，那里已备好他要的雪茄和 Whiskey。

于是贝律师起身，他向我们点点头，走了。

"有什么话要问？尽管问。"华夫人很豪爽。

我深呼吸一口气后，直白地说我不是天真无邪的小红帽，这个工作不若表面堂皇，说白了，就是嫖客和妓女间的交易。

"我说对了吗？"我问。

华夫人深深地看了我一眼："爵士果真没看错人，你的确聪明，但我不认同这是嫖客和妓女间的交易，我认为你做的是外交工作，是神圣的。让我这样说吧！有时要那些政客签字或巨商掏钱，难如登天，但经过温柔乡的洗礼后，事情就顺利多了。我们是在替国家办事，跟一般的淫窟不一样。"

话说得好听，不过是换个包装而已。

"华夫人，被你和爵士看上，我不认为是种荣誉，反而是种耻辱，我是老师，不是站街女，今天的谈话就到此为止，我会将它们通通忘掉。"我把契约书扔桌上。

"呵呵……呵呵呵……你竟然以为……以为是你上阵？呵呵呵……"华夫人非常没有礼貌地大笑起来。

"什么意思？"我很不悦。

"je sui sdésolée。通常我不会这么失态，但你说了个笑话，"她停顿了一下，态度转为严肃："不，不是你上阵，你不够媚，也放不开，我们有个花名册，里面环肥燕瘦，都是顶级的。"

这下子我不明白了，既然这样，何需有我？

华夫人说，华人对性这种原始需求比较道貌岸然，根据她的经验，总要造作个几天，才会摘下面具，她没这个时间耗，所以需要我。

"如果你接待时，发现对方守身如玉，那好，就做你管家的工作；但凡对方有一点儿心猿意马，你便帮他挑个合适的女孩。"华夫人说。

原来，原来我成了老鸨。

可是……为什么是我？我很疑惑。

"因为你有书卷气，能替我们的公关工作做很好的掩饰。"她答。

华夫人给我三天时间考虑，我挣扎了很久，在做与不做之间游走。做，有违我长期的自我期许；不做，金钱的压力如盘石般沉重，我该怎么办？

"依依，我找了你很久，听说你搬到东翼了。"小尤看见我，向我飞奔而来。

"嗯。"我低下头去。

他问我为什么搬？连雅各也换老师了。

我说华夫人另外派了工作给我。

他问是什么工作？

什么工作？我想起自己签了保密协议，不论接或不接这份工作，都不能向外吐露一个字，否则……照华夫人的说法，她会下全球追杀令。

"秘书，当华夫人的秘书。"我说。

"这太好了，薪水一定不少。"小尤显得很开心。

讲到薪水，这也是让我犹豫不决的原因，接下这份工作，我非但买得起昂贵的衣服鞋包，还能在巴黎市中心给罗宋租个两居。

"不多，还可以。"我又低下头去。

"这么说，你已经决定接下新工作了？"小尤问。

我说还没决定，正在考虑。

"那好，你边考虑，我边带你去个好地方。"

我问哪里？他说去了就知道。

小尤在前领路，我无可无不可地跟了过去。

第二十三章：见习生

小尤带着我走出华堡，我有种"离家出走"的兴奋感。

"你确定我们不需要向管叔报备一下？"我问。

小尤问报备什么？我脚下的地也是 Guillaume 爵士的，我们不过是从他家客厅走到阳台。

这个"阳台"老远，走得我脚底板发冻，因为没穿袜子的缘故。

"你怎么不穿袜子？这么冷的天。"小尤责备我。

我说我以为只是到楼下吹吹风，没想到出走。

"不行，"他弯腰脱下自己的袜子，并且将袜子由内往外翻："我没香港脚，但这样穿比较卫生点儿。"

我说不用了，但小尤面对我跪了下来，将袜子套在我光裸的脚上，再将它们塞进雪靴里。

"谢谢。"

"不用谢。"小尤站起身，拍拍身上的积雪，说："走吧！"

一路上，我都能感受到小尤的羊毛袜带来的暖意，像个小火炉似的。

"这就是你说的好地方？"

我仰头看着这个五层楼高的褐色建筑，上面有几个口。

"嗯，这是碉堡，原来用于保护士兵及火炮，并抵制敌方的攻击。战争结束后，一度用作水果仓库，现在则空置着，走，进去看看。"

小尤口中的碉堡呈圆筒状，由混凝土建成，共有两个出入口，连接着交叉而上的两座楼梯。我和小尤拾级而上，空气中飘浮着尘埃，我忍不住打了几个喷嚏。

"快过来看！"小尤走向碉堡口。

其实进入碉堡后，我已隐约听到海涛声，也闻到海风的气息，但一旦看到那像蓝宝石一样发亮的海水时，还是得到不小的震撼。

"真美！"我说。

"是美，也惟有看到大自然的鬼斧神工，才会感觉人类的渺小，那些恩恩怨怨，不过是沧海一粟罢了。"小尤继续伤感地说："……我来不及恨一个人，因为时间不多；我也来不及爱一个人太多，因为时间永远不够。"

"那么你到底来得及做什么？"我顺着他的思路走。

小尤说他还来得及告诉那个人——我爱你。

"你说了吗？"我问。

"我……"小尤深深地看着我："正在酝酿说的勇气。"

"那得赶紧了，人生苦短。对了，你是怎么发现这个好地方的？"我问。

他说有人带他来，我问是谁？他答雅各。

雅各？竟然是雅各！

"那雅各有没有像你一样，面对大海发表'伤感宣言'？"我问。

"他……"小尤停顿一下："他说～我来不及恨一个人，因为时间不多；我也来不及爱一个人太多，因为时间永远不够，但愿在有生之年，我有足够的勇气对他说——我爱你。"

华夫人说给我三天的考虑时间，但在第二天的下午，华堡便迎来一位超重量级的贵宾，这可以从跟随在后的车队看出，洋洋洒洒十多辆黑色奔驰车。

"马老师，请移驾东瀛阁。"管叔说。

"为什么？"我问。

管叔说他不知道，是华夫人交待的。

于是我跟随管叔上到二楼，走到走廊尽头，那里有个玄关桌，上面摆了个紫砂花盆，管叔把最右边的一朵蓝色鸢尾花拿起，玄关桌连同墙壁便整个旋转起来，留出一人宽的缝隙，让我惊讶不已。

"马老师，请。"管叔不忘"女士优先"。

我迟疑了一下，侧身进入密道。

原来密道里有四个房间，分别为"明月阁"、"东瀛阁"、"欧风阁"以及"情色阁"，管叔带我进入第二间。

"贝律师，你的客人到了。"管叔敲门后，自报身份。

"请进。"

我脱鞋走进这个和式房间，地面铺上了用灯芯草做成的榻榻米，整个空间被拉窗及两面纸糊的障子门所围绕，竹制的灯饰散发出柔和的光芒，给人朴素典雅的感觉。

贝律师坐在矮几前，他正在品酩日本茶。

"马老师，请坐。"

看见我来，他指指对面的座位，我便在一张绘有樱花的座垫上坐了下来。

"我以为是华夫人找我。"我说。

"华夫人正在接待杨将军。"

杨将军？

贝律师不想谈论客人，他直接问我那件事考虑得怎样？

我说华夫人给了我三天的考虑时间。

"看来你多所犹豫，正如华夫人所想的，既然这样，何不见习一下？"他说。

见习一下？

贝律师说待会儿华夫人会把杨将军带到这里，我背后有一扇拉门，纸糊的，模模糊糊还能辨识，我就待在那里别出声，观摩华夫人是怎么接待客人的，这有助于我下决定。

我面露难色。

"先见习一下，总比仓促上场来得好。"贝律师游说。

我思考了一下，觉得不无道理。

于是贝律师发了条短信，没多久，短信被回复了。

"就现在，他们已经喝完下午茶，正往这边走来。"贝律师说。

我的心跳得好快。

贝律师让我躲进背后的小房间里，对我做个"噤声"的动作后，拉上纸糊门离去。

我……彻底地被丢进黑暗之中。

第二十四章：新工作

我大概等了十多分钟才听到唏唏嗖嗖的走路声。

"这房间真清幽。"

"是的，特别为您准备的。"华夫人说。

他们两人坐了下来。

"您喝什么茶？"华夫人柔声问道。

杨将军说不喝了，刚刚才吃完下午茶，喝的够多了。

"那么我帮您捏捏脚，让脚透透气。"

"也好。"

我看到华夫人跪在杨将军面前，开始为他足底按摩。

"我刚下飞机就急着来看你。"将军讨好着说。

华夫人说那是她的荣幸。

"我老婆可恶的很，怀疑东怀疑西，就差没替我穿上贞操带。"

"那是她爱您的方式，如果不爱您，何苦找罪受？"

杨将军光讲他老婆的事就讲了一个多小时。

"将军，明天您跟谁会面？"华夫人问。

"国防部长 Guy de Maupassant。"

"听说他很固执、倔强。"

"何止固执、倔强？简直是厕所里的石头～又臭又硬，每次跟他见面，讲没五分钟就吵，想到就头疼。"

"那么别想了，我让 Sakula 来服侍您。"

"Sakula？她不是回日本了？"

"想您，所以又回来了。"

"呵呵，想我？好，让 Sakula 过来！"

可想而知，这会是个怎样的夜晚，我躲在纸糊门后面，看得口干舌燥、热血贲张，直到那两人大战方休后，我才扶墙而出……

贝律师说见习一下有助于我下决定，果真如此，我已决心说不。

"嘟……嘟嘟嘟……"手机响了，是罗宋。

"你怎么想到给我打电话？"

罗宋说因为他有心电感应，觉得我需要他。

"我的确需要你，我……"

我本来想巧妙地告诉他，华夫人给我派了个恶心的工作，而我将大义凛然地拂袖而去。

"依依，我也需要你。"

需要我？

然后罗宋告诉我一个惊天动地的消息：他的学弟出了车祸，医院告诉他，查不到伤者的保险记录，需要付现。罗宋想着同为中国人，学校又替每位学生买了保险，以为是系统出了问题，很快就能把钱还上，于是代垫了手术费，没想到学弟是旁听生，没有学籍的那一种，学校当然也不可能帮他买保险……

"还剩多少？"我喉咙发干。

"不到€500，今天还……还收到了房东催缴房租的通知。"

我觉得自己像站在悬崖上，不知该不该往下跳？

"等学弟清醒，我会跟他提钱的事。"内疚的罗宋马上做了弥补。

那也远水救不了近火呀！

我深呼吸一口气，像个从容赴义的勇士："没事，我来解决。"

"依依～"

"什么都别说了，好好的作画就行。"

挂上手机，我已经决定接下那个恶心的工作。

华夫人说外交工作是讲门面及内里的，所谓门面就是外表及着装，内里便是学识和谈吐，所以她帮我安排了课程，务必在短时间内拿得出手。

首先，当然得解决门面问题。她带我上 Rapha Perrier 工作室剪发，据说他是国际顶级的美发大师，连续四年获得世界美发大赛冠军。

他摸了一下我略显粗糙的发，问了我的职业及意见后，刷刷刷地剪起来，仿佛剪刀手爱德华。

不出意料，他帮我剪了个时尚短发，然后染上亚麻色。看着镜中的自己，我一度认不出来，柔和中带着干练，不愧是高手。

"I like it." 我说。

Rapha Perrier 听得懂英语。

接着，华夫人带我上巴黎采买了大量的化妆品、护肤品以及香水，回到她的房间后，她亲自教我化妆。

"好了，"华夫人大功告成："今天化的是裸妆，以后还会教你根据不同的场合化出合宜的妆容。"

我再次凝视镜中人，她像从画报里走出来，融合可爱、性感、知性为一身的女子，和印象中的马依依有段距离。

"不像我。"我说。

"你以为你应该是什么模样？"华夫人意味深长地说："这是条不归路，一旦做了外交工作，你就不可能是原来的你了。"

我跟在小尤及雅各身后有一段时间了，他们在从各个角度拍教堂。

"加滤镜，"小尤提醒学生："阳光虽然不强，但雪会反射光芒，为避免曝光，你一定要加滤镜。"

"知道了。"

雅各正蹲在教堂前，由下往上仰拍，非常专注。

小尤叉着腰，观察学生的身体角度是否正确，我正想离开，一群麻雀突然从教堂后的树林往我的方向飞过来，吱吱喳喳的声音响彻云霄。

我看见小尤的眼光跟随着麻雀移动，然后毫无意外地落在枯枝下的我，他两眼发亮地向我奔来。

"你怎么来了？"他笑开了脸。

"来看看你……和雅各。"

他端详了我一会儿后，说："你剪头发了，还涂眼影。"

"嗯，工作需要，会不会太艳？"我问。

"不会，刚刚好。"

此时，雅各也跑过来，他责问我为什么不教了？

"我当你妈妈的秘书了。"我答。

雅各说他要跟他妈说去，让我回来教他，顺便抱怨蒋老师，说她一板一眼的，功课出好多。

我苦笑："我不可能再教你了，我已经收了钱。"

提到钱，小尤对我投来奇怪的眼光。

"那么……让我帮你拍张照，我要把它挂在房里，没事想你一下。"雅各说。

"好的。"我微笑。

雅各帮我拍了好几张照片，足够他想的了。

"现在帮我和马老师拍张照，没事我也想她一下。"小尤说完，把手环在我的肩膀上。

雅各看着我们好一会儿，迟迟不按快门。

"快拍啊！"小尤催促。

雅各无奈地拿起相机，匆匆拍了一张后，转身走人。

"也许底片用光了。"我找台阶下。

"这个混小子，"小尤很气愤："他的眼里只有你。"

"只有我？"

"是啊！看我们两人靠得这么近，他不爽了。"

小尤，你是真不知还是假不知？那孩子喜欢的是你。

我终究没说出口，自己的事已经够烦心，还是保持表面的和谐吧！

"依依，明天我开始休假。"小尤忽然提起。

"真的？恭喜了。"

他问我是否需要托带什么东西给男友？

我想了想，请他帮我带句话给罗宋，说……说我汇了 €10,000 给他。

第二十五章：拨云见日

"€10,000？那你身上还剩多少钱？"小尤问。

我答这是个人隐私，无需回答。

"依依，罗宋汤的经济状况我大致了解，不然他也不会租客厅睡；你的经济状况也差不多，除非中了彩票或有不菲的外快，你一下子给他€10,000，打算喝西北风？"

"没错，我就打算喝西北风。"我来气。

小尤看我生气，举手投降："All right，我太杞人忧天了，你打算喝西北风，请便！我会把话带给罗宋汤，Au revoir。"

小尤转身走了。

华夫人替我安排了法语、英语、政治、心理学、礼仪、马术、茶道等课程，这些都是硬课，我绞尽脑汁地学习，比以前更忙了，忙到好几天没到西翼，也不知华堡以外的世界。

小尤回巴黎后，我以为罗宋会在收到口信的第一时间打电话给我，结果没有。

第一天没有，第二天没有，到现在一个礼拜过去了，他一通电话也没打来。

"是不是太忙了？"我自问自答："不可能，再怎么忙也有时间打电话。"

趁着中午休息时间，我到楼梯间打电话给罗宋，电话响了好几声他才接，而且口气很不对。

"你怎么了？好几天没打电话给我。"我问。

"我在生气。"

生气？为什么？

"小尤说我堂堂一个大男人，却用女人的钱，让女人喝西北风，这是件可耻的事。"

什么？小尤竟然这么说，太不可原谅了！

"罗宋，是这样的……"我试着解释。

"我不跟你说了，餐厅老板看了我好几眼，再不挂，工作恐怕保不住。放心，你的钱我没用，很安全地躺在银行里。"

我还想说什么，但罗宋已先一步挂了，让我错愕万分。这不是我要的，再想到小尤的"好管闲事"，我一肚子火，马上到西翼兴师问罪。

我敲了门，无人回应，正想离开，看见不远处的画室，门虚掩着，遂走了过去。

"扣、扣。"

"vat'en!"雅各要我滚。

我推开门，把头探进去："怎么了？吃了炸药？"

雅各看是我，又低头作画，脸色微愠。

我走了进去，Bruno 一跃跳入我怀里，我只好抱着它。

"好久不见，连 Bruno 也变重了。"我说。

"是好久不见，每天都度日如年，难受死了。"雅各抱怨。

"我以为你至少喜欢上摄影课。"

雅各说他是喜欢，但没老师怎么上？

没老师？

"小尤的眼睛受伤了，他已经一个星期没来上课了。"

小尤竟然眼睛受伤了，我完全不知情。

"他在哪里？"我问。

雅各说在巴黎，打从休假到现在，小尤就没回来过。

我打给小尤，他不接，我心里很忐忑，心不在焉的。

"怎么了？马老师。"华夫人关心地问。

我现在和华夫人同桌共餐，她顺便教我餐桌礼仪，有时 Guillaume 爵士或贝律师也会在场，他们轮番给我上课，意思是连吃饭时间，我也无法真正放松。

"没什么。"我低头吃春鸡，它的肚子被厨子塞满蔬菜和香料，非常味美多汁。

"别忘了，识别客人的情绪是我的工作，你肯定有事。"华夫人一语道破。

我用餐巾擦拭嘴角，并等嘴巴里的鸡肉完全咽下肚后，才缓慢地说小尤眼睛受伤了，人在巴黎，我很担心他。

华夫人说她也听说了，这样吧，让管叔载我去巴黎，别坐火车了，开往巴黎的火车经常误点。

什么？！这么容易就放行？

"我不让你去，你也静不下心学习，我何不做个顺水人情？"她说。

"谢谢！"我笑了："Thank you……Merci."

"呵呵，一连给我三种不同语言的感谢，真是受宠若惊啊！"华夫人也笑了。

我请管叔将车子停在小尤公寓的楼下。

老实说，我不确定他在家（尤其在不接我电话的情况下），但是好运来时，挡都挡不住。我看见那人正从路口走过来，手里抱着一个大纸袋，一条法棍从袋里露出头来。

"Bonjour，请问小尤先生是不是住这里？"我问。

"小尤昨天病故，刚火化。"他答。

"何必自己咒自己？"我责怪他。

"何必大老远跑来？"他反责怪。

我说来看看他，问他眼睛好点儿了没？

小尤的左眼浮肿，乌青一大块，眼白有血丝。

他说好很多了，但是视力还没完全恢复，开车有问题。

我问他怎么摔的？他答不是摔的，是跟人打架。

"跟谁？"

话一说出口，立刻想到罗宋说他在生气……小尤该不会是跟罗宋打架了吧？！

"他的右钩拳很厉害，直接将我打倒在地。"小尤说。

我很生气，即使小尤大嘴巴，罗宋也不该动手，这和我印象中"温文儒雅"的男友形象大相径庭。

罗宋和我约在太湖餐厅外见面，他上五点的班。

我四点半就到，他晚了五分钟。

"怎么回事？"我劈头就问。

他说心里郁闷，打了架。

"小尤的眼睛差点儿瞎了，你出手这么狠？"我责问。

"你关心他？"

"我……我关心你，万一他真瞎了，你不得坐牢？"

没想到他说坐牢总比戴绿帽好。

什么？！这是什么话？我的心被撕成碎片。

"我看出来了，小尤对你不一般，他指责我的神情就像在护卫自己的女友。我问他为什么这么在乎？他说你是他生命的一部分，所以我给了他一记拳头。"罗宋说。

不，不是这样的，于是我把和小尤在暗房里拥抱，他噙着泪水说没反应的事供出。

"如果真的要界定我和他的关系，大概就是闺蜜或者哥哥对妹妹的爱护，他责备你用我的钱，也是因为这个原因。"我说。

罗宋听完，很是懊恼："他怎么不早说？我出拳也太重了。"

我说他应该道歉。

罗宋说那肯定要，问我能待到明天吗？明天中午他煮好吃的，让我请小尤过来，他郑重向他道歉。

"好，我马上打电话给他！"我雀跃地说。

第二十六章：赔礼饭

为了准备赔礼饭，罗宋算是卯足了劲儿，五点不到就喊我起床，我们一起到市场街采购。

把食材大包小包地搬回家后，我们手忙脚乱地洗切，罗宋是大厨，我当下手，忙得不亦乐乎，终于在 11:30 前把几道菜都端上桌。

"生鲜沙拉、奶油蘑菇、芦笋鲜虾球、清炖鱼头汤、炒扇贝、铁板牛柳、红烧肉，中西汇合，总有小尤喜欢的。"罗宋信心十足地说。

我忽然想到好菜得配好酒，怎么就没想到在市场街买上一瓶？

罗宋摇摇头，他说酒中的酒精极易刺激视神经，使传导功能降低，小尤的眼睛已经受损，若再受酒精的刺激，极易使视力更下降。

原来如此。

我和罗宋脱下围裙，面对一桌子的好菜，坐等客人来到。

"那个……你现在在中国餐厅打工？"闲着也是闲着，我无话找话。

"嗯，我当二厨，其实我的厨艺比大厨好。"罗宋说

我问他为什么去餐厅打工？当二厨倒不如帮人画像，既自由又不用纳税。

"大小姐，"罗宋很无奈："冬天啦，谁在冰雪里坐着让你画？"

对啊！已经冬天了。

"这样太辛苦了，还是把重心放在课业上，€10,000 你拿去用，别省着。"

"依依，"罗宋的声音转为严肃："我把小尤的话重新想了一遍，他说得没错，大男人总不能让女人养着，你有你的日子要过。还好现在学校放圣诞长假，我若在餐厅打全职工，下学期来临前，应该能解决所有的经济问题。"

我很想告诉罗宋，我现在是有钱人了，养得起他，但话终究太伤人自尊，我选择沉默以对。

"嘟……嘟嘟……"

是小尤打来的，我高兴地到楼下迎接。

"小尤，"罗宋站起身，举起玻璃杯："我以果汁代酒，很诚心地向你道歉，你大人不记小人过，我干了。"

罗宋一饮而尽。

"快别这么说，"小尤也站起来："我也有错，越俎代疱，犯大忌了。"

罗宋拍拍小尤的肩膀："那么我们一笑泯恩仇，嗯？"

这餐饭我们吃到下午四点，直到宾主尽欢，我才记起得回华堡了。

"你们继续吃，我赶火车。"我边说边打包。

罗宋说眼看就要天黑，还是明天再走吧！

我答不行，华夫人已经额外给了我一天，我不能再拖……

小尤接话，他说如果不是他的视力还没恢复，他很想开车和我一道回去。

"已经十多天没给雅各上课了。"他说。

"那好，"罗宋放下筷子："就这样，你们两人都打包好，我开小尤的车送你们回华堡。"

我们三人是在夜里 12 点左右到的。

"罗宋，我不住西翼，改住东翼了。"

当罗宋想帮我把行李送上楼时，被我阻止。

"为什么？"罗宋很疑惑。

我告诉他，华夫人另派了秘书的工作给我……

对罗宋撒谎情非得已，我感到内疚。

"这么说，你们两人不住同一栋了？"他问。

我无奈称是。

不知为什么，罗宋喜形于色。

"兄弟，现在怎么办？你睡哪里？"小尤问了急迫的问题。

不消说时间已经这么晚了，天气又冷，罗宋即使硬着头皮开回去，小尤的二手车也不干，肯定在半路上熄火。再说了，那是小尤的车，罗宋把它开走，小尤怎么用车？

"睡雅各的画室吧！那里有张小床。" 我发号施令。

想起前阵子罗宋还曾因小尤晚归而吃飞醋，殊不知后者就是在画室里度过一宿的。

"可是……我们不能留宿客人。" 小尤提起华堡的 "规定"。

"现在华堡上下都睡了，明天一早，我会向华夫人报备。" 我把责任一肩扛起。

于是我们三人互道晚安后，往各自的住处走去。

第二十七章：嗤之以鼻

"马老师，你回来了，小尤的眼睛好点儿了吗？"华夫人在早餐桌上问我。

我答好很多了，昨天夜里他已经和我一起回来。

"是吗？他开车？"华夫人咬了口可颂问。

我回答小尤的视力还未完全恢复，是我男朋友送我们回来的，也因为此事，我得向她汇报，因为当时很晚了，所以我自作主张让男友睡在雅各的画室里，那里有张床……

"雅各恐怕不会高兴，你问过他了吗？"华夫人放下可颂，声音像闪着寒光的匕首："我也不高兴，是谁给你权利自作主张？"

"没人给我权利，我也不敢要求权利，"我把头低得不能再低了："但已经夜里 12 点了，我怕吵醒你或管叔。"

华夫人不置一语，专心吃起她的培根和香肠，我的心七上八下，全无胃口。

"他现在在哪里？……我是说你男友。"

我答可能起床了，他睡得浅。

"把他叫来。"

"什么？"

"把你男朋友叫来一起吃早餐。"华夫人用刀切开荷包蛋，浓稠的蛋黄溢了出来。

"你叫什么名字？上回忘了问。"

"罗宋，罗马的罗，宋朝的宋，二字名。"

"你是马老师的男朋友，两人认识多久了？"

"认识五年了。"

"五年？够久的了。"

罗宋尴尬称是。

然后华夫人一边劝罗宋用餐，一边把他从哇哇坠地以来的历史全挖出来。

"原来你是巴黎美术学院的学生，中国老一辈的画家如徐悲鸿、潘玉良就是从那里毕业的。"

罗宋点头，说他听说了。

华夫人又说她想让人画幅像，和真人一样大小，问罗宋需要多少时间完成？

"真人大小？"罗宋思考一下："那至少得 200x150cm，作画时间可长可短，达芬奇的《蒙娜丽莎的微笑》画了 4 年才完成。"

"那么现在就开始吧！雅各的画室有材料，不够的让管叔买去。"华夫人说。

"现在？！"我和罗宋同时惊叫出来。

华夫人看着罗宋，说："你不是正在放假中？那正好，三楼有的是房间，你自己挑一间，准备好就到我房里来。"

华夫人起身离座。

我和罗宋有好一阵子都说不出话来。

"别去，"还是我先开的口："待会儿我请管叔载你到火车站，你坐最早的那班回巴黎。"

"依依～"

听罗宋唤我，我的心开始往下沉。

他说他需要自食其力，需要养家活口，至少得养活他这张口。以华夫人的实力，她的出价肯定不低，动作快一点儿，开课前他可以把接下来两年的学费和生话费都挣到。

我说他不需要自食其力，也不需要养家活口，他可以用我的钱。

"我就是不想用你的钱，你还不明白吗？我不是吃软饭的！"罗宋很气愤。

看罗宋如此生气，我反而弱了下来，问："你打算就这么留下来？巴黎的公寓怎么办？中国餐厅的工作又怎么办？"

罗宋想了一下，说他再去问个仔细，看价钱够不够让他放弃这些。

"我没想到华夫人这么慷慨，她说一平方米给我 €2,500，意即 3 平方米的画，你老公将赚 €80,000，哈哈，五十多万人民币哪！我从来不敢想有朝一日我能赚这么多钱！"罗宋一进门就大声嚷嚷，然后躺在我床上，望着天花板傻笑。

我泼他冷水，说太容易得到的，一定有鬼！

罗宋不认同我的说法，他坐在床上，说 3 平方米是大画，不好画，何况华夫人说了，成品得让她满意才行，不满意，她一分钱也不付。

"那岂不是竹篮子打水一场空了？"我顿时泄了气。

"不会的，"罗宋马上摇头："你老公还是有两把刷子，我有信心赚到 €80,000。对了，为什么我提要和你住同一间房，华夫人说你的工作会经常加夜班，为了避免吵架，还是分开来住比较好？"

"这……因为我要接待华夫人的客人，他们的夜生活通常比较精彩，所以……"我吞吞吐吐地说。

"也罢，我搬到三楼，有空我还是会偷偷下来找你。"

罗宋用"偷偷"两字，让人浮想联翩。

我嘟着嘴说他不下来也行，我一个人过挺好的。

"真的？"罗宋一把抱住我："我以为阴阳调和才会好。"

我又闻到罗宋身上浓郁的男性荷尔蒙味道，问他昨晚洗澡了没？

"哪有时间洗？待会儿完事再洗。"

罗宋靠近我，我闭上了眼睛。

华夫人要罗宋马上动笔，但等罗宋万事具备了，她却飞去瑞士。

"也好，我回家拿换洗衣物及随身用品，公寓就不退了，我的画作及杂物太多……对了，还得上太湖餐厅，把欠我的工资给要回来。"罗宋说。

我没发表太多意见，因为课程被安排得满满的，学得很吃力，注意力一分散，我也难理罗宋的作息，还好我们同桌吃饭，可以不时见面。

华夫人从瑞士飞回来后，我听说罗宋已经帮她画过一次像了。

"马老师，法语学得怎样？"华夫人在餐桌上关心地问。

今天我们吃意面加香蒜面包。

"马马虎虎。"我答。

"¥("+&@%t……"华夫人忽然操起优美流利的法语。

"Pardon？"我请她再讲一次。

罗宋反而截足先登："+*^%#¥£€<……"

华夫人笑了，用英语说："Naughty boy."

这次我听懂了，华夫人说罗宋是"淘气男孩"。

可恶！这两人欺负我不懂法语，当我的面调情，是可忍孰不可忍？我暗自发誓，一定要把法语学好！

此时，那一男一女的笑声又像狂浪般袭来，仿佛对我的誓言嗤之以鼻。

第二十八章：大事不妙

罗宋第一次进我房间时，也许急于告诉我那即将到手的巨额收入，所以没留意到墙上挂着的女人胴体，让我侥幸逃过一劫，但他说了，有空他会"偷偷"下来找我，让我警觉到该把自己的裸照隐藏起来，可是该藏哪里呢？

我想破头也找不到安全的地方，直到上三楼找罗宋，发现那些熟悉的瓶瓶罐罐时，灵光乍现，何不把相框上的透明亚克力板涂上颜料，不就看不出光身子的女人了？

我毫不费力地从罗宋那里借来油彩，大手一挥，我的裸照顷刻间成了一幅日本国旗，和整个房间的气质严重不符，但也只能这样了，谁让我眼高手低，画不出更复杂的了。

华夫人说有些客人喜欢附庸风雅，那日本茶道就很迎合这类需求。她为我请来女茶师，上课地点就在东瀛阁，一个我死也忘不了的地方。

开课的第一天就让我印象深刻，因为女茶师竟然身穿和服，脚踩木屐前来。

"Ko ni chi wa." 她颔首向我打招呼。

"Ko ni chi wa." 我也向她点头。

原来茶道有繁琐的过程，茶叶要碾得精细，茶具要擦得干净，茶师的动作也要规范，既有舞蹈般的节奏感，又要准确到位。

我光是碾茶叶就学了三天，总不能让带我的师傅满意，她老要我再试一次。我觉得自己就像月亮上的玉兔，跪地不停地捣长生不老药。

终于在第三天，我碾出令人满意的茶叶。

"Sugoi." 我的师傅很难得地露出笑容。

正当我觉得可以松一口气时，她却拿出一套精致的茶具，嘱咐我"洗干净"。根据我对日本人的了解，这"洗干净"绝对是最高标准，尤其用在他们引以为傲的茶道上。

果不其然，我又陷入周而复始的轮回中……

坐在喷水池边，我望着冻成溜冰场的池子发呆。

"依依～"小尤小跑步过来："好久不见。"

我觉得很不可思议，几乎华堡上下所有人遇见我，都会说声"好久不见"，即使我们的住处就近在咫尺。也难怪，我的课程安排得太满，就是学习、学习、再学习，像现在这样"偷得浮生半日闲"的机会并不多见。

"嗯，好久不见。"我丢了颗石子进池里，它弹跳了几下，落到池子外面。

"最近忙什么？"他问。

我说瞎忙。

他又问罗宋忙什么？

我答忙着给华夫人作画。

"给华夫人作画？什么时候的事？"他很惊讶。

我只好把故事从头说起。

谁知道小尤意有所指地说，华夫人一点儿也看不出有个 16 岁大的儿子……她的皮肤吹弹可破，满满的胶原蛋白啊……没有小女孩的羞涩，却有熟女的魅力……

"你到底想说什么？"我没好气地问。

"我想说别火烧屁股了，才想起要灭火。"小尤答。

其实我早注意到了，刚开始的几天，每当夜黑人静时，罗宋天天下来找我。

"你烦不烦？"我问。

"不烦，在城堡里做爱，让我兴致高涨。"他涎着脸说。

没几天，大概新鲜感过了，他来的次数越来越少，我也不以为意，想着高烧的人总有退烧的时候，但今天听小尤这么一说，我开始有危机感，马上转身走人。

"你去哪里？"小尤对着我的背影喊。

"去灭火。"我头也不回地答。

罗宋一向在华夫人的房间里替她作画，我当然不可能冒冒失失地闯进去，只好"守株待兔"，到罗宋的房里等他。

罗宋曾给我一把钥匙，说："你想我时，可以进来。"

如今这把钥匙起到作用了，我三两下打开房门。

他还是一贯整齐、干净的作风，屋内摆设各就各位，连床都铺得平平整整的，看不出有人睡过的痕迹。

我走了过去，在桌上的瓶瓶罐罐中找到素描本，翻开一看，都是针对华堡的写生，有宏伟的建筑、宽阔的园林及佣人们的表情动作，我甚至还看到华夫人的脸部特写，在罗宋的画笔下，她的确美得不可方物。

没找到可疑的线索，让我心情微快。

"你有病啊！难道希望罗宋和华夫人之间真有什么？！"我捶了一下自己的笨脑袋。

正因为这一捶，我忽然记起我的马术课，赶紧跳起往马场走去。

我曾问过华夫人，为什么要学骑马？

她说很多客人来到城堡，就想做点儿原始的运动，我如果能陪着一起骑马，会让客人更受用，因为单骑很无趣。

马术教练叫 Azzo，是个矮个子的意大利人，五官轮廓非常分明，而且浪漫的不得了，第一天上课就送我一朵红玫瑰。

"For the most beautiful girl in the world."他说。

害得我鸡皮疙瘩掉满地。

Azzo 以前是赛马骑师，而男骑师的身高一般不能超过 160 公分，体重不能超过 50 公斤，据说是为了追求更快的速度（不给马匹增添过重负担），难怪他如此"精瘦"。

我已经上过几堂课，包括上马、下马、右转、左转、后退等。

Azzo 给我选的马匹是个上了年纪的淑女，动作慢吞吞的，确保我不会从马上掉下来，然而今天的马匹不一样，活泼好动的很。

经过肢体语言及少量英语的沟通，我才发现原来淑女昨晚暴毙了。

"I am sorry." 我表示哀悼。

"I am sorry，too." 他看着那匹过动儿："I guess you will have a hard time today."

Azzo 含蓄地表示我今天不好过了。

"嘶~嘿儿嘿儿……" 名叫 Jason 的马儿抬高前腿，对我嘶鸣起来。

我忽然有了不妙的感觉。

第二十九章：失落

"Good boy……Good boy……"

Azzo 抚着马脖子安抚它，它才稍微平静下来，但仍然焦燥，不停的摇头、顿足、扫尾巴。

"I think it's better to cancel the lesson today."

我觉得不妥，提议取消上课，但 Azzo 不这么想，只是一再重复 "No problem"。他是专业骑师，他说 "没问题"，我还有什么话好说？只好硬着头皮上场。

"Jason, good boy……good boy." 我一上马就不停地说着好话，竭尽谄媚之能事，但它似乎天生跟我有仇，竟原地打起转来，让人不明所以。Azzo 只好手拉着马绳，让马围绕着他做例行的小跑步。

一开始还不错，跑得很有精神（我是说跟前任比），没想到它越跑越带劲，已经不是小跑了，简直在做百米冲刺，连当圆心的 Azzo 都看得眼花缭乱。

"Stop……Stop……" Azzo 喊停。

Jason 果然慢了下来，谁知一阵刺耳的割草机发动声传来，让 Jason 受惊了。只见它嘶鸣着把前腿抬高 120 度，让我结结实实地从马背上摔下来，脸部朝下，顿时失去知觉。

我用力睁开双眼，模模糊糊中看到好多张人脸，紧接着听到吱吱喳喳的交谈声。

"依依，你醒了？……太好了。" 罗宋抓住我的手，很激动。

"我……我怎么了？"

"你从马背上摔下来。" 管叔抢答。

我注意到站在罗宋身后的若干人马：管叔、小尤、雅各、Azzo，还有一个穿白大褂的洋人。

洋医生走上前来，罗宋让出了位置，他检查一下我的瞳孔，又轻轻摆动一下我的头颅，然后口吐一连串的法语，在场者大概只有我这个当事人不知道他在说些什么。

"Merci." 罗宋和医生道谢。

洋医生接着又发话，众人听了作鸟兽散，只剩罗宋。

"医生说什么？"我问。

"医生说这几天需要观察一下，如果有呕吐或其他不适，得到大医院照 CT，还有，他开了止疼药，如果鼻子还疼，可以吃点儿。"

"鼻子？"

"嗯，缝了十多针。"

我下意识摸摸鼻子，果然被贴了大块纱布。

"怎么办？破相了。"我很懊恼。

罗宋说破相算小事，还好我戴了头盔，否则头破个大洞，人可能就没了。

我问他担心不？他说他当然担心，而且担心得要死。

想起稍早前，我还怀疑他和华夫人之间有暧昧关系，看来我错了。

"华夫人和爵士先前来看望你，但你在昏迷中，所以逗留了一会儿才走。"罗宋解释。

原来他们两人这么有情有义。

"依依，想吃点儿什么或喝点儿什么吗？"罗宋忽然问。

我说什么都不要，只要他陪着我就行。

"那好，我陪你。"

罗宋握着我的手，嘴巴讲着琐事，迷迷糊糊中，我又睡着了。

罗宋一连照顾了我好几天，帮我喂食、更衣，扶我上厕所，简直是 24 小时看护。

"罗宋，我现在好很多了，你去上班吧！假期所剩不多了。"

"的确不多了。"罗宋同意。

我问他画作完成多少？他说还在画脸，我说那怎么来得及？

他要我别担心，如果没画完，周末他还可以来华堡继续作画。

"华夫人说了，她会派专车接送。"罗宋说。

这么说，华夫人是有心完成画像，否则动也不动地坐上几小时，那是件很累人的事。

"这样吧，你去把画赶完，我这边不需要你了，我可以自己照顾自己。"

"真的？"他问。

我用力点一下头，他才放心地离去。

我又开始上课了，当然，马术课除外。

这一天上完心理学，我的老师离开前递过来一个小盒子："Merry Christmas."

啊，圣诞节到了？

我尴尬地说自己没准备礼物，怪不好意思的。

"没关系，你还受伤着，给你礼物，顺便祝你早日康复。"我的老师说。

我上前拥抱她，给了她无声的祝福与感谢。

受伤后，我一直在房内单独用餐。

其实我老早可以下楼用餐，但因鼻子上还裹着纱布，让我羞于见人。

今天上完心理学课，洋医生终于过来帮我拆线，让我第一次看到浩劫后的鼻子。

"You have a new birthmark."

洋医生幽默地说我有个新胎记，我听了却想哭，鼻子本来就不高，现在鼻头上还留了个月牙形的疤痕，岂不是更丑了？

为了参加圣诞节晚餐，我画了宴会妆并在鼻子上大费周章，又是遮瑕膏，又是粉饼的，想把月牙给盖住。

我的路易 14 壁厨里有多件晚礼服，那是华夫人替我准备的工作服，此时正好派上用场。我选了件白色露肩曳地长裙，把头发高高挽起，总算有点儿贵妇人的样子。

我一进餐厅就感受到圣诞气氛，除了一株闪着光芒的圣诞树外，每个人都喜气洋洋的。

"给。"罗宋递给我一顶红色圣诞帽，顺便盯着我的脸瞧："你的鼻子看起来很正常。"

我睨了他一眼，同时发现连一向高冷的华夫人和 Guillaume 爵士也戴上了应景的圣诞帽。

"马老师终于下来跟我们一起用餐了，我还以为你会错过圣诞晚餐。"华夫人说。

"当然不。"

我戴上圣诞帽，并给在场的每个人一个微笑，给了华夫人，给了爵士，给了罗宋，给了……等等，雅各和小尤呢？这么重要的晚餐，怎么不见他们的踪影？

"雅各和小尤去戛纳取景了。"罗宋说。

华夫人补充："我要他圣诞节后再去，他偏不听，两人昨天下午走的。"

噢！原来取景去了，可是临行前，小尤怎么不跟我说一声？

我有些失落。

第三十章：减压

吃完圣诞大餐，罗宋送我回房。一进房间，他就动手脱衣裤。

"你干嘛？"我趴在床上斜眼看他。

"送你圣诞礼物。"

我含糊不清地说自己很累，想睡觉。

"做了就不累。"他一丝不挂地趴在我身上。

我闭上眼睛，像死鱼似的，罗宋却兴致高昂，接连变了几个花样。

我半夜惊醒，因为排山倒海的恶心感。

我跳下床，冲向厕所，果然大吐特吐，一定是昨晚贪嘴又贪杯的结果。就着水龙头，我喝了好几口水，才算好过些。

回到房间，看见罗宋赤裸裸地趴在床上，我走过去帮他盖好被子，然后坐在床上发呆……

皎洁的月光从窗口渗了进来，四周安静无声，我突然有些感伤，眼看一年又要过去，我仍一事无成，而男友的事业也不明朗，毕竟没没无名的画家一把抓。

几年后，罗宋大概会娶我，我大概会嫁他，我们大概会有小孩和一个需要还贷三十年的家，然后呢？

我对罗宋没了精神上的激情，罗宋也是，但他还有肉体上的激情，可是我却没了，每次都像打卡式的急就章，想起来就怕，我还得跟他过接下来的五十年或更久呢！

我闭上双眼，突然就想哭，为什么不呢？罗宋睡死了，我哭得再大声，他也听不见。

于是，在白色的、莊严的圣诞夜里，我就这么让自己泪流成河、肝肠寸断……

"起来了，小懒猪。"罗宋给了我一个清晨之吻。

我揉揉双眼，不确定昨晚的伤感确实存在还是黄粱一梦？

"几点了？"我问。

"八点，得下楼拆礼物。"

原来圣诞节拆礼物是当天一大早的事，拆完礼物再吃早餐。

"我不去，没给大家买礼物，尴尬死了。"我说。

罗宋说他也没准备礼物，这华堡就像个封闭社会，他既没车，也没时间，上哪儿买去？但是华夫人说了，她不介意，要我们赶紧下楼拆礼物。

我真不觉得这是公平的，但既然华夫人开口了，我只好闷着头和罗宋一起下楼。

"睡得好吗？"华夫人问。

"很好。"我和罗宋齐答。

"你们昨晚一起睡？"

嗯……唉……这真令人难为情。

华夫人说昨晚她辗转难眠，因为半夜听到奇怪的声音，问我们是否也听到了？

"什……什么声音？"我问。

做爱的声音还是我的哭声？两者都让人脸红。

华夫人想了想，摇摇头："大概我听错了，也可能是模模糊糊睡着做的梦，never mind，快来看我和爵士为你们准备的礼物吧！"

我和罗宋一起走向圣诞树，那里已经有大大小小的礼盒，我找到写着我名字的盒子，打开一看，是条粉红色的 Gucci 丝巾，署名 Guillaume 爵士，我走过去给他一个亲吻："Merci."

"I need 9 more kisses."爵士说。

"What?"

爵士说他还需要另外 9 个吻，我一时无法意会。

"依依，这里还有你的礼物。"罗宋蹲在树下，举起盒子说。

原来我得到了 20 个礼物，10 个来自爵士，另外 10 个来自华夫人。罗宋也一样，他得到的礼物小山也似的高。

我——将礼物拆开，不外衣服、鞋、包、首饰、小玩偶……足够满足一个小女孩的幻想。

于是我走向爵士，一连给他 9 个亲吻，正想走向华夫人向她致谢……

"喜欢吗？特地为你挑的。" 华夫人柔声地在罗宋耳边低语，顺便帮他系上一条爱马仕领带，红的刺眼。

红色爱马仕事件后，我能感觉到我和罗宋之间出现了裂痕，他的"夜不归宿"成了有力的证据。

"昨晚你没来找我。" 我坐在罗宋床上质问他。

"忙。"

"前晚你也没来找我。"

"还是忙。"

"大前晚……"

"依依，" 罗宋放下画笔："我赶画，你看不出来吗？"

我红着脸说："我以为……以为那个后，你会更画思泉涌。"

罗宋说那得天时、地利、人和才行，最近压力大，他想静静作画。

压力大？什么压力？

罗宋告诉我，华夫人给他画了个大饼，但是眼看快开课了，他的画连 1/4 都没完成，如何付注册费及其他？更糟糕的是，万一画像让华夫人不满意，他的努力和时间都将打水漂。

"没事的，你一定能如期完成。" 我安慰他。

"所以别再给我压力了。"

"人家……人家就是为了给你减压嘛！" 我说。

然而罗宋看也不看我一眼，一门心思都在画上，我只好闭上嘴，默默开门走了。

第三十一章：你追我跑

罗宋忙着作画，小尤和雅各不在，虽然我也很忙，但停下来时，总想找个人说说话，无奈不可得。于是我上网查"戛纳"，想从蜘丝马迹中臆想那对师生现在在做什么？

"原来那么好，难怪跑去戛纳取景！"我看着网页上的介绍，有感而发。

此时那熟悉的车声传到我敏锐的耳朵里，从远而近，我几乎是跳着从楼上下来，再从东翼跑向西翼。

"回来了。"我笑看那两个大男生。

雅各下了车，一脸欣喜，像吃了什么神仙妙丹，亮得发光；小尤就不一样了，人整个萎缩，像瞬间老了十岁。

"马老师，Happy New Year。"雅各说。

圣诞节过后，的确该说新年快乐，于是我也奉上祝福："Happy New Year."

我的眼光回到小尤身上，但他只是跟我说了声"Hi"，默默拖上行李往二楼去。

"小尤老师怎么了？"我问雅各。

"他……"雅各看着远去的背影："重生了。"

雅各说小尤重生了，我以为那是值得欢喜的，怎么反倒凄凄惨惨戚戚？我决定问个明白。

"扣、扣。"

"Entrez."小尤说。

"Hi，是我。"

小尤看见我，很冷默的样子。

我走了进去，在惟二的椅子上坐下来："听说你们去戛纳取景了，那边好玩吗？"

"还行。"小尤翻看摄影杂志，心不在焉。

我说雅各从戛纳回来后，不一样了。

小尤停止翻页，问我哪里不一样？

我说好像……好像久旱逢甘霖。

"呵！"小尤嗤之以鼻："久旱逢甘霖？！"

"你也不一样了。"我说。

这次小尤对准我的脸，问："哪里不一样？"

我说好像……好像一夜白头。

"呵！"小尤失笑："一夜白头？说的好，他妈的对极了。"

小尤是怎么了？这里面绝对有故事，我央求他告诉我。

他看着我，迟疑了一下："如果我能告诉人，还烦恼什么？"

"那就别烦恼，告诉我吧！"我鼓励他。

小尤叹了口气，说"道可道，非常道"，他有不能说的秘密。

看小尤如此消沈，我决定改变氛围，说："走，我们堆雪人去。"

外面雪停了，阳光初露，是堆雪人的好时机。

小尤说好幼稚，不去！

"我想去，你陪我，求求你啦！"我撒娇。

小尤看着我，像看到怪物，问我能不能正常点儿说话？

"不能，"我笑嘻嘻地说："除非你陪我堆雪人。"

我和小尤围绕着雪人做各种的四连拍，扮各种的鬼脸……

我能感觉到"我的小尤"回来了，不再是那个死气沉沉的老头儿。

"小尤，welcome home。"我说。

"说什么傻话？我是回家了啊！"他觉得莫名其妙。

我懒得解释，抓起地上的雪便往他身上扔。

"你……"小尤颇感意外，抓起雪打算"以暴制暴"。

我们遂在冰天雪地中展开一场你追我跑的游戏……

第三十二章：逃课

日子在平淡中度过，罗宋仍然在赶画，我仍然在学习，而小尤和雅各仍然……

说不清楚他们师生是什么关系，有时看见两人腻在一起讨论摄影问题；又有时见两人打冷战，谁也不理谁。

这可不是好现象，我问小尤为什么闹别扭？

"因为……"小尤看着我，慢慢地说："因为我不喜欢雅各……的眼睛。"

不喜欢雅各的眼睛？雅各的眼睛怎么了？

"他总是无时无刻不盯着我瞧，好像一双吃人的眼睛。"

吃人的眼睛？我试着回想雅各的眼睛，不觉得和常人的有啥不同。

"那我的眼睛呢？吃人吗？"我问小尤。

小尤凝视我良久，我笑着推他一把："干嘛！你在做雷射扫描？"

他收回目光，喃喃地低语道："你的眼睛也吃人，但我不介意被你吃。"

我问小尤想怎么庆祝他的生日？他说曾答应过我，领薪水时请我吃好吃的鳗鱼饭，可是一直没成行。

"就让我在生日这一天实现诺言吧！"他说。

于是我和小尤坐在他的雪铁龙里，往巴黎五区开去。

"我带你去的这家是米其林一颗星，主打鳗鱼饭，你吃了就知道，绝对比罗宋带你去吃的那家好。"

小尤提起罗宋，我忽然想到要不要外带一份给他？但一想到他会盘问，所以……还是算了吧！

"想什么？"大概我想得入神，小尤感到好奇。

"我在想，跑那么一段长路，回到华堡几点了？"

小尤说恐怕得晚上了，来回起码八小时。

那真是糟糕，我的政治课和茶道课怎么办？

"打个电话改期就好。"

小尤想得简单，但上课老师和茶师都是外地请来的，现在肯定在路上了，而且我也没有联系方式，现在打给管叔或华夫人肯定挨一顿骂……

我看了小尤一眼，他已经一扫早晨的阴郁，恢复阳光少年的风采。不行，今天是小尤的生日，我不能坏了他的兴致，于是决定做一件非常冲动且不负责任的事～逃课。

"哈，逃课？这个我喜欢，在我三十岁生日的这一天，终于可以做点儿出格的事了，哪～"小尤兴奋地脚踩油门，雪铁龙低吼一声，像子弹似地飞了出去。

这家法式日料店坐落在巴黎五区，食物融合了法式和日式的美食风情，做出的料理非常特别，不过价格真是贵，鳗鱼饭就要 40 欧元。

"我吃鳗鱼饭就好，其他不要。"得帮小尤省点儿钱。

小尤睨我一眼，没说什么，唤来服务员，手指着菜单，点来点去。

"月底别向我借钱。"服务员走后，我赶紧声明。

小尤很笃定地说他不跟女人借钱。

话题冷了下来，我借机观察四周：巧克力色的原木桌椅、棋盘式的地砖、纸糊的灯、美浓烧的餐具……

"怎么会发现这么个好地方？"我问。

"我……男朋友带我来的。"

小尤第一次提起他的男朋友。

"噢！他人呢？"

"回中国结婚了，有个刚出生不久的儿子。"

"I am sorry."我感到遗憾。

小尤很自弃地说也许过几年，他也会飞回中国草草结婚。

"不可以，"我急急地说："你一定要跟心爱的人结婚，婚姻不能草率马虎。"

"心爱的人？"小尤想了一下："心爱的人有心爱的人怎么办？"

"那你当面问他爱不爱你？愿不愿意走在一起？"我给建议。

小尤低头沉思良久，突然抬起头："依依，你……"

"Hi, Su Mi Ma Sen."

服务员边操着日语说"打扰了"，边把食物端上桌，有鳗鱼饭、鱼生、寿司、甜不辣、炸物、味噌汤、外加甜点和果子。

"你这是跟钱过不去。"我心算了一下，没有 €300，我们走不出餐厅大门。

小尤把筷子伸向鳗鱼，说："快乐这么少，能够用钱买快乐，怎么算都便宜。"

他一口把 €10 吞下肚，还频频点头表示好吃。

看他大快朵颐的样子，我也不客气地下箸，原来……原来和这好吃的比，罗宋带我去吃的那家，简直是狗屎。

"好吃吧？"小尤问。

"嗯，太好吃了。"我嘴巴塞满食物，含糊不清地说。

第三十三章：安全到家

吃完饭，我们马不停蹄地开回华堡。

我说这就是任性，来回开八个小时，就为了吃上一口饭。

"你认为值得吗？"小尤问。

"偶一为之还可以啦！"我诚实回答。

车外的雪越下越大，雪铁龙的雨刷，刷刷刷地摆个不停，我开始担心起来。

"没事，我开慢一点儿。"小尤说。

然而我担心的事还是发生了，雪铁龙又罢工，好死不死地停在路中央。

"这下子麻烦了，可能是发动机出了问题。"小尤嘀咕着，顺便把暖气开到最大，然而一点儿效果也没有。

"妈的，连暖气也出问题。"他击打方向盘。

我思考了一下，拿出手机："我打给管叔，他会有办法的。"

"别打，"小尤捂住我的手机："我打给'道路救援'。"

道路救援说现在雪下得太大，等雪小一点儿，会派人过来。

"怎么办？干等？"我问。

"也只能这样了。"小尤很无奈。

我们又聊了一些琐事，但车内实在太冷了，我缩着身子，想把自己缩成最小。

小尤看了，翻身到后座，对我喊："过来，一起取暖。"

"不用了，我……很好。"

"那……算你可怜可怜我，我已经冻僵了。"小尤说。

我转头看他，他果真有些脸色发青。

"可是……"我多所犹豫。

"没什么可是，难道你想要道路救援赶到时发现两具冻尸？"

天那么黑，风雪又大，汽车抛锚，暖气又故障，小尤偏偏还提"冻尸"，害我毛骨悚然。

"啊～"小尤忽然大叫，手指着窗外。

我吓得翻身爬到后座，躲进小尤怀里，双眼紧闭："还在吗？走了没？"

小尤语气平淡地说走了。

我慢慢睁开眼往窗外看去，黑漆漆的，除了雪，什么也没有。

"到底是什么？"我问。

"北极熊，"小尤比出一个壮硕的身躯："刚刚有一只这么大的北极熊，趴在我们的车体上。"

北极熊？巴黎郊区的公路上有北极熊？

我看着小尤，啐他一脸："你唬我？"

"就唬你，否则你怎么会过来和我取暖？"小尤大手一揽，将我拥入怀里。

人的正常体温为 37 度，在这么寒冷的天气下，小尤是我的小火炉，而我是他的小火炉。

"还冷吗？"小尤问。

我说冷，但是好多了。

我们就这样相拥而眠，直至听到有人击打车窗的声音……

小尤下车和"道路救援"交涉，雪铁龙很快被叫来的拖吊车带走，我们也被救援人员安全护送回华堡。

第三十四章：祸从天降

我们在清晨抵达华堡大门口，但"救援车"在警卫处遭到拦截。

我看见警卫打电话给某人，得到允许后，我们才得以进入。

远远的，我看见管叔裹着毛毯站在城堡门口，有了不祥的预感。

"管叔，对不起，车子路上抛锚了。"下了车，我急急往管叔的方向跑。

管叔的脸就像扑克牌的老 K 脸，让人望而生畏。

"马老师，这里不是大学生宿舍。"管叔冷冷地说。

"我知道。"我低下头去。

"还有，华夫人对你的缺课很不满意，你最好赶快想想，该怎样逃过处罚。"

处罚？什么处罚？

管叔不理会我，转向小尤："华夫人同样不满意你没上课，让雅各无所事事。"

"我会补课的。"小尤说。

"补课是一定的，但提前告知是礼貌，也是一个人的教养。"

管叔一句丑话也无，却让我和小尤面红耳赤。

我忽然想到罗宋，在我和小尤消失的十几个小时里，他找过我吗？

管叔答罗宋问过他，样子很沮丧。

"罗宋很沮丧？为什么？"我问。

"这我不清楚，"管叔看看我，又看看小尤："年轻人的世界，我是真心看不懂。"

他摇摇头，转身离开。

看着管叔离去的背影，我有感而发，任性的确需要付出代价。

"而且你还得好好安抚罗宋。"小尤顺便提醒我。

想到这儿，我也沮丧了。

趁着吃早餐前的这段时间，我赶紧上三楼安抚罗宋。

"扣、扣。"

无人回应，我转开门把，还好没锁。

罗宋躺在床上，看见我进来，赶紧用被子盖住头部。

我在床沿上坐了下来，不知该从何说起。

"那个……管叔说你找我……我不知道……应该提早说的……其实也没什么……"我语无伦次。

"没什么？！"罗宋掀开被子："我花了那么多那么多的时间、费了那么多那么多的精力，还付了那么多那么多的钱，他妈的连个入围也没有，我是怎么了？呵呵，肯定是天份不够，我看还是封笔算了，回家耕田去！"

这是什么跟什么？我一时迷糊了。

通过断断续续的谈话，我终于明白，罗宋讲的是前阵子他参加的美国 Alexander Rutsch Award and Exhibition 绘画比赛，第一轮就被刷下来。

对罗宋而言，这是一大打击，但人生就是这样，谁没跌倒过？

"世界上的绘画比赛多得是，这次没入围，不代表其他比赛也会败北，有时得不得奖要看运气，只能说评审不喜欢你的画风罢了。"我安慰他。

"你呢？你喜欢我的画风吗？"罗宋问。

我很快回答喜欢，而且喜欢的不得了。

"你是我的偶像。"我赶紧拍马屁。

"那就好。"罗宋从床上坐起。

我看他不那么沮丧了，遂说："赶紧起床梳洗一下，我们一起下楼吃早餐。"

很明显，罗宋不知道我和小尤失踪一整天的事，这让我松了一口大气，走路不禁轻飘飘起来。

走进早餐室，华夫人已经就座，我和罗宋向她道过早安后，也在自己的老位置上坐了下来，只是我的桌上空荡荡一片，没有杯碗盘，更没有刀叉，反观罗宋和华夫人的桌上，却是一应俱全。

我感到迷惑。

"马老师，几点到的？"华夫人问我。

"那个……"我看了一眼罗宋，不知该坦白到什么程度。

"管叔说车子抛锚了，你和小尤是早上六点多到的。"华夫人说。

哎～全毁了。

"让政治学和茶道老师好等，完全没有尽到提早告知的义务，两人在外待了一整天，能告诉我，你们上哪儿玩去了？"华夫人继续补刀。

罗宋对我投来凌厉的眼神，我瞬间被万箭穿心。

"昨天是小尤的生日，我们上巴黎吃饭，然后就回来了，哪里也没去。"

我又看罗宋一眼，他凌厉的眼神依旧，我压低声音："是真的。"

华夫人说真真假假，她没兴趣判断，不过做错事肯定得受处罚，从今天起一连十天，我没早餐吃，然后她转向站在身旁的管叔，问："雅各呢？都这个点了，怎么还不下来吃早餐？"

管叔弯下身和华夫人耳语一番，只见她皱了一下眉头，但很快又克制住自己的情绪。

"看来早餐的约会只剩我和罗宋了。"华夫人举起橙汁，向罗宋做敬酒的动作，然后一饮而尽。

罗宋也举起自己的果汁杯，干了。

看此情景，我站起身，默默离开早餐室。

没吃早餐不算什么，但罗宋凌厉的眼神杀得我体无完肤，我打算早餐时间结束后，向他负荆请罪。

走出东翼，我往西翼走去，不要问我为什么往西不往东？往东我会经过早餐室的落地窗，而我不想让里面的两人看到我孤独的身影。

走着走着，我忽然看见前方雪地上有一滩血，吓坏我了，赶紧飞奔过去。

原来我看错了，那不是血，是红色颜料水，可是谁会在雪地上洒颜料水呢？

我抬头往上看，那是雅各的画室窗口，难道是雅各洒的？

当我正大惑不解时，管叔奕奕然走来。

"管叔，"我迎上前去："雅各今天为什么没来吃早餐？"

"他……心情不好。"

"那红色颜料水，"我手指着地上："是雅各洒的吗？"

管叔支支吾吾，我大概猜出一二。

"哎～心情不好也不能乱洒东西，还好没洒到人。"

我看到管叔的脸上闪过一丝尴尬，这么说，洒到人了，是谁？

想到今晨和我一起到家的小尤，我撇下管叔，往二楼奔去……

第三十五章：州官和百姓

我敲打小尤的房门，无人回应，门又锁着，我转而往那扇有秃鹰雕刻的房门走去……

"扣、扣。"

还是无人回应，但门没锁，我直接开门进去。

"你又一次没经过允许就进入我的私人空间。"雅各说。

他正对着墙上射飞镖。

"小尤呢？"我不理会雅各的抱怨，直接开口要人。

"大概在洗澡。"雅各的语气很平淡。

我决定问个明白。

"雅各，外面的红色颜料水是你洒的吗？小尤是不是被你洒中了？你是有意还是无意的？"

"我是洒他，但没想到就洒中了，你说这是有意还是无意？"雅各反问我。

这个坏小子，真是不可理喻！

我责问他为什么恶作剧？

"你何不自己问他？"雅各瞄准靶心，使劲一射，正中红心："和你的义愤填膺比，小尤淡定的很。"

等了一小会儿，终于见到小尤从公共洗澡间出来，我一路尾随他进房。

"说，怎么回事？"我关上房门问。

小尤拿着大浴巾搓弄他的头发，很不当一回事的说是小孩子开的玩笑。

正如雅各所言，小尤很淡定。

"你们两个一定有鬼。"我投来怀疑的眼神。

"好奇害死猫，你还是关心你的罗宋吧！"小尤面无表情地说。

提到罗宋，我忽然想起还得负荆请罪呢！

"这件事还没完，我回头找你！"

说完，我往东翼走去。

罗宋的房门大开，他正在收拾瓶瓶罐罐。

我轻声喊他，他不动声色，没有停下手中的动作。

"我说的是真的，我和小尤只是去吃个饭就回来了。"我重复早餐桌上说过的话。

"吃个饭吃到早上六点多？"

我再次解释因为车子在路上抛锚的缘故。

"几点抛的锚？"罗宋开始盘问。

"大概……"我试着回想："昨夜十一、二点。"

"也就是说你和他孤男寡女的在车内待了至少六个小时。"

有六个小时吗？我一时也迷糊了。

"也就待着，没什么啊！"我说。

罗宋放下手中物，逼问我是不是和小尤衣冠整齐地大眼瞪小眼度过六个小时？

"不是大眼瞪小眼，我们还讲了话。"我避重就轻。

"呵呵～"罗宋仰天大笑："你跟他还真有话聊……不跟你说了，我赶着给华夫人画像。"

罗宋背着画袋，两手吃力地抬着画布框，它足足有一人高。

"我帮你。"我伸出手。

"别碰！"罗宋严辞拒绝，气冲冲地把画送出一人宽的房门。

当他将画倾斜时，我看到华夫人美丽的脸庞和……一丝不挂的胴体。

华夫人没说画裸像，我却坚定地以为她必定是把自己严严实实地包裹起来，然后正襟危坐，没想到……

罗宋也画过我的裸像，他总说我的骨架小，但有黄金比例，是小号的维纳斯，现在他找到大号的维纳斯了！

我气得拿不稳茶壶，让茶水溢出杯外好几次，连日本茶师都关心地问我："Gen ki?"

我对她笑了笑，把罗宋和华夫人恨得牙痒痒。

上完课我就在罗宋房里等着，本来还有愧疚感，但现在的我却是一副兴师问罪的坦然。

罗宋开了门，看见我在床上，没有惊喜，反而一脸不耐烦。

他把一人高的画布框抬了进来，放在角落，正面朝里，然后放下画袋，把里面的瓶瓶罐罐归位。

"你没说华夫人画的是裸像。"我丢出第一枚炸弹。

"你没问。"

"面对如此佳人，你不心动？"

罗宋说他画裸像又不是第一回，学校还帮他们请了人体模特儿，全裸的。

我说那是大课，不一样，现在他和华夫人孤男寡女待在一间房……

"我不也帮你画过裸像，也是孤男寡女待在一间房？"

"可是……我们的第一次也是从那时开始的。"我红着脸说。

当年我和罗宋都在Z大，他跟我打招呼，说想找个模特儿，而我非常符合他的要求。刚开始我是抗拒的，但他给我看他的画作，画得真是不错，我是爱才之人，没考虑很久就答应了。一来二去，彼此就有了好感，所以当他说想画我的裸像时，基于对他的信任，我很快就答应了，也正因为这样，罗宋把我从女孩变成了女人。

"那个……"罗宋也脸红："你答应了的。"

乖乖，是不是华夫人答应，你也可以上？

"不是的，我和她纯粹是雇佣关系，别想歪了，况且她的年纪可以当我妈了。"罗宋严正声明。

问题是她一点儿也不像妈。

罗宋无力地坐了下来："依依，别无理取闹好吗？后天我回学校，能不能离去前都别吵架？"

后天？这么快？画完成了吗？

罗宋说还没，所以周末还得来。

"罗宋～"我走了过去，跨坐在他的大腿上，把他的脸孔扳正："我不许你对别的女人心猿意马，只许看我，不许看别人，听到没？"

罗宋笑了，说我只许州官放火，不许百姓点灯。

我耍无赖："没错，我是官，你是百姓，官说的任何话，百姓都得听。"

"这么霸道？"罗宋边说边把头埋入我两乳之间，用牙齿拉开上衣的拉链。

我问他干嘛？

"想知道是官听百姓的话，还是百姓听官的话？"他呢喃地答。

最后……百姓还是点了灯，州官允许了。

第三十六章：失眠

我回头找小尤，那两师生又恢复邦交，让我这个局外人雾里看花。也罢，我还是把心思放在学习上吧！

罗宋今天走，他把随身物放在管叔车上，然后过来拥抱我："我会想你的。"

"我也是。"我给了他一个离别之吻。

本来我打了个如意算盘，希望能提早休假，那么今天就可以和罗宋一起回巴黎，但是提议到了华夫人那里被打回票，我猜想她还在为我的恶意缺课而生气。这样一来，下周五一早我去巴黎，罗宋当晚就得启身来华堡替华夫人画像，一直到周日晚上，而周一下午我又得赶回华堡，一个假期被切割得支离破碎，即使我选择待在华堡也无济于事，罗宋画起画来，六亲不认，他又是个完美主义者，等于是我陪在他身边，看他画画罢了。

怎么算，我都亏，尤其平日的学习安排得太紧凑，休假对我来说，如晨星般的珍贵，我才不想随便浪费掉！

就这么凑巧，雅各想到马赛取景，时间订在下周五，并且已得到华夫人的允许。

我一马当先报上名，把被切割得支离破碎的假期告诉小尤，可怜兮兮地请求他带我上路，他很豪爽，一口答应。

罗宋这边就不开心了，可是当我告诉他，这是三人假期，包括雅各时，他无可无不可地说："你高兴就好。"

一件棘手的事被我完美地解决，不禁踌躇满志，走路有风。

我没料到小尤竟然出发前才告诉雅各，那个情绪起伏很大的少年马上垮下脸来，一副山雨欲来之势。

"别吵，我不去了。"我把自己的行李从后车厢取出。

"我也不去了。"这次是小尤，他也把行李取出。

雅各叉着腰，威胁酒店已订好了。

"那取消得了，要不然你自己去！"小尤说。

雅各气急败坏地说为什么最后才接到通知？！能尊重他一下吗？

小尤承认自己做得不对，但现在只剩两条路可选，一条取消马赛之行，他带我四处逛逛；另一条按原计划进行。

"我尊重你，由你选择。"小尤说。

雅各怒视着我和小尤，终于一语不发地上了车。我和小尤见状，赶紧把行李塞回去，一路向南。

马赛是法国的第二大城市和最大海港，同时也是最古老的城市。伊夫岛、贾尔德圣母院、马赛美术馆、马赛旧港……等，都是观光景点，而小尤和雅各此行的目的地正是马赛旧港。

车子左拐右绕后，我们很快来到 Sofitel 酒店，就在旧港中心。

华夫人订了两间客房给那对师生，我当然不在名单内。问了一下价钱，现在是淡季，依旧小贵，但在我能负担的范围内，所以决定奢侈一下。

三间房连在一起，我选了中间那一间，女士优先，另外两位男士无异议。

安顿好行李，我们走出酒店直奔 La Daurade，它位于 St-Saens 路上，是一家颇富盛名的餐厅，最有名的菜首推普罗旺斯鱼汤。该料理是将海鱼和根茎类蔬菜煮在一起，加入黄油、橄榄油和香料，原本是渔民的妻子为了给下海的丈夫暖和身子用的平民汤菜，现在成了马赛地区的招牌菜。虽然价格略贵，但份量很足，我们三人吃得热汗淋漓、大呼痛快。

吃完晚餐，我们踩着月色回酒店，因为那对师生隔天得早起去拍摄"渔港的一天"。

我早上九点起的床，小尤给我发来短信，说他们已经出发取景了。

我又在床上赖了半小时，直到早餐快结束，才匆忙梳洗下楼，因为房钱包括自助早餐，我可不想错过。

吃完早餐，我信步走向鱼市场，这里的鱼市场热闹非常，鱼贩用动听且快速的语调怂恿主妇买鱼。不远的码头泊满了小渔船及小艇，空气中飘浮着海洋的气息，走在鱼市场里，非常的接地气。

我走走停停，像刘姥姥逛大观园，处处新奇。看见有人卖水煮虾，我也应景地买了一公斤，谁知那北非小贩误以为一袋，给了我足足五公斤面粉袋大小的"一袋"。

"No, No, Non, Non, one kilogram, un......"我伸出一根手指头，并且英法语并用。

可惜那个貌似突尼斯人的小贩硬是用他的母语和我对话，鸡同鸭讲半天，我和他语言不通，只好付钱走人。

正当我为这一大袋的虾子发愁时......

"依依～"

小尤看到我，远远地向我挥手，原来他们正在一条舢舨船上拍照。

"原来你们在这里呀！"我跳上舢舨船。

"你没看到清晨船进港的盛况，鱼呀，虾呀！蟹呀，一筐筐的，个头都好肥大，没想到地中海这么好养人，在这里光吃海鲜就足够了。"小尤兴奋地说。

如果说小尤是动的，那么雅各就是静的，沉默的如同哑巴。

"Hi，雅各，今天收获如何？有没有拍到好照片？"我转而问雅各。

"也就那样，今天光线不好。"他答。

的确不太好，有点儿阴。

"要不要休息一下？我买了水煮虾。"我摊开袋子说。

于是小尤下船买了饮用水和黑麦面包，我们就着水煮虾，三人在舢舨船上野餐起来。

小船随波荡漾，海风轻拂，我们吃着海鲜，人生呀！夫复何求？

晚上我们在马赛惟一的三星米其林餐厅 Le Petit Nice-Passadat 用餐，

它矗立在海湾的一隅，内部装修一般，但简洁明亮，看得出工作人员都经过专门的训练，服务很到位。

酒足饭饱后，我们各自回房。

因为在外溜达了一整天，我很早就上床，小尤和雅各应该也是，瞧他们睡眼惺忪的样子。

半夜我起床找水喝，应该是晚餐吃了过多酱料的缘故。

我边喝水边凝视窗外，虽然拉上了窗帘，但月光皎洁，我还能依稀看到窗帘后婆娑的树影。正因为如此，当一个高瘦的影子从右手边像做贼似地，偷偷摸摸走向左手边时，我几乎可以确定那就是雅各。

我们住的是 Sofitel 顶层，三间房原本可以打通做为三居室使用，现在各自锁上分别住进三位房客。可想而知，阳台是互通的，也就是说我可以从阳台进入小尤或雅各的房内，如果他们打开落地窗的话。

我蹑手蹑脚地靠近落地窗，听到隔壁玻璃被敲打的声音，然后……落地窗打开了，人进去了，落地窗又合上了。

怪就怪在酒店隔音效果太好，即使我把耳朵贴紧墙壁，仍然听不到任何声音。

我的脑中开始出现各种妖精打架的画面，为了雅各和小尤，我……失眠了。

第三十七章：走马上任

由于一夜无眠，我早早就去吃早餐，喝到第三杯黑咖啡后，小尤和雅各一起进入餐厅。

我冷眼旁观这两人，想从一些蛛丝马迹中，印证我的猜测。

"你怎么了？好大的黑眼圈，"小尤坐下来："昨晚睡得好吗？"

昨晚睡得好吗？亏他问得出口，要不是他们两人做出龌龊事，我何庸顶着黑眼圈？

"很好，"我微笑："你……们昨晚睡得好吗？"

"很好，一觉到天亮。"小尤答。

我望向雅各，他把嘴巴内的可颂嚼完后，说："跟小尤一样，一觉到天亮。"

呵呵，好个"跟小尤一样一觉到天亮"，分明是同处一室度春宵。

我用力撕下黑面包的一角，愤怒地塞进嘴里。

小尤说今天他们打算去卡朗格峡湾拍照，问我去不去？

我故意问雅各："你希望我去吗？"

他耸耸肩说随便我，到山顶有一大段路要步行，他们需要人背摄影器材，让我为之气结。

果然往观景台的路十分漫长，刚开始一段还是水泥路，到后面就全是石头路了。

小尤算好心，只让我提一袋胶片盒及其他小东西，饶是这样，也够累人的，更不用说那两位背着摄像架及专业照相机的大男生了。

卡朗格峡湾在马赛和卡西斯之间，是一片小巧而秀美的天然岩石峡湾群，绵延起伏达数十公里。

想要欣赏这美丽的峡湾景色，可以选择坐船或登山，没想到他们两人选择后者，害我大汗淋漓、气喘吁吁。

好不容易登顶，从景观台往下俯瞰，碧蓝的海水让我有往下跳的冲动，真是太……太美了！

"其实水不是蓝色的，而是深浅不一的绿色，据说上面还飘浮着小水母。"小尤说。

小水母？我瞬间打消游泳的念头（可不想被它蜇上一口呀！）。其实，即使没有水母，现在的水温也接近0度，除非你想在冰水里游泳，否则趁早断了念头吧！

看小尤和雅各又忙着取景拍摄，我索性坐在石岩上，打算和大自然深情对话。

"嘟……嘟嘟……"手机响了。

"依依，你在哪里？"原来是罗宋。

"在卡朗格峡湾。"我答。

他问我好玩吗？我答好玩，反问他在哪里？

"在家。"他说。

今天星期日，他应该在华堡替华夫人作画，怎么会在家？

"华夫人重感冒了。"罗宋解释。

原来如此。

我们又聊了些琐事才互道再见。

"嘟……嘟嘟……"

我刚挂上，手机又响。

"马老师，你在哪里？"原来是管叔。

"在卡朗格峡湾。"我答。

他问我好玩吗？我答好玩，反问他在哪里？

"在往卡朗格峡湾的路上。"

为什么呀？

"华夫人重感冒了，"管叔解释："她要我马上过来接你回华堡，因为杨将军临时更改行程，明天一早抵达巴黎。"

杨将军更改行程干我何事？

"华夫人生病了，如何接待？当然由你顶替。"

什么？！我太惊讶了。

"我……我还是实习生。"我嗫嗫地说。

"在战场上，有时年幼的孩子还得冲锋陷阵，更何况实习生？你没得选了，只能往前冲！"

管叔说得对，我已经没有选择了。

挂上电话，眼望着平静深邃的地中海，我忽然很想纵身一跳，一了百了。

回到华堡，我马上补眠，次日一早便紧锣密鼓的准备，做了头发，画好妆，穿上 LV 深蓝色套装，让自己看起来干练一点儿。

趁客人还未到，我翻看了华夫人做的笔记，里面有杨将军的简介、个人喜恶及对女人的品味。根据上一次的经验，我知道他喜欢日本女人 Sakula，这次也让她来吧！省事。

"嗡嗡嗡……嗡嗡嗡……"

从天际传来超大号苍蝇飞来的声音，由远而近，我跑到窗口一看，乖乖，那不是直升机吗？

"扣、扣。"

来者是管叔，他神色紧张地说："马老师，快，客人到了。"

我匆匆披上 Burberry 的羊绒大衣，赶赴现场。

第三十八章：说得好

头上好像有个巨大的电风扇在吹，我闭上眼睛，任凭发丝啪啪啪地打在脸上，一早精心做的头发算白废了。

杨将军从绿色直升机上跨步下来，我马上迎了上去。

"杨将军早，我是马依依，"我伸出手："您的贴身管家。"

杨将军打量了我好一会儿，问："华夫人呢？"

我尴尬地把手收回："华夫人生病了，所以由我来接待您。"

"生病了？前几天还好好的。"杨将军很怀疑。

"是真的，"管叔上前："华夫人得了重感冒，不想传染给您，所以……"

"哎～不早说，害我兴冲冲地来……"杨将军很懊恼。

我上前一步请他放心，说自己是华夫人的徒弟，服务还是一样的。

"呵呵，服务还是一样的，"杨将军环顾四周围的人群："好，这个我喜欢！"

"那么，杨将军这边请！"我做个"请"的动作，然后随侍在后。

杨将军说想看部带中文字幕的外国电影。根据华夫人的笔记本，杨将军的学历不高，爬到这个位置全凭小聪明及机运（包括娶了个家世显赫的老婆），外语能力很差，有低级趣味……

学历不高加低级趣味，这表示得选一部"好懂"的片子。

我到家庭影院的碟片室找片子，目标——喜剧片，因为人总不会拒绝让自己快乐的机会，所以当我看到憨豆系列时，笑开了脸。

虽然我不认为片子是低级趣味，但杨将军应该看得懂，并且会开怀大笑，所以我把《憨豆特工》取下，放进影碟机里。

杨将军坐在影院正中的位置，我替他准备了果汁和轻食，他的前后左右都坐了保镖，我和管叔坐在靠近出入口处。

影片一开始就吸人眼球，我看杨将军很投入的样子，遂放下心中石块。没想到二十分钟后，他打了个大哈欠，五分钟后，他又接连打了几个小哈欠。

"马老师，换片子。"管叔压低声音提醒我。

"噢。"我大梦初醒，赶紧直奔碟片室。

"带中文字幕……低级趣味……外国片……"我喃喃复诵。

谁知管叔从左上角的柜子里，随意抽了一张碟片放进影碟机里。

"那个没有字幕……"

我话没说完，屏幕上已经跳出画面，伴随着暧昧的音乐，我已经知道是什么片子了，何需字幕？

我气馁地走出家庭影院，原来这个就是"低级趣味"？还真……低级啊！

管叔随后也从影院里走出来。

"管叔，"我消沉地问他："你说我做的是什么工作？"

"每个人有每个人的品味，影碟室里不也有品味高的得奖作品？不能以偏概全。"他答。

我看着管叔，有感而发："这份工作应该由你来做，不是我。"

"你刚试水，华夫人不放心，让我照看一下，其实没有我，你一样做得好，不要太早下结论，而且……有些工作，女人做比较合适。"

过没几分钟，保镖一一走了出来，管叔看了我一眼，我马上意会，拨通 Sakula 的手机，要她速速前来。

我终于明白管叔说"有些工作，女人做比较合适"的意思了。

还好有 Sakula，她陪杨将军看片子，又和他在明月阁用了中式晚餐，然后是漫长的夜晚……

我要做的是交待厨子准备可口的饭菜及整理完事后的现场。

隔天一早，我俯首对即将离去的 Sakula 表达感激，没想到那个可爱娇小的女人同样俯首对我说"辛苦了"之类的客套话，让人很受用。

　　Sakula 离去后，我服侍将军用早餐，又替他读了会儿报纸。他接了通电话后，说要寄快递，我赶紧又联系 UPS，不到半小时，快递已寄出。

　　"你干得不错！"杨将军点头。

　　"谢谢，是师傅教得好。"我赶紧把顶上的皇冠摘下，戴在华夫人头上。

　　"待会儿我去开会，今晚……别让 Sakula 来，我累了。"杨将军说。

　　这个嫖客竟然也会累？

　　"好的。"我低下头去。

　　杨将军直到近午夜才醉醺醺地回到华堡。我努力睁开疲惫到不行的眼皮，侍候他入寝。

　　"你……你是谁？怎……怎么没见过？"他手指着我，站都站不稳。

　　"我是马依依，您的贴身管家，早上见过的。"我面无表情地替将军开床。

　　"别……别骗我，你……你是间谍。"他依旧指着我。

　　"我不是间谍，我是依依。"

　　然后我帮将军脱下外衣，扶他上床。

　　床上的他还不闭嘴，巨细靡遗地诉说他不幸的童年及凶悍的妻子，还说了他曾经做过的缺德事，简直把我当成告解的神父。

　　我想起华夫人的笔记本上写着：对付杨将军得柔软地顺着他的思路走。

　　于是我开口："你有不幸的童年和凶悍的妻子，真令人同情，至于那些……事，已经过去了，就别想了。"

　　谁知杨将军说我跟华夫人一样，不讲真话。

　　我说讲真话不一定动听，讲了也没多大意义。

　　"讲，"他从床上坐起："我命令你讲，不讲我毙了你！"

　　因为杨将军处于醉酒状态，我相信隔天一早，他肯定会忘得一干二净，遂大起胆子，将他骂得狗血淋头。

　　"呜呜……呜呜呜……我就知道在你们眼中，我猪狗不如。"杨将军一把鼻涕一把泪。

"的确猪狗不如，不，猪狗还比你高尚，你想过那些被你残害的家庭吗？因为你的私欲，他们家破人亡、流离失所，人怎么可以这样？你不知道有轮回吗？……"

当我洋洋洒洒地一吐为快时，忽然听到鼾声大作，原来将军已经睡着了。

我帮他盖好被子，正想开门出去时，背后传来一句："说得好。"

我赶紧转过头去，杨将军翻了个身，含糊不清地又嘟囔两句。

他……真醉了吗？

怀着忐忑不安的心情，我默默走回自己的房间。

第三十九章：忐忑不安

隔天一早，杨将军飞往美国，连早餐都没来得及吃。

上直升机前，他递给我一个包装精美的小盒子，说："谢谢你的招待。"

"不用客气，这是我的工作。"我收下盒子。

待绿色直升机嗡嗡嗡地飞走，我举起盒子问管叔："应该上缴给华夫人吗？"

"这倒不必，杨将军指名给你，那就是你的了。"

我很雀跃，恨不得当着管叔的面拆开。

"那个……马老师，吃过早餐后，请到华夫人房间，她有话对你说。"管叔交待。

我猜想华夫人是为了我能顺利完成工作，想当面嘉奖我，所以很爽快地答应了。

吃完早餐，我去敲华夫人的门。

"扣、扣。"

"Entrez."

华夫人浓重的鼻音传来，我开门进去。

这是我第一次进入华夫人的香闺，因为是罗宋"工作"的地方，所以特别细细打量了一番。

"我在这里。"华夫人浓重的鼻音再次传来。

我赶紧走向睡房，她正坐在床上，身上裹着珊瑚绒被，床的一角露出床单颜色，红色的。

原来这就是我偷窥华夫人做爱的房间。

我的眼光往左移，认出罗宋画里的那张金色贵妃躺椅，躺椅和床的距离就一个大跨步，而华夫人就是赤裸着身体躺在那张椅子上……

这实在太危险了，我皱起眉头。

"坐。"华夫人说。

我走向正对着她的扶手椅上坐下。

"听说杨将军今早飞美国了。"她问。

我说是的，连早餐都没来得及吃。

"你也算是圆满达成任务，bien fait。"她说我干得好。

"Merci."我很难为情。

"不过……不包括昨晚那一幕，咳、咳、"华夫人捂住嘴："你……不够内敛，太表露内心情感会给自己带来麻烦。"

看来华夫人的感冒还没好，可是……昨晚？昨晚怎么了？

看我一脸狐疑，华夫人开口了："想不起来吗？你大骂杨将军那一幕够精采的了。"

什么？！华夫人竟然派人偷听！

"偷听？呵呵，那多费劲啊！"华夫人嗤之以鼻。

那么……到底是怎么回事？

华夫人要我按下墙上孔雀皮雕上的黑眼珠，我照着做，然后一台液晶显示屏便从天花板直降而下……

我看到惊人的一幕～屏幕上是华堡各个角落的监控视频，并且有清晰的收音效果。

"这是违法的，你侵犯个人的隐私权！"我怒视她。

"本来不该给你看的，但既然你是成员之一，有必要让你知道谨言慎行的重要性，至于违不违法？I don't care。你不也偷窥过我？"

原来……原来一切的一切都在华夫人的掌控之中，我以为自己是孙行者，做得神不知鬼不觉，孰料还是逃不过如来佛的手掌心。

看我面露尴尬与不悦，华夫人说了："放心，你、罗宋和小尤的房间是安全的，因为你们对我不构成威胁。"

嘘～我松了一口气，总算可以抬头做人了。

大概谈话内容过于沉重，场面冷了下来，华夫人想改变氛围，转而问杨将军送我什么礼物？我把手镯递上去。

华夫人仔细观察镯子后还给我："是 Tiffany 的手镯，看样子杨将军挺喜欢你的，好好加油，我会陆续把客户带给你。"

我不知是否该道谢，所以只是点一下头，表示接受。

走出华夫人的房间，一时不知何去何从，想着小尤和雅各应该已经回来了，所以信步走向西翼。

"咔嚓、咔嚓……"小尤从窗口伸出照相机，用长镜头对我连续拍了好几张照。

我以荣获环球小姐冠军的姿态，边走边挥手。

"你等等，我下来。"小尤对着我喊。

他很快冲下楼来，兴奋地说："Guess what?"

"What?"

"得奖了，我替你拍的那张照片得奖了，Can you believe it？竟然得奖了，呵呵……"

小尤像忽然得到一屋子糖果的小男孩似的，激动不已。

"恭喜你！"我上前拥抱他。

孰料他捧起我的脸，说："就知道你是我的福星。"然后俯首和我接起吻来，嘴对嘴。

一、二、三、……十、十一、十二……

够久的了，我用力推开他。

"依依，我……"

"得奖的这个比赛有名吗？"我空中拦截。

小尤骄傲地答是摄影界的 number one。

这么说，罗宋应该很快就会知道，我的心里很忐忑。

第四十章：附合

今天星期五，一大早我就坐立不安，因为今晚罗宋会来华堡，而我不知他会作何反应。我的裸照开始铺天盖地而来，对小尤的采访也是一个接着一个，他……不知道吗？

听到管叔老爷车的引擎声，我赶紧下楼来。

"依依，吃过饭没？"罗宋一跨出车门，开朗地问我。

"还没到七点，待会儿才开伙。"我说。

"那好，肚子饿得很。"

看到罗宋的笑容，我确定他还不知情，仿佛逃过一劫般，我开心地说："赶紧上楼把行李放下吧！我帮你。"

我和罗宋手牵手走向餐桌，华夫人和雅各都在座。今天我们吃法国菜，有我最喜欢的白汁烩小牛肉。

"罗宋你终于来了，我病了好几天，你……想我吗？"

刚吃了一口小牛肉，华夫人就来这一招，害我食不下咽。

"想，连做梦都想。"罗宋答。

这下子，已下肚的牛肉让我反胃到想吐。

我恶狠狠地望向罗宋，他坦荡荡地又开口了："华夫人就像我的母亲，母亲生病了，我当然会担心。"

雅各听了噗嗤一笑，华夫人则笑不出来，她的脸部肌肉抖了一下："我没那么好命当你的母亲，何况我的美容师帮我做过测试，她说我的皮肤年龄也就三十岁。"

"您的确很年轻，和雅各站在一起，就像一对姐弟？我是高攀了，如果上辈子拯救了全人类，这辈子大概能跟您沾上点儿关系。"

看得出罗宋在做危机处理，但听进耳里却像打官腔，很不舒服。

"你是和我沾上点儿关系，你是我的画师，不是吗？"华夫人问。

"是，是，是，"罗宋点头如捣蒜。

本来用完餐，我打算和罗宋到花园里散散步，互诉衷情，谁知华夫人说上礼拜没作画，想尽快完成，早早便把罗宋叫进房。想到华夫人又要对着罗宋轻解罗衫，我恨得将地上枯枝一一拾起，然后啪啪啪地折断好几根。

"你看起来很愤怒。"是雅各的声音。

"没有，"我把乱发抚顺，免得像个疯婆子："晚餐吃太多，练一下臂力减肥。"

他说练臂力不会减肥，反而会使我的手臂粗壮。

"呵呵，"我笑得很勉强："刚好让我成为女汉子。"

我的笑容还没褪去，雅各接着问："小尤喜欢你吗？"

啥？这是什么烂问题？

"小尤当然喜欢我，我也喜欢他，不然我们怎么成为闺蜜？"我答得理所当然。

雅各要我告诉他，男闺蜜和男朋友的差别在哪里？

我说差别可大了，很多事可以跟闺蜜说，男朋友却不一定。

他问为什么？

"因为闺蜜是心理治疗师，而男朋友是……"

"肉体治疗师。"雅各抢答。

这个小屁孩，太不懂规矩了。

"Well，那只是部分，"我强拗："男朋友有可能成为未来的老公，然后我们合力创造宇宙继起之生命。"

"说到底，男闺蜜不和你生小孩，男朋友会跟你生小孩。"雅各下结论。

哎！虽不中，亦不远矣。

"我知道了。"雅各转身走人。

老实说，我对两者的界限还不是那么泾渭分明，他却说他知道了，知道个啥？

"喂，雅各。"我对着他的背影喊。

他头也不回地和我挥手道再见。

我躺在罗宋床上玩魔术方块，最佳纪录是有两个面同色，还花了我两个小时。

"Hi,"罗宋开了门，进房找笔。

我跳下床，问："还画？"

罗宋说爵士感冒了，今晚没来，华夫人说她很寂寞，要他陪她。

什么？！陪她？

"不，不，不，表达错误，一边作画一边陪她。"罗宋解释。

我心疼罗宋，说人不是机器，总得休息。

"再一会儿就好，"他亲吻我脸颊："脱光衣服帮我暖被子，我马上来。"

罗宋一走，我马上把衣服脱了，钻进被窝里。

一个小时过去了，两个小时过去了，三个小时……

我愤而把衣服一件件穿回去，然后甩门而出。

罗宋，你这个大话王，被子被我暖得像个小火炉似的，你却连个鬼影子也没有，这是拿我当猴耍吗？

睡到半夜，我听到小小的敲门声："扣、扣……扣、扣……"

我赤着脚去开门，竟然是罗宋，他的样子有点儿狼狈，我因心中有气，下意识去关门，反被他推开。

"你干嘛？"我没好气。

"你说我想干嘛？"

然后他动手脱我衣裤，动作很粗暴，不像平常的他。

昨晚忘了关窗帘，清晨的阳光毫无遮掩地洒了进来，我看到窗外蓝蓝的天空，心情大好。

"该起床吃早餐了。"我亲吻罗宋的裸背。

罗宋呢喃着说不吃。

想到昨天他作画到很晚，我把窗帘重新拉上，梳洗一下后，安静地下楼。

"罗宋呢？怎么不见罗宋下来？……管叔，你去叫他一下。"华夫人吩咐。

我赶紧阻止，说罗宋昨天很晚才睡，让他多睡会儿。

"他在你房里？"华夫人挑起眉梢问。

我有些难为情地承认。

"行啊！都那么晚了，还……"华夫人慌忙住嘴，转向雅各："最近中文课上得怎么样？"

雅各说还行，不好不坏。

"摄影课呢？"华夫人问。

雅各答很好，学到不少东西。

"看来改天我得好好谢谢小尤老师……"

"别，"雅各愤而放下刀叉，恶狠狠地看着他母亲："谁都可以，小尤不行，绝对不可以！"

"呵……呵呵……"华夫人用笑声掩饰尴尬，转向我："今天的水煮蛋真好吃，昨天的煮得太老了，是不是？马老师。"

我不记得昨天吃了水煮蛋，但还是附合着说："是呀！"

第四十一章：平民餐

我从早餐桌上顺手抓了块面包。

"起床了，罗宋，"我打了一下他的屁股："给你带了块面包。"

罗宋挪动了一下身子，嘟囔着说不吃。

我说不吃也得起床，他还得帮华夫人作画呢！

"不画。"

罗宋不起床、不吃早餐，我可以理解他工作太累，但他现在把工作也晾在一旁，加上昨晚的"粗暴"表现，我认为事有蹊跷，遂故意说："华夫人要你二十分钟内到她的房间报到。"

罗宋一听，整个人跳了起来，像只无头苍蝇似的，一边抓头一边来回踱步，他抓头的速度越来越快，脚步也越走越快……

"妈的！"

终于爆发了，他把我梳妆台上的瓶瓶罐罐通通扫到地上，连我喝到一半的水杯也不能幸免。

看着狼藉一片，我冷冷地问他发泄够了没？

这次他坐了下来，揉了揉脸，眼光看着地板，无语。

"怎么了？"我坐在他对面，帮他把弄散的头发抚平："昨晚你就怪怪的。"

"……没什么，压力过大，依依，"他抓住我的手："这幅画画完，我们拿着 €80,000 去瑞士隐居，什么人都不理，什么事都不做，只做闲云野鹤，好不？"

我很想告诉他，€80,000 在瑞士不到一年就会花光，但看罗宋如此兴致勃勃，我不忍泼他冷水，遂用高昂的声音说："好啊，好啊，我想登少女峰、游日内瓦湖、到班霍夫大街购物、观莱茵瀑布、吃粘稠的起司火锅、还有……买一个瑞士牛铃。"

"瑞士牛铃？"罗宋不解。

我向他解释，每个国家都有自己的标志，瑞士也不例外。在瑞士，人们认为牛是神的使者，每逢传统节日，牛铃都是必不可少的，与其说是一种乐器，倒不如说是民族的象征。他们甚至会聚集起来举办一场牛铃比赛，以声音是否悦耳清脆为评判标准。

"好，"罗宋击大腿："我买个又大又重的牛铃给你！"

"神经！"我推他一把："又不是越大越重的牛铃声音最响亮，再说了，谁家的牛会戴一个又大又重的牛铃？还让牛走不走路？"

罗宋在我的鼓励下又上工去了，我也开始荒废已久的马术课，只是这次换了马，也换了教练。多练几次后，我的恐惧感消失不少，人也有了自信。

上完马术课，我急着回房把骑马装卸下。

"依依，你去哪里？"小尤赶上我。

"刚上完马术课，想把衣服卸下来。"我边走边说。

"你等等，"他抓住我的手："《La Gazettede France》想采访我，同时还想会会照片中的女人……"

我松开他的手说不去，还想留张脸面做人呢！

"你不能做人？被拍得那么美……"小尤瞪大眼睛，很受伤的样子。

我解释不是这个意思，罗宋很大男人，我的父母也保守，我怕他们接受不了。

"哈！这你放心，首先，你父母应该看不懂法文报，至于罗宋嘛……根据和我同住一个屋檐下的观察，他也不看报，所以，你安全了。"

我还是觉得不妥，但小尤说了，《La Gazettede France》是法国发行量最大的日报，这有助他在法国打开知名度，同时也为他的摄影展提前做宣传。

看他热切的眼神，又想到父母连二十六个英文字母都认不全，遑论法文？罗宋也一样，在国内就不看报，很多新闻还是我口述给他听的。

"那好吧！在哪儿采访？什么时候？"我问。

"明天早上 11:00，地点在我的房间。"他答。

我想着今天下午罗宋就会回巴黎，肯定遇不上，于是大事敲定，小尤放我回房换衣服。

《La Gazettede France》派了一个金发碧眼的尤物来采访，一进门，她就脱下外套，露出里面的白色紧身裙，胸口挖了个大洞，整个采访过程，小尤的眼睛都不知往哪儿搁，煞是有趣。

"&$;@!?*%#……"尤物这次面对我。

啥？

"她说你是欧洲男人票选最美的东方胴体。"小尤帮我翻译。

"Merci."我道谢。

真够让人难为情的了，呵呵，最美的东方胴体？罗宋要是知道了，肯定乐得飞上天。

金发碧眼又问了几道问题，我都蜻蜓点水式地一语带过。

采访最后，报社派来的摄影师替我们仨个拍了张合影做为结束。

基于礼貌，我们将那两人送上车，临上车前，记者又抛给小尤一个问题，小尤面有难色，三言两语打发她走。

"刚刚她问你什么？"看车子远去，我问小尤。

"没什么。"小尤转身回屋。

没什么就是有什么，我打算打破砂锅。

"到底她问你什么？"回到小尤房内，我仍契而不舍。

"都跟你说了没什么。"小尤躺回床上。

我也上了床，嗲声嗲气地问："就告诉我嘛！小尤哥哥。"

小尤提醒我还是下床吧！省得罗宋疑神疑鬼。

"我偏不，除非你告诉我，那个有两个巨大胸器的女人到底问了什么？"

"得，"小尤从床上坐起："就告诉你，她问……面对东方最美的胴体，我是否蠢蠢欲动？"

哈！法国女人真的什么都敢问。

我很好奇小尤答什么。

"我答～无可奉告。"

我问他干嘛不告诉记者他是 Gay，法国人可以接受同性恋的。

小尤说法国人是可以接受同性恋，但他的家人不能。

"我得考虑他们的感受，况且是不是同性恋？我现在也迷糊了……"

迷糊？迷糊什么？

小尤看了我一眼，很不耐烦地说："说了你也不懂，你走吧！都这个点了，该吃午餐了。"

我忽然想起厨房的"粗糙"美食，遂说："今天让我当一回平民，跟你去吃平民餐。"

"的确是贫民啊！"小尤自嘲，然后摇头晃脑地吟诵："一箪食，一瓢饮，在陋巷，人不堪其忧，小尤也不改其乐，贤哉小尤也。"

"呵呵，你真会苦中作乐。我的平民是平常的平，普通老百姓的意思，不是贫穷的贫。走！去吃平民餐。"

我拉着小尤，他无可无不可地跟着我进厨房。

第四十二章：笑中有泪

华夫人说会陆续把客户带给我，果然没错。

今天她招待了美国某公司的执行官，无法分身，只好把马来西亚的华裔拿督丢给我，为此，我还特地上网查了"拿督"这个封号。

原来"拿督"是马来西亚对一些有功人士所授与的头衔，必须有皇室成员或政府推荐才行，它不具世袭和封邑的权力，是一种象征性的终身荣誉身份。

话说华夫人到马来西亚公干时曾受到李拿督的热情招待，所以投桃报李，邀请他到华堡作客，刚好拿督有私事要办，所以接受了邀请。

下午四点，李拿督的座车开进华堡，我和管叔早已在大门口恭候。车子一驶近，我赶忙去开门，一个衣着非常体面的花白老人下了车，手里拿着枴杖，气宇轩昂，很有皇室派头。

"李拿督，您好，我是负责接待您的贴身管家马依依。您一路辛苦了，容我带您进会客室小憩一下。"

"好的，麻烦你了。"李拿督操着闽南口音，很有礼地对我说。

我为客人准备了水果，包括榴莲、山竹、红毛丹和荔枝。

李拿督看了果然欣喜："呵呵！哪里来的好东西？从马来西亚空运而来？"

"这倒不是，是我向地中海沿岸的水果市场预定的，一到岸就快马加鞭送过来，几个小时前，它们还在树上活蹦乱跳呢！"

李拿督吃了我剥好的山竹说："这么有心，而且你讲话太逗了，我喜欢。"

这是我在心理学课上学到的，老人外表虽老，但内心像个孩子，所以把自己变成孩童，才能跟他们作有效的沟通。

我同时还做了功课，李拿督本是福建人，三十年代跑船到马来西亚后便留了下来。刚开始他只是割胶工人，凭着吃苦耐劳的精神，当上了工头，攒了几年钱，终于买下第一个橡胶厂，然后两个、三个、四个……接着涉足酒店和房地产，从此事业一帆风顺。

我比较感兴趣的是，李拿督终身未娶，膝下当然也无儿无女，那么这么大的产业将来要留给谁？

其实我是多虑了，很多富人现在也开始裸捐，这没什么大不了的，可是……

"依依，你帮我看看这相片上的人像不像我？"

李拿督递过来一张老照片，上面有个金发女人，怀里抱着个孩童，孩子约三、四岁，混血儿模样。

我端详再端详，除了鼻子有点儿像，其他看不出来。

"那么这一张呢？"李拿督递给我另一张比较新的照片，那是个大腹便便的中年男人，穿着很寒碜的西装。

"我……我觉得不像，也许你再问问别人。"我建议。

"嘘~"李拿督做了个噤声的动作："别告诉别人，这件事要偷偷进行。"

"什么事要偷偷进行？"我压低声音问。

李拿督这次吃的是熟透的榴莲，味道非常冲鼻，估计待会儿得开窗换气。

"照片中的男人是我儿子。"李拿督讲了个八卦。

什么？！我的资料竟然是错的？人家明明有个儿子，而且还是知天命的年纪。

李拿督笑了，他说我的资料没错，让他把故事从头和我说起。

原来当李拿督还是割胶工人时，有一次在橡胶林里听到女人的惨叫声，他飞奔过去，一个混账东西正在欺负一位弱女子，他拿起胶刀和那个马来人长相的人干架，慌忙中捅了他一刀，那人哀嚎一声逃走了。

他转身面向那女子，她衣不蔽体，不停地抖着……

他们后来断断续续有联系，即使她回到故乡法国。

就在一年前，他收到一位名叫 Leo 的来信，信中附上两张照片及一张讣文，讣文上是一位法国老妇去世的消息。

Leo 在信上写着他的母亲从小告诉他，父亲在马来西亚，因为某些原因，两人无法在一起。她希望儿子不要打扰父亲，因为父亲现在是有名望的人，不能有私生子这类的丑闻发生……

"这次来法国是因为 Leo？"我问。

"是的，我想看看 Eva 的孩子，也想到她坟前看看，你能陪我去吗？"李拿督问。

我答乐意之至。

Leo 住在法国西北部的雷恩市，离华堡约四～五小时。他们的房屋属于排屋，处在正中，所以只有两面采光。

我上前敲门，一个有纺锤体身材的矮胖女人开了门，我还看到她背后的男人 Leo。

我们在拥挤的客厅坐下，李拿督和他们用流利的法语交谈，Leo 还拿出相簿，把他和母亲相依为命的记录，一一与李拿督分享。我看到李拿督在拭泪，Leo 和妻子也泪眼婆娑。

叙完旧，Leo 夫妇带着李拿督去看望 Eva，就在步行范围内的天主教墓园里。

我把事先准备好的白色康乃馨交给李拿督，他把花摆在墓前，然后蹲下身抚摸着白色墓碑，同时低语着，语气很温柔。

离开墓园后，李拿督分别和 Leo 及他的妻子拥抱，然后坐车离开。

在我看来，五十多年未见的父子实在太"冷静"了，虽然我不认为彼此会抱头痛哭，但儿子邀请父亲同住一宿也不过分，但 Leo 问都没问一声，这亲子关系也够冷淡的了。

接下来几天，我基本上是导游的身份，带着李拿督去了依云小镇、安纳西、罗丹美术馆、卢森堡……等景点。

"依依的世界是美好的，所以介绍起景点都是溢美之辞。"李拿督笑着说。

"本来就美，我怎么可能把美的东西说成丑的？"我答。

隔天一早，李拿督就要飞回马来西亚了，今晚他把我叫进他房内。

"麻烦你把这个交给 Leo。"李拿督说。

我低头一看，是一张五百万欧元的支票。

"你想 Leo 会接受吗？"他问

我可以理解，这是一位父亲为了弥补五十多年以来的缺席，所做的补偿。

"应该会。虽然在他的成长过程中缺乏您的陪伴，但至少他的父亲是光荣的而不是罪犯，我想这点很重要。"

"依依，"李拿督叹了一口气："我不是 Leo 的父亲，我不知道为什么 Eva 要这么对儿子说，也许是给他一个希望吧？！"

"那他的父亲是……"我的心跳得好快。

"没错，就是那个马来人，当初我也劝 Eva 把孩子打掉，但她于心不忍，所以……"

听到这，"肃然起敬"是我对李拿督的评价，他不仅救了手无缚鸡之力的女子，也没拆穿 Eva 的谎言，甚至还给毫无血缘关系的 Leo 五百万欧元……

"依依，我没你想的那么好。"李拿督很谦虚。

"不，您就是那么好，换作别人……"

李拿督截断我的话："别人并没有杀死 Leo 的父亲。"

什么？！我有没有听错？

大概我的表情太受惊吓，他解释："你没有听错，当初我捅了那个马来人一刀，他跑走了。过了几天，我在树林里发现他的尸体，应该是流血过多致死。我挖了个坑埋了他，这件事就这么过去了，我从未对任何人提起过。"

剧情急转直下，我的脑筋一时没反应过来。

"所以我不是个好人。"李拿督自我评价。

"不，"我斩钉截铁地说："也许法律上您有罪，但于情于理，您无罪，即使到了上帝那里，我相信您依然不会受到审判。"

"谢谢你，依依，"李拿督笑了，笑中有泪："你是上帝派来的天使。"

我是天使吗？也许只有良善的人才能看到……天使。

第四十三章：忠心耿耿

又是星期五，罗宋今晚到。

"你高兴吗？"雅各在早餐桌上问我。

我说没什么高不高兴，都老夫老妻了。

"难怪我妈不结婚，她得每天处在恋爱的亢奋中，否则就提不起劲来。像你们这样一夫一妻的度过五年，对她来说很不可思议。"

不知道为什么，华夫人到现在还没下楼来，所以雅各可以如此大放厥词。

"那你父亲……"

糟糕，踩到地雷了。

"我父亲？"雅各低头玩起桌上的刀叉："我不知道我父亲是谁，从小就是父不详。"

"I am sorry."我说。

他抬起头，问我为什么要说遗憾？没父亲的他还不是活得好好的？与其有个不入流的爸，倒不如只和他妈相依为命。

"老实说，我怀疑自己是被领养的。"雅各说。

为什么这么说？我太好奇了。

"因为我妈最在乎的是她的美貌，听说生完小孩，女人的肚皮会松弛，乳房会下垂，这对她来说，不啻是晴天霹雳。"

"不会的，"我摇头："虽然华夫人保养得很好，不像有你这么大的儿子，但你们两人的眼睛很像，如出一辙，肯定是母子关系。"

"谢谢，你是天使。"雅各微笑。

想起李拿督也说我是天使，我是吗？大概我撒旦的那部分隐藏得太好，让人看不出来。

"雅各，Bonjour。"华夫人走了进来，亲吻雅各的脸颊，又对我点一下头："Bonjour，马老师。"

"Bonjour." 我回礼。

我注意到华夫人是一个人进来的，管叔呢？他一向在旁侍候我们用餐。

"管叔……今早受了点儿伤，我让他在医务室里休息。" 华夫人打开她的餐巾说。

受伤了？怎么受的伤？

"具体我也不清楚，小伤，没什么大碍，" 华夫人喝了一口果汁："今天的橙汁特别好喝，是不是？雅各。"

雅各没回答他母亲的问话，反而说出我想说的："吃完早餐，我去看望一下管叔。"

"那么待会儿我们一起去！" 我对雅各说。

华夫人小小叹息了一声，不再说话。

"扣、扣。"

"Entrez." 是管叔的声音。

我们开门进去，管叔正在输液，他看见少爷亲自来探望他，很是高兴。

"雅各，坐。" 他的眼睛闪着光芒，一动也不动地看着雅各。

管叔看不见我，我觉得自己好像是多余的，不免有些怏怏。

"我和马老师一起来看你。" 还是雅各体贴。

"噢！" 管叔终于注意到我了："马老师，你也坐。"

我和雅各分别坐下，终于能好好打量管叔了。

他的脸色苍白，下嘴唇肿了、呈乌黑的颜色，其他看不出有什么异常，但他却在输液。

"嘴唇怎么了？" 雅各问。

管叔摸了一下自己的嘴巴，苦笑："没什么，被蜜蜂蜇的。"

被蜜蜂蜇的？这实在太奇怪了，现在是冬末初春，花都还没开，哪来的蜜蜂？

"肯定是大黄蜂，这种蜂很凶猛。" 雅各说。

"是的，"管叔点头："是大黄蜂。"

趁着雅各和管叔聊着琐事，我有机会观察整个医务室。这是一间有两张单人床的小房间，房间内有一扇窗、一张桌子及整面的医药柜，靠墙的位置有个中号垃圾桶，里面有个被撕开的纸盒，上面写着：Facteur de coagulation。

"是不是？马老师。"雅各问我。

"什么？"我大梦初醒。

"我说马老师急着见男朋友，管叔这一受伤，最难过的莫过于马老师，因为见不着爱人了。"雅各重复。

这个小屁孩！

"见不着就见不着，我乐得一个人逍遥自在。"我口是心非。

管叔见状说："你放心，我输输液，下午就能正常工作了。"

"管叔在撒谎，根本没有什么大黄蜂。"一走出医务室，雅各就戳破管叔的谎言。

"我也这么认为，他嘴唇的颜色太怪异了，而且蜜蜂是群体动物，通常不会只出现一只。对了，什么是 Facteur de coagulation？"

"Facteur de coagulation？"雅各皱起眉头。

我说我在垃圾桶里发现一个打开的纸盒，上面写了这几个字。

雅各听了，脸色发青，噢，不，他在发抖。

"雅各，你怎么了？要不要紧？"我扶住他。

"马老师，我不舒服，你能扶我回房吗？"

"当然。"

我不仅扶雅各回房，还通知了华堡的家庭医生，他住在图尔市，离华堡有一个小时车程。我在电话中用不流利的英语描述雅各的症状，医生初步判断是天气变化引起的不适，他要我先让雅各躺下，多喝开水，他马上启程。

"马老师，我没事，你打电话要医生别来。"躺在床上的雅各说。

"怎么会没事？你的样子吓坏我了。"我说。

"真没事，可能是中暑了。"

这也不无可能，一般人以为中暑只发生在夏天，其实这是体温调节紊乱所带来的不适，也就是说，室内温度高或空气流通性差也会引发"冬季中暑"。

"那我帮你刮痧。"我建议。

"算了，"雅各放弃："我还是等医生来吧！"

医生检查完雅各的身体后，说不出个所以然，只开了些营养剂和维生素，嘱咐要正常作息后，开车回图尔。

"告诉过你没事，白浪费我妈的钱。"雅各责怪我。

"宁愿花小钱也不愿花大钱，万一你有什么，我得提着头颅见你妈。"

见雅各好多了，我也有心情开玩笑了。

我又听到老爷车的引擎声，趿上面包鞋，我兴奋地往楼下冲。

"马老师，我把你爱人送到了。"管叔开玩笑地说。

"讨厌，"我睨了他一眼："什么爱人？！"

管叔的气色好多了，只是嘴唇还肿的厉害。

"管叔的嘴巴怎么了？"罗宋一下车就问我。

我压低声音说是给蜜蜂蜇的。

"蜜蜂？"罗宋也很狐疑。

我懒得解释，转而问正把行李取出的管叔："嘴巴好点了吗？"

"谢谢关心，好很多了。"

我说那就好，早上离开医务室后，雅各脸色发青，我想是太担心他的缘故。

"脸色发青？怎么会这样？看医生了没？"管叔很着急。

我答医生来过，说没什么，又回去了。

"怎么会没什么，这还是不是医生？不行，我过去看看。"

管叔脚步飞快地往雅各房间走去。

"管叔太忠心了，根本不像仆役。" 罗宋望着管叔离去的背影说。

不是仆役是什么？

我想起 Facteur de coagulation，这到底是什么药？

第四十四章：对号入座

我倚着罗宋的臂膀，问他会爱我多久？

罗宋亲吻我的发说："直到天荒地老。"

我转而面向他，问："如果有一天我不再爱你，你还会爱我吗？"

"可能不会，因为爱需要相互付出。"

我很泄气，以为他会说即使我不再爱他，他依然爱我。

晚餐过后，华夫人和罗宋又进房作画。

我很无聊，尤其屋外风雪大作，就更觉得凄凉。我决定到罗宋房间等他，因为这种天气需要两个人的体温。

我睡到半夜被冻醒，屋内黑漆漆的，好不容易才找到灯源。

"搞什么，谁把暖气关了？"我问罗宋。

罗宋没回应，我这才发现他不在床上，而墙上挂钟显示 00:15。

这么晚了还作画？我越想越不对劲，越想越不安，越想越……对号入座。

罗宋，我还能相信你吗？

关上门，我打开手机的照明灯，一步步地往华夫人的房间走去……

东翼的地板不会吱吱作响，但我觉得自己的膝关节在吱吱作响。其实不止膝关节，我整身的骨头都在吱吱作响，连心脏也卟通卟通地跳。

那扇门是个大黑洞，把我整个人给吸了进去。

站在房外，我屏住呼吸，不想漏掉任何一点儿声息，可惜传到耳朵的依旧是悄然无声。

我灵光乍现，想到三楼工具室里的小洞，三步并作两步地上楼。

用手机光源找到工作枱后，我毫不犹豫地趴了下去。本来离地面二十公分的高度，有个直径五公分的小洞，但现在已经被水泥糊住，想必是华夫人"亡羊补牢"的结果。

我拿着手机照明上下左右晃动，好发泄失落的心情，等等，那是什么？

工作柜最上层摆放了厕纸，都是非常整齐地一卷一卷叠上去，但是最靠角落的部分却是胡乱放上去的，一副摇摇欲坠的样子。

我不费吹灰之力就找到工作梯，架好后，一步步地踩上去，然后把那堆不整齐的厕纸小心翼翼地取下，当我取下第五卷厕纸时，Bingo，看到一个新凿开的洞，边缘呈锯齿状，可见是个新手。

真是"道高一尺，魔高一丈"，华夫人再怎么"亡羊补牢"，仍抵挡不住偷窥狂的激进。

我垫起脚往洞口内望去，这次没看到床头柜，也没看到蒂凡尼的彩色玻璃灯座，但是暗黄色的光线依旧，同样的暧昧。

我开始移动头部，想找出一个绝佳的角度，果然，我看到红色床单上一双毛茸茸的腿和一双光滑细腻的腿，它们正蠕动着，并且交缠在一起……

是罗宋吗？我想看个仔细，于是又往右移。

这次我看到男人的裸背和女人的脸部特写，女人无疑是华夫人，她顶着个大浓妆，但没像上回一样画得很怪异。

我好奇的是那个男的，尽管来回看着裸背，但仍看不出端倪，所以打算再往右移，只要看到那男人的头发，我就能"抓奸在床"，因为罗宋留平头，整个华堡的男人，只有他是这种发型。

就这么不凑巧，我一心在那个男人身上，顾不上平衡，一脚踩空便从梯子上跌下去，又那么狗屎好运，倒了的梯子结结实实地打在头上，我顿时失去知觉。

第四十五章：合理怀疑

"依依，你醒了？"

我睁开双眼，看到罗宋。

"太好了，我以为你醒不过来了。"罗宋很欣慰。

"我……怎么了？"

"你不知在工具室里躺了多久，是 Clara 发现的，尖叫声把整个华堡都唤醒了。"罗宋梳理一下我的乱发："半夜不睡觉，你跑到工具室做什么？"

我躺在工具室里？

努力回想后，影像越来越清晰，对了，我是去"抓奸"的。

"我……我去拿厕纸，厕所里没厕纸了。"我说。

"没厕纸了？下次你可以叫我，黑漆漆的，你不害怕？"罗宋问。

我当然怕，但我更怕看到自己的枕边人出轨。

"你昨晚作画到几点？"我开始审问。

"十一、二点吧？！没细看，因为太累了，连画具都没收就到你房里……"

到我房里？

"嗯，我倒头就睡，也不知你几点起床拿厕纸，反正我是被 Clara 的尖叫声给叫醒的。"

这么说，昨晚我在罗宋房里，而罗宋在我房里，那么华夫人房间里的那个男人是谁？他有一双毛茸茸的腿……

我翻身下床，把罗宋的裤脚往上提。

"你干嘛？"罗宋下意识往里缩。

我越想看，他越不肯，想着一不做二不休，便动手解他裤头，然而罗宋却误会我的意思。

"大白天的……"罗宋有些羞涩，但还是三两下扒光自己的衣裤，接着动手扒我的。

"不，不是，不要……不要……"我拼命摇头。

罗宋的嘴堵住我的嘴，我们滚进床单里……

罗宋也有一双毛茸茸的腿，我边抚摸他的长腿，边和凌晨的记忆相对照。

"有这么长吗？……好像有……毛色一样吗？密度一样吗？……看不出来……好像一样……"我的脑中做着问答题，怪就怪在洞口小，当时屋内光线又昏暗，让人看不真切。

"你好像对我的腿很感兴趣。"罗宋闭着眼睛问。

我说他有一双毛茸茸的腿。

罗宋答很多男人的腿都是毛茸茸的。

对啊！很多男人的腿都是毛茸茸的，很难以此为判断标准。

"转过去，"我推他："让我看看你的背。"

罗宋动也不动，只说他的背没什么特别的，除了腰际有个杯口大小的青色胎记外。

真的？认识五年，我竟然没注意到。

"快转过去让我看看。"我催促。

罗宋很无奈地翻身过去，我果然看到那个胎记，有个马克杯杯口大小。

"那男人的腰际有胎记吗？"我心想。

当时光线不佳，有大面积的阴影，很可能胎记处在阴影下，也可能那个人根本就不是罗宋……

"想什么？"罗宋翻身面对我："你今天怪怪的。"

我问哪里怪？只是对他的身体感到好奇罢了。

"都五年了，还好奇？说你怪还真怪。"罗宋失笑。

"好了，鉴定完毕，今天还画吗？"我问。

"画，估计再几个工作天就完工了。"罗宋把头埋入我胸前："到时买个瑞士牛铃给你，嗯？"

大风雪过后，碧空如洗。

看着管叔将罗宋载走，我在外面又伫足了一会儿。

"依依，你还好吗？"小尤忽然在身后出现。

"很好，"我转过身去："为什么这么问？

"吃午餐时，Clara 说今晨她去拿工具，看到你晕倒在工具室里。"

"噢，那个……"我很尴尬："没什么，大概贫血了。"

"贫血了？"小尤很关心："你经常这样吗？这可不行，得吃含铁质的食物。"

我说没什么啦！习惯就好。

"我是说真的，你得爱惜身体。"小尤一脸严肃。

"是的，遵命，"我对他行军礼："二等兵马依依现在要去上马术课了，容我下课后向将军报到！"

小尤笑着允许我离开。

上完马术课，回房时看见房门外有个纸袋，里面有葡萄、樱桃和奇异果。

我把夹在里面的纸条拿出来看："这些是我从厨房里拿来的，含有丰富的铁质，记得吃。"

没有署名，但我知道是谁，心里暖烘烘的。

"马老师。"我转过头去，是管叔，他说华夫人有事找我。

"很重要吗？"我又问，因为看他神色有异。

"嗯，华夫人现在想见你。"

第四十六章：拂袖而去

华夫人走到我面前，眼神很锐利，像要将我开肠破肚："我知道你为什么会晕倒在工具室里，别告诉我，你半夜想打扫卫生。"

糟糕，我忘记华夫人的房间里有监控系统，她肯定发现夜里我又偷偷摸摸上了工具室。

"我不是打扫卫生，只是去拿厕纸，不巧看到……"

我还想刺她一下，因为依旧怀疑她和我的男人有染，没想到华夫人很快拿出盾牌保护自己："和贝律师是个意外，你别到处乱说。"

什么？！原来是贝律师，我还以为……

"贝律师的老婆是我闺蜜，后台很硬的。"华夫人补充说明。

知道罗宋没说谎，我半吊着的心终于可以放下，赶紧给华夫人吃定心丸，说我服膺"个人自扫门前雪，莫管他人床上事"的名言，所以……请放心。

"那好，时间晚了，你也该好好休息，bonne nuit！"华夫人下逐客令。

自从小尤知道我"贫血"后，经常从厨房里"顺"走一些东西，水果就不说了，有时还见水煮蛋或煮好的动物内脏，殊不知我的伙食比他的好，山珍海味是家常便饭。

"小尤，以后别再给我这些东西了，与华夫人一起吃还会差吗？"我说。

小尤说他知道我餐桌上的好东西不少，但也得吃下肚才算数，他就想盯着我吃。

"来，吃个杏子，"他从袋里挑出三、五个塞进我手里："很少看到这么大个儿的杏子。"

我看着手中黄澄澄的杏子，突然感到厌烦："你怎么这么啰嗦？你是我爸还是我妈？就算是我父母，我也有权利吃什么，不吃什么！"

"依依，你……"

我粗鲁地把杏子塞回纸袋内："谢谢你的好意，别再给我送吃的，我不习惯有个 24 小时看护，小尤妈妈。"

我以为开了个无伤大雅的玩笑话，孰料却落在小尤的禁区内。

"马依依，你听好，如果再关心你，我他妈的就是条狗。你爱晕倒就晕倒，别指望我背你回家！"他气呼呼地转身就走。

"小尤～"我轻喊。

那个火冒三丈的人懒得理我，很快消失在走廊尽头。

我们很安静地吃着晚餐，太安静了，只有刀叉碰撞的声音。

"夫人，晚餐还合您的意吗？"管叔问。

"很好，"华夫人动手切牛排："为什么这么问？"

管叔说因为我们都不交谈，他以为是餐点出了问题。

"呵呵，我尽想着工作上的事，一时入了神，"华夫人分别看雅各和我一眼："你们怎么也不说话？"

"我……我也在想学习上的事。"我说，其实心里想的是拂袖而去的小尤。

雅各却直喇喇地说："我在想小尤，他已经两天不吃饭了。"

"不吃饭？为什么？"华夫人问出我想问的。

"这个马老师知道，你问她。"雅各把矛头指向我。

我？我怎么知道？不，等等，小尤会不会还在生我的气，所以……

我猛地站起身说我这就去问小尤原因，待会儿回来跟大家报告，然后一溜烟地跑了。

第四十七章：贝夫人驾到

春天来了，小草探出头来，花儿吐露着芬芳，连枯树也开始长出新叶……

小尤架起摄像机，正捕捉春的气息。

我站了约莫十几分钟，他依然自顾自的，仿佛看不见我似的。

"我说……矢车菊开得挺好的，你怎么不照一张？"我建议。

"什么矢车菊？这里没有矢车菊，而且你是谁？我们认识吗？"小尤背对着我说话，把我降为"路人甲"。

"雅各说你两天没吃饭了。"我恬不知耻地粘上去。

"我吃不吃饭干他何事？又干你何事？"

两天了，他的火气依旧没有降下来。

"Sorry，我对自己的不当言行跟你道歉。"我低头了。

"你没错，是我热脸贴冷屁股，咎由自取！"他继续冷嘲热讽。

我走上前去，诚心地说："你不原谅我，我能理解，只想告诉你，我错了，忽视一个朋友的关心……失去你，是我这辈子最大的损失。"

看他还是无动于衷，我决定不再惹人厌，转身想走……

"头还晕不晕？"他问。

"不晕了，不晕了。"我急急地说。

"那陪我到厨房用餐，饿死我了。"

"好。"我像个丫鬟似地跟在小尤身后。

今天的午餐有法式鱼卷、巴黎卷心菜及鸡肉丸子汤，由于已近午餐结束时间，份量只剩少许，但小尤还是将它们一分为二。

"我不吃，你吃。"我把盘子推给他。

其实我是从午餐桌上溜出来的，肚子已经半饱了。

"吃，"小尤又把盘子推给我："你就是这样，难怪会贫血。"

我不想又在自己的"谎言"中打转，只好拿起刀叉。

"五月四日。"他说。

"什么？"

"我的摄影展订在五月四日，地点在巴黎大皇宫美术馆。"

"太好了，这是你扬名立万的好机会，我等不及要看你成为大师级的人物。"我讨好着说。

"呵！大师？"小尤笑了，露出迷人的酒窝："我不敢想像。你没看过真正摄影大师的作品，那才叫个精彩，在他们面前，我变得很低很低，低到尘埃里。"

我问这是啥意思？

"抱歉，剽窃了张爱玲的句子。这原本出自张爱玲给胡兰成的一张照片，其背面写着：见了他，她变得很低很低，低到尘埃里，但她心里是欢喜的，从尘埃里开出花来。"小尤解释。

我说作家就是不一样，写出来的东西就是这么有意境。

"我也这么认为……你有变得很低很低的时候吗？"小尤问我。

我认真地想了想，还真有。初中时，我暗恋过我的数学老师，他有长长的腿和阳光般的笑脸，但我的数学成绩实在太烂了，即使是爱情的力量也没能力挽狂澜，我变得很低很低，低到恨不得挖个洞把自己给埋了……

"呵呵……呵呵呵……依依，你实在太有趣了。"小尤哈哈大笑。

我转而问他有没有很低很低的时候？

"我……"小尤止住笑："有，低到很没原则地当了一条狗。"

低到很没原则地当了一条狗？我问这又是啥意思？

"就是……哎！没什么……我再去帮你盛碗汤。"他站起身来。

华夫人允许我星期一至星期四休假，错开罗宋来华堡作画的日子，而明天就是星期五，意思是熬个两天，星期日下午我就能和罗宋一起回巴黎，有整整四天的假期，怎不令人雀跃？

所以当管叔告诉我，明天有个客人需要我接待时，我以高昂的声音回答没问题。

"我都还没说是谁，你就答应下来？"管叔很吃惊。

"我答应不答应有差别吗？"我问。

"也对，"管叔点头："你没得选。"

等到我知道来者是贝律师的老婆时，吓出了一身冷汗，这是来兴师问罪的吗？眼前尽是刀光剑影、杀气腾腾。

"华夫人呢？她不亲自接待？"我问。

"说也奇怪，贝夫人和华夫人一向很亲近，当贝夫人来华堡时，都是华夫人亲自接待，可是这次她竟然临时决定去巴黎小住两天......"

这么说这周末罗宋不会来华堡了？

"是的，我刚通知他了。"管叔作实我的猜测。

哎～好好的计划又泡汤了。

"没事，贝夫人只待两天，所以你还来得及会爱人。"管叔说。

"讨厌，"我直踱脚："管叔就会欺负我！"

"谁让华堡的新鲜事太少了，欺负你成了生活中的调味品。"管叔乐呵呵地笑了。

星期五，11:15am，一辆黄色 Lexus 滑进华堡，我赶忙过去迎接。

下车的是个矮胖的中年妇女，什么都是圆的，圆圆的脸，圆圆的眼镜，圆圆的肚腩，圆圆的萝卜腿......

"贝夫人，您好，我是马依依，您的贴身管家。"我对她鞠个躬。

她上下打量我，问："你就是马依依？"

"是的。"

"哈！"贝夫人仰天失笑："这老贝够可以的了。"

她像风一样地早我一步进入城堡，我随后小跑步跟上。

第四十八章：咬牙切齿

贝夫人先是抱怨她的房间潮湿，我给她换了房，她又说光线不好。

"贝夫人，这间如何？朝南，阳光充足，当然也就不潮湿。窗口正对着喷水池，潺潺流水声，让人心情平静……"

贝夫人环顾一下四周，摇摇头："我不喜欢，我喜欢华夫人住的那一间。"

果然是来找茬的，而炮口对准华夫人。

"这个恐怕有困难，因为那是华夫人的私人空间。"我说。

"那怎么办？"贝夫人的小眼睛透过厚厚的镜片直射过来："我就想睡别人的私人空间，否则睡不着觉。"

我心里咒骂着但仍耐着性子："那么……容我向华夫人请示一下。"

没想到手机那端的华夫人，想都不想就答应了，害我灰头土脸的。

我把贝夫人的行李拿到华夫人的房间，并把一件件的华服整整齐齐地挂在衣柜里（华夫人的衣服只好暂时被收进储藏室）。

一切各就各位后，我说："贝夫人，您稍作休息，再过一刻钟就开饭了。"

她坐在太师椅上，眼睛望着窗外，对我一挥手，像赶走一只可恶的苍蝇，我立马讨厌起眼前这个肥婆！

"什么嘛！故作姿态，难怪贝律师要偷腥！"我愤恨地想。

和华夫人一比，贝夫人啥都不是，除了显赫的家世。

据说贝夫人的祖父曾是民国时期的大军阀，趁着战乱，该刮的刮，该搜的搜，全都给运到香港，再化整为零分散到世界各个银行。到了贝夫人的父亲这一辈，才算彻底在法国扎了根。

凭着雄厚的资本，她的家族既能在此地的华人圈子里呼风唤雨，也能在法国政商界说得上话，黑白两道通吃，没有办不到的事。

老公贝律师则是当年的中国公派留学生之一，被贝夫人的父亲一眼相中纳为女婿，说是凤凰男，一点儿也不为过。

可想而知，贝律师的家庭地位不会太高，基本是听老婆的。也就是说，出轨事件是向老天爷借胆在太岁头上动土了。

我开始担心起华夫人，虽然她适时地逃离暴风圈，但逃得了一时，逃不了一辈子，况且贝夫人来势凶凶，华夫人恐怕很难"全身而退"。

"这是什么？"贝夫人用筷子指着一团油汪汪的肥肉。

"这是您最爱吃的东坡肉。"我答。

"拿走，不知道我胆固醇高吗？还让我吃高脂肪的食物，这不是谋杀吗？"

我赶紧将东坡肉给撤了。

"这又是什么？"贝夫人的筷子指向冒着热气的砂锅。

"这是清炖鲫鱼汤，炖了一上午，汤呈奶白色，可好喝了。"我做着广告。

"鲫鱼有刺吗？"她问。

呃，我还不知道这世界上有没刺的鱼，即便是柔软的鳗鱼，除了脊柱那根大刺外，还有很多Y型刺，遂据实以报。

"这么说，刺有可能卡在我喉咙里不上不下的？"贝夫人问。

我说是有可能，但她都这么大岁数了，又不是小孩子……

"你到底会不会说话？什么叫做这么大岁数了？我还比华夫人小两岁呢！"贝夫人不悦。

噢！还真没看出来。

"那一团黑漆麻乌的东西是啥……炒饭的蛋炒得太老了……椒盐虾怎么不剥壳……西瓜汁是兑水的……椰奶糕没有椰奶味……"她喋喋不休地抱怨。

"贝夫人，我们的厨子是拿过奖的，没想到您这么不满意，现在怎么办？想吃蔬菜沙拉吗？菜是华堡菜园自家种的，保证新鲜，若不加酱汁，那就更低卡无脂，绝对符合您养生的需求。"我说。

贝夫人听了，愤而把筷子甩了："这就是你们的待客之道？喂客人吃草？"

我还想说两句，被管叔抢了先："贝夫人，您消消气，马管家是新手，还不熟悉夫人的口味，要不，我让厨子过来，您亲自指导他做菜，如何？"

"管叔说的话我爱听，新人就得学着点儿，别眼睛长在头顶上。"贝夫人睨了我一眼，然后拿起勺子喝了一口汤："这味道还可以，咱们不好打击厨子的信心，指导的事下回再说，我……勉为其难将就这一餐吧！"

管叔忙点头称是。

我站在边上，心里堵得慌，这是怎么回事？贝夫人找不到华夫人发泄，转而把我当沙包使，成了名副其实的出气桶了。

吃完午餐，贝夫人说想小憩一下，我把白纱窗帘拉上，开了空气净化器，请她入睡。

午后的阳光很懒散，我估计夫人这一睡要到下午三、四点钟，遂走到户外呼吸新鲜空气。

不知为什么，贝夫人身上有油腻的味道，让我无法呼吸。

"原来你在这儿，怎么一副愁眉不展的样子？。"

看来者是雅各，我放下戒心："嗯，今天的客人很难搞，头疼。"

"久了就习惯了，不是每个客人都会给你出难题。"

说得也是，其实我是代罪羔羊，也许贝夫人对我本人并无恶意……

想到此，我释然了。

"我妈去巴黎了。"雅各说。

我说我知道，她逃难去了。

"逃难？"雅各问。

"噢，不是，说错话了，华夫人大概购物去了。"我赶紧纠正。

雅各答没错，他妈现在在 Lafayette，买了很多东西，还帮罗宋买了一整套的 Armani 西装。

"罗宋？"我扬起声。

"没错，我妈是这么说的。"

我把雅各晾在一边，匆忙拨打罗宋的手机号，响了十几声他才接。

"罗宋，你在哪里？"我问。

果然在 Lafayette。

"你在那里干嘛？"

他说华夫人在试衣服。"

"华夫人在试衣服，你在那里干嘛？"我锲而不舍。

"她让我帮着出主意。"

出主意？出什么主意？我听见手机里传来细碎的声音，罗宋讲了 Petit，意思是"小"。

我问华夫人的什么东西小了？

"她在买胸罩，我觉得尺寸小了点，憋得难受。"

什么？！华夫人拉着罗宋去买胸罩？这么私密的事，竟然抓我的男人当顾问？是可忍孰不可忍？

"罗宋，听着，我要你马上离开，听见没？马上！"我河东狮吼。

罗宋说他的手上都是华夫人的战利品，还有一套他的西装，根本走不开呀！

"我不管，你不走，我们……我们分手！"

罗宋停顿了一下，说："依依，你太歇斯底里了，等你冷静下来，我们再谈。"

然后生平头一遭，罗宋挂我手机。

好大的胆子，竟然挂我手机？！

我马上回拨，手机那头却传来关机的提示，我气得咀咒罗宋的祖宗八代。

"干嘛这么生气？！我妈好歹还穿了内衣，换作平时作画，岂不是更糟糕？"

雅各竟然没走？

我说那不一样，工作是工作，现在是非工作时间。

"非工作时间？"雅各很狐疑："我明明看见一人高的画布框被塞进七人座的别克车里。"

什么？！我以为作画取消，原来华夫人直接人肉速递给罗宋了。

我气得咬牙切齿。

第四十九章：情色

贝夫人在下午四点钟醒来，我在花园的葡萄藤下摆上桌椅，为她准备下午茶。

Twinings 伯爵茶加上巧克力蛋糕是糕点师傅的点子，我相信即使心情欠佳的贝夫人也会莞尔一笑。

没想到她继续给我出难题："我不喜欢巧克力，加上我有低血糖，家庭医生建议我别喝有咖啡因的饮料。"

"那太好了，巧克力蛋糕是我的大爱，而含咖啡因的伯爵茶是我的必备热饮，我相信甜点师傅一定很高兴有人把他的精心杰作吃光光！"我坐了下来，毫不客气地享用这弥漫一下午烘焙香味的蛋糕："太……太太好吃了。"

"你真不矫情啊！"贝夫人出言讽刺。

我谢了她，说这是我的本色演出。

"我真服了你们这些女孩子，仗着年轻、有几分姿色就到处勾引男人，"她俯下身，低语："告诉你，我老公离不开我，离开我代表他过去的努力都白费了，他不会想重新回到社会最底层，做一个没没无名的小人物。"

贝夫人显然有强烈的不安全感，所以才会用财富、名望来捆绑贝律师。可怜的男人啊！年近半百仍是个扯线娃娃。

"你怎么不说话？默认了吧？"她挑衅。

"默认什么？我又没勾引你老公。"我说得理直气壮。

贝夫人看了我好一会儿后，冷冷地说："上星期六晚上，华夫人十万火急地把贝律师叫来华堡，说什么生意上的事要商量。老贝隔天清晨才到家，一上床就迫不及待和我做爱，还接连变了好多花样。直觉告诉我，他出轨了，对象要嘛华夫人，要嘛新进人员，譬如……你，因为老贝对洋人不感兴趣，觉得她们身上有股骚味。"

这怎么办？我不能出卖华夫人，但也不能两肋插刀地帮雇主顶罪。

我打算先摸清对方底细再说。

"你们……房事和谐吗？"我问。

"干你何事？"贝夫人起了戒备心。

"当然干我事，您怀疑我，我得打消您的疑虑。"我接着说："如果您照实回答，或许我可以找出症结所在。"

贝夫人喝了一口茶，闷不吭声，似乎斟酌该不该对一个年轻女孩开诚布公？

我得想法子让她心安，遂说："贝夫人，我不是心理医生，但专家有条条框框的限制，这个不能说，那个不能讲，反倒没受过训练的人，看事情更直接、更能一针见血。"

贝夫人还是不说话，眼睛看着被修剪得很漂亮的指甲出神。

"那行，"我站起身："我只是想帮忙，既然……那算了，您慢慢享用 Twinings 茶吧！那是英国皇室御用茶。"

"坐下。"贝夫人忽然命令我。

我听话地坐了下来。

"我从小在天主教女校就读，守贞是信条。教徒不能离婚，也不能堕胎，不瞒你说，结婚前我还是处女之身。至于老贝……他从落后的乡村走出来，所有的精力和时间都花在学习上，男女之事他也很懵懂，所以我们的房事一直很制式化。"贝夫人说。

也就是说，在这方面，他们还没享受过真正的鱼水之欢？

贝夫人如实回答："没有比较，我不知道快乐能达到什么程度。"

我想了想，说："贝夫人，请跟我来。"

我把贝夫人带到家庭影院，请她坐在正中央的位置，再到碟片室挑了几张重口味的影碟。

这不是我第一次看黄片，却是第一次将东西方的黄片放在一起做比较。西方拍得比较原始，就是动物的本能，没什么剧情；东方的就比较有故事性，有时还穿插一些乱七八糟、违反伦理的情节，反正怎么离经叛道就怎么来……

趁着男主角在偷窥女主角沐浴，我的眼光离开屏幕，落在贝夫人身上，她仿佛很投入，目不转睛的。

"太……太震撼了。"贝夫人走出家庭影院，连路都走不稳，我过去扶她，她反而用力抓住我的手："告诉我，你是不是也像片中那样？"

那样？哪样？等我想起那些养眼镜头，顿时红了脸："也……也不是经常那样，偶一为之啦！"

"难怪……难怪老贝像出了闸的猛兽，外面的诱惑实在太多了。"贝夫人喃喃自语。

"那么您把诱惑留在家里得了，"我出主意："再不然，府上也能设个家庭影院，一边看一边做，活生生的教材，肯定事半功倍。"

"依依，"贝夫人停下脚步，语气转为严肃："告诉我，你没跟我家老贝怎么了吧？！"

什么怎么了？……噢，那个……

"没有，"我马上否认："绝对没有，我可以对天发誓。"

"那么华夫人……"贝夫人把矛头指向另一个嫌疑犯。

"这个我就不清楚了，"我打太极拳："但是……为什么您执着的认为贝律师一定和某人共赴巫山云雨？华堡的家庭影院 24 小时开放，什么咸湿口味的片子都有，贝律师进去观摩一下也不无可能。"

贝夫人一听，恍然大悟地说："是啊！"

"所以说，根本的原因出在你们夫妻身上，有好的性事，才会有好的生活品质……"我像个性学大师似地侃侃而谈。

待我发表完毕，贝夫人笑了，她说："依依，你是天使。"

我又成了天使？最近就没做过魔鬼。

"能请你帮个忙吗？"贝夫人给糖吃后不忘索取回报。

"请说。"

贝夫人附在我耳边讲起悄悄话。

"没问题。"我拍胸脯保证。

她见我答应，眼角笑成弯月形。

我不会告诉你，贝夫人要我拷贝华堡里所有的色情影碟给她；当然更不会告诉你，她要我代购情趣用品，就像影片里的一模一样……

第五十章：一夜无眠

贝夫人成了最好接待的客人，不仅对晚餐无一丝抱怨，甚至邀请我一同进食。

"今天的晚餐真好吃。"贝夫人说。

"和昨天的厨子是同一人。"我答。

贝夫人很尴尬，我忍不住笑出声来。

"讨厌鬼！"贝夫人笑看我。

隔天一早，她还邀请我一起骑马。

"我先声明，我的骑术不好，只能算是幼儿园程度。"我说。

"那更好，我们慢慢骑，边骑马边聊天。"

没想到贝夫人话匣子一打开，那真叫个没完没了，我说她一定很寂寞。

"为什么这么说？"她问。

"平时您肯定找不到说话的人，才会憋了这么久。"

"一点儿也没错，"贝夫人没否认："我和老贝是二十多年的夫妻了，但两人一直说不上话，加上我们没有孩子，连可以有的话题也腰斩了，我当然不可能抓着家里的佣人猛唠嗑，所以……"

哎～寂寞真是杯无味的白开水。

我问她有想过领养孩子吗？

"想过，可惜错过当妈妈的最好时机，而我现在年纪大了，带不了小小孩，如果领养个大的，又怕跟我不亲。"

说得也是。

我和贝夫人骑马环绕华堡一周，直到下午茶时间才回来。

"怎么办？您是用正式的餐点还是轻食？"我问。

"给我来壶茶加三明治吧！吃完我上巴黎转转。"

"巴黎？！"我喊了出来。

贝夫人问我怎么了？我答我将坐晚上八点的火车到巴黎会男友。

"坐什么火车？待会儿吃完三明治，我们一起走！"她说。

星期日，20:10，司机将我载到罗宋公寓外。

"就送到这儿，下回有机会，见见你男友。"贝夫人说。

"一定。"我答。

黄色 Lexus 呼啸而去。

我没有告诉罗宋我提前到，除了他挂我手机让我很不爽外，我还想看看他措手不及的样子。

刷了门卡，我看到久违的小窝，很是欢喜，可是……罗宋在哪里呢？

我看到零散的几幅尚未完成的画，还有一套新西装，Armani 的。水槽里有没洗的杯盘，冰箱里有红烧肉及切了一半的哈密瓜，还有一瓶已开封的酒，上面写着 Alizé，我把它拿了出来。

看着镶满水晶的瓶身，直觉告诉我，这酒不便宜。

将酒放回冰箱，我的眼光重新回到水槽里未洗的碗盘上：两个碗、两个盘子、两个杯子、两双筷子……

顿时灵光乍现，华夫人来过这里，她和罗宋共进晚餐过。

我跳上床，像猎犬般地闻着床单和被褥，果然闻到罗宋的体味和……香奈儿 5 号（该香水的气味香浓多变，被喻为情妇香水）。

华夫人有多款香水，偏偏见罗宋就喷上情妇香水，简直是司马昭之心，路人皆知。

我急得在房间内来回踱步，都近九点了，罗宋还没回来，他明知我今晚到，人呢？去了哪里？

时间一分一秒地流逝，我的耐心也一点一滴地流失，我一会儿咒骂那对奸夫淫妇，一会儿又怪罪自己想太多；一会儿抱怨遇人不叔，一会儿又相信罗宋只爱我一人，患得患失，简直到了"精神分裂症"边缘。

"你来了。"罗宋开门进来。

我气得拿起沙发上的靠垫扔向他。

罗宋无端挨了一记，很是愤怒："你是怎么了？有病吗？"

"为什么关机？为什么收华夫人的礼物？为什么带她去买胸罩？为什么煮饭给她吃？为什么让她躺在我床上？为什么？为什么？为什么？罗宋你倒是给我说清楚！"我披头散发，像个疯婆子似地嘶吼。

"坐下，坐下，"罗宋拉我坐在沙发上，又递给我一杯水："喝口水，冷静冷静。"

我抢过水，碰的一声搁桌上："冷静个屁！"

罗宋无奈地在我对面坐下，将水一饮而尽："你不需要冷静，我需要。"

他果真停了好几秒："……好了，让我告诉你是怎么回事？"

原来华夫人临时上巴黎来，说想买件衣服，找罗宋当参谋。

"女为悦己者容，我需要男人的眼光，确保自己买对东西了。"华夫人是这么对罗宋说的。

买完套装，经过 Armani 的专柜，华夫人执意给罗宋买套西装，感谢他一天的陪伴，罗宋试着推辞，但没用，他被押着去试衣间……

买内衣也是纯属偶然，因为不巧经过 Victoria's Secret 的专柜。

再说请吃饭，那就更躺枪了，罗宋刚煮好一人份的晚餐，华夫人就带着酒和中国餐馆的外卖上门，他只好把即将到口的红烧肉搁在一旁。

"别告诉我，昨晚你们酒足饭饱后，双双滚到床上去了。"我双手叉腰，恶狠狠地看着他。

"华夫人是上了床，但我睡在沙发上，把骨头都给睡散了。"罗宋解释。

"谁信你？！"我把脸撇向一旁。

"你不信也没办法，我总不能把心挖出来，给你看是红还是黑吧？！"罗宋叹息。

老实说，我就想看看罗宋的心是红的还是黑的？于是跳到他身上，动手扯他的衬衫。

"别"罗宋双手护胸，"这是我最好的一件。"

"撕破了，给你买件新的。"

我加大撕扯的力道。

"我的心是红的还是黑的？"罗宋躺在床上问我。

我答紫的。

"紫的？"

"嗯，红加黑等于紫色。"

"呵呵，怎么你的脑袋瓜尽是这些异想天开？"他支起头，斜斜地看着我。

测试一个男人的心，床上的表现是项指标，刚刚罗宋有点儿力不从心，我不免怀疑起他的忠诚度。

"我爱你，依依。"他给了我一个吻，轻轻的。

"我也爱你……"我翻了个身，不再看他。

罗宋拥着我，很快打起鼾来，而我却一夜无眠。

第五十一章：扫地出门

    我睁开眼，看见罗宋赤裸裸地站在落地镜前，手里拿着 Armani 西装上下左右比划着。

    "你干嘛？"我问。

    "今天我担任奥塞博物馆的解说员。"他答。

    我半坐起，问了个现实的问题："有钱拿吗？"

    "有，不多，但有免费早餐吃。"罗宋边穿衣边回答我。

    我很好奇解说员需要穿 Armani 吗？

    "不需要，但正式点儿总是好的。"

    罗宋身上的 Armani 是灰色丝质面西装加浅蓝色衬衫，领带则是去年圣诞节华夫人送的红色爱马仕。

    "你全身上下，除了内裤、袜子和皮鞋，全部都是华夫人买的。"我总结。

    罗宋低着头，闷不吭声。

    不会吧？！难不成……

    我跳下床打开衣柜，又冲向入口处的鞋柜，惊讶不已。

    "我说过不要的……"罗宋嗫嚅地说。

    "什么时候的事？"我转头看他。

    "前天晚上，华夫人提着外卖过来，顺便……"

    好个顺便，谁"顺便"会买 CK 内裤、Falke 男袜和 Berluti 男鞋？

    我觉得华夫人正在一步步蚕食鲸吞我的王国，而那个没主见的国王眼看就要弃械投降……

    "都脱了。"我下令。

    "什么？！"罗宋想确认他没听错。

    "我说都脱了，你一个学生干嘛穿名牌？与身份严重不符。"

    罗宋凝视镜中的自己，最后同意的确太招摇了，他是去当解说员，不是去参加高峰会议。

我很满意罗宋采纳了我的意见，所以当他问我愿不愿意和他一起去奥塞博物馆顶层的 Cafe Des Hauteurs 吃早餐时，我一口答应，然后奔向浴室梳洗。

"奥塞博物馆是我最喜欢的博物馆之一，它不像卢浮宫，巨大的有点儿欺负人的感觉。"罗宋说。

开工前，罗宋先带我去吃早餐，由于位于博物馆顶层，视野绝佳，虽然提供的是大陆早餐（不外面包、果酱、水煮蛋加上冷热饮），但艺术氛围浓厚，让人忽略了餐点的不足。

我优雅地喝着热可可，罗宋却把面包囫囵吞下肚，再把 espresso 一饮而尽："不早了，我得下去，你今天有什么计划？"

"随便逛逛。"

"那好，我四点下班，你来接我，嗯？"

罗宋蜻蜓点水似地在我嘴上啄了一下，然后行色冲冲地下楼去。

我又在位置上发呆了半小时才起身。

"Excusez."

一个腰系黑色围裙的服务员叫住我，递给我一本素描本。我打开一看，果然是罗宋的，赶紧跟他道谢，他却对我神秘一笑，很是奇怪。

我下到底层，刚好看到罗宋正对着一群小学生解释罗丹的雕塑：地狱之门。本来我想把素描本还给他，但时间点不对，想想还是别打扰他吧！于是带上素描本离开博物馆。

法国真是浪漫之都，即便是最简单的散步，也有闲适的心情。到处是叫得出年份的建筑，每个阳台缀满了鲜花。我看到大街上接吻的恋人和溜狗的老奶奶，也看到偷闲坐在咖啡座上，一边看报一边喝热饮的人们……

信步经过书报摊、鲜花店、水果店，我来到商店林立的大道——香榭丽舍大道。

作为世界上最著名的街道之一，它的街面虽旧，但透出历史的沧桑感。有东西两段，西段是购物天堂，充斥着大大小小的高端品牌店，价钱都不便宜，但购物的人群丝毫不手软，人潮涌动、喧嚣不已；东段则以自然风光为主，道路两旁有大面积的草坪，是城市中心不可多得的绿地。

我往西走，突然发现马路左侧有排队的人群，于是上前查看，原来是著名的甜品店 Ladurée，它是"马卡龙"最早的发源地。

想当然尔，我也加入排队的队伍中，十几分钟后，终于买到各种糖果色的马卡龙。我兴冲冲地拿起粉红色轻咬一口，只觉得甜，没有传说中那么好吃，也许加上一杯咖啡会冲淡甜腻的口感，于是我到星巴克外带一杯热拿铁。

既然要野餐总得找对地方，于是我往东走去。

坐在树荫下的石椅上，我喝着咖啡，吃着马卡龙，果然咖啡的苦味冲淡了马卡龙的甜，在味蕾上形成平衡，这才是正确吃法。我不禁一口接一口，直到盒底朝天。

吃饱喝足后，我又看了会儿过往的人群，开始觉得有些无聊，忽然想起背包里的素描本，既然闲着也是闲着……

翻开素描本，前几页是静物，有蔬菜、水果、桌椅、文具……等，然后我看到了动物，大部分是小猫、小狗，也有鱼及乌龟，甚至还看到蜘蛛、蜥蜴。

再翻页，终于看到我了，罗宋把我的各种姿态和微表情——捕捉，连我生气时的泼辣相也不放过。奇怪，我不记得曾乖乖坐下来给罗宋当模特儿，想必他是凭记忆画的，真是了得。

我翻页再翻页，洋洋洒洒十几页都是对我的素描，心里美滋滋的，直到看到了不想看到的人……

我一页一页地翻，越翻越快，越翻越恼火，华夫人摆弄了各种的不雅姿势、做出各种的消魂表情，简直堪比春宫图。

我现在知道为什么那服务员会对我暧昧一笑，任谁都会想入非非。

想起毕卡索曾说过的话："在我的心中，谁也不会占据真正重要的地位，对我来说，女人就像飘浮在阳光里的尘粒，只需挥动一下扫帚，它们就得飞出门外。"

我把素描本用力掼下，心情跌到谷底。

罗宋啊罗宋，你该不会没有毕卡索的天份，却学会了他的风流吧？

我心伤，就像飘浮在阳光里的尘粒，害怕被人扫地出门。

第五十二章：洪水猛兽

"Au revoir." 罗宋跟奥塞博物馆的工作人员道再见，然后兴冲冲地走向我。

"工作结束了，你想去哪里玩？"罗宋问。

我没回答，默默把素描本递还给他。

"哈，原来在你这里，我还以为搞丢了呢！是不是被我遗落在咖啡厅里？"

我还是没回答，转身就走。

我们走了十几个 block，我都没说话，罗宋也没有，窒息的压迫感压着我，也压着他。终于在一个小公园里，我停下了脚步。

"你为什么不说话？"我问。

"因为你在生气。"他答。

"我为什么生气？"我反问。

"因为……你看了我的素描本。"

算他聪明！

我在公园内的长条椅上坐了下来，罗宋像个小跟班似地也坐下。

"我没想到你这么龌龊！"我拉起弓，射中罗宋红心。

"龌龊？"罗宋摇头失笑："奥地利艺术家克里姆特一生画过数千张情色图像，但这无损他在美术界的成就。他的《阿德勒.布罗赫—鲍尔夫人》于 2004 年以 1.35 亿美元卖出，力压毕卡索的《拿烟斗的男孩》，一度打破单幅绘画售价的世界纪录。"

呵呵，罗宋想说什么？他想说为了白花花的银子，所以要挤身情色画家之列？我毫不留情地质问他。

"不是的，"罗宋马上否认："达到一定的高度，财富自会降临，我只是想挑战自己的极限，扩展自己的画风，如此而已。"

"那些……是你臆想的，还是华夫人……"我很想知道。

"我把自己的想法告诉华夫人，她很支持，二话不说地照做了。"

原来，原来不只是凭空想象。

"其实……我也可以的。"我赌气地说。

没想到他直言我不够媚，也放不开，很多动作做不出来。

被罗宋一口否定，我转为挑刺儿："你们……你们什么时候开始的？这不是一天两天的事。"

"有时，华夫人想换个姿势时，我会提醒她。"罗宋答。

也就是说，在华夫人的香闺里，时不时上演着情欲大片。

"罗宋，别再去华堡了，"我捂住脸："放弃吧！我怕你会把持不住自己。"

"这是所有艺术创作者必经的关卡，况且快到尾声了，€80,000很快就能入袋。"

如果我没记错，克里姆特一生情人不断，光私生子就有14名之多；毕卡索结婚结了六次，连中国的张大千、徐悲鸿也有几段情史。什么必经的关卡？大师们都没克制住，凭什么你罗宋就是柳下惠？

"我无法跟你谈这个，你不了解我，也不了解我的梦想，我们是生活中的伴侣，却是精神上的殊途者。我累了，能不能谈点儿别的？"罗宋很消沉。

接下来的几天，我和罗宋都小心翼翼地不碰触彼此的底线，然后各怀心事地苟且度日。

"马老师，你回来了。"管叔看见我，很高兴的样子。

"嗯。"我匆匆点个头，只想快点儿进房间。

"贝夫人送了个包裹给你，就放在你房外。"

贝夫人送东西给我？为什么？

"这我就不清楚了。"管叔答。

我三、两步上到二楼，果然看到房门外有个包装精美的盒子，我把它抱进房里。

这个身穿新疆传统服饰的娃娃衣着华丽，绛红色的袍子上缀满彩珠和各色亮片，领口、胸前、袖口、肩、裤脚等处用各种彩线绣上精美的花卉图案，紫色薄纱罩头，脸色白里透红，眼睛炯炯有神，嘴唇则是可口的果冻唇，仿佛下一秒就要吐出字句。

我翻开说明书，原来这是 Enchanted Doll，翻译成中文就是"被施了魔法的娃娃"，被誉为奢侈娃娃品牌，可说是娃娃中的爱马仕。

"贝夫人为什么要送娃娃给我？"我心想。

虽然眼前的娃娃非常华美精致，但从小我就听多了娃娃的鬼故事，所以对这类赋于神秘诡异色彩的玩意儿，一向敬谢不敏，没想到年近三十，还能收到小女孩才会收到的礼物。

"嘟……嘟嘟……"是贝夫人的来电，她问我收到礼物了没？

"收到了，可是……为什么要送我礼物？"我问。

"因为……呵呵……真令人难为情，我现在夜夜都得到高潮，老贝也是，我们觉得这都是你的功劳，所以……"

噢，原来如此，可是为什么送娃娃？我好奇地问贝夫人。

"一位法国侨领送我的，他是新疆人，但是从小我就害怕娃娃，所以收到礼物只能将它束之高阁，现在终于找到出处让它重见天日了。"

呃，这是什么跟什么？贝夫人竟然把她不要的礼物送我？！

"你若喜欢最好，不喜欢的话，把它往 ebay 一送，最新的拍卖价是4万欧元一个。"

什么？！竟然折合人民币近三十万元，贝夫人可真是大手笔呀！

"你喜欢这个礼物吗？"她问。

"喜欢，喜欢，"我忙不迭点头。

"喜欢就好，只要你一心一意对我，我还会给你更多惊喜。"

一心一意对她？这是什么意思？

贝夫人不理会我，开始讲起她养的小猫、偷懒的佣人以及未来的度假计划……

我躺在床上摆了一个最舒服的姿势，因为我知道贝夫人一旦开讲，必是洪水猛兽，止也止不住……

第五十三章：华诺

日子又回到寻常的轨道，我继续学习课程，为突然造访的客人作准备。

华夫人还是很忙碌，尤其天气渐渐回暖，停了一个冬天的派对又开始了，几乎夜夜笙歌。

我不参加派对，除了有"人群恐惧症"外，自己蹩脚的法语才是主因。

这一天晚上，早已过了十一点，楼下还是像菜市场一样闹哄哄。奇怪，通常是曲终人散的时候，怎么一点儿散场的意思也没有？搞得我无法入眠，索性下楼来。

我刚下到底层，一位手拿香槟的高大男士急急从宴会厅走出来，我们俩个呈 90 度撞上，他的香槟洒了我一身。

"je sui sdésolé." 他说，并且掏出西装口袋内的手帕想替我擦拭，但毕竟我是个女的，为了礼仪，他恭恭敬敬地呈上手帕。

我答没关系，但还是接过手帕，擦拭被香槟弄湿的白裙子。

"*@&:+¥%*……" 那个有着东方脸孔的男人对我吐出一连串法语。

真是糟糕，法语当用时方恨少，我只好对着他傻笑。

"Can you speak Mandarin?" 他转而用英语问我会不会说普通话？

"Yes，Yes，会，会。" 不知道为什么，我非常兴奋。

"对不起，洒了你一身，我应该更小心点儿。"

"没关系。" 我又重复一句。

他提议赔我一条白裙子，问我穿几号？

我说真的不用，待会儿回到楼上，将裙子打上肥皂就没事。

"回到楼上？你住这里？" 他问。

"是的，我替华夫人工作。"

"Nice to meet you." 他递上一张名片： "我叫 Bonnot，中文名是华

诺，请多多指教。"

我收下他的名片，歉然地表示自己没有名片并且主动报上名来。

"马—依—依，嗯，我记住了。"他说。

此时一位身穿华服的女子走了出来："Bonnot，£+%#¥>?+……"

"D'accord."华诺转过头来："马小姐，我有事，先走一步。"

"你去忙吧！"

叫华诺的人刚走，我才想起手中还握着人家的手帕。

"Excusez!"我喊。

可惜他已走远。

我把手帕摊开，这是一条乳黄色的丝质手帕，上面有淡淡的栀子花香气，右下角有深蓝色哥特式字体——B.H.

B.H.？Bonnot Hua？Hua？华？难道和华夫人有亲戚关系？

我把名片拿出来，上面有法、英、中三国文字，我直接跳到中文那一栏——股票经纪人。

这是什么玩意儿？

百度上写着：股票经纪人是在证券交易中，代理客户买卖证券，在买价和卖价一致时，促成双方买卖的成交，并向两方收取佣金。

原来如此。

我把白裙子脱下，用洗衣液浸泡起来，连同那条手帕。

虽然我不认为会再次遇见华诺，当然归还手帕的机率也几乎为零，但还是洗了它，没想到……

"Bonjour，马小姐。"我一进早餐室，华诺便用清亮的声音和我道早安。

"Bon……Bonjour."我太惊讶了。

"看来，你们早已认识？"华夫人饶富趣味地看着我们。

华诺解释昨晚他不小心把我的裙子弄湿了。

"是这样的吗？马老师。"华夫人转头问我。

我把餐巾打开，点头承认。

"马老师？你是老师？教什么？"华诺问。

我解释我原本是雅各的中文老师，现在则是华夫人的……秘书。

"这样啊！有空能教我中文吗？我想拓宽顾客的层面，多一些中国买家。"华诺说。

雅各却先我一步："我把蒋老师让给你好了，她一板一眼的，绝对能让你的中文水平快速提升起来，至于马老师……还是回来教我吧！"

"不成，马老师有另外的工作要做，"华夫人把方案否绝掉，转而对华诺说："你若想学中文，我让蒋老师额外教你。"

"这倒不用，我不喜欢一板一眼的老师。"他答。

雅各噗嗤一笑，说只有他是可怜虫。

华夫人忙着找台阶下："一板一眼好，一板一眼才容易学到东西啊。"

从餐桌上的闲聊中，我了解到华诺是华夫人已去世姐姐的儿子，但为什么也姓华？原来华家两位千金都未婚生子，孩子都随母姓。

我还知道华诺住在法国东南部的尼斯，为了准备今年六月的 CFA 考试，他来到华堡闭关苦读。

"什么是 CFA 考试？"我问。

"它是全世界公认的金融证券业最高认证书。"华诺答。

"那一定很难啰！"

"肯定是，不然我不会跑来这儿发愤图强。"华诺说。

没想到雅各的嘴角此时浮现一抹难以解释的微笑，被我捕捉到。

"你笑什么？"我问雅各。

"……噢，因为今天的早餐很可口。"他答。

"的确可口，"华诺拿起切片法棍，轻咬一口，问："马小姐不这么认为？"

我很想说今天的早餐和昨天的没什么差别，但话到嘴边却成了："没错，很可口。"

原来我已不知不觉被训练成"口是心非"了。

"那就多吃点儿，我喜欢好胃口的女人。"华诺说，顺便对我俏皮地一眨眼。

这是公然调情，但华夫人和雅各却无任何表示，专心低头吃早餐，仿佛今天的餐点是无以伦比的美味……

第五十四章：晨跑

今天下了课，我回到房内，听到隔壁传来《西贡小姐》音乐剧的歌声，很是哀怨。

我已经猜出华诺搬到我隔壁，有个邻居倒不是坏事，多少不那么孤单，但是……

这是我偶然发现的，我房间的通风孔和隔壁相通，也许当初的设计是做成一个大房间，不知何故，后来改成两个小房间，这也没什么，问题是隔音就差很多，几乎是声气相通。好比现在，我仿佛置身杜比环绕音效当中，从《Revelation》听到《Kim's nightmare》，再听到隔壁的敲门声，然后是管叔字正腔圆的声音："华少爷，下午茶时间是 4 点到 5 点。"

华诺说他知道了。

我不想喝下午茶，因为最近胖了想减肥，而华诺似乎对喝茶也不感兴趣，他重新按下 play，让我把《西贡小姐》的后半场也给听完了。

晚上又有派对，通常这时候华夫人是不吃晚餐的，因为派对上有各种鸡尾酒加小点心。

一杯葡萄酒的热量相当于一块蛋糕，而一品脱的啤酒则等同一个汉堡包，加上伴随饮酒而来的食欲大增，很能让人发胖，所以华夫人不吃晚餐，情有可原。

"今天又是我和你进行晚餐的约会。"雅各说。

"是啊！"我同意。

"你说我若把小尤叫来一起吃，我妈会不会发现？"他问。

我说大概不会，不过人多嘴杂，小尤也不见得好吃这一口，还是别惹麻烦吧！

"小尤越来越瘦了，我猜是食堂的伙食不好。"雅各替小尤抱怨。

不会吧？！虽然和东翼的比，小尤的伙食是粗糙了点儿，但也很可口，法国菜错不了的。

"除了这个，我想不到别的。"雅各用叉子玩弄着盘里的食物，似乎没有吃的欲望。

"其实，你也瘦了。"我说。

"我？"雅各看着我，摇摇头："我没瘦，一直都这样……你有没有注意到，上流社会的人很少有胖子，但是社会底层就经常看到胖子，尤其很胖很胖那一种。"

听雅各这么一说，好像的确如此。

"安全感，"雅各下结论："上流社会有安全感，什么时候想吃都有热腾腾的饭菜，但劳力阶级就不一样，他们会担心有这餐无那餐，加上淀粉类食物比较便宜，所以只要一开吃就会吃很多，胖子自然就多了。"

我说他的观点很有意思，这样一来，我也得向上流社会看齐，保持苗条身材。

"我希望你胖一点儿，小尤不喜欢胖子。"雅各坏坏地笑。

我正想问他这话什么意思，华诺走了进来："饿死我了，今天没喝下午茶。"

他一坐下，Manon 就递上沙拉、海鲜汤和主盘菜——西冷牛排。

"Merci."

华诺对她微笑，Manon 红了脸，快速离开。

"你待会儿参加派对吗？"我问。

"当然参加，我阿姨是派对女王，我就是派对王子，很多客户都是我从派对中拉来的。"

我又看到雅各那抹神秘的微笑，但这次我没问为什么。

看华诺狼吞虎咽的样子，我提醒他派对上有吃的也有喝的。

"So what？光管住嘴是没用的，还得运动。刚刚听到你们的谈话，如果不介意的话，马小姐可以跟着我晨跑，能快速减肥。"

"晨跑？"

"是的，明天早上五点半，我去找你！"华诺说。

"碰！"有人甩门进房，然后是一对男女高亢的声音。

我将被子盖住头，想赶快再次进入梦乡，谁知隔壁的谈话声一声高过一声，还夹杂着爆笑声，犹如魔音传脑，把我的睡神吓跑了一大半。

我气得跳下床，冲到隔壁房门口，愤怒地举起手又放下，放下又举起，最后还是忍住没敲。

第一晚就闹得不愉快，如何睦邻？

我重新躺回床上，睁眼到邻居摆完龙门阵为止。

"扣、扣。"

谁这么早敲门？我睁着惺忪的双眼去开门。

"马小姐，晨跑时间到了。"

华诺一身运动服打扮，我认出他脚上穿的是今年 Mizuno 的火爆款，网上售价一万多元人民币一双。

"我不去了，Sorry。"我有气无力。

"你昨晚干什么去了？一副无精打采的样子，这可不行，我目测你有……120 斤。"

"胡说，"我吓得魂都飞了："没有的事。"

华诺说肯定有，还问我多久没量体重了？再这么胖下去，没人敢追我。

我表明自己有男友了。

"那更糟糕，再不运动，你就快失去他了。"华诺低头看表："我在楼下等你，你有十分钟。"

"神经病！"我嘴里骂着，但动手去拿跑步鞋。

我们沿着华堡四周跑了两圈。

"不，不行了。"我气喘如牛，大汗淋漓。

"才两圈而已，大姐。"华诺原地跑步。

"我是真的不行了，I give up。"

"成，你看着我跑。"

他果真弃我而去。

我坐在草地上大喘气，十几分钟后，他跑回来："Are you OK?"

"Fine."

又经过十几分钟……

"Are you OK?"他又问。

"Fine. Fine."我很不耐烦。

华诺说我都休息那么久了，还不够？

"你不是大姐，你是老奶奶。"他加上一句。

真可恶，竟然叫我老奶奶？！看来老虎不发威，他以为我是病猫。

我突地站起身："就不信跑不赢你！"

洗完澡，我进早餐室。

"Bonjour，我的女友。"华诺乐不可支。

我睨了他一眼，闷不吭声。

"你们去晨跑了？"雅各问。

华诺大笑说马小姐阵亡了。

"阵亡了？"华夫人很迷惑。

"她……"

我赶紧抢话："华诺，我警告你，你斗敢讲一句，我让你生不如死。"

"All right,"华诺举起双手投降："I shut up."

他们三人边用早餐边话家常，只有我还沉浸在稍早前的屈辱中……

当我们第二次跑步经过厨房时，食堂帮工 Lena（一位满头银发的老太太）放下手中的蔬果，问我们介不介意让她加入？

结果……华诺和她在前面跑，我在后面追，不可思议的是，他们竟然数度超越我，我跑了两圈，他们已经跑了五圈。

"**€£#%~……"Lena 对着我叽里瓜拉。

华诺点头称是。

待 Lena 走远，我喘着气问："她说什么？"

"她说我的女友需要锻炼，不然生孩子时会很辛苦。"

什么？！竟然乱点鸳鸯谱，还提到生产，简直不像话！

华诺乘胜追击："噢！对了，不能再称呼你为老奶奶，那是侮辱老人，连老人都跑得比你快……"

我愤而拿起地上石头想扔他，他转身一溜烟跑了，而我连追他的力气也没有。

第五十五章：雅各的要求

　　雅各说得没错，小尤越来越瘦了，他站在花园里拍照，裸露的胳膊不比树枝粗多少。

　　"你有没有吃饭？雅各怀疑食堂的伙食不好。"我在小尤身后问。

　　"当然有吃饭，"小尤放下相机，转身看我："只是吃的不多。"

　　我问他原因，他说因为摄影展的事。

　　"压力太大了，得了奖，大众就会拿着放大镜看我，我害怕自己不够优秀。"

　　"你绝对不能这么想，"我握住他的手："越是重要时刻，越要平常心对待。其实我最近的压力也很大，体重直线上升。"

　　"呵呵，这也能构成压力？况且你一点儿也不胖。"这次他反握住我的手。

　　"谢谢，"我巧妙地放开他的手："那是因为我开始控制饮食及晨跑的缘故。"

　　"晨跑？"

　　我把新进成员华诺介绍给小尤。

　　"我不知道雅各还有个表哥。"小尤说。

　　"谁说不是，而且这个表哥品味还挺高的，只听歌剧，不听靡靡之音。"

　　"我不听歌剧，只听靡靡之音，这算品味不高吗？"小尤问。

　　我正想回答，雅各跑了过来，很着急的样子："照片曝光了。"

　　小尤问他控制快门的时间和光圈值了吗？

　　"都照你说的做了。"雅各答。

　　"肯定哪里出错了，我看看……"

　　趁着他们师生在研究，我默默走开。

晨跑对我来说，犹如倒吃甘蔗。

"不错嘛！"华诺停下脚步，弯腰抚着腿说："你现在跑五圈没问题了。"

我拿起脖子上的毛巾拭汗："当然没问题，我的目标是十圈。"

"我不行了，口渴，"他直起腰来："我先到厨房拿瓶水喝，你要吗？"

"要。"

我边做柔软体操，边等华诺送水来，所在位置的角度恰巧能看到西翼以及雅各的窗口，所以当我发现小尤的头突然从那个窗口伸出来时，惊讶到不行，他甚至……甚至赤裸着上身。

"你在看什么？"华诺递给我一瓶水。

"没什么。"我赶紧转身。

"那个人是谁？为什么一直盯着我们瞧？"

我没好气的答："都说了，没什么，快，再不跑，要错过早餐时间了。"

我开步往相反的方向跑，远离小尤的视线。

早餐桌上一如往常，雅各没有异样，但我的鼻子很灵敏，闻出他身上男性荷尔蒙的味道。

"我觉得马老师自从晨跑后，整个人容光焕发，看来我也该运动运动。"华夫人说。

"阿姨不运动也容光焕发，倒是雅各需要运动。"华诺将目标对准雅各。

"我不运动，运动会增加我出血的机率。"

雅各不说，我差点儿忘了他是血友病患者。

"缺乏运动的人生多乏味呀！"华诺感慨。

"缺乏爱的人生才乏味，我宁愿一天不运动，也不愿一天无爱。"雅各说。

"说得好，"华诺鼓掌："但对我来说，缺乏性的人生更乏味，我宁愿一天无爱，也不愿一天无性。"

乖乖，早餐桌上竟然谈性说爱，法国人都这么开放吗？

"马老师，你同不同意我的观点？"华诺向我点名。

"我不参加这个讨论。"我表明立场。

华夫人赶紧转话题，说她的好姐妹想买股票，华诺有什么好建议？

"科技股很不错，有上扬的趋势，我可以登门拜访，帮忙做个好的Plan......"

华夫人和华诺讨论正烈，我拿起橙汁喝了一口，不巧发现雅各的嘴角上场，让我想起赤裸上身的小尤，心中感觉不妙。

今天星期五，罗宋晚上到。

他说这个礼拜就能收工，华夫人的画只需做最后的修饰。

我很高兴长期以来的担忧就要彻底结束，一旦拿到 €80,000，只要省着点儿花，罗宋回国前的学费和生活费都解决了，即使我现在离开华堡也云淡风轻，无一丝压力。

"你怎么了？很开心的样子。"华诺边跑边问我。

"我是很开心，我男朋友今天到。"

"你的男朋友是那一位吗？"

华诺指着前方雪松下瘦高的人影问。

"不，不是的，"我想了一下："华诺，你继续跑，别管我。"

华诺果然在雪松前拐了弯，我则向小尤跑去。

"这么早就起床？"我问。

"没有你早。"小尤看着远去的背影："他就是华夫人的外甥？"

"嗯，他叫华诺，告诉过你的。"

他转而问我最近过得如何？

"不坏，你呢？"

"不太好......"

我问他怎么了？

"雅各对我的要求越来越多，我怕满足不了。"

要求？什么要求？

原来雅各说他的睡眠不好，需要搂着他人睡觉才能入眠。小尤觉得怪，拒绝了几次，后来看雅各的精神越来越不济，于是……

"我承认自己的立场不够坚定，有妇人之仁，结果有一就有二，有二就有三，我怕哪一天自己会失控。"小尤很懊恼。

原来如此，这可以解释为什么马赛之行，雅各半夜会蹑手蹑脚地进入小尤房间及昨天早上小尤在雅各窗口出现……

"那么你对雅各……"

"没有，"小尤很笃定："我对他没有特殊的情感。"

我松了一口气，告诉他以后别再和雅各搂着睡了，早晚会出问题，他们是师生关系，亲疏的度要掌握好。

"下次他若提同样的要求，你就说不习惯和人搂着睡，这让你无法入眠，他能理解的。"我说。

"知道了，"小尤微笑："你果然是可以谈话的人，如果没有你，我在华堡的日子会很灰暗。"

我正想答我也有同感时，华诺跑了过来："马小姐，还跑吗？"

我看了小尤一眼，他对我点了点头。

"那拜了！"

我笑着和他挥手，然后转身跟在华诺后面小跑步。

第五十六章：血染的窗口

今天上课老师迟到，我回到房内时，罗宋已经在床上等我。

"你来了。"我把课本放下："今天老师迟到四个小时，说她的孩子在学校惹了麻烦，所以……"

"没事，我在你房里挺好的。"他答。

我忽然觉得空气有点儿闷，遂向窗口走去。

"别开窗户，我不想我们的谈话被别人听见。"

看罗宋表情凝重，我狐疑地坐了下来："怎么回事？"

罗宋的眼光落在我身后，我转过头去，不知何时，那幅丑陋的日本国旗已被拭去油彩，我的大裸照毫无遮掩地示人。

"感谢你的老师迟到的够久，让我无聊到把你房间内所有的东西都侦察了一遍。我早看那个狗皮膏药不顺眼，但一直没细看，今天才发现是某人在亚克力版上作画，我把亚克力版取下，Bingo，阿里巴巴的宝藏赫然在目。"

罗宋讲着笑话，在我听来，却像小刀划过玻璃般的刺耳，尤其他的脸上无一丝笑容，让人不寒而栗。

"那是艺术照，艺术……你懂的……"我小声地说。

"我不懂，你告诉我！"他的语气很冲，仿佛扇了我一耳光。

我觉得不平，罗宋每天面对无数个裸露的胴体，我不过是做了回人体模特儿就十恶不赦，况且我和小尤之间，什么事都没发生……

"小尤？我就知道是那个家伙，说，你们眉来眼去、暗渡陈仓多久了？"罗宋责问。

"没有，什么都没有，只是拍个照，你若不信，可以去当面问小尤。"我急了。

"呵呵，你不跟我说实话，小尤会跟我说？还有，你拍照问过我同意没？"

果然是大男人主义，我的身体我作主，干他罗宋何事？

"既然这样，没什么好说的了。"罗宋铁青着脸，甩门出去。

我以为这个礼拜是 Happy Ending，没想到罗宋和我闹别扭，我的心仿佛被压上了一块大石头。

"那天树下的男人是谁？"早餐桌上华诺问我。

我心不在焉地答："小尤，雅各的摄影老师。"

"就是他啊~"华诺把尾音拉得老长。

我问他可认识对方？

"不认识，但我知道你今天为什么不开心。"华诺对我眨眼睛，仿佛千言万语。

"马老师，"华夫人突然问："罗宋今天怎么没下来吃早餐？"

罗宋没下来吃早餐，让我更确信他是真的生气了。

"我……不知道，也许睡过头了，"我站起身："我去叫他。"

"不用了，你坐下，"华夫人用餐巾擦了嘴："我去叫他。"

让主人去叫，实在说不过去，但既然华夫人已经起身，我只好坐了下来。

华夫人走后，我依旧心事重重，雅各也心情不佳，但华诺毕竟是公关老手，他很快就把场面炒热起来，连我也不得不虚应一下，这有助我短暂离开阴郁的氛围，以致忘了华夫人离去后就没再回到早餐室，连同罗宋也没了影子。

今天星期六，有马术课。

我在上课，华诺骑着骏马在四周来回奔跑，很是烦人，趁着中场休息，我走了过去。

"你能不能别在这里骑？华堡多的是地方。"我说。

他答他就爱在这里骑，这样才能看我出洋相。

"你真够直接的了。"我呛声。

"好说，还有多久下课？"他问。

我答还有半小时。

"我等你。"

华诺说完，骑着马飞奔而去。

我们骑马走了一英里，直到华堡的影子在地球的那一端缩成了一个小黑点。

"一看你骑马就知道是半路出家，我六岁就开始学骑马了。"他骄傲地说。

我闷闷不乐地答同人不同命，当他玩着乐高时，我玩着泥巴，但玩泥巴不见得就比较不快乐。

"désolé，我没别的意思。"

"不用抱歉，我心情不好，不关你事。"我把头撇向一旁。

华诺说我的男友太小心眼了，如果他的女友拍艺术照，他一点儿都不在意。

"你～"我很吃惊。

"我们两个房间的通风孔是相通的，连你呼吸的声音，我都听得一清二楚。"

原来华诺也发现了。

我们各怀心事地穿过树林，翻过山丘。

"你说，我该怎么做，罗宋才会原谅我？"我想听听另一个男人的建议。

"什么都不用做，他如果爱你，还会回头找你。"华诺说。

我问如果不爱了呢？

"如果不爱了，这就是个好借口，可以趁机把你给甩了。"

华诺不说还好，一说直接把我打入十八层地狱。

看我郁郁寡欢，华诺要我别想了，如果恋情这么不堪一击，那也没什么好留恋。

"你说的都对，但为什么我觉得罗宋已离我远去，而我还没做好准备……"我的眼泪滴了下来。

华诺见状下马，他抓住我的马绳，将左手递给我。

我一下马，他就将我拥入怀里，我抱着他嚎啕大哭。

"嘘～别哭，别哭了，好吗？"

我又哭了一会儿，直到口干舌燥才抬起头来。

没想到他一低头给我荒漠甘泉，而我……没有拒绝。

我一直无法解释为什么那么容易就和一个不熟的男人接吻？只是一时头昏脑热？

而他呢？只因见不得女人掉眼泪？所以接吻是施舍也是安慰？

夜深人静，我还在想念那个吻，和罗宋的粗鲁不一样，毕诺的吻很柔、很轻，像薄纱掠过嘴唇……

我没想到隔天一早见到华诺，他完全没事似的船过水无痕。

"你今天没那么有精神，估计跑五圈都有问题。"华诺边跑边说。

"谁说的，不到最后关头，还不知鹿死谁手呢！"我赌气说。

我们跑步经过西翼，头顶突然传来一声尖叫，一个女人冲向窗口歇斯底里地向外喊，我认出是 Clara，她的手和白围裙上满是鲜血，而那个窗口是雅各的。

华诺撇下我，以跑百米的速度冲进西翼，华堡整个沸腾起来，只有我不明所以。

"这是怎么回事？"我的心纠了起来。

第五十七章：遗书

虽然我很想知道是怎么回事，但华堡上下已乱成一团，我不想成为阻碍物，所以站得远远的，作壁上观。

没多久，我看见脸色苍白的雅各躺在担架上，被佣人抬了出来，身上满是血迹。他的左手被管叔高高举起，手腕处有个冰袋，并且用弹性绷带固定住。

华夫人身穿睡衣，素颜，口中频频唤着："雅各，坚持住，妈妈在这里……"

一行人很快进入面包车内，管叔跳上驾驶座加速驶离。

待面包车远去，我走向华诺："怎么回事？"

"雅各割腕自杀了。"

虽然早已猜到，但真的落实了，还是很震惊。

"为什么？"我问。

"我也想知道为什么？"华诺递给我一张纸："在雅各书桌上发现的，也许这就是原因。"

夜深了，

我等待你的敲门声，

扣、扣两声，不会错的。

后来，你不来了，

即使我哀求，你还是残忍地拒绝。

你的眼神看不到温柔，你的声音像铡刀一样锋利，

你已不再是你，

对我只是陌生人的客气。

我怀念你的味道还有激情后，均匀的呼吸声。

惟有在你怀里，我才能安详地入睡，

像个襁褓中的婴孩。

我想知道，

当我成为一具冰冷的尸体时，

你会不会对我做最后一分钟的拥抱？

读完，我倒吸一口气，我没想到雅各的爱来得这么强烈和偏执。

"看来，你知道谁是始作俑者。"华诺意有所指。

"没有始作俑者，这是雅各一厢情愿的想法。"我持平地说。

"没有始作俑者，这是雅各一厢情愿的想法？"华诺扬起声，把我手中的纸抢了去，指着其中一行："你念念，这是什么？'……还有激情后，均匀的呼吸声'，你是汉语老师，告诉我，什么是激情？"

我一时语塞。

是啊！这分明已经是真枪实弹了。

"雅各没有一厢情愿，是你的朋友对你说谎。一个 17 岁大的孩子，初恋就等于全世界，哎~"华诺叹息。

相对于华诺的感叹，我则是愤怒，而且愤怒到了极点，小尤竟然欺骗我？！

我感觉两颊火辣辣地热了起来。

"扣、扣。"

"Entrez."

罗宋开了门，但没进来，他站在房门口。

我看着他，等他出招。

"华夫人有事，今天不画了，改成下礼拜。"罗宋像在做会报。

"噢。"

"我……想回巴黎。"

"现在？"

"嗯，今天没人载我回家，我得坐火车，还是早点儿出发，学校还有功课要交。"

"噢。"

"那……我走了。"

"嗯。"

我以为他会过来给我一个吻别，然而他只是点了个头，转身就走，还不忘带上门。

难道正如华诺所言，罗宋不爱我了，正好拿裸照当借口，趁机把我给甩了？

我趴在桌上，泣不成声。

我仍然晨跑、学习、吃饭、睡觉……做生活中所有有规律的事。

华诺还是听歌剧，只是有时会加上新闻广播，我听不懂，但可以猜出是讲严肃的事，一本正经的。

至于小尤……他仿佛人间蒸发了，我不找他，他也没来找我。

华夫人和管叔也消失了好几天，直到今天，我才在早餐桌上看到华夫人。

"Bonjour，各位。" 她坐了下来。

"Bonjour." 我和华诺先后道早安。

"今天的早餐看起来很可口。" 她拿起刀叉。

我因为拿不准分寸，乖乖闭上嘴，倒是华夫人先开了口："雅各昨晚回家了，人还很虚弱，你们如果想探视，请控制好时间。"

雅各回来了？我等不及想见到他。

"扣、扣。"

"Entrez." 我边找上课用的课本边答。

开门进来的是小尤，我立马提高警觉。

"依依，我需要跟你谈谈。" 他说。

"谈什么？" 我故作忙碌："我马上要上课了。"

"能跟我一起去看雅各吗？我不知该如何面对他。"

　　我说我不想介入，他都不跟我说实话，我为什么要像个傻子似地替他遮掩兼壮胆？

　　"你在说什么？我完全迷糊了。"

　　看小尤还在演戏，我把雅各的"遗书"找出来，塞进他手里："你自己慢慢看，我真的得走了。"

　　我像风一样，赶着去上政治课。

第五十八章：视而不见

上完政治课，我直接上雅各房里，不巧他正在如厕，管叔要我等。

几分钟后，管叔小心翼翼地扶着雅各从厕所出来，再服侍他躺下，然后熟门熟路地帮他打点滴。

我问管叔以前是不是医护人员？

"不是，"他的眼光落在流量调节器上，边看边对照着手表上的秒针："久病成良医，久了就会了。"

久病成良医？管叔看起来好好的呀！

"管叔，"雅各哑着嗓子说："这点滴大概能滴一、两个小时，你能帮我到图尔的美术用品店，买点稀释剂和调色剂吗？你知道我惯用的牌子。"

"好的，少爷，我这就去。"管叔很快答应。

待管叔走远，我问雅各是否又想画画了？

"现在不想，只是派个工作给他做，否则他会时常进房啰嗦，让人不得安宁。"

我没想到管叔的尽忠职守，竟换来"烦人"的标签，不由得同情起他来。

"你的气色好多了。"我说。

"为什么你们都说这些废话？什么气色好多了、看起来不错、精神很好……只有我自己清楚，我现在是形如槁木、万念俱灰。"

雅各说得没错，他的确看起来状态不佳，但探病的人总不能落井下石，说些不中听的话，这岂不是雪上加霜？

那孩子听了，默认我的说法。

"谁来探望过你？"我问。

"该来的来了，不该来的也来了……"

"小尤来过了吗？"我一针见血。

雅各的脸抽搐了一下，很受伤的样子。

"你想见他吗？"我柔声地问。

雅各的眼光落到窗外，无力地说："我最想见的就是他，我以为这辈子再也见不到他了……"

"雅各，"我握住他没打针的那只手："告诉我，你们亲密到什么程度？"

"我们……"雅各迟疑了一下："我们一起睡觉。"

"然后呢？有没有……"我不知道该怎么说才委婉。

"在梦里，我和他数度缠绵。"雅各承认。

在梦里？也就是说他们不曾"真枪实弹"过。

真是糟糕，我误会小尤了。

"扣、扣。"小尤的门户洞开，但我还是礼貌性地敲门。

他正在打包，房间里一片狼藉，散落大大小小的纸箱。他看见我，很冷默的表情，继续手中的动作。

"你这是准备逃难？"我问。

"准备离开伤心地。"他更正。

我在他的椅子上坐下："我刚刚去看过雅各，他的精神还可以，需要我陪你去看他吗？"

小尤摇摇头，说看不看已不重要，看只为了心安，不看是为了给彼此重新出发的机会。

"雅各说想见你。"我动之以情。

谁知小尤回答他被华夫人开除了，后者命令他太阳下山前消失。

身为母亲，我能理解华夫人护犊的心理，她的决定没有错，只是朋友即将远去，我感到不舍。

"小尤，我……"

"什么都别说了，我会好好的。"他拒绝同情。

"不，我必须说，对不起，我误会你了，你和雅各之间正如同你所说的，我已经向雅各求证过了。"

小尤站直了身子，沉默了一会儿后……

"很好。"他说，又继续手中的动作。

"你……还在生气吗？"我问。

"没有。"

"有。"

"没有。"

"有，你明明还在生气，所以冷淡对我。"我觉得委屈。

小尤转过身面对我，无奈叹息："我还能怎么重视你？告诉我。"

我要他别阴阳怪气的，我不喜欢。

"很抱歉，我也有自己的情绪，如果你能帮我整理行李，也许坏情绪会早点儿消失。"

于是我动手帮小尤打包。

我们合力把最后一个纸箱塞进后车座。

"到了打个电话给我。"我说。

"嗯。"

小尤和我点个头，然后对华堡做最后一次的张望，似乎要在脑海中拍下照片。

"拜了。"他过来拥抱我，然后坐进驾驶座。

大概很久没开，雪铁龙又开始不合作。小尤试了几次都熄火，就在束手无策之际，雅各穿着睡衣冲了下来，手上有白色胶带，肯定是把针头给拔了。

"你这是做什么？"雅各质问小尤。

小尤铁青着脸，一句话也不说。

"小尤要回巴黎了。"我代答。

"为什么回去？我不允许，你下来，我有话跟你说。"

他去扳车门，但小尤的动作比他还快，马上将车门上锁。

"你开门，我命令你开！"雅各喊。

小尤依旧无动于衷，雅各急得出手捶打车体，这样的大动作对刚从鬼门关走一遭的人很伤，尤其他是血友病患者，禁不起再一次出血，我赶紧上前制止。

"雅各，Stop，你母亲把小尤开除了，他不得不走。"我解释。

"我母亲？"雅各转而朝屋内气急败坏地喊："管叔～管叔～"

那个忠心的仆役马上从屋里冲了出来。

"你把小尤看好，不许他离开华堡半步，我这就去找我妈，问她还要折磨我多久？！"雅各气冲冲地走了。

小尤见状，又去发动车子，依然未果，气得捶打驾驶盘。

此时管叔快步走上前去，他示意小尤开门，两人走到角落谈话。

都是管叔在讲，小尤在听，偶尔点一下头，面色凝重。

没多久，华诺从屋内走出来，分别跟管叔及小尤低语了几句，然后管叔开始动手将雪铁龙上的行李搬下来，小尤则灰头土脸地跟在华诺身后，对我投来的询问眼神视而不见。

第五十九章：采菊东篱下

"今天星期五。"华诺说。

"So?"

"上个星期五你很开心。"

不用他提醒，我早知道罗宋今晚到。

我加速跑过喷水池，华诺随后赶上。

"怎么不说话？"他问。

"没什么好说的。对了，华夫人怎么又让小尤留下来了？"

"还能是什么，害怕雅各二度自杀呗！"

我说这可不好，会成习惯性自杀。

"依依，"华诺喘着气："你能跟雅各谈谈吗？他还年轻，对爱情很模糊，需要有人引导。"

自从我和华诺接吻后，我就从"马小姐"变成"马依依"，亲密度上升了一级。

"好的，今天找个时间。"思考过后，我答应了。

我没有喝下午茶，直接上雅各房里，他还在输液。

"觉得如何？"我问。

"还活着。"他答。

"小尤留下来了。"我说着废话。

雅各说留得住人，留不住心，小尤现在对他是避之惟恐不及。

"那又何必强求？强扭的瓜不甜。"我说。

他紧抿着嘴，默不作声。

我乘胜追击："也许你走出去，譬如上大学，会遇到很多好女孩，咳，咳，或者好男孩，眼界宽了，就不会执着在某个人身上。"

"天鹅一生一偶，总是出双入对。当一只天鹅死了，另一只会郁郁寡欢，有的绝食殉情；有的撞墙自尽；有的溺毙而亡……这才是爱情的最高境界。"雅各做着梦。

我残忍地说，也许小尤并不认为他就是那只配偶天鹅。

雅各低下头去，若有所思："小尤以前有个男友，后来回中国结婚生子了，我看过他皮夹里的相片。"

这个我也知道，但毕竟都已经过去了……

"我还看见皮夹里有另外一张相片，我猜这就是小尤犹豫的原因。他打算在世俗面前低头，去做所谓的正常人，但这恰恰不正常，所以我要把他扳回去，一旦他面对真实的自己，我才有可能被接纳。"

雅各到底在说什么？

"扣、扣。"

"Entrez."

进来的是管叔。

"马老师，你来了。"他说。

"嗯，来看看雅各。"

管叔迳自走到点滴架前，把袋子取下换上新的。

"这袋滴完，今天的任务就完成了。"管叔说。

"天天打，天天打，有完没完？"雅各抱怨，管叔听而不闻。

我问管叔雅各打的是什么？

"凝血因子，是一种蛋白质，能在血管出血时被激活，与血小板一起填补血管上的漏口。"管叔像个医生似地说着医学术语："对了，待会儿我会去接你男友，听说这次是收官之作。"

"嗯，他也这么说。"

管叔接着报料，华夫人的画作完成后，会送给 Guillaume 爵士。

我听说过有人会将自己的画像送人，但没听说这包括裸体像，难道 Guillaume 爵士的老婆不介意？

"他没老婆，"管叔解释："第一任妻子去世后，再也没娶。"

这么说，男未娶，女未嫁，这倒是不错的结合。

"我妈不能嫁爵士，她若嫁，我第一个反对。"雅各斩钉截铁地说。

我看见管叔脸上有欣慰的表情，难道他也不赞同？

见时间不早了，我起身告辞，因为待会儿还有课。

"既然这样，你们都走吧！我想小睡一下。"

雅各连管叔也一道儿送出门。

没想到忠心的仆役一点儿也不以为忤，反而催促："马老师，我们一起走吧！让雅各睡觉。"

今天下午老师没迟到，所以准时下课。

我以跑百米的速度回到房间，罗宋没在那里。

放下书本，我直接上楼找罗宋，他果然在他房里，正把随身物一一归位，像往常一样地排放整齐。

"今天老师没迟到，准时下课。"我说。

"很好。"罗宋没看我。

"这两天就能把画完成？"

"是的。"罗宋还是不看我。

"罗宋～"我上前拉他："都一个礼拜了，还在生气？"

罗宋无奈放下手中物，把我拉向床沿。

"怎么了？"我俯首问，他的手环抱着我，把头埋进我的小腹。

"没什么，只想闻你的味道。"

我骂他神经病！但没有拒绝。

"我宁愿不曾来过华堡，不赚那 €80,000，这辈子只想和你采菊东篱下，悠然见南山。"罗宋很感伤。

我要他别说傻话了，€80,000 是很多很多钱，有了那些钱，我们可以过得舒服点儿。

罗宋忽然拉我坐下，态度很严肃："依依，我……原谅你，如果……如果我做错了事，你可不可以也原谅我？"

做错事？做错什么事？

"扣、扣。"在人敲门。

"Entrez."

来者是管叔，他说华夫人要罗宋马上到她房里作画。

我说罗宋刚刚才到，东西都还没归位呢！

"也许华夫人想尽快完成画作。"管叔答。

罗宋叹了口气，起身说："我去！"

"那么……今晚我等你。"我小声地说。

罗宋看了我好一会儿，才弱弱地答："好。"

第六十章：趁虚而入

罗宋蹑手蹑脚地钻进我被窝。

"几点了？"我问。

"不知道，没看。"

他把我丝质睡袍的带子解开，嘴凑了上来。

"不行，"我推开他："今天不是安全期。

我伸手向床头柜找东西，罗宋阻止我："别找，咱们生个 Baby。"

"开什么玩笑？我父母还以为我是纯洁的小白兔。"

"小白兔乖乖，把门儿开开，我要进来……"

大半夜的，罗宋竟唱起儿歌，此情此景，那叫个挑逗。

"我不要。"

我的手又去拉床头柜的抽屉，但罗宋的动作比我还快，他进来了，让我措手不及……

"好讨厌，怀孕了怎么办？"我责怪他。

"那就生呗！早晚的事。"他的手还是不安分，到处游走。

我问他能不能正经点儿？

"我是很正经，明天拿上 €80,000，我们租个小教堂结婚。"

"真的假的？"我推开他，半坐起。

"当然是真的。"他将我扑倒，手移向我的胯下。

"罗宋，刚刚才……"

我的话还没说完，罗宋又开始第二回合，而且很奋力拼搏，似乎有用不完的精力。

早晨的阳光透了进来，我将腿缩了缩，晒得难受……

等等，太阳都晒屁股了，华诺怎么还没来敲门？

想起我和他的房间声气相通，昨晚他肯定听到什么，不好叫我起床晨跑，我不禁红了脸。

"罗宋，起床了。"我推了他，他蠕动一下身子又继续好眠。

我趴在他身上，嘴巴对准他的耳朵喊："大野狼，赶紧起床了。"

他还是不起，我随手弄乱他的头发，像看一个赖床的小孩，随之而来的却是一股香味飘散开来……

我把手往鼻子一送，皱起眉头，再低头闻罗宋的发，没错，是香奈儿5号的香水味。

这不是我的味道，我一向不喜欢太浓郁的香气，是……华夫人，她有这款香水。

我开始像侦探似地分析：即使作画时，华夫人喷上香水，那味道不会一直跟着罗宋，尤其是头发，惟一的解释是——他们有了肌肤之亲。

"罗宋！"我干着嗓子嘶吼。

"知道了，这就起床。"他翻身看我，睁开半眯的眼："怎么了？一副凶神恶煞的样子，不过是多睡了几分钟，至于吗？"

"你昨天睡了我，又睡了谁？"我虎着眼。

"谁？"罗宋睁大眼，睡意全无。

"华夫人，你竟然睡了华夫人，Oh My God。"我从床上跳下来，呼天喊地："你怎能这样？！你对得起我吗？"

罗宋掀开被子向我奔来，一把抱住我："依依，冷静，冷静，冷静一下……"

"我为什么要冷静？"我推开他："你的头发有华夫人的香水味，别想抵赖，说，你们背对着我做了几次？"

"一次也没有。"罗宋弱弱地答。

"既然要说就说个彻底，大丈夫遮遮掩掩像什么样？你他妈的全给我招了！"我气愤非常。

罗宋想了想，决定还是"诚实为上策"。

原来上礼拜六早上，华夫人去唤罗宋吃早餐，罗宋躺在床上说不想吃，语气很消沉。

华夫人什么都没说，蹲在床侧，手轻抚罗宋的额头、眼睛、鼻子、嘴巴、喉结，接着抚摸前胸、小腹和私密之处……

"只是那样，别的真的什么都没有。"罗宋一副无辜样。

好的，就算只是抚摸，但接下来的一个礼拜，我猜想罗宋深深沉迷在华夫人的手指之间，否则昨晚的作画时间里，他不会一直心猿意马而无法下笔。

"华夫人看我下不了笔，她要我坐下，又给了我一杯水。我没喝，反而将水洒向她赤裸的身体上，然后伸出舌头——将水舔干……"罗宋说得绘声绘影，我的五脏六腑全被怒火给烧尽。

"这倒好，你成了吸水毛巾了。"我冷嘲热讽。

"如果……如果不是怀疑你背叛，或许我能克制，但是……所以……况且我和她，充其量只是玩玩，没有真枪实弹。"罗宋替自己的浪行找到借口。

"原来，原来还是我的错，是不？"我歇斯底里。

"不，不是的，我是说……我最在乎的还是你。"

呵呵！最在乎的是我，却跟徐娘半老"没有真枪实弹"地玩，你当我傻还是笨？

"行，你走，再去找那个不要脸的骚货，我们……玩完了！"我用力把仅着内裤的罗宋推向房外，并且上锁。

罗宋又敲了几次门，见大势已去，只能黯然离去。

我不想让华夫人看见我的伤痕，还是如常地进入早餐室。

直到东西都上齐了，还不见华夫人的身影，连罗宋也人间蒸发了。

我想起那如同弹棉花的手指，又想起罗宋伸出舌头吸吮华夫人身上的琼浆玉液，再想到昨晚罗宋超强的性能力，原来，原来我是华夫人的替身……

"你慢用。"我起身对华诺说。

"去哪里？"华诺嗅出不寻常的味道。

我微笑对他说："回房，今天的早餐难以下咽。"

实际上我奔着华夫人的房间去，不将那两人枭首示众，誓不为人。

我很快找到欲望之门。

站在房门口，我犹豫了一下。开了门，等于彻底决裂，我不知道罗宋能不能拿到 €80,000，反正我是不可能再待在华堡了……

我的手刚触及门把就被华诺揽腰抱住，他捂住我的嘴，将我带到楼梯间。

"干什么你！"我挣脱他。

"这话应该是我问你。"

"我……我没干嘛。"

"还说没干嘛，一看就是打翻醋坛子的弃妇样。"

我？弃妇？

"不然呢？难道是捉拿雌雄大盗的女义士？"

我没有回嘴，只是难以咽下被男友背叛的苦果，转身把即将溢出的眼泪给逼回去。

"想哭就哭，憋着干嘛？会生病的。"华诺说。

我把眼泪拭去，逞强地说："谁想哭来着？"

华诺走过来将我拥入怀里，说不想哭也行，他的胸膛借我靠一下。

他不说则已，一说，我的泪水像决了堤的洪水，再也止不住。

"罗宋背叛我了，他怎么可以这样？呜呜呜……"

"嘘～嘘～嘘～"华诺用嘘声代替言语安慰我，我觉得自己像是受了欺负的三岁孩童，好半天才止住哭声。

"我想去敲华夫人的门。"我说出心中所想。

"然后呢？如果他们什么事都没做，你就是因为吃醋而乱使性子的人；如果他们做了，阻止这一次，还会有下一次，除非你想玉石俱焚，否则怎么做都不对。"

我说他不是当事人，当然云淡风轻。

"我也曾是当事人，当前女友在我房里和别的男人滚床单时，我关上门，走到附近的 Tabac 买了包烟……"

我说我不信他这么淡定。

"她又不是我老婆，即使是我老婆，我也管不住她打野食的生理需求。当然，也没有哪个女人管得住我，所以彼此彼此。"

果真法国人都浪漫成性。

"我做不到。"我摇头。

"没人强迫你性解放，只是给你一个思考的方向。这世界不是所有人都把性行为当神祇膜拜，人生苦短，何必作死自己？"

人生的确苦短，我也的确正在作死自己。

"那成，我不作死自己了，谢谢你的胸膛和……有意思的谈话。"

是时候离去了。

"依依～"华诺停顿了一会儿："如果我说发泄心中不平的最好方式就是找个男人上床，你能接受吗？"

"这个男人有没有包括你？"我慢慢地说，觉得心正在往下沉。

"包括天地间所有的雄性动物……"

我直接赏了那个畜牲一巴掌："好个趁虚而入，滚，越远越好！"

他捂住脸，没有反驳。

第六十一章：互别苗头

管叔说星期六下午他把罗宋送回巴黎了，因为画作提早完成。

"罗宋开心吗？"我问。

"也就那样，倒是华夫人很满意，说罗宋把她画得美极了。"

原来世界并没有因为我伤心、难过、生气而停止运转，罗宋甚至离去前也不通知我一声，我算哪门子女朋友？比普通朋友还不如。

雅各身体好多了，今晚他下来和我们一起用晚餐，厨子特别煮了他爱吃的法式烤鱼和培根菠菜派。

"好吃吗？雅各。"华夫人关心地问。

"嗯。"雅各低头专心吃派。

"马……小姐，喜欢吃烤鱼吗？"华诺问我，我又从"马依依"变回"马小姐"。

"还行。"我答。

"马老师，"雅各忽然转头问我："小尤喜欢吃什么？"

他在这个时间点问起小尤，让人有些意外和无所适从。

我答不知道他喜欢吃什么，不过他曾带我去吃日本料理，所以我猜他对日本菜不排斥。

"那么从明天起，餐桌上一周至少有一次日本料理，"雅各接着宣布："我要小尤和我们一起吃饭。"

"chéri，"华夫人唤他亲爱的："这不合规定，况且今晚 Guillaume 爵士到，有个外人一起用餐……不方便。"

爵士会来？他好久没来了。

"那行，我去厨房和小尤一起吃饭，同样的，一周至少有一次日本料理。"雅各退一步。

"你何必坚持和小尤一起吃饭？他未必乐意。"华诺说。

"我想过了，如果我一直高高在上，他吃糟粕，我吃牛排，这要如何同舟共济？我要他和我一样，要嘛他来我这个层面，要嘛我去他的层面。"

我不看好雅各的一厢情愿，提醒他"欲速则不达"。

管叔也开口了："是啊，有些事要慢慢做，有些人要慢慢等。"

"我等不及了，"雅各直接否决："我有病在身，什么时候撒手人寰说不准。你们能理解我最好，不能理解，我也管不了。"

"扣、扣。"

我说请进，但门一直没动静，我只好过去开门。

"Surprise!"好大一束花遮住来者的脸孔。

"你不用这样，况且我对花过敏。"我很冷淡地说。

华诺赶紧将花放下，狐疑地问是真是假？

我说是真的，我对某些花香过敏，会起疹子，其实是借故拒收他的示好。

"那可不妙，"他看着花说，"这些都是野花，我边晨跑边摘的，都很美……"

"是很美，可是……"

"知道了，"他把花藏到身后，说待会儿送给佣人们。

话到这里告一个段落，我问他还有事吗？

"有，就想告诉你，一个人晨跑很无趣。"

"So?"

"你反正闲着也是闲着……"

"So what?"我还是假装听不懂。

"je suis désolé，我不该对一位思想保守的东方女子讲西方的放浪行骸，先声明我是对交浅言深道歉，而非对我的言论观点道歉。"

这个歉意给得真不够诚恳。

"Well，我收到你的道歉了，还有事吗？"我问。

"有，你也该道歉。"

我？为什么？

"挨了你一巴掌，到现在我还牙疼。"

呵呵！真够夸张……行，我马依依能伸能屈。

"je suis désolée，我不该对一位思想和行为都放荡的法国人动粗，先声明我是对动手打人道歉，而非对我的愤怒情绪道歉。"

"说得好，我们是旗鼓相当啊！"华诺微笑："怎么样，继续晨跑的约会？"

我想了想，既然我和他之间没有深仇大恨……

"明天早上同一时间，逾时不候。"我说。

"一言为定。"华诺伸出手和我握了握。

我一进早餐室就看到 Guillaume 爵士。

"Bonjour, young lady."他声如洪钟地跟我道早安。

"Bonjour……Bonjour……Bonjour."我给在座的爵士、华夫人、华诺各一个早安。

待我坐下，爵士笑着对我说："Long time no see."

"Long time no see."我同意好久不见了。

他解释他去了一趟亚洲，并且买了个美丽的中国新娘回法国。

"Really?"我太震惊了。

华夫人和华诺听了齐声大笑，我才知道自己上当受骗了。

"You are a bad boy."我控诉。

"Always."他笑了，不以为意。

我数了餐桌上的人头，少了雅各，正想问问为什么，他却神情愉悦地走进早餐室，后面跟着小尤。

我目不转睛地看着后者，他很淡定地向我走来，坐在我的左手边。这样一来，雅各要嘛坐在华夫人和爵士之间，要嘛坐在我的右手边，反正是不能和小尤比邻而坐了。

雅各显然不愿当两位老人的夹心饼干，但也不想和小尤成为我的左右护法……

"咳、咳、我换个位子吧！"我起身。

"你坐下。"小尤低喝。

我转头看雅各，他一脸不高兴地在我右手边坐下，我也只好回到原来的位置上。

趁着雅各被爵士以"关心病情"为名留下，我和小尤吃完早餐赶紧溜。

"我以为你不会为美食而折腰，看来食堂的菜色是越来越坏了。"我说。

小尤说菜色没变，只是他想一天三餐加下午茶都能见到我。

我问为什么？

"为什么？"小尤笑了，很是无奈："如果一个女的听到男的说想每天都见到她，女的会问为什么吗？"

我想了想，的确不会，但凡有点儿智商的女人，都不会问这么白痴的问题，但是我和小尤不一样，我们是铁哥儿们，即使多日不见，情谊不变。

"也罢，铁哥儿们就铁哥儿们。"小尤不再较真："能当铁哥儿们总比什么都不是要强。"

第六十二章：女人的忌妒心

今天阳光明媚，是拍照的好时机。

早餐桌上，雅各问 Guillaume 爵士，法国哪里好拍照？

"Annecy." 爵士答。

他又附带说明，安纳西是阿尔卑斯山区最美丽的小城，它的山是青的，水是绿的，不仅景色怡人，而且生活特悠闲，特别是城中的安纳西湖，它的水来自阿尔卑斯山的冰雪，被认为是全欧最干净的湖。

"小尤，我们去安纳西拍照，今天就去。"雅各兴致勃勃地说。

"今天恐怕不行。"

小尤借机把摄影展的事说出来，强调时间紧迫，他得先去把展览用的相框全给订下来才行。

"摄影展是你的事，但我花钱雇你来是为了雅各的学习，请不要混淆了。"华夫人不高兴。

我只好把小尤获得摄影界最高荣誉比赛的首奖一事供出，包括他接受了大大小小报章杂志的采访。

"是吗？"华夫人很是惊喜："原来华堡人才济济、卧虎藏龙！"

小尤再三保证会把错失的课时补上，华夫人才勉为其难地答应了。

"*€%#£¥......"爵士开口了。

"*<€£%#¥!~......"华诺也开口了。

他们两人同时望向小尤，小尤却看着我。

"What?"我问。

小尤答他们想看那幅得奖的作品。

"不好吧？！"想起那是我的裸照，我皱起眉头。

"该不会得奖一事是胡诌的吧？"华夫人投来怀疑的眼神。

我赶紧否认。

"那么看一下又何妨？"华诺推波助澜。

我嗫嗫地答照片在我房里。

这真令人难为情，十只眼睛直盯着照片，我的头低得不能再低。

"tres belle." 爵士第一个发出赞叹声，两眼珠动也不动。

华诺则怕我听不懂法语，直接用普通话赞美我："你的肌肤吹弹可破，简直是天生尤物。"

我不敢居功，说这得感谢小尤，是他把我美化了。

相较于那两人的不吝赞赏，另两人就小气多了。华夫人默默吃着早餐；雅各则一副不开心的样子，像是心爱的玩具被抢了似的。

"€#+¥？!*……" 爵士又说话了。

这次华夫人很快抬起头来，飞快地说着法语。

爵士两手一摊，笑着回答华夫人的问话，又转头问小尤。

小尤摇摇头，说："Pas a vendre."

然后爵士说了我恰好听得懂的 €100,000。

我看见小尤倒吸一口气，停了几秒钟，他对爵士说："Deal."

我站在走廊窗口，看见我的大裸照被抬进爵士的加长礼车内，在门关上的前一刻，我看到车内还有那幅罗宋替华夫人画的像。

小尤只对我说，他会再加洗一张给我，其他不再多说。

"看来 Guillaume 爵士把华堡最美的两个女人都纳入囊中了。" 华诺站在我背后说。

"告诉我，早餐桌上发生了什么？你知道我的法语不好。" 我转过头去。

原来爵士看了那张得奖作品后，非常喜欢，表示想购买。华夫人急急地表示自己请人画了像，正想找个时间送过去。爵士笑着说他不介意同时拥有世界上最美的两个女人，转而问小尤开价多少？小尤答那是非卖品，但爵士一开口就是十万欧元，利益当前，小尤拍板成交。

"这么说，小尤十万欧元就把我给卖了？" 我不满意。

"大小姐，那是照片好吗？想洗多少张就有多少张，世界上那么多杰出的相片都乏人问津，十万欧元你还埋怨，简直天理何在？！"

我不是这个意思，再怎么样，小尤也该问问我的意见再卖，毕竟拍的是我。

"No, No, No." 华诺摇头："在国外，被拍者一旦同意被拍，照片便属于拍摄者，与被拍者无关。他想免费送人或高价出售，任凭处置。"

早知道我应该狮子大开口把我的肖像权给卖了。

"说真的，小尤把你拍得美极了，我都管不住自己的老二。" 华诺又开始口无遮拦。

"华诺，我郑重警告你......"

"All right，All right。我收回，这年头就是不能说实话。" 华诺很不平："话说回来，我不相信那个老家伙就管得住他的老二，别看他岁数大了，年轻时被戏称——行走的前列腺，你就知道他有多风流！"

不会吧？！他老得足够当我爷爷了。

"再报个猛料给你吧，我阿姨单身已久，最近想金盆洗手，安定下来，Guillaume 爵士是第一人选。今天闹上这么一出戏，我认为你该担心的不是我，也不是老家伙，而是我阿姨。" 华诺感叹："女人的忌妒心啊！可以杀掉整城人。"

看来我之前的猜测没错，男未婚，女未嫁，华夫人把自己的裸像送给爵士，果真事出有因。

"那正好，她挑逗我男人，我就吊她男人的胃口，一报还一报。" 我赌气地说。

华诺很不可思议地看着我："依依，你好可怕啊！"

"女人的忌妒心啊！可以杀掉整城人。" 我模仿他说过的话，然后大笑着离开。

第六十三章：三人行

"马老师，课上得怎么样？"华夫人问我。

"还行。"

今天午餐时间少了 Guillaume 爵士，他该不会上非洲买新娘去了吧？

"茶道老师说你进步缓慢，动作马马虎虎不够细腻。"

是这样吗？在我面前，她从未给我负面评价，顶多要我再做一次。

华夫人老气横秋地说："那是因为你不够了解日本人，你是学生，她当然不好打击你的信心，但我是出资人，她得对我负责。"

"对不起，我会加倍努力！"我低头。

"这是批斗大会吗？"小尤开口护我："如果你要批评人，应该私下说，当着这么多人面前很不合适。"

我低声阻止小尤说下去。

"管叔，"华夫人发话，那个忠心仆役立刻俯首站在她身侧："什么时候家庭教师开始爬到我头上？"

管叔随即走向小尤和他低语几句，小尤不高兴地起身，跟在管叔背后离去。

雅各见状也起身……

"你去哪里？"华夫人问。

"去找小尤。"

现在餐桌上只剩华夫人、华诺和我，我们三人安静地用着午餐。

没多久，雅各回来了，他开始动手打包桌上食物。

"你这是干什么？"华夫人问。

"我不能让小尤饿肚子。"雅各边说边盖上盒盖，顺便拿起小尤喝到一半的橙汁。

待雅各走远，华诺开口了："小尤真是有魅力，把雅各迷得神魂颠倒。"

"别乱说话，"华夫人低喝："他还小，分不清楚崇拜和爱，等大一点儿，自然就矫正过来。"

"呵！我不知道同性恋可以矫正。"华诺切下奶油蘑菇塞进嘴里。

"当然能矫正，"华夫人无畏地说："以前我就曾喜欢过班上女同学，她后来嫁给律师，身材也走样了……"

"你以前读的学校是……"我问。

华夫人答天主教女校，保守得很。

我躺在床上，眼瞪着天花板，心想："难道华夫人说的女同学是贝夫人？"

贝夫人的老公是律师，她说过她读的是天主教女校。虽然如今的身材是五短加痴肥，但学生时期的她如果瘦下来，谁说不是娇小玲珑、小鸟依人？

当我还在做任何可能性的组合时，隔壁房间传来敲门声，华诺走过去开门，寒暄了一下，很快又关上门。

没多久，我听到萨克斯风的声音，吹奏的是爵士乐，在寂静的夜里很有一番滋味。

华诺没有放他惯听的歌剧，让我颇感诧异，更让人吃惊的是，音乐停止后，我听到女人呻吟的声音……

难道华诺正在使坏？

我只能透过声音想像那些养眼画面，整个身体无端燥热起来。可想而知，当罗宋和我……那样时，华诺肯定也坐立不安。

夜深了，性欲如脱缰野马在我身体里到处流窜，我决定走出房门夜跑去，借以分散注意力。

小尤说他拍照时不小心摔了个跤，把相机磕坏了，修理费不低，而且也难保回复到原来的状态，所以打算低价出售再买个新的，问我愿不愿意陪他去一趟巴黎，他明天起休假四天。

"Sorry，我的休假还未到。"我表示惋惜。

"老实说，买机子迫在眉睫，但拍照也刻不容缓，我想利用这四天将照片拍完，还想请你客串当模特儿。"

这可怎么办？目前能够左右华夫人的也只有雅各了。

"我实在不愿求他。"小尤捂住脸。

"行，我去说。"

雅各一听说小尤的烦恼，二话不说地答应了说服母亲的工作，只是附带了条件。

"我不会影响你们拍照的。"雅各拍胸脯保证。

于是隔天一早，我们三人兴冲冲地跳上雪铁龙，往巴黎前进。

第六十四章：安纳西之行

我对相机没有研究，小尤说蓬皮杜里有，我们三人便浩浩荡荡地往那里奔去。

蓬皮杜位于巴黎拉丁区，其建筑物本身就是一件艺术品，空调管是蓝色的，水管是绿色的，电力管路是黄色的，自动扶梯是红色的，就像一个正在建设中的工地，这在巴黎典雅秀美的古建筑群中显得突兀而怪异。

没想到的是，在如此另类的艺术中心内仍不免俗地有商业行为，譬如销售相机、手工艺品和纪念 T 恤等。

趁着小尤和雅各在看相机，我独自一人参观起这个被戏称"炼油厂"和"文化工厂"的现代艺术殿堂。

逛了一圈后，发现里面的展品并不珍奇，但比起其他艺术气息浓厚的博物馆，这里更有趣，也有更多科技和抽象艺术的结合。

走出蓬皮杜，那里有一个小型喷泉广场，右边是古典的教堂，左边则是达利的俏皮表情，造成感官上的冲突，也只有法国人会这么大胆尝试，我不禁莞尔。

"嘟……嘟嘟嘟……"手机响了，是小尤。

"没看到喜欢的，我们打算去 Chemin vert 的照相器材街看看。"小尤说。

"我也帮不上忙，你们去吧！我一个人没问题的。"

"那好，你注意安全，对了，今晚……你回罗宋汤那里吗？"

我没想到小尤问了一个令我为难的问题，他不知道罗宋背叛我了。

"回，你明天一早来接我。"

我还是决定把耻辱打落牙齿和血吞，打算和罗宋坐下来好好谈谈。

"那好，明天早上 7 点，我们在罗宋公寓楼下见。"

小尤挂上手机。

我来巴黎一事，罗宋并不知道。

开了门，一股烟酒味迎面而来，我捂住口鼻，快步走向窗口。把窗户打开后，我转头环顾屋内，果然狼藉一片。

床上被褥乱成一团，衣服东一件，西一件，桌上有数个啤酒罐，瓜果散落一地，而我心爱的陶瓷小碗被拿来充当烟灰缸……

我往前走去，洗水槽内的碗盘堆积如山，我甚至还看到两只小强的踪迹，胃里一阵翻腾。

推开卫浴室的门，大浴缸的水满了，上面浮着些许泡沫；马桶虽然冲了，但黄色污垢让人宁愿憋着，也不想如厕；洗手台上方的镜子布满水渍；擦手巾则像干了的菜瓜布，皱巴巴地晾在架子上。

我拉开淋浴房的帘布，尽管地漏积满头发，洗发水倒了，里面的液体洒得到处都是，但都不如晒衣绳上的红色胸罩来得震撼，它像榔头似地给我沉重的一击。

我把胸罩取下，它还湿漉漉的，前开式的设计，恰恰不是我喜欢的样式，更不用说那是 F 罩杯，一个把我撑死了也达不到的尺寸。

我愤愤地将胸罩往地上一掼，快步走向大床。床头柜里的杜蕾丝还在，但搞不清楚数目是否有减少？我又去翻垃圾桶，将不相干的脏东西往外扔去，果然在底部发现开了封的银色包装袋及用过的保险套……

我腿一软，跌坐在地上，久久无法言语。

什么时候罗宋已经堕落到这种程度？不再是那爱干净、待人诚恳、对我忠心不二的实心汉子。

我想不通是什么改变了他？难道只是为了和我赌气，不惜"一报还一报"？

如果他跟华夫人那一段是"逢场做戏"、"一时迷失"，那么跟大胸脯女人这一段又算什么？是"刻意沉沦"还是"魔鬼上身"？

我再也无法相信那个曾经许诺我一生的男人，即使相识了六年又如何？人心隔肚皮，他依然有我不认识的样貌，就像只披着羊皮的狼。

　　我和罗宋的"爱之窝"已彻底成了淫窟，肮脏到不忍直视。我毫不犹豫地走到不远处的香格里拉酒店开房，又叫来 Room service，点了最贵的餐点和 €1,000 一瓶的红酒。

当我喝到两眼无法聚焦，嘴巴念念有词时，小尤来电话了。

　　"我和雅各想去吃夜宵，你和罗宋汤来不来？"他问。

　　"罗宋汤？哪……哪个罗宋汤？噢，那个罗宋汤……我把它喝了……喝得精光，喝……喝得碗底朝天……"我含含糊糊地说。

　　"依依，你还好吗？我马上去找你。"小尤很着急。

　　"别……别来，我要，我要……睡……睡觉……"

　　我是近中午才被工作人员叫醒，她问我是不是再续住一晚？我答不是，赶紧跳起来洗了个战斗澡，然后冲向柜台结账。

　　我的任性之举换来一张 €2,587 的账单，真想当场一头撞死，连安葬费也省了。

　　拿出手机，我发现小尤打了 23 通电话给我，我是不是昏死过去了？竟然完全听不见。

　　"依依，是你吗？我担心死了……"

　　我一拨通，小尤急促的声音便排山倒海而来，直到我向他保证自己没事，不过是喝多了，他才放下心来，转而问我在哪里？

　　"香格里拉酒店。"我答。

　　"你和罗宋汤真豪气，到那么贵的酒店开房。"小尤不明所以。

　　我懒得解释，问他今天还拍照吗？他说天气阴阴的，不适合拍照。

　　"雅各提议与其白白浪费一整天，倒不如开车到 Guillaume 爵士推荐的安纳西，那里山、海、河、湖一应俱全，天气好，游客也没巴黎多，一定能拍出好照片。"小尤说。

　　我答行。

　　一经敲定，我在酒店大堂点了杯黑咖啡提神，然后坐等小尤和雅各的到来。

第六十五章：岛宫

如果一个女孩子被人称为恐龙，意思是长得很抱歉，有诋毁之意。

学生时代的我也曾当过恐龙，倒不是上述原因，而是因为恐龙非常巨大，如果你踩了它一脚，恐怕要经过好几分钟，传导神经才会传到大脑，发出疼痛信息。

我现在就是，罗宋的堕落和背叛正一点一滴地上传至大脑，疼痛也逐渐加剧。想起以前种种，虽然贫穷却有贫穷的快乐，不像现在，手头宽裕了，人心却疏远了。

"依依，怎么了？从上车到现在，你一直闷闷不乐。"小尤很担心。

"没什么，例假前的抑郁，过一阵子就好。"我搪塞。

小尤边驾驶边看了我好几眼，我假装没看见，把头转向一旁。

我们进入安纳西小镇时，正值傍晚时分，天边有橘红色的晚霞，太阳则成了深红色的皮球，有一半已经沉进了地平线。

随意找了家花团锦簇的家庭旅馆住下后，我们踩着青石小路往老城区走去，因为雅各说晚餐想吃起司火锅，而贯穿老城区的小河两岸就有很多餐厅和咖啡馆。

这里提供火锅的餐厅有很多家，雅各却坚持选一家只提供法文菜单的店，因为提供他国文字菜单的餐厅，一般是做游客生意的，为顾及大众口味，往往失去原始的风味。

我翻着犹如天书的菜单，很是气馁，自然而然把决定大权交给那对师生。

小尤和雅各稍微讨论了一下，很快达成共识。

待点餐完毕，我问："这个起司火锅和瑞士的起司火锅一样吗？"

"一样的，只是蒜味更重些，因为法国人喜欢吃大蒜。"雅各答。

没多久，服务员捧来一个陶瓷做的小锅和用白盘盛装的食物，有面包、水果、蔬菜、肉类等。

"吃法和中国火锅相似，只是高汤换成了粘稠的起司，筷子换成了叉子。"小尤解释。

用叉子吃火锅？这对我来说是头一回，所以很不顺手。

此时小尤和雅各正谈着摄影，我不感兴趣，加上心里有事，便专心地吃起来。没料到叉子上的面包突然掉进火锅里，我越想捞，它越沉入锅底……

"Oh，Oh，你的面包掉了。"雅各坏坏地笑。

"我知道，对不起，叉子不好使。"我边捞边回答，面包屑却很快"弄脏"了锅底。

"光道歉是不够的，你得接受处罚。"小尤说。

原来这是吃起司火锅的传统，如果有人不小心让面包掉进火锅里，就得受到同桌人的处罚。

"处罚就处罚，放马过来。"我放下叉子，大无畏地说。

"嗯~"小尤想了想："你自罚三杯葡萄酒。"

小意思，我二话不说地全干了。

雅各可没那么简单，他转着眼珠子，似乎不愿放过这个大好机会，打算好好惩罚我。

"你和这餐厅里的所有男性接吻。"雅各说。

果然令人为难。

"雅各，别胡闹了。"小尤制止。

"没关系。"

我又多喝了一杯酒，然后站起来，勇气十足地走向第一张桌子……

被吻的男人，一开始很吃惊，但都没拒绝，尤其我的吻非常快速，短到只有一秒钟。

然而美女投怀送抱也有失利的时候，一个七、八岁小男孩捂住嘴，硬是不肯交出初吻。我只好蛮横地掰开他的手强行接吻，惹得小男孩嚎啕大哭，他的母亲则气急败坏地用法语责骂我。

我充耳不闻地回到位子上继续吃食，倒是那对师生受到很大程度的惊吓，尴尬地彼此对望，久久无法言语。

吃过晚餐走出来，发现老城的夜晚热闹非常，每个广场都有不同的表演节目，如：乐队弹奏、诗歌演唱、小品表演、踩高跷、现场作画……等等。

走着走着，我看见前方有个奇怪的石头屋，昏黄的灯光打上去别有一番风情。

"那就是岛宫，今晚的拍摄地点。"小尤说。

听说岛宫是以前的监狱，但真的看不出来，因为太美了。

为了拍摄，小尤走进岛宫，和那里的工作人员交涉一番。他们说 12 点过后才能拍，费用 €500，这包括我们三人的入场费、灯光费以及清洁费。

交完钱，我们坐在临近的咖啡馆喝咖啡及吃甜死人的糕点，然后静等午夜的来到。

第六十六章：落荒而逃

小尤让我穿上中世纪修道士的黑色袍子，赤脚，双手戴上手拷。

"你是有罪之人，给我忏悔的表情。" 小尤说。

我在空荡荡的石头屋里来回踱步，脚底很冰冷，我不知道要如何表现出忏悔的表情，于是信步走向窗口，那是真正的铁窗，上面有几根铁栏杆。

窗外的月亮很圆，街道上已了无人烟，家家戶戶也熄了灯，只有路灯还亮着……

我想起了罗宋，我们的第一次邂逅，他说我长得美，要帮我画像；我也想起我们的第一次，事后他问我，有没有伤到我？如果有，我们马上领证；我还想起他那一丝不苟的做事态度和爱干净、喜欢井然有序的个性。当然他也宠我，能容忍我的天马行空和偶尔的坏脾气，然而这一切的一切都已经变味了。

我猜想他已经拿到 €80,000，并且打算开始过起纸醉金迷的生活，把一个叫"马依依"的女人抛在脑后，像丢开一件穿腻的二手衣。想到这儿，我的眼泪不由自主地滚落下来。

小尤咔嚓咔嚓地猛拍，殊不知我的内心起伏。

"好，休息一下。依依，你的表现太好了。" 小尤赞美我。

我听不见、听不见、听不见……

悲伤的情绪一直笼罩着我，我站在窗口，保持同样的姿势不变。

"依依，你怎么了？" 小尤走过来。

我转头面向他，看到他关怀的眼神，仿佛看见亲人般，我忍不住恸哭起来。

"能告诉我是怎么回事吗？我早发觉你怪怪的。 "小尤柔声地问。

看见雅各在场，我欲言又止，小尤只好把那个少年支开，雅克为此气愤非常。

见雅克走了，我把罗宋的背叛和大胸脯女人的事说出。

"这家伙活得不耐烦了，看我饶不饶他！"小尤握紧拳头。

我赶紧阻止，说不想再看到他们动干戈。

"依依，罗宋……罗宋根本不值得你付出这么多。"

不值得吗？想起从前他对我种种的好，我爱的是以前的他，只要他回来，我愿意重头来过。

"依依，你……哎，希望罗宋能配得上你的好，我的……容忍才有理由。"

我的闺蜜如此关心我，总算在众多烦心事中还有暖心的事。

拭去眼泪，我说自己没事了，睡个觉，明天又是崭新的一天。

他摸摸我的头，一脸爱怜。

我走进餐厅，已经有些许客人在用餐，这里的早餐有熏肉、香肠、煎鸡蛋、烤面包片、麦片、果汁和牛奶，但是没有蔬菜。

房东的女儿走过来问我要什么？我问她能否给我来点儿煎西红柿？她一口答应，让我倍感温馨。

本来雅各想住连锁酒店，但我认为来到这种特色小镇就该住民宿，结果证明我是对的，这种随意而温馨的家居环境才是旅行的一大亮点。

吃饱喝足后，小尤和雅各带上摄影器材拍照去，我则挽了个马尾，穿上高腰喇叭裙，独自往安纳西湖走去。

大思想家卢梭在《忏悔录》中曾经提到他和华伦夫人的恋情，据说安纳西湖上的爱情桥就是当年他们约会的地方。直至今日，依然有很多情侣前来追悼或见证自己的爱情。

我走上爱情桥，幻想着卢梭和他的情妇会面的情景。如果有一天，我也能和另一半前来，爱情是否也能得到庇佑？

我走走停停，几乎把安纳西小镇全走遍了，才在太阳落山前回到民宿。

那对师生仍然未归，我独自解决晚餐后，早早上床休息。

没想到半夜被激烈的争吵声吵醒，讲的是普通话，我怕别的房客投诉，只好去敲雅各的门。

是小尤开的门，因为雅各已经哭倒在床上，一脸悲悽。

雅各看见我来，很是愤怒，一屁股坐起："马老师，你爱小尤吗？如果不爱，请当面告诉他。"

这是什么跟什么？我无端被波及，这误会实在太大了。

"雅各，我和小尤只是很好的朋友，跟男女之间的情爱不一样。你和他也能当很好的朋友，友谊是分享的，不是独霸的。"我苦口婆心。

"友谊当然是分享的，但爱情不能，你问小尤，他把你当朋友还是爱人？"

听雅各这么一说，我把眼光落在小尤身上。

小尤避开我的询问，转而对床上少年喊话："你够了，别胡闹！"

"我怎么胡闹了？你不敢说，我替你说，你是双性恋者，如果不是马老师，你早爱上我了。"

小尤看情势不对，忙抓住我的手："依依，我们走，别听雅各在这儿胡说八道。"

我推开他的手，问一个我也曾经怀疑的问题："你是双性恋者？"

小尤很尴尬的说他自己也不清楚。

一明白小尤的心思，我突然退缩了。是呀！如果不幸被雅各言中，那么我真得和小尤保持距离。

"我……我先回房了。"我转身落荒而逃。

第六十七章：剑拔弩张

我和小尤之间客气了许多，也生分许多，但该做的工作还是得做。

今天是假期的最后一天，小尤说他想拍我的"一天"。

这天从盥洗开始，我有晨浴的习惯，也就三、五分钟。换作以前，我不会介意在小尤面前一丝不挂，但自从……这个步骤便省了。

我刷牙、洗脸、梳头、化妆……把 Hello kitty 的睡衣换下，穿上白衬衫加牛仔裤，背了个跨包，从容来到餐厅用早餐。

房东女儿看到我，问我是否还要来点儿煎西红柿？我笑着说好。

"你不吃吗？"我问小尤。

从浴室开始，小尤就不停地拍我。

"吃。"他抓起 croissant 匆匆咬上一口。

"雅各呢？怎么没看见他？"我切下黑香肠往嘴里送。

"我让他闭门思过，因为他满嘴胡说八道。"小尤答。

是胡说八道吗？

"小尤～"我放下刀叉，还是问了："雅各说的……对吗？如果不是我，你早爱上他了。"

"如果没有你，我也不会爱上他。"小尤打起太极拳。

我问的是"我"，他却把重点摆在"雅各"身上，这下子我又雾里看花了。

食不知味地吃了块马芬当甜点，又把剩下的黑咖啡喝完后，我走出旅馆。

小尤要我忽视照相机的存在，想去哪里？想做什么？悉听尊便。

于是解放广场有我；游艇俱乐部有我；欧洲公园有我；湖边市场有我；古老的石板路有我；露天咖啡馆有我；特色小店有我……

经过这家瑞士特产店，我伫足好一会儿，橱窗内有巧克力、瑞士军刀、瓷盘、咕咕钟、手表……不一而足，但我的眼光落在一个海口碗大的牛铃上，旁边有数十个小牛铃。

大概我太投入了，以致小尤走过来和我一同注视那个牛铃。

"罗宋说，等他拿到 €80,000，他要带我去瑞士玩，然后买一个最大的牛铃送我，你看那个牛铃是不是最大的？"我问。

"不知道，也许是。"小尤答。

"现在我连一个小牛铃也得不到了。"我用玩笑话自嘲，不知为什么，眼睛发热，心里酸酸的。

"谁说你得不到？！"

小尤拉着我的手进店，指着橱窗里那个最大的牛铃对店员说："Je vais acheter ce."

拿着包装好的礼物，我对小尤说："Merci."

"光谢谢是不够的，我要你的笑，从这耳到那耳。"小尤说。

从这耳到那耳？

于是小尤说了个笑话，话说有对夫妻结婚十几年依然没有小孩，女人每天都向上帝祷告，最后上帝决定赐给那对夫妻一个可爱的孩子。祂对女人说："我赐给你们的孩子有卷曲的头发、圆圆的脸、清亮的眼睛和红红的嘴，from here to here。"上帝在自己的嘴巴上画了个弧形。可惜女人天生耳背，她听成"from ear to ear"，吓得痛哭流涕，而上帝还以为她是喜极而泣……

"呵呵，太好笑了，哪有人的嘴巴这么大，从这个耳朵裂到另一个耳朵？"我笑了。

小尤也笑了："我希望每天都能看到你的笑容，from ear to ear。"

我望着小尤，心被撩拨了一下，赶紧转过头去，好避开他深情且炙热的眼神。就在那一煞那，我看到雅各了，他的倒影在玻璃窗上反射出来。我慌忙转身，然而那个粉红色的影子却一闪而过。

"你怎么了？"小尤问我。

"我……我好像看到雅各了。"

"雅各？"小尤追随我的目光："在哪里？"

"没什么，也许我看走眼了。"

小尤又宽慰我几句，说我太紧张了，所以草木皆兵。

我是紧张，因为倒影中的雅各充满了戾气，全身像着了火似的。

我们一直拍到下午三点左右才收摊，因为回华堡的路程要 4-5 小时，这时候结束，刚好能赶上晚餐时间。

一进旅馆，我看见我们的行李箱全堆放在大厅，雅各就坐在自己的 26 寸 Rimowa 上，正在打游戏。

"雅各，你动作真快。"小尤很讶异。

而我更讶异，因为雅各身上穿的正是粉红衬衫，原来我没看走眼。

雅各轻巧地从行李箱上跳了下来，潇洒地说："已经办理退房了，现在就能走。"

"在走之前，你是否该对马老师说些什么？"小尤提醒他："我们昨晚说好的。"

"说什么？我不记得了。"雅各一副挑衅样。

小尤很生气："雅各……"

我深知强求的道歉没有任何意义，而且为什么要道歉？雅各不见得是"胡说八道"。

"快走吧！也许还来得及看少女峰的夕阳。"我阻止小尤往下说。

少女峰是阿尔卑斯山脉的最高峰，宛如一位少女披着长发，恬静地仰卧在白云之间。尤其在夕阳西下时，霞光笼罩着白雪，山女峰分外美丽，这样的景色吸引着成千上万的游客前往瞻仰。

然而我的提议并没有起到作用，那两人依旧你看着我，我看着你，剑拔弩张。

我受够了这热腾腾的杀气，拿起行李往外走，顺手拉了小尤："快走，我可不想错过美景。"

直到小尤发动雪铁龙，雅各才心不甘情不愿地回到车上。

第六十八章：禁脔

我们回到华堡后，才发现华夫人去了瑞士日内瓦，和安纳西不过相隔 35 公里。

"好可惜，与你妈失之交臂。"我对雅各说。

"不可惜，我一个人挺好的。"雅各意有所指。

"我也是，一个人挺好的。"小尤也来凑热闹。

这一路上，雅各和小尤简直是绝缘体，连个眼神交会也没有，还要靠我穿针引线，车内氛围才不致于死气沉沉，没想到晚餐桌上那两人又讲起双关语，让我疲于奔命。

"Me too. It's good to be alone."我投降了。

谁知管叔开口："马老师，今晚你不是一个人，Guillaume 爵士晚些时候会到。"

Guillaume 爵士？今天不是周末，他怎么来了？

"不知道，今天一早接到 Guillaume 爵士来访的消息，中午华夫人就走了，走得很仓促，只理了个小皮箱。"管叔说。

这就奇怪了，他们两人是不是闹别扭？

我看到雅各嘴角有难以解释的笑容。

"雅各，你为什么笑？"我问。

"因为今天的食物很美味。"他答。

今天的菜单是洋葱汤、凯撒沙拉、法式焗蜗牛、脆皮鹅肝配珍菌，甜点是烤布蕾。菜是做得不错，但绝对和雅各的笑无关。

相对于雅各诡异的笑，华诺则一脸忧悽，仿佛天要塌下来似的。

"马老师，今晚你得做准备。"管叔再次提醒。

准备？准备什么？

"准备……"管叔看了一眼小尤："准备接待 Guillaume 爵士。"

Guillaume 爵士还用接待吗？这华堡是他家，他比我还熟。

"以前是华夫人接待，现在她走了，所以换你接待。" 管叔耐着性子解释。

"好啦！知道了。"

我老大不高兴，才刚风尘仆仆的回来，马上又要投入工作，没劲！

吃完饭，我洗了个澡。通常我不在饭后洗澡，因为听说容易有大肚腩，但是今天不同，晚点儿要接待客人，总不能一身汗臭吧？！

洗完澡，果然舒服多了。我换上 LV 紫色露肩小礼服，跶上银色高跟鞋，脸上涂了淡妆。

真不知道为什么要这么大费周章？很可能待会儿我只须开个车门，说："Nice to meet you." 然后 Guillaume 爵士大手一挥，让我回房睡觉。

如果真能那样就好了，因为我真的好想，好想睡觉啊！

"扣、扣。"

不会吧？！说曹操，曹操就到？

我一开门，看到华诺。

"你今晚接待 Guillaume 爵士？" 华诺问。

"是啊！" 我答。

华诺是怎么了？管叔说话时，他不也在场？

"今晚爵士睡哪里？" 他问。

"可能是客房，也可能是'明月阁'、'东瀛阁'、'欧风阁'或'情色阁'。"

我一说完，果然好奇宝宝又有问题要问，为了解开华诺的疑惑，我不得不把房间的具体位置告诉他，包括二楼走廊尽头、玄关桌、紫砂花盆、蓝色鸢尾花等。

就在华诺提出更多问题前，我和他的谈话不得不戛然而止，因为我们同时听到林肯长形礼车驶入华堡的声音。

我打开车门，爵士一脚跨出车外，脸上油亮亮的。他看见我，很高兴的样子："bonsoir."

"bonsoir." 我也道晚安。

今晚的爵士一身全白，脖子上还系了个金色蝴蝶结，更显年轻、有朝气。

"Where is that old lady?" 爵士问华夫人在哪里，用的却是"老淑女"一词。

"She is in Switzerland." 我答。

爵士俯首和我低语："I hope she won't come back too early."

他竟然希望华夫人别回来的太早，我只好"Ha Ha"两声回应。

"Well, let's go to the erotic room." 爵士下令。

Erotic room？这是啥玩意？

管叔用普通话对我打小报告，我才知道指的是情色阁，一个我从没去过的房间。

这么说，爵士打算趁着华夫人不在，今晚做个 playboy？

我想起了花名册，这可怎么办？华夫人没移交给我，

"Are you coming?" 爵士问我来不来？

"Oh, yes." 我赶紧小跑步跟上。

这就是情色阁啊！

灯光是紫红色的，墙壁上有投影机，正在放 A 片，叫声非常消魂、暧昧。

我往前走，由于灯光昏暗，害我差点儿撞上从天花板垂挂下来的皮制秋千。

床是圆的，正对着的天花板有大片镜子，床头柜上则有枷锁口罩、手铐、蜡烛、润滑油，糖果味的保险套及各种型号的皮鞭。

浴缸已经放好水，温度刚好，上面还浮着玫瑰花瓣……

这一切的一切，在在显示有人比我早先一步准备好，做了本该属于我的工作。

既然万事具备，那么只欠东风了。

爵士看见我掏出手机，问我想打给谁？

"Sakula, She is number one." 我比出"第一"的手势，希望他中意。

"No, No, No." 爵士硬将我的手机取下："I don't want Sakula, I want you."

"No, No, No." 我倒退好几步，说自己是贴身管家，不是性工作者。

"Come on, *&*+£#¥~€……"

关键时刻，爵士竟然说起法语，让我一头雾水。

想必他也觉察到心动不如马上行动，嘴直接凑了上来。

我巧妙地躲开他的吻，转身想跑，天哪！是谁把门给锁了？

"Open the door! Open the door!……" 我边喊边用力捶打门。

爵士从后一把抱住我，Oh, No！谁来救救我？please！

那个色欲薰心的男人听不到我的嘶吼声，用力一扯，我的露肩小礼服便成了块破布，我边拉拼命往下掉的衣服，边给了他一巴掌，他不但不生气，反而更起劲。

我跑向浴室，想躲到里面去，孰料这个浴室门竟然不带锁，即使我使尽吃奶的力气顶住门，一点儿用也没，男人一下子便撞开了。

我吓得往后退，一个不小心，跌进浴缸里，这下子，破碎的衣服在水中散开来，我遮无可遮。

爵士见状，开始动手脱自己的衣服，我一次次想从浴缸里爬出来，都被他的大手一推，又回到水里去。

难道，难道今晚注定我将成为爵士的禁脔？

那赤裸裸的躯体一步步向我走来，眼睛燃起熊熊欲火。我想起了罗宋、想起了小尤，我想喊却喊不出来，因为脖子正被爵士掐住，他的脏嘴向我袭来……

第六十九章：肝肠寸断

华诺一把抓住爵士，将他摔倒在地。

"*%>¥#}!+……"爵士气急败坏。

"*€%#£¥+=……"华诺正气凛然。

那位正义使者将我从水中捞起时，我已经分不清脸上是水还是泪，抱住华诺就像抓住了救命稻草，久久不放……

我洗完热水澡走出来，华诺已经不在。

坐在床上，我把今晚的事件重新倒带一遍。

爵士早上说来访，华夫人中午就走，而且走得很仓促……雅各诡异的笑和华诺的忧悽……华诺问我爵士要睡哪里？……有人事先将情色阁布置好，还把门上了锁……

这么说，这是个事先安排好的陷阱，就等着我自投罗网？

我感到愤怒，我答应当管家，可没答应做妓！更可气的是华夫人把我当块肉送给他人食用，直到被端上桌了，我还浑然不知！

华诺？对，华诺一定知道什么，否则他不会忧心忡忡，更不会冒破门而入的风险，巴巴地跑来救我……

哼！君子报仇，一天都嫌晚，我等不及明天一早去"大闹天宫"，顺便查出事情的来龙去脉。

我特意晚了十多分钟才进早餐室，让该来的人都到齐。

打过招呼后，我从容入座。

爵士一脸平静，仿佛什么事都没发生，只是话多的让人感到厌烦。

"Could you be quiet? I have a headache."我请他安静点儿，因为我感到头疼。

爵士干笑两声，不再说话。

我们安静地用着餐，直到……

"睡过一觉果然不一样，敢叫爵士闭嘴，别以为自己是华堡的女主人，我妈才是！"雅各发飙。

我老早怀疑雅各是嫌疑犯之一，听他这么一说，Bingo，罪犯 1 号浮出水面。

"睡过一觉怎能一样？我现在的地位和你妈齐平，都是老家伙的姘头。"

"少侮辱我妈！"雅各气得站起来。

"是她侮辱自己也侮辱了别人！"我不甘示弱。

此时，雅各祭出优越感，强调他们是上流社会的上等人，跟贱民是不能相提并论的。

"上流社会？呵呵，上流社会藏污纳垢的还会少吗？好比眼前这一位，"我指着 Guillaume 爵士："他就是个人面兽心的衣冠禽兽，还有，指不定你就是哪个肮脏交易下的产物……"

"马老师~"管叔面色铁青地大喝一声："请注意你的言行！"

我把餐巾往桌上一扔，站起来面对管叔："我注意什么言行？这华堡该注意言行的多了去，偏偏就不包括我，少在这里道貌岸然，昨晚情色阁是谁去布置的？肯定是你这条看门狗……"

"够了！"华诺站起身："还嫌不够丢脸？！"

他抓住我的手，拖着我离开早餐室。

华诺和我骑着马奔向一望无际的草原，在天工织就的绿色巨毯上奔跑，那种柔软而富弹性的感觉非常美妙。

"好美啊！"我赞叹。

"看到大自然的鬼斧神工，就能感觉自身的渺小，所有生活中的磕磕碰碰，不过是沧海一粟罢了。"华诺有感而发，让我想起小尤带我去碉堡时，他也曾经说过类似的话。

"我但愿有你的豁达，但我做不到，想到被人设计陷害，我就一肚子火。"

"雅各是不对……其实我阿姨也不愿意，毕竟她对爵士有感情。"

我等着华诺告诉我这个长故事……

"Well，既然你想听，"华诺很坦然："我就说给你听。"

原来两天前，华夫人接到雅各的来电，她在电话中说了十几个不，仍没能够打消雅各的念头，那个熊孩子最后使出杀手锏，华夫人为了不"白发送黑发人"，勉强答应雅各的要求。

她让管叔打电话给爵士，请他来华堡轻松一下，特别强调马依依已经准备好接待他。华夫人则远离伤心地，当一只将头埋入土里的鸵鸟。

"凭良心讲，爵士没什么大过错，他以为你的反抗只是节目的一部分。"

"雅各……雅各为什么这样对我？我是他的老师，不看在师生情谊，也不用赶尽杀绝啊！"我心伤。

"这我就不清楚了，也许你私下问问。"

我根本不打算再和雅各有任何交集，连华堡我也不愿再待下去，再待下去，我会发疯！

"不待在华堡，你打算投奔你男友？"

华诺提起罗宋，让我不胜唏嘘。自从发现他不忠的事实，罗宋仿佛人间蒸发，一个电话也无，我心中有气，自然拉不下脸来，两人就这么僵着。

"呵！我不知道还有个大胸脯女人，看来罗宋这小子真是走桃花运了。"华诺显得很兴奋。

我默默地下马，牵起马绳便往山下走。

"怎么了？生气了？"

华诺也下马和我并肩而行。

"没有……有。"我还是诚实回答。

"这样吧！我的手机借你，你打给罗宋，一听到声音，你就挂，他也猜不出是你打的。"

华诺把他的手机递给我，我转头不去看它。

"都一个多月不联系了，也许罗宋出了车祸或生重病，也可能被劫财劫色，你就不担心？"

华诺用激将法，我顺着台阶下。

"好吧！看他没有我，日子过得有多悽惨！"

我接过华诺的手机拨打，电话那头却传来语音提示，说的是法语。

"他的手机已停机。"华诺接听后，翻译给我听。

停机了？！原来罗宋压根儿不想再和我有任何联系，而我还做着春秋大梦。

"也许......"华诺试着缓和。

"别再替他找借口了，他做错事反倒跑得比任何人还快，男人啊，都不是好东西！"

我脚一踩，上了马，往马腹一踢，马儿便风驰电掣地跑了起来，我把罗宋和华诺都遗留在脑后。

我离开马房，经过西翼时，看见小尤正把大大小小的纸箱搬进雪铁龙的后车厢。

"这是干嘛？"我问。

"我跟华夫人请了假，打算回巴黎忙摄影展的事。照片也得手洗出来，你知道我的公寓内有暗房。"

连小尤也要走了，这华堡还有什么可留恋之处？

"我真想和你一起回巴黎。"这是我发自内心的念想。

"依依，你......"小尤低下头去，停了几秒钟，他抬起头来："你真的和爵士上床？或者这么问，你的工作就是充当华堡贵客的玩伴吗？"

这问话像把利刃，直接捅在我心口，如果连小尤也不相信我，我还有什么脸面在天地间生息？

"是雅各告诉你的？"我困难地问。

"是谁告诉我的重要吗？问题是你做了没有？"他上前一步："告诉我，你和妓女是有差别的。"

"呵呵，"我笑了，眼眶却湿了："我和妓女当然有差别，我琴棋书画都得学，算是高级妓女，不是几百欧元能打发的。"

　　小尤没说话，正是那几秒钟的无声，让我确信——他相信了雅各，也相信了我的反话。此时天际传来几声低沉的雷吼，乌云压境，像梵高的画作《麦田里的乌鸦》一样，那么的沉闷与不安。

　　"你快走吧！怕是要下暴雨了。"

　　说完，我转身跑回屋内，即使小尤那一声"依依～"，听得我肝肠寸断。

第七十章：贝公馆

我向华夫人递出辞呈，她笑了笑，把那张 A4 纸丢到桌上。

"这是你深思熟虑的结果吗？"她问。

"是的。"我答。

"那好，你尽快打包，我让管叔载你去火车站。"

这么爽快？太不真实了。

我浑浑噩噩地站起来走向房门，背后传来华夫人的声音："别忘了把 €100,000 打入我账户。"

€100,000？什么 €100,000？

"你该不会忘了吧？！工作做不满一年解约，得赔偿我 €100,000，合同上写得清清楚楚的，你还签了名。"

是有这么一条，但是华夫人违约在先，我有权单方面终止合同。

"马老师，看来你的记忆力真的不行，"华夫人走向红木书桌，从抽屉里抽出本子递给我："第十三项第二条，你念念。"

我很快找到那一项那一条："甲方若与客人有身体上的接触，纯属个人行为，乙方不介入。"

甲方是我，乙方是华夫人。

"如果乙方刻意误导客人与甲方有身体上的接触，又作何解释？"我反问。

华夫人答："那得看是如何误导，有时说者无心，听者有意，客人怎么去解读，不是我能左右的。你若认为客人违反你本人意愿，那么讨说法的对象应该是客人，而非乙方。"

华夫人把责任推得一干二净。

我没有 €100,000，华夫人给的薪水我已花了大半。

"这我不管，在你身上花的钱、精力和时间还会少吗？€100,000 只能算打平。"

我心情郁闷地走出华夫人的办公室，来到花园。

"怎么了？是你吃了我阿姨，还是我阿姨吃了你？"华诺在我背后问。

"呵呵！华夫人道行如此之高，怎么可能被我吃？"

"那么就是她把你给吃了，是不是连骨头也一块儿啃了？"

"没错，啃得干干净净的，"我唉声叹气。

夏天到了，草木特别茂盛，我走向榆树，不仅为了树大好乘凉，还因为那里有秋千，让我想做回小孩，好忘记大人世界里的烦忧。

"其实你早知道这工作是裹了糖衣的砒霜，爵士是老绅士，我一阻止，他便停了下来，换作他人，你被轮奸都有可能。"

华诺讲得露骨，我却无法反驳，因为这的确是事实。

"怎么办？"我下了秋千："华诺，你救救我。"

华诺借机把秋千抢了去，他荡得老高老高，几乎是 270 度的弧度，看得我眼花缭乱。

我忽然觉得把希望放在这个花花公子兼有赤子之心的人身上，非常可笑，他能帮我什么？什么也帮不了，我绝望地转身走人。

"别走！"华诺的秋千渐行渐慢，像快没电的钟摆。

他从秋千上跳下，直奔向我。

"我想到了，我可以借你 €100,000。"他兴奋地说。

果然让我从这坑跳到那坑。

"不用了，人情债我背不起。"我仰天长叹："即使卖了贝夫人送我的 Enchanted Doll，也顶多值四万欧元，想赎身，真的好难好难。"

"贝夫人？你认识贝夫人？"华诺扬起声。

他知道我们两人的关系后，建议让贝夫人去说情，因为贝夫人和华夫人是闺蜜，贝夫人的老公又是华夫人的御用律师，两家走得这么近，多少会卖点儿面子。

我想起贝夫人曾说过，只要我一心一意对她，她会给我更多惊喜。

我不知道什么是"一心一意对她"，但我太需要惊喜了。

我的工作合同中有一项"保密条款"，不得将工作内容外泄，所以在电话中，我简单交待在华堡工作不开心，想提前解约，能否请她去关说一下，让华夫人把违约金降到最低……

贝夫人听完后，问我违约金是多少？我答 €100,000。

她沉默良久，让我感觉不妙，怀疑自己是不是太"交浅言深"了？

"呵呵！如果不方便就算了，我自己搞定，很抱歉给你带来麻烦，Bonne journée！"我不忘最后祝她今天过得愉快。

没想到贝夫人说她很高兴我求助于她，这样她就有理由把我留在身边。

"找不到说话的人度日如年啊！你若搬过来和我一起住，日子就不无聊了。"她说。

本来我和贝夫人彼此看对方不顺眼，但自从有了那番"深入的"谈话，产生革命情感后，感觉就不一样了。

我不讨厌她，一点儿也不，她大概也欣赏我，所以当她说一切都包在她身上时，我如释重负，终于可以摆脱不光彩的工作，重新做人了。

华夫人果然没有为难我，很爽快地放了人，还交待管叔载我到贝公馆，一个离华堡有一个小时车程远的庄园。

我把打包好的行李搬上车，华诺过来和我道别。

"女朋友离开我，我要心伤了。"他装作一副可怜样。

我把他的领带摆正，拍拍他肩膀上的灰尘："这下子我们不用担心吵到彼此了。"

说完，他忽然抓住我的手，抓得那样急，让我有些错愕。

"依依，反正我现在单着，你也没男友，要不，我们凑成一对？"

"开什么玩笑？"我把手抽回："我没男友，不见得就得跟你凑成双。"

"你那么傻？看不出我是你的护身符，有我在，谁都伤不到你。"

华诺说的什么话，谁会伤我？

　　管叔按了两声喇叭催促我，我匆匆和华诺拥抱一下便上了车。

　　直到车子开出华堡大门，华诺还待在原地对我行注目礼，一副很不放心的模样。

第七十一章：鸡蛋踹石头

庄园指的是乡村的田园房舍，包括住所、园林和农田的建筑组群，中世纪英、法等国的庄园宅邸甚至带有防御设施。

贝夫人的庄园位于里昂以北，是由赭黄石块建造而成的典型村庄，这种颜色与阳光相映成趣，一眼望去，非常富有活力。

"180 公顷的葡萄园加住所，花了我 500 万欧元。"贝夫人边带我参观庄园边说。

我心算了一下，也就三千多万人民币，真的一点儿也不贵。等到贝夫人告诉我这桩买卖的附加价值时，我倒吸一口气，实在太值了，贝夫人简直是花小钱捡了大便宜。

她告诉我，这原是一个法国贵族的庄园，这个贵族比国王还有钱，所以国王就经常向贵族借钱。借的次数太多，国王还不起了，就假借叛乱的名义，想杀了这个贵族。贵族听到风声后，连夜掩埋了大批的稀世珍宝，然后逃得无影无踪。

几百年过去了，这财宝到底埋在庄园何处，无人知晓。

"我就是听说这个传说，才把庄园买下，而且请了勘探队寻宝。如果真能找到这批传说中的宝藏，我就大发特发了。"贝夫人兴奋地说。

除了传说，原主人还把酒窖里陈年的葡萄酒、屋内的几幅名画和雕塑，白送给了贝夫人，当然，如果再把葡萄园中高品质的葡萄算进去，价值就更无可限量了。

"我家的葡萄颗颗饱满，酚类比重达到 A 级，被用来做波尔多玛格丽红酒再适合不过，连原来的酿酒师都被我重金留下。"贝夫人说。

"看来，我得在贝公馆多喝几瓶好酒。"

"那有什么问题？"贝夫人挽着我的手："我们现在就喝，晚餐已经准备好了。"

今天的晚餐是小牛肉配磨菇汁、法式薯泥、芥末酱烧鸡、香料羊排以及乡村面包，甜点是贝壳小蛋糕。

我吃了牛肉、尝了薯泥、啃了烧鸡、切了羊排、撕咬了面包，也享受了蛋糕。

"依依，别光顾着吃饭，尝尝我家的红酒，绝对让你回味无穷，"贝夫人替我的高脚杯注入红色的琼浆玉液："Cheers!"

她一仰而尽。

我也小呡一口，哇！太好喝了，入口香、落口甜，我的舌头不禁跳起舞来。

"哈！说得太妙了，不仅舌头，我的身体也想跳舞。"贝夫人抖动一下身子。

"那等什么？你想跳恰恰、吉鲁巴还是快三步？我陪你。"我说。

贝夫人听了，赶紧让佣人搬来留声机，放上五十年代的抒情老歌。

仗着微微的酒意，我和贝夫人举着酒杯，在餐桌旁恣意扭动身躯……

我们笑着、跳着、唱着、舞着，然后喝着美酒，一杯接着一杯，直到我不小心将酒洒在贝夫人的黑色蕾丝裙上。

"对……对不起……"我从餐桌抓来餐巾，拼命擦拭。

"别……别擦了……脱……脱了就好……"

贝夫人真的把裙子脱下，露出粗粗壮壮的萝卜腿。

"哈……哈哈哈……"我忍不住大笑起来。

这笑声激怒了贝夫人，她愤而把手中的酒也洒向我，我的白色短裙瞬间开满了红色小花。

"哎呀！这……这是我最……最喜欢的……一件裙子……"我不满。

"买！给你买十件……二十件……一百件……一千件……"贝夫人眼神迷离地指向我，"脱，你也脱……马上……"

我醉得躺在地毯上，不理会贝夫人，谁知她竟较起真来，过来扒我的裙子。

我的裙子是松紧腰，被她用力一扯便掉了下来，偏偏我还穿着丁字裤，大半个屁股都露了出来。

"哈……哈哈哈……"这次换贝夫人乐不可支。

"疯……疯婆子！"我边骂边挣扎着起身："还我！"

贝夫人高举着战利品，挑衅："来啊！抢……抢到就是你的。"

我伸手去抢，落了个空，贝夫人转身小跑起来。

我们在一楼绕了数圈，我一直没能抓住她，她竟然转移阵地上了二楼，我只好也匍匐着跟上去。

一上二楼，贝夫人溜进走廊尽头房间的这一幕，恰好被我捕捉到。

"看你还能躲到哪里去？！"我边想边跌跌撞撞地进入那扇门。

"还我……"我趴在床上，动手去抢贝夫人手上的裙子。

贝夫人没反抗，她躺在床上呈大字形，仰天打起呼来。

我草草穿上裙子，看贝夫人下身仅着内裤，又费了九牛二虎之力，拉来毯子替她盖好。

"贝……贝夫人……晚……晚安……"

说完，我视线模糊地往外走去，不巧和匆匆推门进来的人影撞上，像鸡蛋砸在石头上，流了一地的蛋液。

"你怎么了？醒醒啊！"

我听到极富磁性的低沉声音，由远而近，由近而远，飘忽不定。

我想答却说不出口，意识走向混沌……

第七十二章：枷锁

我用力睁开双眼，看见天花板的四个角有葡萄藤的石膏雕饰，向左望去，墙纸是粉色的，窗帘是水湖蓝，墙脚有个精致的化妆台，上面有不同形状的瓶瓶罐罐；向右望去，波斯地毯上有一张大理石面狮子爪矮桌，配上两人座红色皮制沙发，算是小型会客室，边上有个步入式衣帽间……

这是谁的房间？

我从床上坐起，恰好看见自己的两个大行李箱被堆放在床边。

噢！现在想起来了，这是贝公馆。昨天我从华堡搬出来，转而投奔贝夫人，那么贝夫人呢？

又花了几秒钟，我才忆起昨晚和贝夫人喝多了，两人发起酒疯玩追逐，最后跑进走廊尽头的房间内……

这么说是有人将我抱回床上，谁呢？

我记起那极富磁性的低沉男声，说的是普通话，但绝不是贝律师。贝律师的声音很细高，像开了叉的黄莺啼叫声。

"Bonjour."贝夫人看见我，乐呵呵地说道："我还想着要不要差个人去叫醒你，昨晚你喝多了。"

"Bonjour."我的早安给了贝夫人，同时也给贝律师，后者西装革履的。

我坐了下来，赫然发现桌上竟是中式早餐，有烧饼、油条、包子、花卷、豆浆、粥和酱菜。

"我作梦都想吃这些东西，贝夫人、贝律师，你们实在是太幸福了！"我兴奋地说，口水都快滴下来。

"我们的厨子是台湾来的，除了喜欢勾芡和加糖外，做的菜真心好吃，来，多吃点儿。"贝夫人帮我盛了一碗粥。

"谢谢！"我双手接过碗，关心地问："贝夫人，你昨晚睡得好吗？"

"很好，"她忽然掩面而笑："我竟然跑到小朱床上睡，这孩子没吵醒我，留了张纸条给老贝，自己则跑去跟勘探队的人挤，真是不好意思。"

小猪？怎么有人会取这个名字？

贝律师解释不是那个小猪，是朱元璋的朱，全名是朱翊安，贝家的酿酒师。

"朱-翊-安-，酿酒师是中国人？"我问。

"他是法籍华裔，曾在罗纳河谷的酒庄 Jaboulet 工作过，后来被这庄园的前主人雇用，一直做到现在。"贝夫人解释。

原来如此。

"马老师，我很高兴你搬来和我们一起住，我太太很需要人陪。"

这是第一次我感受到贝律师的真情流露，以前交谈的内容都是硬梆梆的法律条文，他一向给人"高冷"的印象。

"这是我的荣幸。"我害羞地低下头去。

"既然你开始在我家工作，合同还是得签，规范彼此的权利义务，将来才不容易有纠纷。"他很冷静地说。

原来贝律师还是"那个"贝律师，没变。

"好的。"我答。

吃完早餐，我被叫到贝律师的书房，签了一堆文件。

我的工作从华夫人的秘书变成贝夫人的秘书，工作内容也从华堡客人的贴身管家，变成陪吃、陪喝、陪玩的"三陪"女。

"给你安插秘书的职称是为了申请工作签证，和实际的工作内容无关。说白了，你的工作就是确保我太太每天开开心心，不要胡思乱想。"贝律师说。

为了让我更快了解贝家现状，贝律师告诉我，自从贝夫人迈入五十岁大关，情绪大起大落，给他带来很多困扰。他的工作一向很忙，最近华侨团体运作让他参加半年后的参议员选举，他势必会比以前更忙，家的和谐和稳定就显得格外重要，他需要我安抚他太太，别扯他后腿。

"没问题，我会和她秤不离砣，砣不离秤，直到你高票当选。"我出言保证。

贝律师难得地露出笑容："但愿如你吉言，对了，你对薪水有意见吗？"

贝家给的薪水和华家一样，当初拟合同时，贝律师也在场。

"没意见。"我答。

"你的违约金，我们贝家已经代付了，所以如果你再次违约，那么代价将是双倍，也就是 €200,000，这一点我必须提醒你。"

什么？！原来我不是解了枷锁，而是上了两道锁。

见我脸色郁郁，贝律师宽慰我："以前你得应付华堡来访的各路人马，现在只要应付一个五十多岁的寂寞女人，何难之有？"

说得一点儿也没错，况且我和贝夫人是如此投缘，这次应该不会有差错。

"对不起，我太杞人忧天了。"

我大手一挥，在合同上签了名。

我一走出贝律师的书房，贝夫人便迎了上来，样子很心急。

"你怎么才出来？签合同要那么久？都一个多小时了。"她抱怨。

"嗯，贝律师是比较严谨的人，所以我们多谈了会儿……"

"别说了，"贝夫人阻止我："快，马车在等我们，我们坐马车逛葡萄园去。"

"逛"葡萄园？这太有趣了。

贝夫人高兴地挽起我的手，我们向屋外走去。

第七十三章：佞臣

这是一辆欧式复古四轮马车，黑楠木的车身，白色皮制的座椅，鲜黄色的车轴，很是漂亮。

两匹马的形体也俊美而健壮，看见我们来，颇为急躁，发出长长的嘶鸣。

"bon garçon." 我轻轻抚摸它们的额头，说些讨好的话，马逐渐安静下来。

"还是你有办法，小丽和小花看见我，就像过动儿似的，恨不得马蹄一踩，扬长而去。" 贝夫人埋怨。

小丽和小花？呵呵，好可爱的名字呀！

我告诉贝夫人，自己曾经从马背上摔下来，所以有段时间对马感到恐惧，后来学到"面对恐惧才能不再恐惧"的道理，现在已经能坦然面对。

"那好，就由你来驾马车，我来当一回英国女皇。"

贝夫人率先上马，我也跳上驾驶座，吆喝一声，马蹄便嗒嗒嗒地敲击着地面，掀起阵阵沙尘。

小丽和小花迈着优雅的小方步，稳稳地拉着马车往葡萄园前进。

马车"格拉""格拉"地响着，声音寂寥而单调，但是贝夫人的声音很响亮，很快就盖住这些机械式的重复声调。

"以前我和老贝住在里昂沿罗纳河的大房子里，要不是这庄园的前主人得了怪病，想到南欧休养，我们压根儿没那么好运买下这宝贝儿。你知道的，五百万欧元算是贱卖，前两年我们买的游艇差不多也就这个数。"

我发现有钱人讲起"几百万欧元"像到菜市场买斤猪肉一样寻常，不过我的注意力不在数字上，而在……

"怪病？什么怪病？" 我问。

"我也说不上来，好像原本身体健壮的中年人，某天突然开始口齿不清、步履蹒跚，接着面瘫、手脚麻痹，然后是酣睡，可以连续睡好几天都不醒。他的家人看不行了，决定卖了庄园给他治病，听说后来搬到希腊雅典，那里的天气四季如春，物价也低。"

真是奇怪，好好的人竟然患上怪病？！

"那么你们是何时搬来的？" 我又问。

她答有大半年了，顺便提及她家酿酒师的食言而肥。原来为了庆祝贝家入住庄园，酿酒师答应要用来自 La Lagune 的赤霞珠和来自 Jaboulet 的西哈做一个混酿，制造出一款新酒，命名为 "贝中国"，将对外公开销售，每个年份大约 1 万瓶。

"可是大半年过去了，"贝中国" 还未诞生，看来是难产了。" 贝夫人很气馁。

"你是说朱翊安答应制造新酒？"

"就是小朱！" 贝夫人神情严肃地说："待会儿要是遇见他，我得跟他催一催。"

马车慢慢驶过黄土地，天蓝得像被水洗过，上面有几朵白云。四周围偶有几株大树或灌木，但了无人烟，很难想像这是某人的产业，因为跟乡间小路无异，还好过了河，景观就不一样了。

我和贝夫人下了马车，走在藤架之间，那香味如此诱人，像把人浸在水果酒当中。

"吃，可甜了。" 贝夫人从架上随意摘取一串垂涎欲滴的紫色葡萄递给我。

我拨开紫色外皮，青色的果肉硕大无比，汁水溢了出来，我赶紧塞进嘴里。

"甜，真甜，像吃了蜜似的。" 我笑对贝夫人。

有个声音突然在背后响起……

"我刚测过，那株葡萄的酚类比重很高，成熟度刚刚好。"

我认出这声音，赶紧转头过去，一个头戴草帽，身着工装背带裤的男人正睁着小眼睛看我们。

"小朱，"贝夫人叫嚷起来："怎么成了工人了？"

"今天我来看看葡萄是否适合采摘，我不信任工人的判断能力。"他答。

"这是什么？"贝夫人指着他手上一个电水壶状的东西问。

小朱解释那是多重监测枪，可以在几秒钟内检测出葡萄的成熟度，比重越高葡萄越成熟。

"呵呵！又长知识了，"贝夫人很开心，突然想起什么："对了，赶紧找出最成熟的葡萄，我还等着我的'贝中国'呢！"

"我想酿出最佳的红酒，不想一出手就搞砸，您能等等吗？"小朱注视着贝夫人，像要通过瞳孔钻进她的身体里。

"咳、咳、"贝夫人低头捂住嘴咳嗽，好避开他的眼神："那……也只能这样了。"

"你还好吧？"小朱忽然转头问我："那晚把我吓坏了，以为自己是金钢不败之躯，让你应声倒下。"

"我喝醉了，撞上任何东西都会不醒人事。"我解释。

"那么下次少喝点儿。"他说。

奇怪，明明是关心的话语，在我听来却缺乏诚意，像是虚应了事；我也不喜欢他的小眼睛，飘忽飘忽的，好像怕人将他一眼望穿。

"小朱可厉害了，很小就到波尔多的 Universite OEnologie Bordeaux 学习，后来师从酿造学家 Denis Dubourdieu，并且在香槟获得法国国家酿酒师文凭。"贝夫人开口赞美。

法国有句名言："酒是酿酒师的孩子"意思是有了优秀的酿酒师，才能制造出高质量的酒，其地位在法国不可小觑。

看来我的第一印象并不全然对，小朱不是不学无术的人。

"贝夫人过奖了，我不过是做好份内的事，和贝律师比，我的贡献恐怕微乎其微。"

好个佞臣，我刚对小朱改观，他的狐狸尾巴又露了出来，油嘴滑舌兼世故，最看不惯这种人了！

"我和依依想逛逛葡萄园，你能当导游吗？"贝夫人问。

"乐意之至。"他答，然后自然而然地和贝夫人并肩而行，毫不客气地把我甩在身后，让人为之气结。

第七十四章：物归原主

中午吃过饭，我想和贝夫人出去散散步，这才发现天空下起了毛毛雨。

来到贝公馆的这几天，各种雨不知下了有多少回，奇怪的是，天气并没有因为这些雨而湿润，反而依旧干燥。

"怎么办？下雨了。"我很懊恼。

"没事，到家庭房来，我帮你织件毛衣。"贝夫人笑嘻嘻地说。

织毛衣？贝夫人会织毛衣？

"以前在天主教女校时，我最喜欢做的事就是织毛衣。不管是罗纹织还是绕挑织，绵线还是中粗线，单根针还是五根针，全难不倒我，我对一个人表达喜欢的方式就是帮他织毛衣。"贝夫人毫不掩饰地表达对我的喜欢。

"那好，"我挽着她的手："记得帮我织件美美的毛衣，天冷时，我要天天穿着它。"

我的双手被圈上粉红色的毛线，线的那一头，贝夫人正忙不迭用两支棒针相互交错着。

"我原本有个妹妹，两人感情甚笃，可惜她很早就因病过世，老贝也是单传，"贝夫人边织毛衣，嘴巴也没闲着，"你说，我们膝下无一儿半女，诺大的产业将来要传给谁？"

我说现在流行裸捐，他们可以把财产捐给公益团体或慈善机构。

贝夫人说她没那个心胸去帮助路人甲乙丙丁……为了保住贝家财产，他们甚至还找过代孕妈妈，可惜贝夫人的岁数大了，卵子不够健康，贝律师也因精虫数过少，取精失败。

"以前没有危机意识，觉得没有孩子问题不大，现在年纪渐长，世代传承的念头也越来越强烈，既然找他人代孕，那个孩子也跟我们无任何血缘关系，倒不如领养个大的，不用把屎把尿。"贝夫人说。

"说得也是，你们有人选吗？"我问。

"是有啦！"贝夫人把已织成方巾大小的毛衣高高举起审视一番，然后放下，继续手中的动作："我还没试探，不知他作何反应？"

在我的软磨硬泡下，贝夫人终于松口："我问过，他父母很早就过世，他是被叔叔养大的，前两年叔叔也过世了，现在孑然一身……他有一技之长，能把我家的葡萄园打理好……虽然未婚，但我相信过两年找个好姑娘，一定能为我们贝家开枝散叶……"

等我知道贝夫人的养子人选竟然是朱翊安时，心开始往下沉……

"你怎么了？眉头皱得能夹死蚊子。"

这个节骨眼上，贝夫人竟然还有心情说笑话？！

"没什么，我想上厕所。"我需要短暂独处一下。

"那快去，就用一楼的客用厕所。"

我把毛线取下，快步离开家庭房。

我的第六感一向准的吓人，在我看来，小朱并非善类，一副獐头鼠目的猥琐相，两只眼珠骨碌骨碌地转，更别提表里不一的举止。

我该如何向贝夫人点明这一切？

望着镜中的自己，我没有答案。

回到家庭房，眼前的一幕让我惊呆了，小朱坐在我的位置上，双手被圈上粉红色的毛线，线的那一头，贝夫人正织着毛衣。

"依依，你上完厕所了？快过来坐，"贝夫人解释："小朱刚送新酿好的酒给我。"

"我看贝夫人手忙脚乱的，便越俎代庖地做了你的工作。"小朱难得把眼光落在我身上，却是一副向主人邀功的姿态。

"现在我回来了，你可以回去做你的工作了，咱们各司其职。"我下逐客令。

这次小朱不看我，转而看着贝夫人："夫人，我们谈得正尽兴，要不……我走了。"

小朱作势要走。

"别，别走，难得人多，我们三人一起聊天。"贝夫人开心地说，顺便让佣人准备茶点。

小朱话匣子一打开，和贝夫人真可说是短兵相接、势均力敌，大有"相见恨晚"之意。

我冷眼旁观，更确定来者心存不轨，他的每一句问话都有目的性，而且一环扣着一环，不把答案挖出来誓不甘休，偏偏贝夫人听不出来，随着魔杖起舞。

此时，贝夫人已经把她家财产多少交待完毕，顺便也把家庭状况一一理清。

"这么说，百年之后，贝家财产不知要花落何处了。"小朱下了结论。

"说来真是不胜唏嘘，我才刚和依依提起过，想收养……"

"贝夫人～"我大喊，把在场的两位给惊吓住："对……对不起，我想说贝夫人喜欢的电视节目就要开始了。"

贝夫人抬起头来看墙上挂钟，的确，她喜欢的肥皂剧就快开播了。

"朱翊安先生，如果不介意的话，能否让我们这两个女生单独看不动脑筋的爱情片？"我问。

小朱看看我，又看看贝夫人，双手一摊："请随意吧，我也有事要忙。"

他站起身，就在贝夫人动手去拿电视遥控器的一煞那，恶狠狠地瞪我一眼。

我问贝夫人，收养小朱一事是否跟贝律师商量过？

她答没有，目前只是她单方面的想法。

"我认为你最好跟老公商量一下，毕竟这是家庭大事，况且贝律师见多识广，一定有真知灼见。"我说。

贝律师果然不是省油的灯，一听说自己的老婆想收养小朱，马上下禁令，理由是~他有更好的人选。

"谁？"我太好奇了。

贝夫人欲言又止："这个先保密，我们还需要时间观察，以确定对方是我们真正要找的人。"

Well，我不管那个人是谁，只要不是小朱，猪八戒也无所谓。

趁着贝夫人午睡，我信步走向花园，沿途有几个工作人员跟我打招呼，我——微笑答礼。

走进花木扶疏的花园，各种争奇斗艳的花卉映入眼帘，这么美的景观，偏偏听到吵闹声，真是大煞风景。

就在梧桐树下，我看到小朱和台湾厨子起了争执，前者推了后者一把，厨子顺势蹲了下来，样子很绝望，像是世界末日来到。

"别欺负人，行吗？"我走过去仗义直言。

小朱看见我，很是惊慌，但马上克制住："谁欺负人了？我是跟萧师傅玩，是不？老萧。"

老萧不置一语，他站起来拍拍衣裤上的灰尘，然后默默走人。

厨子老萧一看就是老实人，年纪大到可以当小朱的父亲，小朱若欺负他，我肯定会告诉贝夫人！

"切，别以为自己是正义使者，凡事总有个先来后到……"小朱喃喃自语。

话不投机，我转身想走，却被小朱叫住。

"喂，贝夫人想收养谁继承家产？"他问。

收养谁？反正不是收养你！

"我不知道，钱财乃身外之物，我正鼓吹贝氏夫妇裸捐。"我答。

"这世界就是有你这种笨人！"小朱边摇头边离开梧桐树。

"渣男！"我对着他的背影骂道。

当我想返回花园继续我的视觉飨宴时，不巧看到一支体温计，就躺在厨子蹲下的地方，我把它捡起来。

这只体温计上有些许灰尘，但看得出不是二手货，上面的刻度很簇新。

我又凝视着它好一会儿，仍看不出个所以然，决定待会儿抽空将它还给老萧。

第七十五章：暴风雨前的宁静

我和贝夫人、贝律师一起吃饭。

今天的晚餐有三杯鸡、五更肠旺、蒜苗腊肉、蚂蚁上树以及清炒苦瓜。

贝夫人把一勺苦瓜放入我盘里："天气热，多吃点苦瓜，去火。"

"哪里来的苦瓜？"贝律师问，顺便吃了几片。

"台湾来的白玉苦瓜，我告诉萧师傅想吃苦瓜，他特地从台湾进口的，一点儿都不苦，对吧？"

贝律师点头同意。

啧啧，苦瓜不苦还能叫"苦瓜"吗？真是奇怪！反正我对苦的东西一概敬谢不敏，遂把盘子往外推了推。

"对了，马老师，雅各说有你的明信片，请你去取。"贝律师忽然想起。

我的明信片？谁会寄明信片给我？

"这就不清楚了，另外……华诺说他想你了。"

"哈！"贝夫人双手击掌："这就对了，我还在想这法国华人圈子里，有哪个小伙子到了适婚年纪？想来想去，竟然漏掉华夫人的外甥。华诺真不错，名牌大学毕业生、家境优、工作佳、人也帅，配咱家依依正好。"

贝夫人说"咱家依依"，我的心被撩拨了一下，很是感动。

"华诺就爱嘴上风流，根本不是那么回事，况且……我有男友了。"我解释。

"还是画画那一个？"贝夫人挑起眉梢问。

我抬起头来，不知该答是或否？我和罗宋没有正式分手，他却把我拉黑……

没想到我的欲言又止让贝夫人误会了。

"华夫人告诉过我，她请了个美术学院的学生画像，还是你男友，我就觉得不妥，华夫人那个人啊……"

贝律师大声咳嗽两声，贝夫人马上闭嘴。

"不是，"我马上撇清："他不是我男友，我们已经分手了。"

"分手就分手，没什么大不了的，老贝~"贝夫人转向老公："你也帮依依留意一下，你的律师事务所不是刚来了几名实习生？"

我到厨房找老萧，他正把脚翘在长桌上喝酒，嘴里哼着歌，花生壳散了一桌子。

"是邓丽君的《绿岛小夜曲》，我听过。"我说。

老萧看见我来，赶紧收了腿，样子有些错愕。

"这是什么？"我拿起桌上的咖啡色瓶子，上面贴了粉红色标签。

"那是红标米酒。在台湾人的生活中，不论生老病死或婚丧喜庆，都少不了它。"

"这么好？我可以喝看看吗？"我问。

"可以。"老萧像在找什么："杯子呢？我习惯用碗喝。"

我也注意到了，桌上只有碗，没有杯子。

从厨房拿来小杯子后，老萧替我斟了半杯，我一仰而尽。

该怎么说呢？红标米酒闻着很香，入口时有种清新的感觉，但马上会感觉苦，到了喉咙转为辣。

老萧说我形容的很对，的确如此，然后捧起碗又喝。

"米酒虽然酒精含量不高，但喝多了也会醉。"我提醒。

"没事，我把它当水喝，天天喝，醉不死人。"

老萧的脸颊和鼻子红通通的，双眼如加菲猫，永远没睡饱的样子，他却说没事？

我忽然想起此行的目的，赶紧把体温计放在桌上："你走后，我在地上发现这个，我猜是你的。"

老萧盯着体温计，像跟它有仇似的："不，不是我的，你拿走！"

"不是？明明在你蹲着的地方发现的，不是你的，会是谁的？"我很迷惑。

老萧忽然奋力把酒瓶扫到地上，发出"哐啷"的声音，玻璃碎了一地。

"都说不是我的，你……你还啰嗦什么……滚，快滚！"老萧对我咆哮。

这老人是怎么回事？翻脸像翻书似的，不是就不是，发什么火？！

我拿起体温计，扭头就走。

老萧说体温计不是他的，那么惟一的可能性就是朱翊安的，我回头找小朱去。

相对于老萧的"死不认账"，小朱爽快多了，第一时间就承认是他的，把体温计塞进裤袋里。

"你发烧了吗？用得上体温计。"我问。

"偶尔，人不是钢铁，总会生病，我这是未雨绸缪。"他答。

原来真的是小朱的，我还以为是老萧的，难怪死不承认！

"是吗？老萧不承认这体温计是他的？"

不知为什么，小朱神情怪异，似笑非笑。

想到贝夫人正等着我，我得尽快结束谈话，小朱却拦住去路："等等，我很早就想问，你……为什么讨厌我？"

呃，这叫我如何回答？大概是磁场不对吧？！

"贝夫人很喜欢我，虽然我不高、不壮、颜值也一般，但有一颗柔软的心，我希望有一天你会发现我没那么令人讨厌。"

小朱说得诚意十足，我也不好直接否定，暂将他列入"观察名单"内。

为了拿我的明信片，贝夫人不惜开一个多小时的车去华堡。

"其实不是很紧急的事……"我说。

"怎么不紧急？华诺也说想你。"贝夫人说完，特地看了我一眼。

我低下头去，不想让她看到我的内心起伏。

有钱有闲兼上了年纪的女人就是不一样，喜欢乱点鸳鸯谱当生活调剂，我可不想被当成祭品摆在供桌上。

到了华堡，贝夫人很快被华夫人引进门，两人很热络地交谈，像多年未见的老友，看不出不久前才刚见过面。

我迳自走向西翼二楼，去敲房门上带有秃鹰雕刻的房门。

"扣扣……扣扣……扣扣扣……"还是无人回应。

会不会在画室里？我踩着吱吱作响的楼梯上三楼，圆拱门半开着，我礼貌性地敲了敲。

"Entrez."是雅各的声音。

我一推开门，Bruno 就跳入我怀里，让我颇为吃惊。

抱着它沉重的身躯，我说："Bruno 重了，它吃得多吗？"

"不知道，我把我的食物都给它吃了。"

雅各把食物给了猴子，自己吃什么？

"我不太感觉饿，偶尔吃点儿水果。"他说。

我这才注意到画架后的雅各瘦得吓人，两颊凹陷，显得眼睛大，皮肤也不好，既粗糙又暗黄；长袍下的他，看不出主躯干，但手腕和脚踝都瘦得惊人，像是在骨头上糊了一层皮。

"雅各，再这么瘦下去，你成了行走的木乃伊了。"

雅各冷漠的脸上忽然有了笑容："这是对我的赞美，我以为我已经瘦成一道闪电。"

我叹了口气："雅各，你得爱惜自己和……身边人，不是每个人都那么大度，能容忍你的任性。"

我指的是这阵子，他对我的恶意中伤。

"这世界是我的，我想活成什么样，别人无权干涉。"雅各又回到他的冰冷世界。

那好吧！你走你的桥，我走我的路，咱们互不相干。

我还是回到主题："听说有我的明信片……"

雅各听了，放下画笔走向墙角的书柜，从一堆画册里，找出毕卡索那一本，翻开来，里面有数十张明信片。

我翻看着一张又一张来自不同国家和地区的明信片，上面有邮戳盖的日期，最早可推溯到两个月前。

"怎么现在才给我？"我问。

"想看你着急的样子。"

雅各毫无羞愧地回答，让人真想抽他。

"你怎能这样？如果是紧急情况，岂不错过了？"我责问。

"怎么可能是紧急情况？上面除了收件地址和收件人外，什么都没写。"他说。

我也注意到了，但这不能成为偷人信件的借口。

"我知道你在等我的道歉，但我不会道歉，除非小尤回到华堡，否则我就要过这样的生活，既伤害自己也伤害别人，直到世界末日！"

看着眼前这个越走越偏的幼稚少年，我彻底无语了。

"小尤还是会回到华堡，他不过是忙摄影展的事。"

我耐着性子解释，但雅各说他相信那是缓兵之计，摄影展后，小尤会找个借口不回华堡。

"告诉我，你觉得小尤爱你吗？"我问。

"他是爱我的，"雅各很笃定："如果没有你的话……"

"呵呵，你把我的名声搞臭了，小尤恐怕今生都不会想再和我有任何瓜葛。"我自嘲。

"那最好，"雅各拿起画笔："省得我费尽心思。"

雅各的冷漠无情让我心寒，连小猴子 Bruno 也感受到了。它跳离我的怀抱，爬到桌上，睁着大眼睛注视着我和雅各，仿佛看穿我们之间的暗涛汹涌，一时不知该向谁靠拢。

我默默开门走了，即使是暴风雨前的宁静，也足以让人窒息。

第七十六章：意外

　　我走到喷水池旁坐下，然后把明信片拿出来重新审视一遍，出处来自德国、瑞士、意大利、西班牙、捷克、瑞典、丹麦……几乎涵盖整个欧洲。

　　如同雅各所说，除了收件人和收件地址外，就只有邮戳了。

　　然而字是骗不了人的，我观察到明信片上的每个字母和数字都向右倾斜 45 度，仅凭这点，我认出罗宋的字迹。

　　这么说，罗宋现在正在环游欧洲？是从什么时候开始的？

　　我赶紧把邮戳都翻出来依先后顺序排列，原来……原来罗宋完成华夫人画像后的一个礼拜，人已经在德国慕尼黑了。

　　那么大胸脯女人又是怎么回事？难不成他有分身？

　　我想来想去，惟一的解释是罗宋把房子出租出去，而且租给生活一团混乱的人，这个傻罗宋！

　　我一方面骂罗宋傻，却忘了自己更傻，白白生气了那么多天。

　　知道罗宋无恙后，我放下心来，但很快忧郁又爬上心头。这个时间点，罗宋竟然背起行囊去旅行，课业怎么办？他是休学还是辍学了？罗宋啊罗宋，我该如何说你？

　　我还在感伤，冷不防华诺从背后出现。

　　"干什么？好像天要塌下来了。" 华诺坐在我身边。

　　"没什么……罗宋给我寄明信片了。"

　　华诺把我手中的明信片接了过去："啧啧啧，这小子游山玩水，日子过得挺滋润的嘛！不过，你怎么知道这是罗宋寄的？上面没有署名嘛。"

　　我说看字迹。

　　"真厉害，果然是老夫老妻，" 华诺接着问："既然罗宋寄明信片给你了，为什么你还是一副愁云惨雾的模样？"

我把我的臆测和担忧告诉他，他认为我杞人忧天。

"你现在要考虑的是当下，只要人还在，钱还有，万事就 OK 了，多想只是自寻烦恼。"华诺劝解我。

也只能这样了，罗宋目前居无定所，手机也停了，我想联系也联系不上，多想的确是自寻烦恼，只是华诺的一番话让我想起小尤，他应该也会如此宽慰我。

"告诉你，我阿姨新买了两匹马，一公一母，公的叫亚当，母的叫夏娃，想不想会一会这对情侣？"华诺忽然问起。

亚当和夏娃？天地间的第一对男女。华夫人取这两个名，有意思！

"好呀！"我爽快地答应。

亚当和夏娃是两匹成年马，精力正充沛，跑起步来真可说是大步流星、风驰电掣。

我们骑马跑过平原、越过山丘、涉过河流、穿过树林，绕了一圈，竟然来到临海的碉堡。

"我来过这里，是小尤带我来的。"我说。

华诺抬头看这个五层楼高的褐色建筑："是吗？很隐秘的地方！"

我告诉他这是碉堡，原来用于保护士兵及火炮，同时抵制敌方的攻击。战争结束后，一度用作水果仓库，现在则空置着。

"走，进去看看！"他说。

我们把马拴在龙柏树干上，然后沿着螺旋状阶梯拾级而上，看到洞口外碧蓝如洗的天空及海水，华诺很是震撼！

"这么好的地方，怎么没有游客？我应该把它拍照下来发到网上，然后在碉堡入口卖入场券，一张一欧元，少说一天也能挣个几百欧。"华诺说。

"我以为你不把那些小钱看在眼里。"我离开面海的洞口，走向另一个洞口。

"你以为不见得是我以为，你以为我很风流，我却以为我只取一瓢饮。"

华诺的一席话，让我想起惠子和庄子的对话：

惠子曰："子非鱼，安知鱼之乐？"

庄子曰："子非我，安知我不知鱼之乐？"

"你不是我，怎么知道我以为你很风流？"我照本宣科，顺便俯视洞口外的亚当和夏娃，它们正耳鬓厮磨着。

"重点不在这儿，而在我只取一瓢饮，这一瓢，我正等着某人赐与我。"华诺走向我。

"呵呵，还说不……不风流！"

我的结巴是因为看到亚当正骑在夏娃身上，前后抽搐、气喘吁吁。

华诺想必也看到了，他用力将我往回扳，此时，我和他已经靠得很近很近……

"依依，你走后，我每天每夜地想你。"

"我有男友了……"

"嘘～别说话，"他吻了我耳垂，又吻了我脖子及肩膀。

"他叫罗宋，正在旅行……"我提醒他。

华诺全然听不见，他将我抱起放在洞口的石台上，然后隔着衣服吸吮我的乳头。

"华诺……这是不对的，人要做对的事……"我呢喃着。

"我正在做对的事，如果哪里不对，你告诉我……"

华诺脱下他的长裤。

从碉堡回来，不巧碰上正在花园里散步的华夫人和贝夫人，后者兴奋异常，开起我和华诺的玩笑。

"别乱说，没有的事。"我扳起脸孔。

"我们只是聊会儿天。"华诺和我同声相应。

"聊着聊着就聊出感情了，我和老贝就是这样……"贝夫人一副过来人的口吻。

"常来坐坐，我每天都惦记着你。"华夫人对贝夫人说。

"会的，为了华诺，我和依依会常来。"贝夫人开心地回头望我。

即使上了车，贝夫人还絮絮叨叨着华诺各种的好，我转头看窗外，想避开尴尬，不巧看到华诺站在二楼窗口俯视我，似有千言万语。我又被他柔情似水的眼神带回碉堡，啊！那令人血脉贲张的时刻……

我红了脸，不敢相信自己这么容易就跟罗宋以外的男人做爱，虽然那滋味是如此曼妙，以致在脑中不断回锅，久久不能平息……

第七十七章：不是意外

回到贝公馆，我陷入深深的自责当中，是谁说的，报复男友的最佳方式就是找个人上床？难道潜意识里，我利用华诺来报复罗宋？或者因为华诺是华夫人的外甥，她抢了我东西，我就去抢她的？

想来想去，还是要怪亚当和夏娃，如果它们不在光天化日之下行苟且之事，怎么会勾起我和华诺的欲火？

不行，这件事得到此结束，让日子重新回到正常的轨道。

"听华夫人说，华诺已经通过 CFA 考试，它是全世界公认的金融证券业最高认证书，很不好考啊！华诺的头脑是一等一的好……股票经纪人的工作为华诺带来每年七位数的佣金，那可是金牌中介才会有的收入……华诺的母亲是有钱人的小三，虽然到死都没名份，但从华诺父亲那里搜刮到不少，光是房地产就十几处，股票也没少要，你若嫁过去，就是现成的少奶奶，一辈子锦衣玉食、不愁吃穿……"

我的双手被蓝色毛线圈住，贝夫人把蓝色小花加在粉红色毛衣上，已经织了两个多小时，我也听了两个多小时她对华诺的溢美之词。

"我……我已经有男友了……"我听得耳朵生茧，想赶快制止这类无意义的谈话。

"男友？新的？"贝夫人睁大眼睛问。

"不是，还是原来那个，画画的。"我说。

"怎么还是画画的？！"

贝夫人很生气，然后细数所有未成名画家的罪状：一辈子穷酸、邋遢、私生活不检点、孤芳自赏、顶多是个教书匠……

我不苟同，把最近苏富比拍出的天价画作罗列出来。

没想到贝夫人笑了，她说我是活在象牙塔里的人，画家中能成名的有几何？况且大部分都是死后成名，因为不会再有画作，留世的等于是限量版。

"除非你想等到垂垂老矣。"贝夫人又说。

我不反驳她的观点，因为那的确真实的可怕，但我的罗宋不一样，他是有才气的……

"才气？才气在柴米油盐的压力下，很快就会消耗怠尽。你打算以微薄的薪水去供养有才气的老公，然后期望有一天他在人才济济的艺术界中杀出一条血路？啧啧啧，不为自己想，也得为下一代想，结婚是第二次投胎，你得慎重啊！"贝夫人苦口婆心。

我完全理解她的想法，也感激她的直言，但贝夫人忘了一点，不是只有我选人家，人家也得看得上我才行。我虽是重点大学毕业生，但不是北大、清华、复旦这类的名校，况且家境一般，也无沉鱼落雁之姿，像华诺这种纨袴子弟是最重门第的，我恐怕早已被摒弃在名单之外，这可以从贝夫人对我和华诺的恋情摇旗呐喊，而华夫人却不置一语的反应中看出。

贝夫人听了，放下手中的棒针，认真思考了一下："你说得不无道理……这事交给我，不用担心。"

她又重新拾起棒针，一勾一拉，织出了一朵蓝色蝴蝶兰，像张开翅膀的蓝色蝴蝶，翩翩起舞。

贝律师到巴黎忙活，今晚的餐桌上只有我和贝夫人。

"老贝东奔西走的，竞选真是天底下最能减肥的工作。"贝夫人边说边吃了几片苦瓜。

今天的厨子煮了苦瓜鸡蛋。

我注意到贝夫人很喜欢吃苦瓜，不光餐餐有，还让厨子打上汁当水喝，说是养颜美容。

贝律师偶尔也在贝夫人的督促下吃上几片，但看样子不是他的菜，我则拒之千里外，连闻到气味都感到难受。

"贝律师这次离家多久？"我夹了一筷子的蚝油牛肉，这是美味。

"难说，他已经在巴黎第六区租了公寓，日夜和竞选团队商议如何在排外的法国政坛占上一席之位。"

"这么说，贝公馆只剩下老弱妇孺啰！"我以开玩笑的口吻说，内心却有些担忧。

与华堡不同，贝公馆完全没有警卫，贝律师在的时候还好，因为竞选一事，身边多了两个贴身保镖，平常也人来人往，颇有人气，但现在贝律师一走，保镖、访客跟着没了，贝公馆上下除了佣人就是工人，而且住所分得很开，即使大叫也不见得听得见。

"所以了，"贝夫人拍拍我搁在餐桌上的手，很是欣慰："我很高兴你陪在我身边，以前真是寂寞的可怕！"

那好，从现在起，保护贝夫人成了我责无旁贷的工作，我不会让任何人欺负她！

我把罗宋寄给我的明信片全摆在床上，手拿着铜板，被我扔中的那一张会被我百度一下，然后从陈述中臆想罗宋去过的场景。

这次我扔中的是意大利威尼斯，赶紧坐下来啪啪啪地打起字来。

"嘟……嘟嘟嘟……"

我正徜徉在水城威尼斯之中，突来的手机声吓了我一跳。

"Allo."

"依依，是我。"

竟然是华诺，我按兵不动，看他出什么招。

"我……今天天气很好。"他说。

我往外一看，是个大阴天。

"是很好。"我言不由衷。

"你……能出来一下吗？我想讲会儿话。"

有什么话不能电话里讲？真是爱折腾！

"贝夫人午睡通常不超过两小时……"我间接拒绝。

"我已经在贝公馆外的银杏树下了。"他说。

什么？！我冲向窗口，果然橙黄色的树叶下停了辆 VOLVO。

"你待在车里别出来，我马上过去。"我急急地说，然后跋上人字拖下楼，不想被贝夫人撞见，换来一阵揶揄。

"快，把车开到隐秘点儿的地方。"我一上车就吩咐华诺。

他有些困惑，但没多问，发动车子往树多的地方去。

"干什么鬼鬼祟祟的样子？"华诺一把车子停妥，转身问我。

我把贝夫人当媒婆的高度热情告诉他，表明不想让事情火上浇油。

"贝夫人说得没错，我是很优秀，你打灯笼都找不到。"华诺不忘脸上贴金。

我无法呛声，因为在众多女人眼中，他的确优秀。

"我没说你不优秀，和你比起来，我太平凡了，放在人群里马上被淹没……"

"可是我喜欢，"华诺抓住我的手："遇见我的女人，总是想方设法把我带进婚姻的殿堂，只有你不一样，敢和我平起平坐，我就喜欢这种舒服的感觉，还有……前天……我们很契合，最后一道关卡也通过了，表示我们有继续走下去的可能。"

我挣脱他的手，告诉他残酷的事实。

"你是说你利用我来报复男友？"华诺睁大眼睛，难以置信。

"是有这个可能性，否则无法解释为什么我那么容易就和你……和你那样。"我红了脸。

"Oh, Tu m'as fait mal au coeur."他捂住胸口，一副痛苦的样子。

"What?"我不明所以。

华诺干脆中英文并用："You break my heart，你伤了我的心。"

"对不起，désolée。"我低下头去。

"没关系，我内心强大的很，"他苦笑："离别前，能让我们做最后的拥抱吗？"

我没想到华诺如此大度，想都不想，转身给他一个拥抱。

可是华诺要的不只是拥抱，他用力将我从座位上拔起，此时我上他下，我正压着他。

"你干嘛？"我没好气地问。

"做最后的拥抱。"

他边说边把手伸进我的波西米亚长裙里，我很吃惊，同时也气自己穿着细肩带的无袖上衣，华诺只需轻轻一扯，它便整个滑落下来……

"你有性感的肩胛骨和坚挺的乳房……"华诺在我耳边呢喃着小尤说过的话。

此时此刻，我应该用力推开他，甚至甩他一巴掌，以华诺的绅士教养，他绝对不会强迫我，但我却什么也没做，反而在他去解裤头时，还有心思去想小尤说过的话，全文应该是："你有性感的肩胛骨和坚挺的乳房，里面充满了乳汁。"

第七十八章：小尤的摄影展

我走进家庭房，贝夫人已经坐在那里看电视，手里揣着一把瓜子。

"你去哪里了？我午睡起来找不着你。"贝夫人问。

"我……我去散步了。"

贝夫人忽然直挺挺地盯着我瞧，让人很不舒服，我赶紧摸摸头发又扯扯裙子，深怕败露一点儿蛛丝马迹。

"你的脸部潮红，头发有些凌乱，脖子上有草莓……"

什么？！华诺竟然在我脖子上留下吻痕？我下意识用手去遮脖子。

"呵呵，骗你的。"她说。

"贝夫人，你怎能这样？这玩笑开得太过分了！"我很生气。

贝夫人慢慢地又啃起瓜子，一颗、两颗、三颗……啃瓜子的声音听起来很刺耳。

我不知该说些什么还是做些什么，只好拿起茶几下的时装杂志，随意翻了翻，终于找到话题："杂志上说，今年春夏流行的服装款式是针织衫搭配喇叭裤……"

"那辆 VOLVO 是谁的？"贝夫人忽然一问。

"VOLVO？什么 VOLVO？"我还在做困兽之斗。

"VOLVO XC90，SUV 车型，银色四门，开天窗。"贝夫人提示。

"呃……那个……那个……"一时真找不到替死鬼。

见我辞穷，贝夫人体贴地回到原话题："今年的流行色是什么？

"流行色……流行色……"我赶紧翻杂志："是……是黑色和白色条纹。"

贝夫人嘟囔着怎么会是斑马线？我赶紧打哈哈，把表面危机给应付过去。

贝夫人知道我和华诺间的私情，只是没当面点破。

我躺在床上，郁闷的要死，再一次接受华诺已经不是"报复"一说能解释的通，我是怎么了？真想甩自己两耳光。

"嘟……嘟嘟嘟……"

我拿起手机一看，是华诺，啪的一声便给挂了，没想到过两分钟，他又打来。

"别再打了，我困了，明天、后天、大后天也别打，我想连睡三天三夜。"我没好气地说。

"抱歉，我不知道你想睡了。"

是小尤的声音，我马上坐起："没关系，我以为……算了，有什么事？"

"没什么重要的事，只是想通知你，明天早上十点，我的摄影展开幕，你是模特儿，也许想看看展出。"

啊！这么快？！小尤竟然不动声色地全搞定了。

"我来，给你加油打气！"我说。

小尤特别叮咛我别送花或花圈，法国不时兴这个，人来了就好。

我答知道了。

"没事我挂了，你有话要说吗？"他问。

自从他怀疑我做妓，我们两人之间就划开一道鸿沟。

"没有，你呢？你有什么话要说？"我反问。

"我……也没有。"

"那好。"

然后是一段长时间的沉默，我们谁也没开口，谁也没挂断，直到……

"你打给谁？"电话那头是雅各的声音。

"我挂了。"小尤匆匆挂上手机。

雅各和小尤在一起？我转头看床头柜上的电子钟，21:36。

都晚上九点多了，两人同在一个屋檐下？

我知道小尤肯定不在华堡，除非他想凌晨五点起床，赶明天一早的展览。这么说，他和雅各现在在巴黎的公寓内？

我摇摇头，自己的麻烦事已经够多了，管不了谁上谁的床，何况我都管不住自己，岂能苛求别人？

早餐桌上，我跟贝夫人请假，说想去看小尤的摄影展。

"小尤？谁是小尤？"贝夫人问。

我向她解释，小尤是雅各的摄影老师。

"那正好，我今天没事，我们一起去。"贝夫人拿起苦瓜计一饮而尽。

哈，再好不过，有个现成的司机，不用坐火车了，哪~

我看见贝夫人的眉头皱了一下。

"怎么了？"我问。

贝夫人望着空了的玻璃杯："今天的苦瓜有点儿苦。"

我笑着告诉她，苦瓜当然苦，否则就不叫"苦"瓜了。

"也对，大概我神经过敏吧！"贝夫人说。

大皇宫国家美术馆坐落于香榭丽舍大道上，是为了迎接 1900 年巴黎的国际博览会而建的，以其高大的柱廊、丰富的雕塑装饰物为特点。

如今的大皇宫经常被用来举办各种艺术活动，如绘画展、摄影展、雕塑展……等。

小尤的摄影展被安排在二楼，一楼入口处有明显的广告海报，那是我伫足在一家瑞士特产店前的照片，眼睛看着橱窗内的东西，样子很失落。也只有我和小尤知道，我望着的是牛铃，想着的是一个无法兑现的诺言。

"那不是你吗？依依。"贝夫人指着海报问。

"是我。"我无奈承认。

她又问我橱窗上的倒影是谁？我猛一瞧是个穿粉红色衬衫的少年，小尤竟然把雅各也拍进去了。

"我……不认识。"心里竟然发毛。

"不认识的人也拍？太不协调了，应该找华诺拍。"贝夫人的眼光飘向远方："……咦，那不是华诺吗？Hi，华诺，这里，我们在这里。"

贝夫人挥舞着双手。

我看到停车场上那辆熟悉的老爷车，华诺正站在车旁对我们微笑。没多久，华夫人和管叔也下了车。

两个老闺蜜一见面，热络的不得了，管叔则心事重重，点个头，很快进入大皇宫内。

"你来了。"华诺说着废话。

"嗯，捧老朋友的场。"

华诺说他不一样，他是来看小尤有没有把我拍成 AV 女优。

"你就非得亵渎艺术不可吗？"我问。

"艺术和色情只在一线之间，我今天就是来鉴定的。"他面不改色地说。

于是我正经八百地告诉华诺，这世界上有个工作很适合他，那就是"鉴黄师"，其工作内容就是审看办案单位送来的淫秽光碟，并根据内容开具鉴定报告。

华诺听完哈哈大笑，说这是他听过最有意思的工作。

"你们这对鸳鸯的情话说够了没？可以进去了吗？"贝夫人笑盈盈地问。

"来了。"我瞪了华诺一眼，小跑步跟上。

第七十九章：撒旦起舞

走上二楼，我看见小尤被很多闪光灯和各路记者围绕，他正和美术馆馆长寒暄。华夫人和贝夫人也挤上前去凑热闹，我识相地走开，后面跟着一个甩不掉的影子。

小尤的摄影展分四个区：一区为过去的作品、二区为大自然风景、三区为建筑、四区为人物。

"小尤拍得不错。"华诺在我身后点评。

"当然不错，他是我知道的，最好的摄影师。"

"谁说的，这张就不怎么样。"华诺指着右手边那一幅。

那张照片是从车内后座往外拍摄，车外大雪纷飞，车内冬衣下有两个交缠在一起的躯体。我认出驾驶盘上雪铁龙的 logo，也认出小尤的青色大衣和我的白色羽绒服……

"什么意思嘛？！摆一堆衣服在车内，有什么好拍的？"华诺继续吐槽。

"也许那对男女在取暖。"我说。

"男女？谁？你和小尤？"华诺问。

"说什么？我只是猜测。"我快速转身，不想让华诺看见我说谎的样子。

我当然记得，为了庆祝小尤的三十岁生日，我和他不惜开车"逃课"，到巴黎五区吃日式鳗鱼饭。回程途中遇上大风雪，雪铁龙又在路上抛锚，车内暖气也故障，我们不得不向"道路救援"求助。在等待的过程中，逼得我和小尤相互取暖……

我不知道小尤是何时拍了这张照片，一点儿感觉也没有。

"Oh my God。快看那张得奖作品！"华诺喊道。

我没想到小尤把那张教堂前的裸照洗成无数个一百厘米见方，像拼图似的高挂在四区的尽头。展厅有一层半挑高，宽约十米，他就有办法洗那么大一张，得付多少功夫呀？！

"呵，这一区全是你，看来你就要大大出名了！"华诺环顾四周，很兴奋地说。

我慢慢地走，一张张地看，游艇俱乐部、欧洲公园、湖边市场、古老的石板路、露天咖啡馆、特色小店……到处都有我的身影，小尤将我拍得美极了。

"你为什么哭？"

此时，华诺伫足在一张蓝灰色色调的照片前，照片中的我穿上修道士的黑色袍子，双手戴上手拷面向铁窗，眼眶里淌着泪水……

"小尤说我是有罪之人，得给他忏悔的表情。"我说。

"这人有病啊？！说你是有罪之人。"华诺很生气。

我的确是有罪之人，背叛了罗宋，脚踏两条船……

"听你这一说，我岂不是更有罪？当了小三，还拼命引诱你。"华诺不以为然："你的道德感太重，男未婚，女未嫁，何来束缚之有？"

我懒得反驳，法国人天性浪漫，没"一对一"的概念。

"Excusez."

华诺忽然唤来工作人员，耳提面命一番后，工作人员在那张我流泪的照片右下角贴上红纸条。

"这是干嘛？"我问。

"我把这张照片买下来了，这样别人就看不到你流泪。"他说，然后随着工作人员离开，大概是缴费去了。

我又在四区逗留了一会儿，才到楼梯间休息，那里有投币式热饮，我点了杯热可可，坐在台阶上慢慢啜饮。

这里很安静，几乎没有人烟，大概刚开幕，人潮都涌入展厅内。

"你昨晚在哪里睡？"是管叔的声音，来自楼上。

"不关你的事。"

"雅各，这是不对的，我和……你妈，担心了一个晚上。"

"你是谁？我还轮得到你管？不过是只鞠躬哈腰的哈巴狗……"

"啪！"好大的巴掌声，我紧张地几乎握不住纸杯。

　　然而接下来发生的，那才叫个"触目惊心"，我看见一个笨重的躯体从楼上滚落下来，发出"碰、踫、踫"的声音。

　　"管叔！"我扔下纸杯爬上楼。

　　管叔的额头开了个口子，血涌了出来，我拿出手帕纸擦拭，很快便染红，再抽出一张，依旧，直到手帕纸全用光，血仍不断地往外涌。

　　怎么办？止不住血呀！

　　管叔早已血流满面，我的手和衣服也浸在粘稠的血液之中。

　　我抬头往上看，雅各站在那里像个木头人似的。

　　"雅各，快，叫救护车！"我哀求。

　　那小子这才慢吞吞地从裤袋内掏出手机来……

　　救护车一到，看到管叔的惨状，马上就地为他输液，然后才将他小心翼翼地抬上担架。

　　我又看到输液包装盒上那熟悉的字样"Facteur de coagulationon"。这到底是什么？

　　"依依，你怎么了？"华诺冲向楼梯间。

　　大概我的"血人"模样吓坏了他，赶紧交待："我没事，是管叔，他摔破头了，刚被送上救护车。"

　　"好端端的，管叔怎么会摔破头？不行，我得告诉阿姨，她还不知情。"

　　"那快去，"见华诺要走，我想起重要的事，又拉住他："华诺，什么是 Facteur de coagulationon ？"

　　"Facteur de coagulationon ？凝血因子，其作用是在血管出血时和血小板粘连在一起，借以补塞血管上的漏口，多用在血友病患者身上。"

　　这么说，管叔也是血友病患者？难怪出血像拧开的水龙头，止也止不住。

　　"为什么问这个？"华诺问。

　　"没什么，你快去通知华夫人吧！"我催促他。

坐在台阶上，我拿出手机百度：

"血友病为遗传性凝血功能障碍的出血性疾病，其特征是活性凝血活酶产生障碍，凝血时间延长，终身具有轻微创伤后出血倾向，重症患者没有明显外伤也可发生'自发性'出血。"

遗传性凝血功能障碍？……遗传性？

我灵光一闪，难不成……难不成管叔是雅各的父亲？

"不是，"雅各突然出现在楼梯口："管叔不是我推的，他自己不小心跌倒的。"

雅各不知我内心的猜测，一昧撇清自己的罪状，我打了个寒颤，仿佛正和魔鬼对上话了。

第八十章：饮酒歌

管叔的回答果然和雅各如出一辙，他说是自己不小心跌倒的。

"怎么这么不小心，还好雅各和马老师在场，否则……"华夫人握紧管叔的手，忧心忡忡。

"没事，额头缝了几针，休息几天就好。"管叔说。

然而一个小动作还是被我補捉到，管叔回握华夫人的手，轻轻的。

从头到尾，那个惹事精一直闷不吭声地坐在那里玩他的手机游戏，枪炮射击的声音让人好不心烦。

"雅各，"华夫人唤他："待会儿管叔输完液，你跟我们一起回家吧。"

雅各说他不回，小尤的摄影展还有两个礼拜，他得留下来帮忙。

"雅各～"管叔苍老的声音显得无力。

"别说了，再说我就消失，让你们找都找不着！"

雅各愤然合上手机离开病房，我也跟着出去。

我没有和雅各说话，反而奔向大皇宫美术馆，已近闭馆时间，我希望小尤还在那里。

很幸运的，一上二楼我就看见小尤，他正和工作人员一起，看见我来，很快结束谈话。

"抱歉，今天太忙了，没招呼到你。"小尤说。

"快别这么说，摄影展很成功，来了不少人，我看见记者了，大概明后天人会更多，恭喜你！"我由衷祝福。

小尤说他这几天忙坏了，还好首日的成绩不错，卖了十五张，都是我的照片。

我笑说他该请客。

"当然请，现在就请，我忙了一整天，正想坐下来好好吃顿饭。"

小尤说。

最后一盏灯也灭了之后，小尤带我到大皇宫附近的河马餐厅用餐。

河马餐厅是巴黎的连锁牛排餐厅，经济实惠，光在巴黎就有 44 家分店，基本上著名景点附近都能找到它，招牌菜是牛排和鹅肝面包。

我点了牛肉蘑菇汉堡，小尤点了七分熟的西冷牛排，另外又叫了份鹅肝面包一起食用。

待侍者走后，我把管叔在楼梯间摔破头一事告诉小尤，又说他很担心雅各，希望雅各回家。

小尤解释："雅各昨天到大皇宫帮忙布置场地，我很感激，我们一直忙到夜里十点，后来我送他到附近酒店住宿，情况就是如此。"

原来，原来雅各和小尤没睡在同一张床上，看来管叔多虑了。

我告诉小尤，雅各打算待在巴黎直到摄影展结束。

"放心，我不会让他待在巴黎，今晚他会回华堡，I promise。"

有了小尤的保证，我安心了。

"嘟……嘟嘟……"

是贝夫人，她问我在哪里，我答大皇宫附近的河马餐厅。

"依依，我有点儿不舒服，想回家。"

我说自己快吃完了，马上能走。

挂上电话，小尤说好可惜，他本来想邀我饭后坐船夜游塞纳河。

好几次我曾看到夜晚的塞纳河上有灯火通明的游船，想着有朝一日也要登船夜游，没想到机会擦身而过。

"下次吧！"我说。

我没想到司机是华诺。

"贝夫人不舒服，开车回去很危险，阿姨让我当一回司机。"华诺解释。

我看了一眼后座的贝夫人，她的脸色有些苍白，正沉沉睡去。真是奇怪，今天一早她还生龙活虎的。

"我猜是中暑，刚刚阿姨已经帮她刮痧了。"华诺说。

我猜也是，天气越来越热了。

上了车，华诺将头探出车窗外对小尤说："照片拍得不错，除了凌乱衣服在车内的那一张外。"

"噢，那是我很喜欢的一张，它让我感觉幸福。"小尤说。

华诺笑了笑，发动车子。

直到上了高速公路，他才说："神经病！一堆衣服也能让他感觉幸福？！"

我给贝夫人服用阿斯匹林，然后扶她躺下，没两分钟，鼾声大作。

华诺和我蹑手蹑脚地走出房间，再将房门轻轻地关上。

"十一点了，"我看了一眼腕表，叮咛："回去时，路上小心。"

"什么？！你让我现在回华堡？！"华诺不满："都这么晚了，而且我是开贝夫人的车子来，难不成又把她的车子开回华堡？"

这也是问题，我陷入两难。

"我到客厅睡吧！"华诺提出解决方案："只是不知客厅在哪里，这是我第一次到贝公馆。"

我带他下楼。

客厅在入口处的左手边，华诺一进门就能看到，他却说不知客厅在哪里，我无法理解。

扭开灯，昏黄的灯光一下子照亮以冷色调为主调的客厅：挑高的天花板，黑白色棋盘式地砖、豹纹地毯、浅绿色沙发、灰蓝色窗帘……

华诺走过去把窗帘都拉上。

"窗外的月光皎洁，有光我睡不着。"他解释。

我微笑，的确有人见光就睡不着。

华诺接着走向客厅隔断门，用力拉上后，上锁。

"有风我也睡不着。"他又解释。

我提醒他，得等我离开后再上锁。

"为什么要离开？三人座沙发刚刚好，" 他附在我耳边说悄悄话："比 volvo 的车座椅宽敞。"

这语言上的挑逗听起来很逆耳，我愤而推开他，果断走向隔断门，却被华诺从背后一揽："去哪儿？"

"我回房睡，贝夫人不舒服，我没心情……"

没等我说完，华诺拥着我跳起舞来，嘴里哼着歌，是歌剧。

他唱得很动听，我的心慢慢沉静下来。

"你唱的是什么？"我问。

"《茶花女》中的饮酒歌。"

"我不懂意大利语，歌词是什么意思？"

于是华诺像念诗般，将歌词娓娓道来。

等他念完，我的心也醉了。

"我真的得走了。"我旧话重提。

华诺没挽留，眼睁睁地让我走。

"记得将门带上。"他提醒。

我走到隔断门处，只需向右扳 90 度，就能开锁，我却开不了。

"怎么了？"他问。

"门锁坏了。"我答。

华诺走过来，轻轻一扭，门开了。

"谢谢！"

我来不及拉开门，华诺重新又将门锁上。

"怎么了？"我问。

"我知道你不想走。"

华诺将我轻轻抱起，走向沙发……

第八十一章：贝夫人病了

华诺说得对，在性的方面我们非常契合，以致于让我的身心分离。

我不是个朝三暮四的人，也不享受生张熟魏带来的乐趣，但遇上华诺后，我总把持不住自己。道德和理智告诉我要离他远一点儿，但身体却不由自主地向他靠拢，以致我一方面享受身体的快乐，一方面又内疚到不行……

"怎么了？宝贝。"华诺问。

他侧着身体好让我能平躺着，手却没闲着，正在玩弄我的头发。

"我是个坏女人，你心里一定这么想。"我赌气地说。

"怎么会是坏女人？你哪里坏？"他轻点我鼻头。

"劈腿、没一点儿矜持，这还不算坏？"

华诺听了哈哈大笑，说我是他遇见最有趣的女人。

"不行，我得回房睡了，免得被抓现行。"

我坐起身来，顺便捡起地上的胸罩，华诺帮我将背部的勾子勾上。

一觉到天亮。

我下楼吃早餐，楼下客厅的窗帘已经拉开，家具摆得整整齐齐的，看不出有何异样。

华诺已经走了，好个"不告而别"。

"Bonjour." 我道早安。

"Bonjour." 贝夫人有气无力。

睡了一觉，贝夫人精神好多了，但仍看得出"大病初愈"的样子。

"昨天你吓坏我们了，说倒就倒，要不是华诺，恐怕我们得留在巴黎过夜。"我说。

贝夫人答她也不知道怎么回事，忽然就觉得胸口闷、喘不过气来，顺便指责我懒，不去考驾照，万一有事发生，只能"叫天天不应，叫地地不灵"。

其实不是我懒，而是十八岁学开车时，不慎压死了一只狗，看狗主人伤心的模样，我很内疚，深怕某天又撞上甲乙丙丁……

"我知道了，你也不用太自责，大不了我另外请人。"

贝夫人体贴我，让我的心和她又靠近了些。

"来，贝夫人，这是你最喜欢的苦瓜汁，赶紧喝了吧！"我将杯子往她的方向挪，又将豆瓣苦瓜摆在她面前："厨子一定知道你无苦瓜不欢，连早餐吃粥也不忘这一味。"

"我是应该多吃，华夫人说我中暑了，苦瓜去火，正好。"她答。

吃完早餐，我和贝夫人到花园散步，没一会儿，她说太阳太大，晒得难受，很快就进屋。

我记得贝夫人很喜欢阳光，她说小麦的肤色最健康……

到了屋里，她说织毛衣吧！我把羊毛线拿出来，棒针也准备好，她又说眼睛痛，不想织了。

"那么看看电视吧！"

打开电视机，一个女人在唱歌，贝夫人马上捂住耳朵："太大声，我头痛。"

我赶紧又把电视给关了。

"我看我还是躺躺吧！"贝夫人很泄气。

我扶着贝夫人上二楼，不巧和朱翊安打上照面，他正从房里出来。

"贝夫人，你怎么了？"小朱一副关心的模样。

"大概中暑了，躺躺就好。"贝夫人答。

小朱说天气热，的确很容易中暑，又问贝夫人有没有想吃的？他交待老萧煮给她吃。

"真是个好孩子，我没什么想吃的，只想睡个觉。"

"那么我让老萧打苦瓜汁给你喝，苦瓜退火。"小朱说。

"好，好。"

贝夫人边点头边往自己的房门迈去，大概是真累了，我尾随其后，把小朱撇在一旁。

午餐又是苦瓜大餐，搞得我只有红烧肉及西兰花可以吃，但为了贝夫人，我忍了，然而贝夫人依旧没胃口，饭扒两口就不吃了。

"贝夫人，你还好吧？"我问。

"不好，越来越不好。"她放下碗筷。

看来，我得找家庭医生了。

贝家的家庭医生是马来西亚裔，会说一口怪声怪调的普通话。

他放下听筒，面色凝重地说："得到里昂市做个全身检查，看表征很像某种慢性病。"

什么慢性病？医生说不出个所以然，只答他已做好了明天早上的预约，叮咛贝夫人得空腹做检查。

送走医生，我忧心忡忡。

"傻孩子，医生总是往坏里想，没什么大不了的，估计是我太好动引起的过劳。"贝夫人安慰我。

我请朱翊安开车送我和贝夫人上医院，他却说明天一早葡萄酒要进桶密封，是大事，他得在场监督。我不好勉强他，只能作罢。

贝公馆的佣人有好几个，我却一个也叫不动。是这样的，法国的家政服务分工很细，厨房帮工不能做园丁，园丁不能去吸地板；吸地板的不能开车……否则就是侵犯他人的工作机会，有可能被工会除名。

看来只能另外雇个司机，但临时上哪里找？

我脑筋一转，想到华诺，他肯不肯帮这个忙呢？

"我就来，晚上十点前到。"华诺很义气。

我把华诺今晚到，明天送她上医院检查一事告诉贝夫人，贝夫人马上吩咐佣人把我隔壁那间客房给打扫干净。

"近水楼台先得月，得替你们搭好平台。"贝夫人笑了，样子有点儿瘆人，大概病得不轻。

　　"贝夫人，你躺好，晚餐我送上来给你吃。"我轻声细语，然后把毯子严严实实地盖在她身上。

　　贝夫人闭上双眼，很难受的样子，我的心也压上了一块大石头。

第八十二章：富过三代

华诺果然在十点前报到，看到他的 VOLVO，我赶紧下楼来。

"真准时。"我说。

"准时是股票经纪人的第一守则。"他答。

我低头一看，华诺带了一只大号行李箱，让人很不解，只住一个晚上，不需要那么多行李呀！

"贝夫人说她需要司机，我便毛遂自荐了。"

不会吧？！司机能赚多少钱？一个月的薪水恐怕还不够他上一次高级餐厅。

"当然，贝夫人还承诺要给我介绍几名好顾客，他们都住在里昂附近。"华诺进一步解释。

这才是主因！

我带华诺上楼，我们的房间紧挨着，都朝南，光线充足。

"为什么贝夫人的房间反而朝北？"华诺问。

我也曾经问过贝夫人同样的问题，她答贝律师是夜猫子，白天喜欢睡懒觉，有光睡不着……

"像你一样。"我说。

"那是骗你的，我是借机拉上窗帘。"华诺对我俏皮一眨眼，让人连生气都觉得寒碜。

"Well，大骗子，你的房间到了，"我扭开门把："七点吃早餐，和医院约了十点，最晚九点得出发。"

"七点吃早餐？"华诺想了想："那么五点起来晨跑正好，我可不想和你一样变胖。"

我胖了吗？这简直比原子弹爆炸还可怕。

华诺像施恩般："我不介意你加入我的慢跑队，反正我肯定是要跑的，你……随意。"

这叫"欲擒故纵"。

回到房间，我马上打开衣柜浏览一下，决定明早穿 Adidas 的粉色慢跑服及 Puma 的气垫鞋。

夜深了，华诺没随身携带他的留声机，只好清唱，他唱的是歌剧卡门中的一段：《爱情像一只自由的小鸟》

华诺不是歌剧家，但歌声底气浑厚、咬字清晰，虽然我不懂唱的究竟是啥，但感觉实在好。

"嘟……嘟嘟嘟……"是华诺，我接听了。

他问我想不想听歌词翻译？我说随便，于是他开始念，我才知道荡妇卡门唱着的是：爱情是消遣的东西，没什么了不起。

听华诺这一翻译，我的心喀噔了一下，这也是我必须面对的问题，华诺对"性"很开放，爱情对他而言也是消遣的东西，没什么了不起。

"你会结婚吗？或者你打算结婚吗？"我问了关键性的问题。

"没打算结婚，但不知最后会不会结，"他打太极拳："我妈和我爸也没结，还不是过得好好的？"

这真是非常、非常不负责任的说法，我不管时代如何变迁，爱情必须是忠贞的，也应该有个结果，而不是像大自然的动物世界，逮到一个就做繁延下一代的事……

"呵呵，你好像是从中国小说里走出来的裹小脚女人，是有那么点儿异国情趣在，多了我可受不了。"后面又加了句："我准备好了，今晚你来吗？"

这摆明是召妓，而且不打算付费。

"不了，裹小脚女人现在要睡了，还有，别再唱歌，听了头疼。"我没道晚安就挂上手机。

清晨五点，华诺来敲我房门，我抚着门板，气虚地说不去，因为昨晚没睡好。

"就因为我不娶你，害你一夜失眠？"华诺很好意思地说。

"对，就因为你不娶我，所以我失眠了，怎样？"我豁出去了。

"那走，"他拉着我的手往外："现在就去结婚！"

我说他疯了，应该看医生。

"我是疯了，昨晚你有没有失眠，我不知道，但我失眠了，因为你没来……"

他将我往房内一推，脚一勾，门关上了。

原本应该华诺去慢跑，我继续睡回笼觉，然而我们却干了那件事，而且比前几次还要好。

"人每天都该有性生活，据研究显示，良好的性生活能使人减少焦虑、增强免疫力、改善精神状态，最重要的是能延年益寿。"华诺大放厥词。

"意思是多做一次爱就能多活一天。"我揶揄。

"呵呵，差不多，所以我们每天都应该来上一次。"他说。

我现在已经分不清是非了，现实是华诺不想娶我，只想和我做爱，而我却像个傻子似的，次次回应他的需求。

"喀呲……喀呲……"我听到屋外割草机发动的声音，知道七点了，我提醒华诺。

他站起身来穿衣，裸露的身躯像大卫雕像，充满力与美。

贝夫人必须空腹做检查，我没叫醒她，让她多睡会儿。

因为只有两人用早餐，考虑到华诺的喜好，昨晚我已经吩咐厨子准备西式餐点，所以今晨的桌上有了久违的面包、蛋、培根、香肠、……

"和华夫人家吃的差不多，不过，贝家的厨子好像是亚洲人。"华诺说。

我问何以见得？

"他不用奶油而用食用油。"

我咬了一口香肠，分辨不出有何不同，一样的美味。

"富过三代，方懂穿衣吃饭。"华诺下了结论。

也许说者无意，我却听者有心，华诺的优越感处处彰显，我这株狗尾巴草只能相形见绌。

如果有一天他想安定下来，我能想见，结婚对象一定不会是我，而是另一个"富三代"，不仅能分辨吃的，还能分辨身上的衣服来自哪个工作室。

"快吃吧！待会儿要上里昂。"我闷闷不乐地说。

华诺替我斟咖啡、加奶，对我微微一笑。啊！他的笑那样温柔，像风吹过荒漠，带来短暂凉意……

我又燃起希望，也许华诺对我是认真的，我如是想。

第八十三章：神奇的中药

吃早餐时，我隐约闻到一股中药味，上到二楼，味道愈发浓烈。

"扣、扣。"我敲了贝夫人的房门。

"Entrez."竟然是朱翊安的声音。

我开门进去，没好气地质问："你为什么在这里？"

"我来服侍贝夫人。"他大言不惭地说。

明眼人都看得出，小朱正坐在床边，一勺一勺地喂贝夫人吃药，黑糊糊的汁液，看了让人反胃，贝夫人却一口接着一口地喝。

"慢点儿。"小朱提醒，顺便拿起手帕擦拭她嘴边的残留液。

"小朱真有心，从台湾给我抓药来，听说还是个有名的老中医。"贝夫人一边解释一边赞扬小朱。

然后那个不要脸的东西开始恶心地阐述自己有多担心贝夫人，还好老萧认识人，通过各种关系拿到了救命药。

"好厉害的中医呀！不用望诊就知道是什么病。"我揶揄。

谁知小朱竟然顺着竿子往上爬："你说对了，他就是这么厉害，只要描述病情就能抓药，很多东南亚的政商名流都指名找他呢！"

我懒得理油嘴滑舌的人，转身提醒贝夫人该起身到医院做检查了。

没想到贝夫人说她不去，因为做检查难免扎针，针若没消毒好，可能会染病，尤其是爱滋病。

什么乱七八糟的东西？！现在的针头都是抛弃式的，哪来的消毒不消毒的问题？

"这你就不懂了，很多针头丢弃后又被回收重新包装，有些人莫名其妙得病，就是这样来的，所以能少上医院就少上。"小朱转而对贝夫人说："还是中药好，虽然苦了点儿，但没有副作用。"

贝夫人点头如捣蒜，像着了魔似的。我试着扳回劣势，但被贝夫人的一句"如果中药不管用，我一定上医院检查"给活活堵死了。

我垂头丧气地离开贝夫人的房间，背后传来那两人的谈笑声，听起来很刺耳。

"怎么了？"华诺问。

他在房间对着镜子打领带，即使是去趟医院，他也力求西装笔挺。

"贝夫人不去医院做检查了。"我泄气地坐在华诺的椅子上。

他问为什么。

于是我把小朱的煽风点火及贝夫人的软耳根告诉华诺，没想到华诺说吃中药也行，很多西方医学没办法治愈的疑难杂症，中医却解决了。

"中国老祖宗的智慧还是不容小觑。"他说。

完了，完了，连华诺也站在小朱那一边，我孤掌难鸣，只能让"小人当道"了。

"反正贝夫人也说了，如果中药不管用，她一定上医院检查，你何不多等两天？"华诺说。

看来也只能这样了，我无奈低下头。

"给。"华诺突然递给我几张明信片。

"这是……"我喃喃自语，但其实已经知道寄件人是谁。

"我交待管叔，以后你的信一律转寄贝公馆。"华诺进一步说明。

那些明信片像一张张起诉书，无言地控诉着我，我找了个借口，快速离开华诺的房间。

隔了两个礼拜，罗宋飘洋过海到英国去了，我看到大笨钟、剑桥大学、爱丁堡……

和前几张不同，上面虽然依旧没有只字片语，但有我的肖像，喜、怒、哀、乐……

这就是罗宋，他以含蓄的方式表达对我的思念。

我如何对得起他？我已不再是我。

一连好几天，我特意和华诺保持距离，对他的明挑暗逗视若无睹，打算在罗宋回来前过起修女式的生活。

"我哪里得罪你了？"华诺边跑步边问我。

"你没得罪我，是我自己在做深刻反省。"

"反省什么？"他又问。

反省……反省为什么沉迷在他的温柔乡，把罗宋抛到九霄云外？但我不能这么说。

"反省我这些日子以来的好逸恶劳、虚度光阴。"我答。

没想到华诺正经八百地表示，他也认为我在荳蔻年华当某人的贴身丫鬟很不合适，错过了提升自己的机会。

"再怎么样，我也得做满一年，否则 €200,000 的罚款等着我呢！"我把签了合同一事告诉他。

华诺说，即使那样，我依然能找时间进修，比如学习拗口的法语。

说得没错，至少回国后，我还能将"法语专长"写进履历里，当下决定从此好好学习法语。

"那些人是干嘛的？"华诺气喘吁吁地问。

我转头望去，一群工人模样的人正拿着金属探测器沿着泥土地踽踽前行。

"他们是勘探队。"我答，顺便把贝公馆的传奇故事告诉他，包括那可能会有的稀世珍宝。

"呵呵，贝夫人连这个也信？"华诺笑不可抑。

刚开始我也不信，后来贝夫人给我看勘探队找到的残缺陶瓷及一枚镶有七粒珍珠的美丽胸针，我忽然觉得传说并不全然是空穴来风。

"罢了，爱信者信，女人天生就爱做梦。"华诺投降。

一转弯，我们看见贝公馆了，不仅看到黑榉木大门，还看到伫立在大门前的贝夫人……

贝夫人竟然起床下楼来，而且精神奕奕？！

"看来，中药发挥神奇的功效了。"华诺说。

我没接话，快步跑向贝夫人。

第八十四章：小尤的告白

今天的贝夫人除了精神好多了，还有些许不同，不仅难得地穿上裤装，头上还扎了条大丝巾，把自己的头发严严实实地包住。

"Bonjour，贝夫人。"我喊道："真高兴见到你，你已经卧床好几天了。"

"Bonjour。我的确赖床好久，也高兴自己终于康复了。"贝夫人满脸笑容。

华诺开口："看来中药很有效。"

贝夫人马上同意，而且言谈之间对朱翊安多所肯定和依赖。

"要不是小朱，我现在还病恹恹的，而且他是个细心的人，对我嘘寒问暖、关怀备至。"

我能感觉到贝夫人的心已经向小朱靠拢，这可不是好现象。

"早餐时间到了，我们进去吧！"我扶着贝夫人。

"不了，今天小朱载我到海边玩，我们路上吃。"

贝夫人一说完，我们同时听到非常响亮的排气管排放废气的声音，由远而近。

小朱骑着重型机车翩然而至，皮衣加黑超，一副玩世不恭的样子。

贝夫人看见机车，兴奋得像个小女孩，跳着蹦着，奔向小朱。

"贝夫人刚刚大病初愈，你就带她去兜风，这合适吗？"我质问。

"有什么不合适的？人生得意须尽欢，莫使金樽空对月。"他继而问我："是杜甫说的？"

我懒的纠正是李白说的，只试着扭转大局："贝夫人，如果你想兜风，我们坐华诺的车去，你、我、华诺，三个人多热闹！"

"我们的三人行还是下次吧！今天是我和小朱的约会。"

看着贱人得意地载着贝夫人扬长而去，我气得七窍生烟。

"生什么气？贝夫人又不是不回来。"华诺笑着进屋。

贝夫人是会回来，但她的心回不来了。

小尤说摄影展结束了，他想"顺路"过来看我。原来雅各多虑了，小尤最后还是选择回到华堡。

"好呀！我敞开双手欢迎你。"我说。

小尤下午四点左右到，我正和贝夫人喝下午茶，华诺则上班去了，贝夫人给他介绍个客户，就在贝公馆往南十公里处。

"快进来，我们正喝下午茶呢！"我对小尤说。

贝家的下午茶很特别，喝的是广东潮汕地区一带盛行的工夫茶，桌上的茶点也不一样，有腐乳饼、冬瓜条、云片糕及糖皮花生。

"摄影展结束了，你的下一步计划是什么？"贝夫人问。

"我已经接受意大利设计学院的聘书，去接替一位临时到美国担任客座教授的缺。"小尤说。

什么？！竟然不是回华堡，而是去意大利？

面对我狐疑的眼光，小尤似有似无地解释："人总是要往前走，才能看到以前没看过的风景。"

我心疼小尤一路上的情感颠簸，贝夫人却听不出个中含义，反而拼命点头："意大利好，风景美的很。"

已近黄昏，小尤被贝夫人留下来过夜，他的房紧挨贝夫人，朝北。

"我以为你会回华堡。"我说。

从小尤的房间望出去，我看到花团锦簇，原来朝北的风景那样美，我再也不惋惜贝夫人的房间不够亮敞。

"我不能再待在华堡，它就像张开嘴的巨兽，除非我不想活，否则脚底抹油才是明智之举。"

我了解小尤所说的，雅各的偏执的确是颗隐形炸弹，说不准哪天就炸开，波及周边人。

"我也不应该来贝公馆看你，太没脸面了。"

为什么？

他接着解释不该听信雅各的话而怀疑我人尽可夫，因为从认识我到现在，我一直忠于罗宋，由此可证。

这无疑甩了我一巴掌，我羞愧地拿起桌上的书，佯装很感兴趣的样子。

"什么时候你可以看法文原文书了？而且还是笛卡尔的《形而上学的沉思》。"

噢！老天，谁是笛卡尔？

"那个……那个……偶尔翻翻啦……不是真懂。"我心虚。

"依依，"他把我的书取下，放回桌上，很掏心掏肺的："你能原谅我吗？我不分青红皂白地误会你。"

我要他快别这么说，误会讲开了就好。

"既然罗宋汤不忠于你，我们何不……"

我答那个也是误会，然后把罗宋离开美术学院到欧洲旅行，公寓转租给他人，以致误会他和大胸脯女人有关系一事说出。

"他每到一处就寄当地的明信片给我，到现在已有三、四十张了。"我接着说。

"那好，雨过天晴了。"小尤笑了，给人一种很不明朗的感觉。

华诺很讶异地发现小尤也在晚餐桌上。

"意大利设计学院对小尤伸出橄榄枝，他明天就要启身去米兰。"我说。

"雅各知道这事吗？"华诺问了一个敏感的问题。

小尤没有正面回答，只说华夫人和管叔知道他辞职一事。

"这下子华堡岂不乱成一团？"华诺边说边去开红酒，给每个人都斟上红色液体："Cheers。祝你一路顺风！"

我和贝夫人也举起酒杯。

小尤很豪爽，一连干了三杯。

晚餐很像联谊晚会，华诺不知从哪里借来一把吉他，他弹我们唱，一直闹到午夜。

贝夫人的病刚好，我一直克制她饮酒的量，所以自己喝的也不多，反倒华诺和小尤就像两个酒鬼似的，一杯接着一杯。

"不行，我得睡了，明天一早有 appointment。"华诺首先投降，并且踉跄着爬上楼。

"You……"小尤指着华诺的背影："You are a……a chicken。临阵脱逃，我……我还没喝够呢！"

我扶住走路不稳的小尤，说："别喝了，你也该上床。"

他用力推开我，反身又去找酒喝。我想着是否需要人帮忙？转头一望，贝夫人竟然趴在桌上呼呼大睡。

奇怪，她喝的不多呀！

我没来得及深究，因为小尤明显喝高了，嘴巴念念有词，在他做出更出格的事之前，我得赶紧将他塞回房间。

好不容易把一米七的小尤送回房，我已气弱如丝。

"依依，别走，我想吐。"小尤皱紧眉头。

想吐？想吐怎么办？我看到字纸篓，忙抓过来充当呕吐袋。

小尤试了几次，还是没能吐出来。

"这样吧！我帮你泡蜂蜜水，听说蜂蜜水解酒。"我放下字纸篓。

"别去，我……胃痛。"小尤说。

胃痛？胃痛怎么办？我捂住他的腹部，来回抚摸，希望能减轻他的痛楚。

谁知小尤突然抓住我的手，将它搁在脸庞，闭着眼一字一句地述说对我的爱慕。

我担心的事还是发生了，小尤不再满足闺蜜的角色，他要的更多。

"谢谢你一路的支持和爱护，但……我们之间是不可能的，蝴蝶再怎么美丽，鲜花也不能和蝴蝶结连理，因为它们是供需关系，不是情侣关系……"我讲了很多，半天却得不到回应，原来小尤睡了。

我慢慢抽出手，把凉被拉过来盖住他身体，再轻轻合上门。

走出房外，我忽然想起贝夫人，她还在楼下。

"得把她送回房，"我摇头："今晚够折腾的了。"

我边抱怨边下楼去，足步声此起彼落。

第八十五章：飞舞的蝴蝶

进入餐厅，到处杯盘狼藉，贝夫人不在那里。

真奇怪，醉酒的人跑哪里去了？

我又搜寻一遍，确认贝夫人不在餐厅内。

"难不成她自己回房了？"我心想。

回到二楼，手刚触门就听到熟悉的声音，我僵住了，是朱翊安。

"Oui，Oui，就知道你喜欢。"小朱低沉而富磁性的声音泼洒开来。

"Non Non Oh……Oui，Oui，别停～"是贝夫人。

"我来了，这次会很久很久……"

刚听到贝夫人喊 No，我有开门进去的冲动，但后来她又喊 Yes，还要小朱别停，我便犹豫了。

看多了法国人的浪漫行径，我已经百毒不侵，但是小朱和贝夫人……他们的年纪相差不止一轮啊！贝夫人甚至想收养小朱，这岂不是乱伦？

我颓然地回到自己的床上，睁眼到天明。

某些方面，华诺非常自制，比如知道今早有约，再怎么 high，他也会早早回房睡觉；又比如昨晚醉酒，今晨五点，他照样来敲我房门。

"你怎么了？顶着熊猫眼。"

"没什么，"我关上房门："今天我想往葡萄园的方向跑。"

葡萄园有 180 公顷，我没把握在吃早餐前能跑完，但看看也好，我想看看朱翊安工作的地方，好从一些蛛丝马迹中证明来者非善类。

华诺不明所以，只是不断地赞叹架上垂涎欲滴的葡萄，它们颗颗饱满、晶莹剔透。

"你说我们把这排架上的葡萄全吃完再走，没人会发现吧？！"华诺伫立在葡萄架前。

"大概不会，你想吃就吃。"

我心不在焉地回答，因为看到小朱正在前方约两百米处和勘探队交头接耳，一副鬼鬼祟祟的模样。

"那我不客气了。"华诺摘下一串紫得发亮的果子，就地吃起来。

"勘探队为什么清一色是亚洲人脸孔？欧罗巴人都上哪儿去了？"我自言自语。

华诺代答："欧罗巴人都领社会救济金去了，这种劳力活，跪下来请人干，人家还不乐意呢！"

昨晚的失眠不是白失眠，因为小朱和贝夫人那样，让我如临大敌，把前因后果想了数遍，发现勘探队很可疑。

小朱是酿酒师，和"寻宝"根本不搭嘎，他却和他们走得很近，我甚至听过他们用土话交谈，非常滑稽古怪！

"想多了，不过是交个朋友？再说了，除了庄园主人外，大家都是打工的，能有什么高低贵贱之分？"华诺说。

不是这样，绝不是交朋友那样简单的事，虽然我不知道小朱的真正用意，但有野心是肯定的，否则以贝夫人的五短身材，加上徐娘半老，一点儿也引不起男人的"性趣"，何以小朱会鞍前马后，甚至做男妾？

"他奶奶的，没想到贝夫人临老入花丛……"华诺坏坏地笑。

"别使坏了，贝夫人又没惹你。"我不满。

法国人很少谈论别人的床上事，华诺也是，他很快结束这个话题转而催促我快走，因为吃完早餐，他还得拜访客户呢！

早餐桌上没看到小尤，让我心情郁闷，他怎能不告而别？

"他留了纸条，说学校催得紧，他又不识路，还是早点儿上路。"贝夫人解释。

因为昨晚的放浪形骸，贝夫人今晨风情万种，仿佛吃了神仙妙丹，皮肤好得掐得出水来。

"昨晚睡得好吗？"华诺问。

我在桌面下踢了他一脚，深怕他说出什么不得体的话来。

"睡得很好，谢谢，你呢？"贝夫人反问。

"也好，只是依依睡得不好。"

没想到华诺打了我一记回马枪。

贝夫人看着我，等我解释。

"那个……晚上有蚊子，所以没睡好。"我临机应变。

"不应该呀！有纱窗。"贝夫人很困惑。

我只好佯称自己忘了拉上。

"下次记得拉上，夏天的蚊子很凶猛，你别染上登革热才好。"贝夫人关心地说。

回到房内，我闻到一缕花香，那是来自楼下花园的三色堇，此刻被放进一个注了水的空酒瓶里。

我走向书桌，酒瓶下压着一张纸条，原来小尤不只给贝夫人留言。

看完纸条，我走向窗口，雪铁龙早已不知去向，我还天真地以为起码能看到一个小黑点。

别问我小尤写了什么，因为他什么也没写，只是画了两只蝴蝶，在繁花似锦中翩翩起舞……

第八十六章：声东击西

我和贝夫人在家庭房织毛衣，她给粉红色毛衣加上白色荷叶边领，应该很快就能大功告成。

"这件毛衣织完，是不是也该为小朱织一件？"我存心问。

"小朱？"贝夫人抬头看我："为什么是小朱？"

为什么是小朱？这还用问吗？你们夜夜笙歌。

"我觉得你喜欢小朱胜过我。"我改打苦情牌。

"呵呵，这也忌妒。"贝夫人笑了，像从春天里走出来的小姑娘。

华诺说得没错，人每天都该有性生活，不仅能改善身心状态还能延年益寿，放在贝夫人身上再合适不过。瞧，她的脸色红润、眼睛发亮、精神抖擞……当然，还有左侧脖子上那不大不小的吻痕，在在刺激着我的视神经。

"依依！你最近状况不太好，皮肤粗糙、暗黄，整个人也很消沉，这是怎么回事？你也二十好几了，要重视保养呀！"贝夫人把苗头指向我。

真是的，我缺的是男人，又不是缺保养。

我没回答贝夫人的"保养论"，反而问起贝律师何时回家？"

"不知道，"贝夫人的眼神有些闪躲："竞选的行程说不准的。"

贝夫人每晚都和朱翊安乱来，我总能听见床撞击墙壁的声音，要不就是在房间内玩追逐游戏，小朱想啃贝夫人的脖子。

我的心因此烦躁不安，偏偏华诺在隔壁房间大唱歌剧，越唱越是起劲，把贝公馆当成歌剧院。

这是个陷阱，他就等着我去敲门，然后可以借机共赴巫山云雨……

我偏不上当！

打开房门，我冲出贝公馆，打算等里面的战役都结束再进屋。

听见有人唱邓丽君的《小城故事》，我寻声找到在大树下纳凉的老萧。他坐在板凳上，手里摇着蒲扇，正喝着米酒配花生。

"我发现你很喜欢邓丽君的歌曲。"我说。

"她和我同年，我从小听她的歌长大，台湾人都爱她。"老萧说。

我也喜欢邓丽君，她的嗓音富有磁性，声音很纯净，时而醇厚，时而温婉。

"说得好极了，给，"他抓起一把花生："奖赏你！"

我收下花生，开始剥起来，顺便和他唠嗑，从天气谈到国家大事，再从台湾美食谈到中药。

"听说你认识一位台湾老中医，厉害得不得了，贝夫人前阵子病倒就是靠他的药帖子活过来的。"

"什么老中医？"老萧喝一大口米酒，抱怨："我已经很久没和家里联系了，每次联系就是要钱，钱、钱、钱，除了钱，什么都不是。"

那么黑色汤药是怎么来的？总不是天上掉下来的吧？！

"有一天小朱拿了几包中药要我煎，搞得厨房都是中药味，三天三夜都去不掉。"

这么说，中药是小朱拿来的，没有所谓的"神奇老中医"，他为什么要说谎？

我又想起小朱说过的土话，哪里来的方言？

"呵呵，什么土话？那是越南话，小朱和勘探队都是越南华侨。"

呃，真是出乎意料，那么他是法籍、在香槟获得法国国家酿酒师文凭，这总没错吧？！

"即使不是法籍，也肯定有居留卡，否则无法在法国待那么长的时间，至于有没有酿酒师文凭？我不清楚，会酿酒倒是不假。"

嘘～总算还有一些真实的地方。

没想到老萧马上给我沉重一击："小朱的压力不轻，越南的父母、老婆、孩子都指望他。"

什么？！他不是孑然一身的孤儿吗？怎么跑出来这么一大家子？

"五个，"老萧伸出五个指头："他有五个小孩。"

呵，这小朱太太还真是头母猪！

不行，我得将此事禀告贝夫人，免得她上当受骗，即使成为我最痛恨的"告密者"也在所不惜。

回到二楼，不巧碰见小朱正从贝夫人房里走出来。

"我帮贝夫人按摩，她全身酸痛。"小朱解释。

我睥睨他，话懒得说一句。

"你怎么了？最近怪怪的，是不是哪里得罪你了？"他问。

我答不是得罪我，而是得罪贝夫人，虽然她的年纪大到能当他妈，但半夜三更的，他也得避避嫌。

"我可不是主动请缨，而是呼应贝夫人的需求，体力活也是很累人的。"他往前跨一步："如果你也想按摩，我两肋插刀，在所不辞。"

怎么听小朱说话就像听到污言秽语，全身脏得难受？

"不用了，把你的精力留给越南的家人吧！"我转身回房。

早餐又回到苦瓜，还好有豆浆、油条可吃。

"贝夫人，我能吃块烤面包吗？这早餐……很不合我胃口。"华诺可怜兮兮地说。

真难为他，吃了好几个礼拜的中式早餐，其中有 3/4 还是苦瓜料理。

"我也要，加草莓果酱。"我支持华诺。

贝夫人不以为忤，反而叫来厨子，叮咛他以后也得替两个年轻人准备合宜的菜色。

老萧唯唯称是。

"老萧，你还好吧？！"我问。

我看见他的嘴角及鼻头有大片的乌青，奇怪，贝夫人和华诺好似看不见。

他臭着脸说好，然后快速闪人。

我的毛衣织好了，粉红色底加蓝色小花，领子是白色荷叶边。

穿上后，我原地打转："怎样？好看吗？！"

"真好看，很有少女气息。"她边说边拿出墨绿色毛线。

"这是……"

贝夫人笑了："我也给小朱织一件。"

我想起贝夫人曾说过她对一个人表达喜欢的方式就是帮他织毛衣。

贝夫人没替贝律师织、没替华诺织、没替华夫人织……反替自己的男妾织，这是哪门子道理？

我决定掀开谎言："小朱太太会帮他织，不劳你费心。"

"什么小朱太太？他还没娶亲呢！"贝夫人说。

我把老萧说过的话，原原本本地告诉贝夫人，以为她会暴跳如雷，没想到她气定神闲地表示小朱早已告诉她，老萧和他有过节，一定会黑他，这不，撒了个弥天大谎。

"老萧是不是还告诉你，小朱有五个孩子？呵呵，怎么可能？连续生也要五年，那时他还在学校学习，难不成每次都算好老婆的排卵日再飞回越南行房？"

这也不无可能啊！但是贝夫人听不进去，反而言语当中透露想炒了老萧的信息。

"不，不，不，"我把头摇得像波浪鼓："我喜欢吃台湾料理，再说了，老萧一走，谁煮那么好吃的苦瓜给您吃。"

贝夫人想了想，不无道理，遂放下炒人的念头。

这次风波就这么让小朱全身而退，而我……一败涂地。

我陆续接到罗宋的明信片，管叔果然把我的信件都转寄到贝公馆。

这一天，佣人又递给我邮件，只是这次不是明信片而是挂号信。

我三两下拆开信件，深怕是罗宋的紧急通知，没想到它来自小尤。

读完信，我发呆好久，原来"意大利设计学院"子虚乌有，是小尤特意制造的烟雾弹，目的是声东击西。

当雅各追到意大利时，小尤已经坐上法航飞回中国了。

"……和你约好下辈子，如果有一天你看见一个酒窝男孩冲着你笑，那一定是我，请不要吝惜给他一个拥抱。"小尤在信末写道。

噢！小尤，我的心像被利刃划过，碎成一片片。

"怎么了？是中国沦陷了还是法国投降了？看你一副忧国忧民的样子。"华诺一进门就看到我的惨状。

"小尤寄信给我了，他……不太开心。"我解释。

"他有什么不开心？我阿姨才不开心呢！"

华夫人为什么不开心？没等华诺回答，我们同时听到雅各的声音，他在房外粗声粗气地喊着："小尤，你他妈的给我滚出来！"

我赶紧开门出去，华诺尾随在后。

第八十七章：雅各的葬礼

虽然我向雅各再三表示小尤不在贝公馆内，他仍执意进屋检查。我让开身来，他气冲冲地进屋。

上下两层建筑都被他翻了个遍，仍不见小尤的踪影。

"你们把他藏哪里去了？"雅各没好气地问。

"你不也看到了，小尤不在贝公馆内。"我答。

华诺也支持我的说法，并且指出一条明路："小尤到意大利设计学院任教了。"

"我刚从那里回来，该学院没有一个中国籍教师。"雅各很笃定。

我本想告诉他小尤回中国了，但转念一想，搞不好雅各立即启身去中国，所以话到嘴边又咽下。

"小尤，你去哪里了？"雅各颓丧地坐下来，双手捂着脸，我不知他哭了没？

虽然这时说教并不讨喜，但我还是告诉他《伊索寓言》中"北风和太阳"的故事。

"你说得没道理，北风除了吹还能怎样？它不是南风，南风还带热气，北风是冷的，再怎么吹，路人还是不可能脱衣服。"雅各说。

"所以北风只能接受失败的命运。"我下结论。

"不对，如果北风更强劲地吹，吹开路人衣服上的钮扣，还是有可能吹掉整件衣服。"

这就是雅各的逻辑，我无语了。

华诺不参与我们的"鸡同鸭讲"，他转而问雅各是怎么来的？他说他开母亲的车子来。

"你有驾照吗？"华诺问。

"没。"

华诺皱了皱眉头，说："等我一下，我去换件衣服，待会儿载你回华堡。"

他一上楼，雅各马上跟我讨水喝。我从冰箱拿来 Evian 矿泉水时，他已不在客厅。

"雅各呢？"华诺问。

"跑了。"

华诺抱怨几句，跳上他的 VOLVO 一路追赶。

华诺一直开到华堡还是没赶上雅各，因为雅各根本没回家。

华夫人急得像热锅上的蚂蚁，出动华堡上下寻人。

雅各早关机了，惟一的联系管道也断了。

"昨天他打电话回家，说人在米兰，管叔马上飞过去，现在雅各已经回到法国，为什么还不回家？"华夫人很担心。

华诺安慰她，也许雅各散心去了，因为小尤不在米兰，让他失望。

"再怎么说，他也应该来个电话，天色那么晚了，他单身在外面，我很不放心。"

华夫人接着说她的眼皮在跳，心瘆得慌。华诺把所有能想到的积极面都掏空了，仍无法让她释怀。

还好这时管叔进门，华夫人仿佛抓住救命稻草，絮叨着她的恐慌。

莫泊桑说："埃特尔塔海岸像一只大象把鼻子伸进了大海。"

谁也没料到雅各就从这只大象头顶一头栽进大西洋里。

当打捞队把老爷车从海里打捞上来时，华夫人已经泣不成声。

"雅各，我的儿啊～"华夫人哭喊着去拥抱那具冰冷的尸体。

雅各的身体弓起来，已经僵硬了。

都说男子有泪不轻弹，眼前的管叔却已泪流满面，他握住雅各的手喃喃自语。

我和华诺不知该如何安慰心碎的老人，只能默默注视这一切。

当救护车哇呜哇呜地开走后，华夫人早已哭倒在管叔怀里。

"为什么？为什么那孩子要自杀？我们给他创造那么好的环境，想要什么有什么？他还有哪里不满意？若不是为了他，我何必强颜欢笑，做自己不想做的事？早知如此，还不如待在云南山区过平淡的日子。"

管叔抱着华夫人，在她耳边低语……

夕阳西下，埃特尔塔海岸被橘红色的彩光笼罩着，单调的海涛声不绝于耳，更显孤寂。

和华夫人所说的自杀不同，我认为是道路不熟和驾驶不当导致雅各的死亡，因为言谈之中，雅各打算作长期的困兽之斗，没道理寻短见。

"真相再真也挽回不了性命，没必要再去深究个中原因了。"华诺低头去找车钥匙："我先把阿姨载回家再去殡仪馆，你能陪我去吗？"

"嗯！"我用力点一下头。

"我阿姨说，能不能请你转告小尤，让他参加雅各的葬礼？"华诺说。

我也想啊！但小尤给了我一个假地址：中国黑龙江省哈尔滨市依依区思念路永久街 1314 号 520 室，叫我如何联系？

手机早停了，邮箱、QQ 也关了，真是决绝的彻底。

华堡的小教堂挤满了参加葬礼的人，华夫人头戴黑色带纱礼帽，身着同色斗篷裙坐在前排。她的左边坐着 Guillaume 爵士，右边竟然坐着管叔，按理说，仆役在这种场合是没有位置的，更不用说坐在前排。

贝夫人和贝律师被安排坐在第二排，我看见贝律师逢人就递名片，拉票的意图很明显，让人说不上哪里不对劲。

雅各的棺材就搁在祭坛前，棺口打开，他像睡着了似，非常安详。

神父做完告别式，我们上前和死者道别。我握了一下雅各的手，很冰冷。

"你冷吗？雅各。"我和他阴阳对话。

"冷死了，"华诺在我耳边低语："这冷气不要钱的吗？"

我睨了他一眼，快步走开。

跟中国葬礼上的呼天喊地不一样，雅各的葬礼很庄重，这是出于对死者的尊重和怀念，即使最伤心的华夫人，也顶多是拿着白手绢不停地拭泪。

"如果有一天我死了，你会不会哭？"华诺问。

"也许我会像庄子一样鼓盆而歌。"我答。

"那么记得唱歌剧《罗密欧与茱丽叶》，我挺喜欢那一首的，"他附加一句："即使不会唱，用留声机放给我听也行。"

我笑说"好人不长命，祸害遗千年"，他一定能长命百岁。

华诺不苟同，他说他的家族都活不长，华夫人算异数，活到五十一岁。

我低头一想，的确，华诺的爸是遗腹子，代表他爷爷早逝，至于华爸华妈也在四十几岁时撒手人寰，再说雅各，他连十八岁生日都来不及过。

"放心，你不一样。"我安慰他。

"哪里不一样？"

"你有我呀！我是福星，我们马家个个都很长寿，奶奶甚至活到九十几岁，我不介意分点儿福气给你。"

"谢谢，"他笑了："谢谢，谢谢。"

一连道了三次谢，我笑他是傻子，他不以为忤，反而笑得很开心。

第八十八章：怀孕疑云

因为参加雅各葬礼的缘故，贝律师难得地回到家，我以为这将会是温馨时刻，没想到却爆发前所未有的战火。

贝夫人歇斯底里地咆哮着，把所有能砸的东西全给砸了，贝律师则铁青着脸，丢下一句："竞选后再谈！"然后扬长而去。

"怎么了？贝夫人。"我小心将她扶起。

"白眼狼，没有我家的资助，他还是山沟里的穷小子。"贝夫人愤恨地说。

"快别生气了，贝律师竞选压力大，脾气难免不好。"我让贝夫人在沙发上坐好："我倒杯水给你喝。"

贝夫人忽然抓住我的手，问："依依，你说雅各会不会是老贝的儿子？"

天哪！贝夫人怎会这么想？

"不会的，他们俩个长得不像。"我很笃定。

"那么凭什么华夫人跟老贝要一百万欧元？说是以雅各的名义捐给法国血友病基金会。"

呃，为什么？这倒很可疑。

我问贝律师怎么说？

"他说我目光如豆，又说妇人之见不可取。"

我赶紧灭火，说贝律师这么做一定有他的道理。

此时朱翊安走了进来，看见客厅一片狼藉。

"这是怎么回事？"话是对两个人说，他却把眼光锁定了我，大有"男主人"的姿态。

"你没长眼睛吗？刚打完架。"我答。

他问是谁那么大胆，敢和贝夫人对打？

"还会有谁？当然是这家的男主人，男—主—人—"我特别强调。

朱翊安撇开脸，不屑跟我交谈。

"贝夫人，"他蹲在那个怨妇跟前："我看你的精神很不好，小朱朱帮你按摩一下，可好？"

真是恶心透了，自己喊自己"小朱朱"。

贝夫人没回答，反倒抬起头来看着我。

"我到花园采几朵花进来。"我借故离开。

我采了风信子、紫罗兰、栀子花、月季、迷迭香……抱着满怀鲜花，像在身上洒满了香水。

我兴高采烈地回到客厅，小朱和贝夫人早已不知去向，倒是佣人忙着收拾地上碎片及做吸尘的工作。

我把花分别放进景德镇变裂纹红花瓶及欧式浮雕玻璃花器内，手里还剩下两朵白色栀子花。

该放哪儿呢？对了，送给华诺吧！他应该会喜欢这种淡淡的香气。

"扣、扣。"

没人应门，我正想走开，门却咿呀地打开了。

"我以为没人呢！送……送你，"我把花递上去："放……放在衣柜里，比芳香剂好用。"

"谢谢。"华诺收下花。

我之所以说话不利索是因为注意到华诺不仅眼睛红肿，连鼻子和嘴唇也红了，说话带有严重的鼻音，显然他哭过。

"还好吗？"我问。

"好。"

"那我走了。"我作势要走。

华诺问："如果我答不好，你是否会留下来陪我？"

"雅各死了，为什么我的亲人都——离我而去？如果连小姨也……华家就只剩下我一人了。"

华诺趴在我的小腹上娓娓述说，我边安慰他边试图将他的一头卷发捋平。

"以前我认为结不结婚无所谓，但看到雅各冰冷的尸体，我想到了家族荣誉，不能让华家到我这一代戛然而止，我得承先启后。"

华诺的重责大任，我爱莫能助。

"可以的，你完全可以，只要怀上宝宝，我们华家就有后了。"华诺说。

"什么？！"我用力推开他："我可不是你们华家的生子机器。"

华诺一把将我扑倒，问我知不知道贝夫人天天和小朱做爱？难道不觉得全身欲火难耐？

"这是两码子事，他们做他们的，我……纹风不动。"我答。

好死不死，贝夫人的房间此刻传来床撞击墙壁的声音，一次大过一次，而且频率加快。

"依依～"华诺的语气很温柔："好不好？"

"不……"华诺堵住我的嘴，将舌头伸进来，手也不安分起来。

我的反抗意识在爱抚中逐渐减弱，当华诺脱下我衣物时，我已不再挣扎。

不久，华诺的房间也传出床撞击墙壁的声音。

我们三人安静地用着晚餐，贝夫人的脖子上有了新的吻痕，但我假装看不见。

今天的餐点除了苦瓜大餐外，还有英式炸鱼和薯条，让人很惊喜，看来老萧很上心。

"年轻孩子就喜欢油炸的，我不喜欢，我喜欢清淡。"贝夫人说。

"那太好了，各取所需。"华诺将雪白的鱼肉纳入口中。

我用叉子叉起薯条，扑鼻的油炸味让我一阵恶心，忽然觉得想吐。

"你怎么了？"华诺问。

"没什么。"我捂住嘴。

"该不会是怀孕了吧？"

我好不容易才将胃里冒出的酸气压下去，谁知贝夫人的一句问话让我又想吐了，赶紧离座冲向洗手间。

贝夫人的猜测很合理，华诺和罗宋不一样，他从不戴套，觉得那像是戴上手套打游戏，非常的不舒服。
"那么我怀孕的事分分钟都有可能发生，怎么办？" 望着镜中的自己，我没了主意。

第八十九章：华诺的软肋

我的双手被圈上墨绿色毛线，贝夫人正在织毛衣，他织的是男式高领羊毛衫。

"华夫人是不可能再生育了，雅各这一走，诺大的产业交给谁？还不是华诺？别再三心二意了，集中火力将他拿下。"贝夫人将织好的部分举起审视："再说，你不也怀孕了？这是很好的机会，奉子成婚。"

她不知道当天夜里华诺就拿来验孕棒（也不知是从哪里买来的），我们死盯着那根白色的棒子，当检测结果为阴性时，我松了一口气，华诺则不然，他很失望，垂头丧气的。

"那个……没怀孕。"我小声地说。

贝夫人放下棒针，直挺挺地看着我，让人很不舒服。

"我希望某个人娶我是因为爱我，而不是因为家族使命或其他。"我辩解。

贝夫人听了摇摇头，说我稚嫩、说我满脑子不切实际的想法，有一天会后悔云云。

"华诺不是不好，只是目的性太强，想做爱是因为身体需求；想结婚是因为家族得承先启后。况且他从未说爱我，即使是两情缱绻时……"我答。

贝夫人重新拿起棒针，若有所指地说："结了婚还是可以找乐子，什么情啊爱啊，通通可以获得，别傻傻分不清。"

贝夫人这是在说自己吗？一边拥有拿得出手的老公，一边还有个惟命是从的性奴。

我可不想和贝夫人一样粗鄙！

夜深人静，我躺在床上，隔壁传来暗号声："扣……扣扣……扣……扣扣……"

华诺说了，如果他想做爱，他会敲击墙壁，一长声两短声。我也可以回复一长两短，那代表我去他那里，如果我想要他来我这里，那便是一长三短。

"如果两者都不想呢？"我问。

"抱歉，没有这个选项。"他答。

此时一长两短声不绝于耳，我用枕头捂住耳朵，又钻进被子里，它依旧穿墙而入。

"Tais-toi!"我把枕头扔向墙壁大喊"闭嘴！"。

华诺停了一会儿，又开始击墙："扣……扣扣……扣……扣扣……"

老天，我愤而推开棉被，赤足跑去敲华诺的门。

"你忘了暗号，想来我这儿是一长两短声。"他抚着门板厚颜无耻地说。

"谁跟你说这个，我要你别再敲墙壁了，半夜三更的，还让不让人睡觉？"我怒火冲天。

华诺没回答，反倒一直往我的胸口盯，我低头一看，天啊！刚才翻来复去，扣子松了，我又没穿内衣，两个月球呼之欲出。

我慌忙捂住胸口，骂道："华诺，你这个色……"

没等我说完，华诺一把将我抱起，脚一勾，我被华诺的房间吞进肚里去。

"你怎么不哭？我以为女生被强迫后，会呜呜地哭泣。"华诺问。

"你说的是清末民初吗？现在是什么时候了？我还没付你男公关的费用呢！"我离开他的怀抱："再说了，哪次不是你强迫我？"

华诺嘿嘿嘿地笑，他要我别逞强了，哪次我不是积极配合？

这也是我最痛恨自己的地方，明知道华诺不够爱我，却次次投怀送抱，真他妈的贱！

"别糟蹋自己了，我怎么不爱你？"他吻了我额头："我只是故作潇洒，才能在失去时不那么痛。"

他告诉我，从小到大，只要他在乎的，很快就会失去，如牧羊犬、乌龟、画眉鸟、小兔子、金鱼……要嘛走失，要嘛一命呜呼。

我说那些都是小动物。

"也包括人啊！爷爷奶奶就不说，太久远了。近的譬如：我爸、我妈、我的历史老师、雅各，还有……Celia。"

"Celia？"

"我的前女友，"华诺苦笑："我们一行人去爬圣米歇尔山，她被雷击中了，好笑不？这么多人偏偏击中她？"

一点儿也不好笑，没想到华诺的命运这么悲惨！

"放心吧！说过了我是福星。"我把从小到大所有化险为夷的事迹全翻出来，顺便举出例证，指着大腿上一个约二十公分长的疤痕："看到没？被藏獒咬的，藏獒是什么猛兽，你也知道，很多人都说我性命难保，还不是照样活下来？"

"这么说，我可以放心大胆地爱你了？"华诺稚气地问。

"放马过来！"我说。

华诺一听，兴奋地往我身上扑，一连给了我几十个吻，遍及所有裸露的地方……

"我爱你，依依～"他呢喃着。

我从华诺房间走出来，不巧遇见朱翊安，他刚离开贝夫人的房间。

"bonne nuit!"他向我道晚安。

我不动声色，只想快点儿回房。

"没想到你的动作也挺快的。"他说。

"什么意思？"

"床上功夫啊！"说完，他做了个猥亵动作，让人作恶。

我答我们怎能一样呢？我和华诺男未娶女未嫁，正正当当地交往，不像他，都五个孩子的爹了，还出卖皮肉。

"贝夫人今天宠你，明天指不定就将你束之高阁，你永远是见不得光的。"我继续落井下石。

"呵呵，马依依，我记住你了，给我等着！"他笑着离开，连空气都带有令人窒息的气味。

贝夫人怎会看上这样的人？

我摇摇头回到自己的房间。

《法兰西情人》

第九十章：最毒妇人心

贝夫人给华诺介绍一位法籍韩裔客户，就住在索恩河的尽头。他回来时吹着口哨，神情很愉悦。

"恭喜。"我说。

"恭喜什么？"

"成交了不是吗？"我反问。

华诺说我鼻子灵，成功的气味也闻得出来。

"给。"他递给我一个约 1 升的塑料罐："韩国妈妈一定要给我，说外面买不到。"

我一看，这不是韩国辣白菜吗？太好了，就好这一口。

打开盖子，一股辛辣的味道扑面而来，华诺马上捂住口鼻。

"真不懂得欣赏，这是韩国的至尊国食，韩国人顿顿少不了它。"

我边说边套上塑料手套，抓起一条色白带红的辣白菜入口，果真是辣、脆、酸、爽，美味的不得了。

"韩国妈妈说了，她每年都要做上好几十斤的辣白菜，在异乡，没有什么比这道凉菜更能抚慰游子的心。"华诺传话。

我笑说自己虽然不是韩国人，但韩国辣白菜也能抚慰我的心灵。

"那你吃吧！我不吃辣。"华诺坐下来，随手拿起《Les Echos》翻着，那是法国著名的财经报纸。

"什么味道？"贝夫人皱着眉头走进来。

"韩国辣白菜，"我把一条辣白菜举在贝夫人面前："张嘴，可好吃了。"

和我想像的不一样，贝夫人看到辣白菜非但没有惊喜，反而作恶。

"拿开，"她推开我的手："闻着难受。"

我赶紧盖上塑料罐，但为时已晚，贝夫人捂住嘴往洗手间跑。

不会吧？！反应这么激烈？

　　"听说有些孕妇不能闻泡菜的味道，一闻就想吐。" 华诺翻了一页报纸说。

　　他的话在我脑中回锅，孕妇……不能闻……想吐……孕妇……孕妇……难不成……

　　我冲向洗手间，贝夫人正蹲在马桶边，样子有些狼狈。

　　"贝夫人，那个……你停经了吗？" 我问。

　　"我也不清楚，" 贝夫人按下马桶冲水装置，站了起来："已经两个月没来月经了。"

　　糟了，会不会……

　　贝夫人望着镜中人，慢条斯理地摸摸自己的鱼尾纹，又顺顺头发："中奖也好，我们贝家总算有后了。"

　　可是……贝律师会怎么想？我不认为他会心甘情愿地养别人的孩子。

　　"谁说是别人的孩子？当然是老贝的，" 贝夫人忽然发现一根白头发，对着镜子拔了下来："现在也只能赖他了。

　　贝夫人坐上自己的座驾，风尘仆仆地开往巴黎，打算和贝律师缠绵数日，好顺理成章地赖上他。

　　"啧啧啧，最毒妇人心。" 华诺躺在床上有感而发。

　　我翻了个身，问："你想，小朱知不知道自己又当爹了？"

　　"我不关心他，" 华诺腻了上来："我只关心自己能不能当爹。"

　　贝夫人这一去，三、五日都不会回来，华诺当上山大王，逮到我就做爱做的事，每天变着花样做。

　　"罗宋回来怎么办？" 我问了个煞风景的问题。

　　华诺顿时没了力气，草草了事。

　　"能怎么办？看你的选择啰！" 华诺好似事不关己。

　　我们沉默了一会儿，还是我先开的口："听说爱尔兰人多是橙红色的头发、灰绿色的眼睛，加上满脸的雀斑。"

　　"没研究，不过听起来很像动画片里的人物，怎么突然提这个？" 他问。

为什么突然提这个？当然是因为我又收到罗宋的明信片，知道他到了爱尔兰。

"没什么。"我翻身仰面，裸露的乳房，小山也似的高。

"你不应该引诱我，这是不对的，每次都这样……"他抱怨。

我动手去拉毯子，华诺粗鲁地将毯子扔到地上，人也爬了上来。

华诺上班去了，我无聊地坐在门前的台阶上玩路上捡到的狼尾草。

"贝夫人去哪里了？"朱翊安没好气地问。

"能去哪里？找老公去了呗！"我看都不看他一眼。

"马依依，少在这里摆架子，不过是个臭婊子，还扮清纯，切！"

"说什么你？！"我猛地站起身。

"说的就是你，烂婊子！等我当了家，第一个轰的就是你。"他不甘示弱。

我和小朱积怨已深，早看对方不顺眼了，但他那么毫无忌惮地羞辱我，倒是头一回，感觉像是被黄袍加身了。

"你当什么家？旁边纳凉去。"我嗤之以鼻。

"嘿嘿，当什么家？当然是贝公馆这个家，贝夫人已经口头承诺收养我了，我将会是贝家惟一合法继承人。"

什么？！贝夫人昏了头吗？竟然收养小朱？！

等等，我想起贝夫人怀孕一事，当时的允诺肯定是在没有孩子的前提下，现在贝夫人就要当妈了，小朱的美梦无疑竹篮子打水一场空。

"噢，是吗？那恭喜你了，"我把狼尾草往地上一扔："希望贝夫人的巴黎之行不要太浪漫，否则怀上 Baby，到时不知该谁当家了，你说是吧？！"

在小朱错愕的表情下，我昂首进屋。

第九十一章：生父和养父

这天下午，贝夫人和贝律师手拉着手进门，样子很甜蜜。

"贝律师，好久不见。"我说。

贝律师推了推鼻头上厚重的眼镜："的确好久不见。"

他接着说了些客套话，不外因为竞选一事疏忽了家庭，还好有我陪伴贝夫人，很是感谢等等。

"哪里，这是我应该做的，二位想喝茶还是咖啡？"我的职业病发作，把在华堡当贴身管家的那一套挪过来用。

贝律师答咖啡，贝夫人则说两者都不要，给她来杯牛奶。

我忽然想起孕妇要远离咖啡因的饮品，忙说没问题。

晚餐桌上，我们四人其乐融融。

贝律师讲着竞选其间发生的趣事；华诺也描述他所遇见过的各种奇葩客户；贝夫人则把方圆五百里内哪家母猪生了小猪仔，哪家佣人最偷懒，——交待。

我没什么话好说，随意问起家里的葡萄都卖给了谁？

"我们不卖葡萄，而是把葡萄酿成酒，一部分自饮，另一部分会有酒商前来收购。"贝夫人答。

那么那辆货车是怎么回事？

我和华诺晨跑时，曾经看到一辆橙色货车从葡萄园驶离，上面有成箱的葡萄，其中几串还因为行驶颠簸滚了出来，皮开肉绽的，让人好生惋惜。

华诺证实我的说法。

"老贝～"贝夫人喊。

贝律师又推了推他厚重的眼镜，说："没事，我来处理。"

晚饭过后，贝律师把小朱叫进书房里。

听说贝律师给朱翊安穿小鞋，因为葡萄收成及酿酒的量严重不符，若不是贝夫人在旁说好话，小朱早被炒了

这两天就见那个倒霉鬼臭着一张脸，仿佛跟谁都有仇似的。

贝律师在家待了两天又走，临行前和贝夫人有讲不完的情话、做不完的亲昵动作，连空气都弥漫着蜜糖的味道。

我不禁想，如果迟暮之年，我和另一半也能像贝家夫妇一样你侬我侬，该有多好？！

"九次，"贝夫人送走老公，一进门就嚷嚷起来："我和老贝干了九次，次次工夫做足，老贝这回跑不掉，一定得认账。"

幻想从空中刷地回到现实，像张爱玲说的，华美的袍子上爬满了虱子。

贝夫人说想织毛衣。

"怎么腰酸背痛？"她放下棒针，揉揉脖子又动动自己的身子骨："真想找人按摩按摩。"

我自告奋勇，却被贝夫人回绝，她说女人力道弱，捏着不舒服。

"要不......我叫小朱来？"我试探性地问。

"也好，这贝公馆的男人，就他比较清闲。"她答。

知道贝律师前脚刚走，贝夫人后脚就唤他，小朱仿佛从挫败中站了起来。

"嘿嘿，告诉你，贝夫人不能没有我。"小朱很自豪。

然后的然后，又是干柴烈火、巫山云雨、鱼水之欢......

今天的下午茶喝的是大吉嶺红茶，吃的是玛德琳、火腿黄油三明治及栗子蛋糕，都是上乘之选，然而我和华诺却食不知味，因为......

"Oh, Oui--Oui......啊～嗯～......Oui, Oui......Vite......Vite......"

贝夫人的行径越来越大胆，以前还会刻意小声，现在却是不顾颜面

的恣意喊叫，如入无人之地。

"不行，"我站起身来："贝夫人怀有身孕，她这样放浪形骸，很容易流产，我得提醒她。"

"你坐下，"华诺低喝："这时你上去，想挨揍吗？做母亲的不在乎，你着什么急？"

华诺说得没错，我又坐了下来。

我们沉默了一会儿，华诺问："那事是真的吗？怀孕不能放浪形骸？"

我答怀孕前期子宫比较敏感，同房会使子宫收缩，容易引起流产。

华诺听完仰天长叹，说他没办法忍那么久。

"要不，我们找个代孕妈妈。"他满怀希望地问。

我将桌上的纸巾揉成团丢向他："有病啊你！"

他揉揉被击中的脑壳，笑得很无辜。

贝律师捐钱给法国血友病基金会一事被炒得沸沸扬扬，他被形容成悲天悯人的慈善家，因为朋友孩子的亡故，爱屋及乌，把爱心捐献给同样受此病折磨的可怜人。

原来这就是贝律师布的线，区区一百万欧元就买下了数家报社的头条，真心便宜。

"还是老贝聪明，"贝夫人放下报纸："既让华夫人欠下人情债，又上了报纸头条。"

这次的选举，华裔只有一人参选，加上报纸的大肆宣传，贝律师入主参议院无疑胜卷在握。

没想到贝律师还是落败了，树倒猢狲散，他灰头土脸地回到家中。

贝夫人难掩失望的神情，但仍打起精神强颜欢笑。

由于对手的深扒，贝律师曾经"教唆证人做伪证"也被起底。大选过后，律师公会停了他的牌照，声明在调查结果出炉前，不得从事律师的工作，可说是雪上加霜。

"没事的，贝律师已经忙了这么久，该休息一下，你们老俩口正好利用这段时间去外头转转，享受甜蜜时光。"我说。

"我也想啊！"贝夫人抚着微突的小腹："可是最近吐得厉害，怕禁不起路上折腾。"

我目测贝夫人已有三、四个月身孕，但她本来就胖，腰腹一直自带游泳圈，怀孕反而不易察觉。

"贝律师知道你怀孕了吗？"我问。

"不知道，"贝夫人摇摇头："老萧说台湾有个习俗，怀孕不满三个月不能讲，否则容易流产。"

这么说，"生父"和"养父"都还蒙在鼓里？

"贝律师很消沉，如果你把好消息告诉他，他肯定会振作起来。"我提议。

贝夫人说不用我提醒，她早有打算。

贝律师还不知情，小朱却已收到消息，他兴冲冲地奔向贝夫人。

"亲爱的，听说我当爹了。"朱翊安当着我的面问情人，一点儿也不避讳，反倒有互别苗头的意味。

"不是你的，是老贝的。"贝夫人斩钉截铁地答。

"怎么可能是他的？"小朱不死心："你们都在一起那么久了，要有早有了。"

小朱的"死缠烂打"让我不得不介入，当然话就说的不那么好听，把他气得吹胡子瞪眼睛。

"绿茶婊滚一边去！这是我和贝夫人之间的事，你插什么嘴？"

我想反击，被贝夫人的眼神制止住，她要我去厨房拿些核桃给她。

核桃含有亚油酸，能促进胎儿血管生长和发育，所以最近贝夫人把核桃当零食吃。

"好，这就去。"

我瞪了小朱一眼，转身把诺大的客厅留给他们。

第九十二章：幸福来得太快

"老萧，核桃在哪里？"我一进门就嚷嚷。

老萧正在洗手做羹汤，两个炉灶齐开，烤箱里有一只鸡，水槽里还有条鱼。

听见我的声音，老萧拉开厨房中岛的抽屉，从里面拿出一个玻璃罐递给我，顺便叮咛："核桃中的脂肪含量很高，吃多容易发胖，影响孕妇正常的血糖、血脂和血压，所以每天三、四个足矣。"

"你怎么知道是给孕妇吃的？"我问。

老萧说前两天贝夫人问他老婆怀孕时的征兆，他一瞄她的小腹就知道怀的是男孩。

什么？！这也看得出来？

"怀男孩，肚子是尖的；怀女孩，肚子是圆的。"他说。

敢情小朱就是从老萧这里得到的情报？

"你没告诉小朱，贝夫人怀的是男孩吧？！"我边问边将小刀插进核桃缝里，用力一旋转，核桃被撬开了。

"我告诉他了，他很高兴，因为越南那一个生的全是女孩。"

核桃仁很硬，简直在考验我的牙齿功力，好不容易我才咀嚼完毕。

"老萧，孩子跟小朱一点儿关系也没有，他高兴个啥？"我得赶紧扼止流言。

"不是他的？"老萧抓抓半秃的头："这就奇怪了，小朱一直吹嘘他和贝夫人之间的亲密关系……"

"有些人就是爱往脸上贴金，贝夫人是什么身份？你说可能吗？"我拿起核桃罐，冷冷地丢下一句。

回到客厅，朱翊安已经走了，贝夫人抚着肚皮，样子很落寞。

"给，"我把核桃递给她，顺便传达老萧的叮咛："顶多一天吃四个，吃多容易胖，到时不好生。"

贝夫人收下罐子，却没有吃的打算。

"怎么了？"我坐了下来："谈判破裂？"

贝夫人说没破裂，小朱答应闭上嘴。

这不是很好吗？

"不好，"贝夫人很沮丧："他要葡萄园、一张无上限的信用卡副卡以及对孩子的探视权，这叫我如何向老贝开口？"

小朱果然狮子大开口。

我思考了一下，在法国，任何人都能对亲子检测说不，也就是说只要贝夫人一口咬定孩子是贝律师的，小朱根本提不出有利证据去证明自己是孩子的生父。

"贝夫人，你的胜算很大，要考虑的是如何让小朱安静地、平和地走开。"

贝夫人同意我的看法，也知道不可能轻易打发掉小朱，所以一开价就是一百万欧元，只要他离开贝公馆。

一百万欧元相当于七百五十万元人民币，够小朱、小朱太太以及五名子女在低消费的越南过上优渥的生活，只可惜贝夫人还是太低估朱翊安的胃口。

"依依，我该怎么办？"贝夫人把脸埋入手掌心，很无助地问。

当贝夫人纵容自己时，早该想到天下没有白吃的午餐（或许她也曾经想过，只是没想到午餐会如此昂贵）。

我把贝夫人的麻烦一肩扛起，谁让我是她的智囊团？

"真的？"贝夫人兴奋地抓住我臂膀："你真的愿意去谈判？"

这不是个好差事，尤其对象是我的死对头，但我依旧用力地点一下头，然后推门出去，大有"风萧萧兮易水寒，壮士一去兮不复还"的气概与魄力。

葡萄采摘工人说酿酒师在地窖里。

依着工人的指示，我很快找到洞口，外观有点儿像山西窑洞，不同的是它不是由土、石、砖砌成，而是由木头加上水泥所建造的现代化建筑，里面占地辽阔，约两亩地。

进到地窖，温度骤降不只十度 C，很是阴凉。

我看到平躺着的橡木桶被高高堆起，像叠罗汉似的一字排开。空气中既有酒香，还有香草、可可和咖啡混合的味道。

徘徊在橡木桶之间，我开始怀疑自己是否迷了路？

"你在找我吗？"

小朱就站在编号为 G 的尽头，我走了过去。

"要不要品尝 G110 桶的新酒？"小朱摇晃着高脚杯。

换在平日，我会损他一、两句，然后拂袖而去，但今天我是带着目的前来，不说胯下之辱，区区一杯酒算什么？我拿起杯子一饮而尽。

"新酒比较酸涩、生硬，为了使它的口味变得柔和、顺口，几乎所有高品质的红酒都得经过橡木桶的培养。"他说。

虽然我不认同朱翊安的人品，但他的专业知识的确让我折服。

"那么你现在在做什么？"我问。

"上个月刚做完第二次发酵，我来确定是否发酵完毕。"他转而问我："你找我有事？"

我们谈话时，身边不时有几名法国工人在走动，人多嘴杂，我不确定这是谈话的好地方，即使我们说的是普通话。

"到我办公室来吧！"小朱说。

朱翊安的办公室在地窖外，我们往外走，还没走出地窖，经过编号 F，那里有一扇门，我差点儿以为那是办公室。

"那是冰冻室，为了将香气和风味最大化，葡萄酒都要经过冰镇的过程。根据酒类的不同，喝之前冻个 10-20 分钟最佳。"

小朱的办公室约二十平方米大，里面很像七十年代的领导办公室，我甚至还看到越南总理的肖像。

"坐。"小朱指着红皮沙发，上面的廉价皮革早褪了色，感觉血迹斑斑。

我小心地坐下来，也小心地把来意表达清楚。

"我不要贝夫人的钱。"小朱说。

"一百万欧元可以了，很多人一辈子也赚不到，你开的条件，贝夫人不是做不到，而是无法跟贝律师解释。"我试着游说。

朱翊安说我误会他的意思了，他不仅不要钱，连其他的条件也一并取消了。

"孩子能在贝公馆开心地长大最重要，有那么好的环境是宝宝前世修来的福气。"他说。

情势急转直下，让人摸不着头绪。

小朱接着解释，他会狮子大开口是因为贝夫人的绝情，让他自尊心受损，但冷静过后，他想通了，孩子跟着贝家夫妇总比跟他好，没必要打破这种平衡。

"我不拿孩子做交易。"他附加一句。

"那……那个……小朱……谢谢你。"我的心情因突来的变化，一时无法转换。

"不用谢，应该的。"

幸福来得太快，让人感觉很不真实。

我浑浑噩噩地走出办公室，一时竟分不清东西南北。

第九十三章：赶鸭子上架

贝夫人也觉得匪夷所思，但她没我想的深，反而自责错看了情人。

"我得赶紧把毛衣织出来，它代表我的一份心意。"

贝夫人的心思有时像个孩子，单纯的可爱，但有时……我不得不说，邪恶的可怕。

什么？！要我举例？好吧！就说说"怀孕"这件事，我认为这分明就是有预谋的犯罪。

贝家无后，一直是贝氏夫妇的心病，加上医生说男主人的精虫数过少，等于给"传宗接代"判了死刑。

没错，贝夫人后来是放浪形骸、淫乱无度兼恬不知耻，然而这何尝不是"死马当活马医"、"置死地而后生"的无奈之举？

朱翊安无疑成了贝夫人手中的一枚棋子，他的"狮子大开口"在我看来也情有可原，反倒他的"一分不取"让我心生警惕：他该不会有更大的阴谋吧？！

"依依，你怎么还待在那里？快去拿毛线。"贝夫人喊。

"噢！好。"我跳起来，往杂物间跑去。

"真的？你真的怀孕了？"贝律师很惊喜。

贝夫人不停地点头，眼眶泛着泪水。

这真是个温馨时刻，两个年近半百的中年人因小生命的来到而喜极而泣。如果不是因为知道隐情，我或许也会跟着胡乱感动一把。

"贝律师、贝夫人，恭喜你们喜得贵子。"我不忘说场面话。

贝律师走过来握紧我的手，说我是贝家的福星，不仅贝夫人不再抑郁，连他们贝家也有后了……

"哪里，这是你们的福气。"我不敢居功。

贝律师还说得把这个好消息跟贝公馆上下分享，不仅每位工作人员都分到一打的自制葡萄酒，还收到一个特大红包。

"太好了，我代表全体工作人员向你们致谢，希望好事成双，明年再多添个宝宝！"

说完，我见贝夫人的神情有异，这才发现自己说错话了，难道要贝夫人"再度"红杏出墙？真想甩自己两耳光。

反观贝律师却不疑有他，依然呵呵呵地笑得很开心。

华诺拎着酒到我房里开派对，他的酒加上我的酒，总共 24 瓶。

"今天就让我们醉死在酒精里。" 说完，他剥的一声开了瓶，一边就着嘴喝，一边将酒倒进浴缸里。

"干嘛呀这是？" 我问。

"洗—鸳—鸯—浴—"

接着他猛力喝了一大口酒，含住，在我还没搞清楚事情原委前，喷得我一身都是。

"你有病是不？" 我怒火中烧。

"别气，" 他的嘴巴冒出葡萄酒的气味："我帮你换。"

他动作轻柔地拉开我连身裙的拉链，解开胸扣，又脱下我的蕾丝丁字裤……

大功告成后，他坐在浴缸边缘，色眯眯地看着我："你……是上帝的杰作，上下身比例为 5:8，符合黄金分割定律。身高不高，但三围匀称，尤其是乳房，啧啧啧，既坚挺又有弹性，让男人无法自拔。"

"谢谢你的点评，鉴定完毕了吗？" 我反问。

华诺一身笔挺，我却光着身子，这画面真的很滑稽、可笑。

"还没，" 他站起身，开始解衬衫的扣子："现在换你鉴定我。"

华诺的性感来自于他优渥的生活以及无以伦比的自信，他从来没流露过一丝自卑的情绪，即使是困难时刻，也会被他无可救药的乐观态度一笔带过。

我和他沐完浴，身上仍带着浓厚的酒味，谁叫我们浸在酒缸里近一个小时？

　　"待会儿用餐，贝律师或贝夫人若问起，看你怎么说？"我睨了他一眼。

　　"实话实说呗！就说我们洗了鸳鸯浴，用的是他们送的葡萄酒。"

　　"怎么一股葡萄酒的味道？"贝夫人像狗一样耸动她的鼻翼。

　　我看着华诺，等他出丑。

　　"我和依依喝了点儿酒，庆祝贝家有喜，不小心让酒溅到身上，已经换了衣服，没想到酒味还是那么浓。"华诺给了不同版本的解释。

　　"没事，酒的香气很好闻，"贝律师手持着酒瓶问："你们还要来点儿餐酒吗？"

　　华诺说他还能喝点儿，我说不了，我跟贝夫人一样喝果汁。

　　于是那两个人把酒言欢去，我则和贝夫人说起悄悄话。

　　"你和华诺刚刚做完坏事，我闻到了。"贝夫人压低声音说。

　　怎么闻出来的？这鼻子也太灵了。

　　"有非常强烈的荷尔蒙味道。"她附加说明。

　　我低头闻闻衣服和手臂，奇怪，除了酒味，什么也闻不出来。

　　"你们两位在说什么？神神秘秘的。"贝律师好奇一问。

　　我正想答"没什么"，贝夫人却抢先一步，她说我有恨嫁之心，抱怨华诺不主动求婚……

　　"没想到你们已经发展到这种程度，华诺，这就是你的不对，难道要依依先开口？"贝律师责问。

　　对于贝夫人的瞎起哄，我只能傻笑，这已不是头一回，早司空见惯了，然而华诺却小题大作，不仅承认自己的不是，还发话这周末就带我回华堡，正式向华夫人禀告此事。

　　"太好了，依依。"贝夫人很欣喜。贝律师则拍拍华诺的肩膀，给予肯定和鼓励。

　　我看着华诺，呆若木鸡，华诺却举起酒杯，隔空敬了我一杯。

第九十四章：小倩

车子一直开到华堡，我还是臭着一张脸。

"你确定不进去？"华诺再一次问我。

我索性趴在车门上，看着窗外的风景发呆。

华诺下了车，感觉的到他的不悦，关门的声音带着怒气。

我在车里等了约两小时，华诺才重新回到车内发动引擎。

"华夫人说什么？"我问。

"还能说什么？"华诺来个九十度转弯："她说会帮我介绍个好女孩。"

"真的？"我问。

华诺不吱一声，很专心地开车。

贝夫人知道我爽约，气不打一处来，说好好一件喜事被我搅黄了。

"你该不会还在等那个穷酸画家吧？！"

贝夫人提起罗宋，我很心虚，他现在在维京海盗的故乡——北欧。

见我沉默，贝夫人甩担子不干了，她要我好自为之。

贝夫人不理我、华诺也不理我，这个家只有贝律师对我还算和颜悦色，但他最近的气色很不好，蜡黄蜡黄的，而且说话有气无力。

"贝律师，你还好吧？！"我关心地问。

"不太好，头痛，吃不下饭。"他说。

自从参选失败加上被律师公会冻结执照，贝律师每天除了打打高尔夫球外，算是闲赋在家。有时见他无聊的可怕，竟然蹲在地上看蚂蚁搬食物。

"我把面包撕成小块，不一会儿蚂蚁大队便全员出动，很浩大……"他笑着对我说。

那么贝律师的"病"是不是太闲所致？听说有种"退休病"就是因

为工作强度下降，压力减轻，一时无法适应所致。

"也许吧？！我一向忙忙碌碌惯了，一旦停下来，的确有些无所适从。"

为了"救"贝律师，我告诉他可以参加我和华诺的晨跑队，他无可无不可地答应了。

隔天一早，我去敲他房门，是贝夫人开的门，她压低声音说贝律师不去了，想多睡会儿。

我笑笑表示理解，刚开始晨跑的人总有一大堆借口拖延，贝律师的行径不算离谱。

"你也太离谱了，都这么多天了，一句话都不吭。"我边跑边问。

华诺已经和我冷战多日，虽然他依旧敲我房门和我一同跑步，也同桌而食，但一切都不一样了。

贝夫人生我气，好歹对我的问话还做个简短回答，华诺则不同，他像个瞎子、聋子和哑巴，不仅对我的发问充耳不闻，而且索性当我是空气，将我变不见。即使我死皮赖脸地主动敲击墙壁给暗号，一长三短，他也不会猴急地跑来和我温存，十足的柳下惠。

"华诺～"我挡住他去路，害他煞车不及一头撞上。

"你有病是不？"华诺坐在地上抚着膝盖问。

我也好不到哪里去，跌跤时，擦伤了左手臂。

"我流血了。"我可怜兮兮地说。

华诺忘了他的膝盖，爬着过来。

"得上药，最好是碘酒。"他说。

"啊～啊～你能轻点儿吗？"华诺帮我擦碘酒，我痛得眼泪直流。

他摇摇头："女人因为愚蠢而善良……"

"什么意思？"我问。

"我说你很善良。"

这岂不是绕个弯说我愚蠢？

"我的确是笨女人，你该庆幸没娶我。"我赌气地说。

华诺同意我笨，毫不客气地数落我，说我再也遇不到像他这样优秀又爱我的男人……

挨了骂，但我找不到话反击。

"这礼拜六，小姨帮我安排相亲，你若没事，欢迎到场观礼。"华诺扔给我重磅炸弹。

"这礼拜六，小姨帮我安排相亲，你若没事，欢迎到场观礼。"华诺的话在我耳边回荡。

"华夫人介绍的是华人商会白会长的女儿，学的是时装设计，身材却不输模特儿，现在在 CHARLES FREDERICK WORTH 的工作室工作，年薪五十万欧元……"

贝夫人喋喋不休地介绍华诺的新欢，殊不知我这厢已忌妒到不行。

"富家女都难侍候，我看华诺这回有苦头吃了。"我的酸葡萄心理开始作祟。

贝夫人直接给我打回票，她说白小倩是个性情非常好的姑娘，上得了厅堂，下得了厨房，她儿子若有这等福气，她铁定要了这个儿媳妇。

贝夫人照过超音波，如同老萧所说，怀的是男孩。

"那好，恭喜华诺！"我言不由衷。

贝夫人看了我一眼，没说什么，又低下头织准备送给小朱的毛衣。

星期六吃完早餐，我一直魂不守舍，竖起耳朵听华诺的一举一动，当他下楼发动 VOLVO 时，我适时出现。

"你去哪里？"我问。

"华堡，和我小姨吃饭。"

果然是和女鬼小倩相亲去了。

我问他什么时候回来？他答不知道。

"你想和我去吗？顺便给点儿意见。"他问。

给什么意见？意见就是这女人是狐狸精兼扫把星，华诺能滚多远是多远。

"我很忙，没空。"我高傲地拒绝。

他笑着踩上油门扬长而去，连再见也没说。

我很受挫，把地上的石子踢得老远，差点儿击中 VOLVO 的车屁股……

多远。

"我很忙，没空。"我高傲地拒绝。

第九十五章：贝律师病了

华诺直到第二天清晨才进门，我刚跑了两圈就看到他的 VOLVO 停在贝公馆前，引擎盖还冒着烟。

忘了我还得跑八圈，直接进了屋。华诺就坐在客厅里，翘起二郎腿看报。

"这么快就跑完了？"他问。

我没回答他的话，像抓到夜不归宿的孩子："你昨晚没回来睡。"

华诺问我为什么要告诉他已经知道的事实？

"我不知道我没回来睡吗？"他反问。

"你在哪里睡？"我转个方向问。

"床上。"他翻了一页报纸，很悠哉地回答。

"你他妈犯傻了吗？我问的是你睡小倩的床还是小倩睡你的床？"

华诺索性合上报纸，站起身来："马小姐，会不会觉得自己管太多了？"

在我还没来得及反应前，他已经上楼去了。

今天早餐我们喝粥，有肉松、酱菜、花生米、油条、荷包蛋加上两样炒青菜。

贝夫人不再吃苦瓜，因为苦瓜已经不是当季蔬菜。

"来，老贝，这是你最喜欢的苋菜。"

贝夫人挟了一筷子的蒜蓉炒苋菜到贝律师碗里，贝律师吃得津津有味，他已经连续吃了十几天。

我以为贝夫人也爱吃苋菜，没想到她踩都不踩。

"苋菜的茎部纤维很粗，咀嚼时会有渣，怪不舒服的。"她解释。

不只苋菜让人不舒服，我觉得所有的蔬菜都让人不舒服，其中还分等级，贝夫人喜欢的苦瓜及贝律师喜欢的苋菜就被我列入"巨难吃"之首，连闻到气味都难受。

在食物的选择上，华诺和我同出一辙，我们都是无肉不欢的"肉肉家族"。

"好想吃肉啊！"华诺道出我的心声。

贝夫人把肉松往我们的方向挪，我和华诺只好噤声。

"小倩这女孩如何？"贝夫人问。

"不知道，没见着面。"华诺答。

原来小倩在去华堡的路上，车子不知怎的滑进山沟，额头破了相。

"这也太晦气了，人还没见上面就有血光之灾，实在不吉利。"贝夫人摇头。

也就是说，华诺压根儿就没见到小倩，我心中暗自窃喜。

"我小姨也说不吉利，直接把小倩除名了，不过没关系，她已经将消息放出去，估计所有的法国单身华裔女子都会前仆后继而来……"

听华诺这么一说，我像刚上岸的小狗又被一脚踢进水里。

"依依，你怎么了？很不开心的样子。"贝夫人关心地问。

"哪有？"我拿起筷子夹了颗花生米："我在想华诺大概觉得相亲很烦。"

谁知我马上被打脸，华诺说能过一把"帝王选妃"的瘾，何乐而不为？

我闷不吭声地把花生米丢进嘴巴里，一颗、两颗、三颗……直到盘底朝天为止。

贝夫人终于织完情夫的羊毛衫，她让我送去给朱翊安。

"告诉他，这是我的一份心意。"贝夫人叮嘱。

我把墨绿色套头羊毛衫折叠好，放入一个漂亮的纸袋里。

"给，"我把袋子递过去："贝夫人特地为你织的，大热天的，看她织得很辛苦。"

朱翊安打开袋子，把衣服拎起来，轻蔑地说了一个字："切！"然后扔到椅背上。

我感觉受到极大的侮辱，虽然那个"切"字，不一定针对我。

"我以为即使不喜欢，你也可以表现得不那么低俗。"我说。

"低俗？！"小朱扬起声："你以为谁低俗？贝家的财产是怎么来的？不过是大发国难财，把当时党部的钱卷走一大半，什么是低俗？这才是低俗！"

都那么久远的事了，我懒得分辨是非，再加上话不投机，坐没五分钟，我拍拍屁股走人。

"小朱喜欢那件羊毛衫吗？"贝夫人问。

"还……还行。"

我的双手被蓝色毛线圈住，贝夫人这次要替娃儿织毛衣，加上蓝色小帽、蓝色手套加上蓝色袜子。

贝夫人说蓝色让她联想到大海，海纳百川，她希望儿子有像海一样的伟大胸襟……

啊！每个母亲都一样，对子女有深切的期盼和祝愿。

"她姓蓝。"

"什么？"我一时丈二和尚摸不着头脑。

"这礼拜的相亲对象姓蓝，单名星。"

蓝星？蓝色的星星？

贝夫人话匣子一打开，怎么可能只八卦一点点儿？于是我知道蓝星是个歌剧家，在歌剧界闯荡多年，最近刚在《西贡小姐》中获得一个小角色，初露光芒。

"别小看她现在是个小演员，父亲可是大名鼎鼎的法国投行 Benoit&Associés 的合伙人。"

噢，又一位富家千金，不过这次倒是投华诺所好，他喜欢歌剧，也能唱上几句。

"华夫人给了华诺《西贡小姐》的入场券，今晚七点那一场，看完歌剧刚好可以吃夜宵。"贝夫人继续报料。

晚餐桌上果然不见华诺，我的心蒙上一层阴影。

老萧今晚难得煮了酸菜鱼，汤鲜味美、酸辣可口，尤其他选用的是黄花鱼，肉质紧密且嫩滑，用来做酸菜鱼再适合不过。

"老萧说他用的是台湾酸菜，带点儿甜味，但我觉得酸菜鱼还是得用四川泡菜才够味，对不对？老贝。"

贝律师没说话，低头扒饭，面前有一盘水煮苋菜，汤竟然是血色，看着吓人。

为了炒热场面，我马上找话："还吐得厉害不？"

贝夫人说早不吐了，最近胃口大开，把以前吐的全吃回来……

我转向一旁无声的男主人，开玩笑地说："贝律师，看来你的儿子是个大胃王。"

贝律师还是不吱声，但样子有些怪异，他将筷子伸向苋菜，好像电影里的慢动作，不是一气呵成。

"贝律师你还好吧？！"我问。

"好……好……好……"贝律师突然口吃。

我和贝夫人面面相觑，在还没反应过来前，贝律师手中的碗筷掉了下来，发出"哐啷"一声，人也像泄了气的皮球似的瘫在椅子上……

第九十六章：过山车

就这么巧，当我和贝夫人慌了手脚，不知如何是好时，朱翊安一脚跨进来，手里拎着一瓶酒。

"怎么了？"他将酒往桌上一搁，人走到贝律师跟前。

"不知道，忽然就这样了。"我急急地回答。

小朱观察一下贝律师，然后用拇指压在他的鼻唇沟 1/3 处往顶推，每分钟约 30 次，又走到贝律师身后按摩他的头部，这样来回数十次后，贝律师终于回过神来。

"老贝，你还好吧？"贝夫人很着急。

"不知怎的，脑子忽然一片空白。"贝律师说。

小朱解释这是气虚，用中药调理一下就好。

贝夫人马上同意，她说前阵子自己大病一场，就是靠台湾老中医的神奇妙方给治好的。

"没问题，我马上让老萧联系。"这时的小朱和善得不得了，是天使的化身。

面对恩人，贝氏夫妇称谢连连，小朱大手一挥说"小事一桩"，顺便表示拿来的酒是九七年份的，纯度刚好。

"适当喝些红酒能软化血管，让肤色和气色更好，同时抗衰老。"他说。

送走朱翊安，贝律师和贝夫人正为逃过一劫而庆幸，只有我忧心忡忡，总觉得有哪里不对劲。

我听见华诺开门又关门的声音，他哼着歌剧，听不出心情好坏。

我望向床头柜上的电子钟，23:15，他大概和蓝星吃过夜宵了，吃了什么？

此时墙壁传来一长两短的敲击声，代表华诺想和我做爱。我回复一长三短，没多久他来敲我房门。

"今晚的夜宵你吃了什么？"我很好奇。

"夜宵？没吃夜宵。"华诺躺在我床上。

没吃夜宵怎么近午夜才进门？看完歌剧你和蓝星上哪儿去？牵手了吗？亲嘴了没？……

"要不要我打份报告给你？"他问。

我噤声了。

华诺看我可怜，拍拍他旁边的空位，我柔顺地靠过去。

"我想娶你，你不愿意；看我和别的女人约会，你又不乐意。不带这样玩的，你太孩子气了。"他摸摸我的头说。

华诺说得没错，我的确太孩子气了。

"我想和罗宋说清楚后再决定，况且……我不认为华夫人会同意我们的婚事，两家背景差太远了。"我考虑的比较多。

华诺说他会给我时间让我和罗宋说清楚，至于他小姨同不同意我们的婚事……

"她只有建议权，没有决定权，毕竟要结婚的是我不是她。"

华诺给我吃定心丸，但我还是不放心，因为他没交待看完歌剧后和蓝星做了什么？

"什么也没做。"他解释："蓝星的角色是一名妓女，那么多妓女在跳着舞着，偏偏就她一人从舞台上摔下来……"

华诺后来还跟着去了趟医院，剧团经理问起他和蓝星的关系，他一时答不上来，结果被当成粉丝给轰出去了。

"我觉得是你施了魔法，让我的选妃之路困难重重，"他压着我："说，是不是这样？"

我答不是，他不相信。

"古代女巫身上都带有标志，我需要验明正身。"

说完，他脱下我的鹅黄色丝质睡衣，紧接着又脱红色半透明胸罩……

"我是不是女巫？"我问。

"不知道，还没检查完毕。"

他的双手沿着我的臀部曲线往下滑，我的蕾丝丁字裤被退至脚踝……

"这一次，我会很久很久……"他说。

贝公馆又弥漫着挥之不去的中药味。

尽管我告诉贝夫人"台湾老中医"完全不存在，老萧已经作实小朱的谎言，但她却嗤之以鼻，认为应该让事实说话，事实就是贝律师的身体越来越好了。

的确如此，服了几帖中药，贝律师的气色好多了，人也有了精神。

"这不就好了吗？不管是台湾老中医还是非洲巫医，只要能冶好病就是硬道理。"贝夫人笃定地说。

可惜没高兴几天，贝律师眼瞅着又不行了，他伛偻着背，连走路都困难。

"这如何是好？得找个家庭医生看看。"我说。

自从那位马来西亚裔医生失去贝夫人的信任后，已不再上门。贝夫人对找新医生也兴趣缺缺，尤其中医冶好她的病而非西医，后者便被她打入冷宫，这下子我连打给谁都没了主意。

"小朱已经在联系了，马上会有消息。"贝夫人很有信心。

老中医这次开了新药方，换上更难闻的中药，现在贝律师每天都要喝上五大碗"墨汁"，看他皱起眉头的样子，很是辛苦。

这一天侍候完贝律师吃中药，我问他苦不苦？他面无表情。

此时一只绿头苍蝇正嗡嗡嗡地到处乱飞，我打了几次都没打着，最后它竟然停在贝律师的脸颊上。

"贝律师别动。"我说。

没想到他等不及我动手，自己打了自己一巴掌，轻轻的，这怎么可能击中？

看苍蝇得意洋洋地飞走了，我只能说笑："看来今天是苍蝇的 Lucky Day。"

贝律师没笑，脸上像戴了面具似的。

我注意到当苍蝇停在他脸上时，他的肌肉连最细微的反应也没有。

"贝律师，来，笑一个给我看。" 我说。

他仍是 1 号表情。

我轻轻拍打他脸颊，他没反应，我再加重力道，他依旧纹风不动。

天哪！贝律师竟然面瘫了！

"你……你……打……打……我……不……不……像……话……" 贝律师口齿不清地指控我。

我吓傻了，转身跑去找贝夫人。

第九十七章：窦娥冤

贝律师的病情已经不是几帖中药能搞的定，我告诉贝夫人一定得送医院，而且还是大医院。

"没用的，"贝夫人哭丧着脸："这是咀咒，谁也逃不过。"

原来前几天朱翊安告诉她这个庄园的秘密：当年国王还不起债务，打算借叛乱的名义杀了贵族，贵族听到风声后连夜逃离，临走前下了咀咒，谁拥有这庄园，将承受身体的疼痛直至死去……

这是什么跟什么？无聊的传说也信？

"不，不是空穴来风，这庄园的前拥有者不也得了怪病？"她抓到证据。

我想起贝夫人曾经说过的可怜人，某天开始口齿不清、步履蹒跚，接着面瘫、手脚麻痹，然后是酣睡，可以连续睡好几天都不醒……

把他拿来和贝律师对比，症状相似的惊人，我的心喀噔了一下。

"你现在想怎样？难道把庄园卖了逃到希腊，像前屋主一样？"我问。

贝夫人捂住脸，拼命摇头："我不知道，这事我得和小朱商量。"

和小朱商量？小朱是什么人？何德何能？

看贝夫人手抚着圆滚滚的肚皮，我恍然大悟，她是想跟孩子的爹商量，贝律师已经这样了，她能依靠的也只剩下小朱了。

"怎么办？贝律师一定得送医院。"罗宋不在身边，我只能跟华诺商量。

华诺思考了一下，很有担当地说："我们送他上医院吧！"

他的意思是"先斩后奏"。

我赶忙换上外出服，然后下楼找贝律师，然而即使我把整个房子给掀了，还是遍寻不着一个行动不便的人。

贝律师去哪儿了？我和华诺面面相觑。

是急促的敲门声打破沉默。

华诺开门，外面站着一位亚裔人士，我认出他是勘探队其中一员。他操着生硬的法语，话说得很慢，大意是有人死了……

华诺问在哪里？那人手指着葡萄园的方向。

贝夫人不停地用手绢拭泪，样子很伤心，朱翊安则站在窗口，脸朝外，看不出内心起伏。

目光回到小朱办公室，贝律师正坐在轮椅上，双手自然下垂，头侧向一边，眼镜就快滑落。他睡得很沉，我喊了几声，他完全没反应。

"别喊了，"朱翊安转过身来，很冷默地说："他死了。"

我说怎么会？两个小时前还好好的。

"'阎王要你三更死，绝不留人到五更'，别说两小时了，就是两分钟也会要人命。"小朱答。

我不否认人的性命犹如风中之烛，但贝律师不在公馆内好好待着，反而死在小朱的办公室里，怎么说都说不通。

还是贝夫人解开了谜团："小朱说百年老宅难免有鬼魂，做个法事就没事，没想到道士才把法器拿出来，老贝……老贝就不行了。"

贝夫人梨花带雨。

真不知说什么好，贝夫人好歹也是大学毕业生，这种江湖术士的把戏，她也信？

还是华诺机警，说这件事离奇，得报警，最好做个尸检查明真相。

贝夫人听完，忽然双手护住贝律师的身体嚎啕大哭："不，不要尸检，死了还让他挨刀子，太残忍了！"

小朱见状把华诺带到一旁耳语，没想到一切逆转。

华诺打电话给殡仪馆，没有通知警察。

"你不觉得奇怪？贝律师竟然就没了？"回到华诺房内，我迫不及待地质问他，因为他的不作为。

华诺说他也觉得事有蹊跷，但是……

原来道士作法前，照例要了被施法者的生辰八字及亲属名单，道士随口问贝夫人肚里的孩子是不是也是亲属？贝夫人答是。于是道士要她离场，怕作法时伤了未出世的亲属，没想到贝夫人想待在现场想疯了，竟改口称肚里的孩子不是贝律师的……

"你想贝律师会怎么想？当然是急怒攻心，加上他口齿不清，旁人不知他要表达什么，结果活活给气死了。"

太吓人了，原来背后还有这么一段故事。

华诺说事情一旦追究起来，贝夫人肯定有过失。哎，逝者已矣，活着的人还是要继续，两害相权取其轻，以目前看，"保持沉默"的伤害最轻。

我还是觉得不妥。

华诺转而说服我："这世界有一半的人活在假相里，为什么？因为真相太可怕，活在谎言里不见得全是坏事。"

我想起罗宋，如果当时他死咬着跟华夫人无半点儿关系，我不也信了？也许现在我们早已步入婚姻殿堂……

"死亡证明怎么开？又不是寿终正寝。"我忽然想起重要的事。

华诺说别担心，贝夫人有认识的人可以帮忙。

真替贝律师感到难过，他死得不明不白，死前还得知自己被戴绿帽了，简直比窦娥还冤！

我望向窗外，夏天的木棉花花絮正在空中飞舞，不细看，还真以为下了一场"六月雪"呢！

第九十八章：越南厨子

这庄园的前任主人 M.Mollet 现住在希腊雅典面海的大公寓里，我决定去拜访他，惟有如此才能解开怪病疑云。

"非亲非故的，你就这么飞过去找他，不被当成神经病才怪！"华诺泼我冷水。

"我可不是冒冒失失就上门的野蛮人，我已经和 M.Mollet 联系了，他欢迎我随时拜访他。"我说。

这都得感谢贝夫人把前朝遗臣全留下，我稍微一打听便拿到邮箱地址。靠着翻译机的帮助，我写下至少"达意"的法文信，因为 M.Mollet 显然看懂了。

华诺说我是"行动派"，他赶不上我的速度，然而当我上飞机时，他也递上了登机牌。

"这是怎么回事？"我问。

华诺说就凭我那蹩脚的法语，想把老先生给急死吗？

"你需要个翻译先生。"他说。

海是湛蓝的，天是湛蓝的，连远方岛屿上居民的门窗也被漆成一色的蓝，让人心旷神怡。

诗人荷马曾经形容爱琴海醇厚的像酒的颜色，蓝色的酒？多美呀！

M.Mollet 居住的那普良小镇就浸在蓝色的酒里，害我和华诺一路微醺地开往目的地。

小镇分为新城区与老城区，新城区是商业购物区，老城区则相对无华些，它位于突向爱琴海的半岛上，我们要拜访的 M.Mollet 正居于此。

踩着青石板砌成的小径，我们蜿蜒来到这栋蓝白相间的豪华公寓外面，M.Mollet 的家就位于底层。

按了门铃后，一位有着纺锤体体形的希腊妇女前来应门，显然她早已知道我们的来意，微笑着带路。

客厅很大，延伸出去有个阳台，阳台外是无垠的海景，主人翁就坐在阳台的藤椅上，看见我们来，他起身欢迎。

希腊女佣为我们呈上咖啡后离去，阳光正好，海涛声不断，远处的海鸟嘎嘎嘎地叫，在这么静谧的时刻，我们却谈论着严肃的话题。

M.Mollet 听说贝律师死了，很是难过，他说当时的他也很迷惑，一向健朗的身体，为什么一天天的衰弱下去？仿佛体内住着寄生虫，每天啃他一点儿肉、吸他一点儿血……

华诺问他的身体是何时变差的？之前有何异样？譬如生活习惯的改变等等。

M.Mollet 答他是在买下庄园后不到一年的光景，开始觉得喘不过气来，人也特别容易疲倦，至于生活习惯的改变……不知道中药算不算？他有过敏性鼻炎，Julian 说中药能治好，可惜他吃了三个月的中药，不仅鼻炎没改善，人反而越加虚脱。

Julian？谁是 Julian？

M.Mollet 说 Julian 是他雇用的酿酒师。

原来 Julian 就是朱翊安，难怪，除了他还有谁会提供"中药"呢？

"*+£%¥<!......" M.Mollet 飞快地说着法语。

我望向华诺，等他翻译。

"M.Mollet 说，后来虽然停了药，可是病情依旧加剧，到了必须坐轮椅的程度，人也迷迷糊糊，呈半昏迷状态。"华诺解释。

"不对，一定还有别的，譬如食物，他吃了什么？"我契而不舍。

M.Mollet 又是一长串的法语，他说没吃什么特别的，他是个素食主义者，每天固定要吃蔬菜沙拉，又爱吃洋葱，总是在沙拉里拌入洋葱，这和家人的喜好不同，所以沙拉一向由他独食。

"赶紧问他厨子是谁？"我着急问，因为只剩下一层窗户纸了。

"Lucie." M.Mollet 答。

Lucie？这显然是女人的名字。

我很气馁，原以为答案会是老萧，那么就可以断定怪病的祸源来自小朱和老萧，是他们联手让前后任屋主染病，但现实却成胶着状态，一切又回到扑朔迷离当中。

华诺问 M.Mollet 搬来希腊后身体可好？他答好得不能再好，不仅能骑自行车，偶尔还能驾船出航……

我为他感到庆幸，如果贝律师早一步搬离贝公馆，也许就能避开咀咒，逃离厄运。

M.Mollet 说他对咀咒一说嗤之以鼻，但 Lucie 却深信不疑，害怕得不得了，他只好把她带到希腊，毕竟她的法国菜做得好。

这么说，Lucie 就在这栋屋子里？我把眼光投向屋内厨房。

M.Mollet 说她不在厨房里，今天镇上有市集，她采买去了，应该很快就会回来。

我和华诺站在公寓外，没多久，一位皮肤黝黑的瘦小女子提着菜篮子走过来，嘴里哼着歌。

她有长及腰际的发，眼睛很小，鼻梁不高且颧骨突出，猛一看像是女生版的朱翊安。

"Excusez……"

听到有人说法语，那女子吓了一大跳，菜篮子没拿好，蔬果滚了一地，我和华诺赶紧蹲下身帮忙捡。

"Merci." 她说，然后快速转身开门。

"等等，" 华诺抓住门板阻止她关门："能和你谈谈吗？我们从贝公馆来，有些事想请教你。"

没想到她直挺挺地看着我们，仿佛听不懂似的，华诺只好把刚才的话再用法语复述一遍，谁知那女子竟说起越南话，在我们做出反应前，匆匆关上大门。

"看着像是朱翊安的妹妹或表妹。" 我缓过神后说。

"她为什么害怕？" 华诺不解。

我也想知道答案。

"Well，" 华诺摊手："这就是希腊之行的结果——无功而返。"

我不认同"无功而返"一说，至少我们知道 M.Mollet 在离开庄园后壮得像头牛，而且也意外得知朱翊安的亲属曾是庄园的厨子……

"说到厨子，我饿了，走吧！也许还来得及吃下午两点的午餐。"华诺伸出手，我把手递给他。

我们手牵着手踩着青石板往新城区走去，踏踏踏的脚步声在空旷的小径上回荡，显得既孤单又响亮……

第九十九章：抉择

我们一回到贝公馆，华诺便拿上车钥匙。

"去哪儿？"我问。

"有新客户，在 Chambéry。"

Chambéry？它离贝公馆有一个小时远，而现在已经夜里九点多了。

"没办法，Mlle de Gaulle 说她明早飞美国，等她回来，变数可就多了，我得今晚将她拿下。"

Mlle de Gaulle？戴高乐小姐？是个女的？

华诺没回答我，匆匆离去。

他一离开，我把行李放下后便去敲贝夫人的门。

"C'est qui?"贝夫人问是谁？

我答是我。

"依依，我困了，有什么事明天再说。"

贝夫人怀着孕，老公又撒手人寰，我刚出了一趟门，回来就想确定她安好。

"那你睡吧！我不吵你，晚安。"

我对着门说话，贝夫人没回应，让我有些失落，再怎么累也可以回复"晚安"才是。

我躺在床上，把收集到的资料在脑中做归纳：

1) M.Mollet 在买下庄园约一年后开始发病；贝夫人稍早，约七、八个月的时候；贝律师和 M.Mollet 一样，也是一年左右。

2) 三人都吃过中药。

3) 三人都有特别爱吃而旁人不喜欢的食物，如：M.Mollet 的蔬菜洋葱沙拉、贝夫人的苦瓜、贝律师的苋菜。

4) 发病症状都类似。

5) M.Mollet 离开庄园后，所有不适都消失。

6) 中药是朱翊安拿来的，前后任厨子也和他有关系。

箭头指向朱翊安、老萧以及 Lucie 这三人。

我不可能去问朱翊安，他道行太高，怕没问出个所以然反而打草惊蛇；我也不可能去问 Lucie，她的拒人千里之外，已说明她内心的恐惧。

看来只剩下老萧了，要想解开谜团只能从他下手。

"扣、扣。"谁敲我房门？

门一打开，竟然是朱翊安。

"有什么事？现在很晚了。"我没好气地说。

"贝夫人不舒服，你去看一下。"

贝夫人哪里不舒服？我撇下小朱，赶紧往贝夫人的房间奔去。

"贝夫人，你还好吧？"我问。

贝夫人说她腰酸背痛，很累却睡不着。

她躺在床上，胸部很大，肚子也很大。

"已经六、七个月了，宝宝长得真快，你肯定不舒服，我帮你揉揉背，可好？"

贝夫人转过身去，我动作轻柔地帮她按摩，她说按摩后身体舒服多了。

"依依……能不能帮我擦药？"

擦药？贝夫人哪里受伤了？

"我……我有痔疮。"贝夫人很尴尬。

我以为擦痔疮有专门的药，她却递来一管挫伤软膏，让我很迷惑。等到贝夫人脱下内裤，我才恍然大悟，不禁怒火中烧。

"依依，我太对不起老贝了，有时管不住自己啊！"贝夫人流下眼泪，不知是因伤口疼痛还是真的忏悔？

我怒气冲冲地走向小朱的房间，刚把手举起来，有个声音叫我别冲动。是呀！一个巴掌拍不响，贝夫人若不愿意，小朱也无法强求。

我放下手，像只战败的公鸡，垂头丧气地回到自己的房间。

01:00 华诺还没回来

02:45 猫头鹰咕呜咕呜地叫

03:18 我起床上厕所

04:50 载肉类蔬果的货车从贝公馆驶过，开向厨房

05:05 VOLVO 驶入

05:10 华诺进房间

05:12 华诺晨浴

05:30 华诺敲我房门

"准备好了吗？"华诺身着慢跑服，浑身是劲。

"把 Mllede Gaulle 拿下了？"我抚着门，一语双关地问。

"拿下了，"华诺很高兴："花了我好大的功夫。"

"恭喜了。"我言不由衷，顺便将门关上。

"扣、扣。"华诺又敲门。

隔着门，我告诉他自己来例假了，今天不晨跑。

没多久，我听见足音远去的声音。

吃早餐前，我特意又去了趟贝夫人的房间，帮她再上一次药。

"怀孕期间得留意，那样大动作，对宝宝不好。"我说。

贝夫人穿好衣裤，斜躺在床上，样子很憔悴。

"我帮你化化妆吧！人精神了，看什么都顺眼。"我提议。

"依依，小朱……小朱跟我求婚了。"一大清早的，贝夫人就丢来重磅炸弹。

我问她怎么想的？

"我也不知道，好像太快了，老贝才去世没多久，"她看我一眼，琢磨该坦白到什么程度："小……小朱说希望孩子出生后能名正言顺地喊他爸爸。"

呵，什么叫做"名正言顺"？难不成贝公馆得改成"朱"公馆了？

我表明这不是我能决定的，不过婚姻财产协议肯定要签，以贝夫人和朱翊安双方财产悬殊的情况下，采取财产分割制对贝夫人最有利。

"就是说，你的是你的，他的是他的，说白了就是 AA 制。"我说。

"好是好，可是小朱会同意吗？"贝夫人问。

小朱当然不同意，他说协议可以签，但得采取全部财产共有制。

这可万万使不得，哪天离了婚，财产立马一分为二，或哪天贝夫人没了，贝公馆可真成了"朱"公馆了。

当两人正为财产问题争执不下时，我忽然想到一个重要的问题。

"小朱先生，结婚得有单身证明，你有吗？"我问。

朱翊安恶狠狠地看着我："我会有的，等着瞧！"

他走了，看贝夫人心力交瘁地瘫在椅子上，我说了很不中立的话："这婚还能结吗？还没结他就惦记着你的财产。"

"依依呀！"贝夫人很无奈："老贝走了，我太害怕一个人了。我知道小朱和我在一起的动机不纯，但只要他一心跟着我，我不介意用钱买他。"

好个用钱买他，这得花多少钱？！怕就怕肉包子打狗，有去无回。

"例假结束了吗？"我在花园里采花，华诺在我背后发问。

"还没，也许永远也不会结束。"

"那怎么办？我等不及了。"他说。

华诺是我见过最不会掩饰自己生理需求的男人，讲起自己的饥渴像口渴了想喝水、肚子饿了想吃饭一样自然。

"也许再找一位女性客户，她能解决你的问题。"我讽刺。

华诺问这可是我这几天阴阳怪气的原因？我答是。

"你……做了吗？"我困难地问。

"做了。"

我没想到华诺那么快就承认，而且理直气壮地说："那天她心情不太好，刚和男友吵完架……"

这是理由吗？要不要我颁发一个爱心奖杯给他？

华诺说我得讲讲道理，我和他没有婚约，即便结了婚，偶尔偷吃一下反而有助缓解夫妻间的紧张气氛……

"我认识的已婚男女都有偷吃记录，婚姻一样维持得很好。"他严肃地说："其实一夫一妻制是不合理的，古代原始人就不这样，逮到一个是一个，这才是动物本能。"

好个动物本能，那么何不回到蛮荒时代，做只茹毛饮血的人猿？

"其实当人猿挺不错的，每天游山玩水。"

华诺跟我抬杠，我一点儿都高兴不起来，随便采了几朵花，转身回到屋内。

华诺有什么错？他很诚实地表达自己的性爱观，如果哪天他想换妻或找人三P，那也是我咎由自取，谁让我找了个"性开放"的男人？

"依依，有你的明信片。"我正把花插进客厅的花瓶里，贝夫人从屋里走出来："今天的这一张跟以前不一样。"

我定眼一看，是埃菲尔铁塔，难不成罗宋回巴黎了？

翻到明信片背后，除了地址和姓名外，我意外看到一行字：

"我回来了，依依。

如果你原谅我了，请于八月十五日晚上八点在埃菲尔铁塔下等我。

依然爱你的罗宋。"

罗宋回来了？他真的回来了？虽然这个画面在脑中曾经出现过无数回，但真的发生时，我却感觉像做梦般的不真实。

"罗宋回来了，"贝夫人坐下来，肚子鼓得大大的，像只鼓气的青蛙："华诺就要拉警报了。"

是呀！该来的总会来到。

面对两个男人，一个浪子回头，另一个花心萝卜，我要如何抉择？

我没有答案。

第一百章：自作多情

贝夫人说想吃梨子，我二话不说到厨房拿。

"记得啊！挑黑一点儿的。"贝夫人叮咛。

"知道了。"

法国梨呈上小下大的葫芦状，颜色是浅绿带点儿褐色，通常褐色斑块越多越甜，难怪贝夫人说要挑"黑"一点儿的。

我一进厨房就觉得老萧不对劲，他卷缩着身体坐在角落，像个行乞者。

"你若想打个盹儿，何不回房睡？"我边说边往厨房后面的储藏室走去，那里堆满蔬菜水果，我挑了几个看起来汁多味甜的梨。

等我回到厨房，老萧仍保持原来的坐姿没变，我定眼一看，噢，不好，他在发抖，抖得很厉害，额头上有斗大的汗珠。

"怎么了？"我蹲下身，关心地问。

"快，给我白冰糖！"他喘着气说。

白冰糖？我上下搜寻一番，终于在中岛的抽屉内找到，它紧挨着核桃和脯果。

我把白冰糖递给老萧，他没拿，反而将它扫到地上。

"不是这个……小朱有……"

他边说边抚着身子，好像很冷的样子，尽管现在是秋老虎发威的时候，天气闷热的很。

"你等等，我先把梨子拿给贝夫人。"我说。

想到又要见到那个讨厌的人，心中真有万般的不愿意。

朱翊安不在办公室，也不在葡萄园里，连他的房间和贝夫人的房间我都找过，没人。

真是奇怪！

我又蹑回厨房，没想到这回老萧像没事似的，正精神抖擞地准备今晚的餐点。

"老萧，你好了？刚才真吓坏我了，你吃了什么脏东西？"我问。

老萧笑笑没说话。

我看见水槽里有条鳝鱼，问："又吃鳝鱼？"

"嗯，孕妇常吃鳝鱼可防妊娠高血压和不消化，我媳妇怀孕时，我就经常炖鳝鱼豆腐给她吃，她挺喜欢的。"老萧说。

想起贝夫人喜欢吃的苦瓜，我问他孕妇能吃苦瓜吗？

老萧一听到"苦瓜"两个字，像万针刺心。

我乘胜追击："或者……孕妇可以吃苋菜吗？"

老萧听到"苋菜"二字，像万蚁啮骨。

我心里有谱了，遂告诉老萧，Lucie 现在在希腊和前庄园主人一起，那个快死的人现在活蹦乱跳着……

"你知道 Lucie 是谁，对不对？你也知道 M.Mollet 和死去的贝律师发病症状都一样，是不是？"

"谁是 Lucie？我不认识。什么前庄园主人，我是后来才来的。"他努力撇清关系，但神色慌张。

我吓唬他，说人冤死后会有鬼魂，他们会在加害人的四周游荡，搞不好我们在谈话的同时，贝律师正坐在前面的椅子上斜着眼睛看我们……

"够了，够了，"老萧歇斯底里："贝律师不是我害死的，我什么都没做，是小朱，小朱把菜端走又端回，我不知他在里面加了什么。真的，我什么都不知道，人不是我害死的，跟我一点儿关系也没有……"

果真是食物的问题。

我安抚好他后，顺便问起重要的问题："最近朱翊安有没有在贝夫人的食物里加些什么？"

老萧说这倒没有，反而他会关心贝夫人吃得够不够营养？提醒他得炖些花胶、燕窝等补品。

嘘~还好，贝夫人暂时安全了。

我低下头去，不巧看到中岛枱面上有些许白色粉末。

"这是什么？"我用食指在枱面上划过："面粉吗？"

"是……是的。"老萧有些窘迫。

我的鼻子凑上前去，面粉竟是醋酸味？

"你唬我，这不是面粉！"我大声质问。

"拜托，别告诉贝夫人，她会炒了我。"老萧吓得腿软："我不吸了，真的，这是最后一次。"

我不过是佯装很懂的样子，却压根儿没想到"白冰糖"就是"白粉"，也想不到老萧一大把年纪了，竟然是个吸毒者。

"这就是你对小朱惟命是从的原因？"我问。

老萧说刚开始他也抗拒过，但"寂寞"是个隐形杀手，渐渐地他爱上那种无忧无虑的快感，以致越陷越深……

在老萧的央求下，我答应他不将此事禀告贝夫人，但他得当我的线人，把朱翊安的可疑行径一五一十地告诉我。

"贝公馆不能再有不测。"我说。

老萧要我放心，他早对小朱有意见，揭发他能让他一吐心中怨气！

我和华诺冷战好多天了，连贝夫人都看不下去。

"情侣吵架很正常，但哪像你们，都快一个礼拜还没和解，你们受得了，我可受不了。"贝夫人说。

也难怪，以前餐桌上欢笑连连，现在则是如丧考妣，安静的出奇。

可惜听了贝夫人的抱怨，我和华诺依然对峙着，谁也不愿先开口。

"那个……依依呀！"贝夫人决定先炸开锅："明天是八月十五日，你怎么会罗宋？你又不会开车。"

"罗宋？"华诺看看我，又看看贝夫人。

结果贝夫人这个大嘴巴，当仁不让地把事情全交待了。

"你去见他吗？"华诺问我。

"不知道。"我低头扒饭。

贝夫人说如果我决定去会罗宋，等于跳入火坑，从此万劫不复了……

"明天几点？"华诺不理会贝夫人。

"晚上八点在埃菲尔铁塔下。"我答。

华诺说明天下午见过客户后，他载我过去。

贝夫人听了来气，喋喋不休地数落他："你这个傻孩子，依依这一去，还有你华诺的位置吗？"

看华诺挨骂，我感到心疼。

"你不必如此，我可以请人载我去火车站。"一走出餐厅，我对着华诺的背影说。

他转过头来："别介意，我乐意载你去。"

华诺用了"乐意"两个字，让我很迷惑。

"你知道我和罗宋会面的意义吗？那代表我原谅了他，想和他重修旧好。"

他说他知道。

看来是我自作多情，华诺恨不得早点儿摆脱我。

"好，你载我去，一定准时送到啊！我不想要罗宋等。"我强颜欢笑。

"嗯，一定！要不要打勾勾？"

华诺伸出手来，我却迅速转身跑开，不想让他看见我流泪的样子……

第一百零一章：变化

埃菲尔铁塔矗立在巴黎塞纳河南岸，它是巴黎最高的建筑物，由很多分散的钢铁组成，看起来就像一堆模型的组件，被法国人称为"铁娘子"。

我和华诺一路无语地从贝公馆开到埃菲尔铁搭下，他在 Anatole Route 停了下来。

"19:45，没迟到，你走过去就是。"华诺说。

我往车窗外探去，夜晚的灯光璀璨，打在艾菲尔铁塔上平添了许多浪漫色彩，无怪乎入夜后，这里更加人声鼎沸、热闹非凡。

我打开车门，华诺叫住我。

"依依，你能站在那家冰淇淋店前面等吗？"

我往华诺手指的方向望去，塔脚下的确有家冰淇淋店，通火通明。

"为什么？"我问。

华诺答这样他坐在车里也能看到我。

"如果罗宋没来，我载你回贝公馆，不然今晚你要落脚何处？"他说。

我心想罗宋肯定来，他的担心是多余的，但仍向他道谢。

下了车，总感觉芒刺在背，一直走到冰淇淋店前，我都不敢回头，怕看到华诺的眼神。

21:45，罗宋没来，我已经等了两小时。

虽然知道罗宋的手机号，但因为某种尊严在作祟，我不愿打电话催他。见面是他提的，他不应该爽约才是。

我不打给他，他可以打给我，但为什么到现在人既没来，连个短信也无？他在捉弄我吗？

我听到背后车门打开的声音。

"依依～"

我转过头去，华诺立在车旁对我微笑。不知为什么，看见他笑，我有想哭的冲动。

他做了个请我入车的手势。

也罢，罗宋今晚是不会来了。

我正要走向华诺，背后却传来熟悉的声音……

"依依～"

罗宋向我飞奔而来，一把抱住我："太好了，你没走掉。"

"你……"我说不出话来。

"地铁又大罢工，我从1区跑到7区，跑死我了。"

"罗宋你……"

"我没事，呵呵，手机欠费，我到两小时前才知道，否则早通知你了。"他心无芥蒂地说。

我看着罗宋，有些迷茫。他的头发长了，皮肤黑了，肚子有了小肚腩，如果再仔细瞧，他的抬头纹很明显，发鬓竟有些许白发，只有眼睛没变，依然精神着。

"依依，你完全没变，还是我记忆中的样子。"他高兴地说。

我不敢说他变得太多，像是中年版的罗宋。

"你怎么来的？"他问。

我转过头去，VOLVO已发动，也许我多心，车子呼啸而去的声音很悽凉。

"华诺载我来的。"我答。

"人呢？"

"走了。"

罗宋说那我们也走吧！

"回我们的家。"他牵起我的手："学弟把公寓搞得乱七八糟，害我收拾了两天才恢复原状。"

公寓果然被罗宋收拾得窗明几净，连被褥都折得整整齐齐的，有稜有角。

　　"玻璃杯被打破两只，羊毛地毯不知被什么东西糊得一团糟，我跑了两条街才买到一模一样的……"罗宋和我话家常。

　　"什么味道？"空气中有蛋糕的香气，我一进门就闻到了。

　　罗宋说他烤了香草蛋糕，可能不会很好吃，因为家里没有电动打蛋器，他是手打的，效果差了点。

　　我看到厨房的烤架上果然有个像比萨斜塔的海绵状物，像是戚风蛋糕，表面没有任何装饰。

　　"算了吧！下次烤好一点儿再请你吃。"罗宋看着他的"杰作"，很懊恼地说。

　　"不，我想吃。"我说。

　　罗宋有些讶异，但仍沏了壶茶，切了一片看似比较完好的蛋糕片到我盘里。我咬了一口，不难吃，有蒸蛋糕的感觉。

　　"好吃吗？"他问。

　　"好吃。"

　　他的手指划过我的嘴角，一脸爱怜，原来蛋糕渣糊了我一嘴。

　　"我的吃相很难看吧？！"我问。

　　"不难看，我喜欢。"他俯首给我一个吻，轻轻的，像纱掠过。

　　"蛋糕很甜。"他吃到我嘴唇上的蛋糕渣。

　　的确甜，实际上太甜了，像在吃马卡龙。

　　"下次糖的份量可以减半。"我建议。

　　"好，听你的，什么都听你的。"罗宋一副傻呼呼的模样，像极了小熊维尼。

　　我低下头继续吃蛋糕，他的眼睛眨也不眨地看着我。

　　我问他怎么了？他说在过去的几个月里，他天天想我，现在终于见上面了，就想多看我几眼……

　　我笑他傻，他承认自己真傻，要不然也不会把华夫人给的八万欧元全给花费怠尽，一切又回到了原点。

　　"当时很压抑，觉得一定得离开巴黎。本来只想出去一个月，但时间到了，我依然没能原谅自己，所以继续流浪，直到把钱都花光了。"
他说。

"你现在原谅自己了吗？"我问。

罗宋说只有我原谅他，他才有可能原谅自己。

其实我早已原谅他了，因为我知道"迷失"的滋味。好比现在，我
坐在罗宋面前，心却还系着那辆远去的 VOLVO。

"我把床上用品都换新了，是你最喜欢的 ELLE DELCO 牌子，全棉
的。"他小心地说。

我看了一眼双人床，果然被铺上了水湖蓝四件套。

"我……来例假了。"

"没事，就想抱着你睡。"他说。

当清晨的第一道曙光洒了进来，我蹑手蹑脚地起床到厨房倒水喝。

罗宋睡得正沉，微微地打起鼾来。

我没来例假，只是数月没见，感觉罗宋像个陌生人似的，我无法和
他马上有亲密行为。

打开手机，华诺没给我留言，让我有些失望，但是他又能说什么？
他什么也说不了。

窗外万里晴空，我突然想在罗宋醒来前晨浴，遂走向浴室。经过储
藏室时，发现里面的小灯还亮着。

我推开门，眼前是小山也似的一堆画，都是风景画，有层峦叠翠、
有花团锦簇、有草长莺飞、有烟波浩渺……但无一例外的，每幅画里都有
一名女子的背影，光看发形和身形，我已认出是我。

罗宋这个实心汉子用一种含蓄的方式表达对我的思念。

啊！但愿我能给得起他要的幸福，尽管我知道微妙的变化已在我俩
之间悄然而生……

第一百零二章：情欲

　　罗宋说因为落了半年的课，他得等明年一月份开学，中间有四个多月的时间空出来，希望能及时赚到房租及生活费。

　　"我这里有，你可以拿去用。"我很慷慨。

　　"不，那是你的私房钱，我不能动。"

　　罗宋说他又找到中国餐厅二厨的工作，只是这次负责炸物，每天站在油锅前，光站着就能将人烤黑。至于闲暇时，他则打算重新背起画具到圣母院帮人作画，只是听学弟说，隔了半年，作画的人更多了，价钱也被压得很低，有时坐一天也招不来一位客人。

　　"没事的，一切都会好的。"我安慰他。

　　此时我和罗宋坐在餐桌前，阳光正好，茶热着，罗宋做的火腿三明治很可口，是一个很温馨的清晨。

　　"我也这么认为，尤其你又回到我身边，没什么比这个更激励人心的了。相信我，我会给你幸福的生活。"

　　罗宋握紧我搁在桌上的手，我对他笑笑，但心一直处于低靡状态。

　　我告诉他，自己已离开华堡，现在当起贝夫人的丫鬟，又把新近发生的事做个简单交待。

　　"我没想到雅各死了，贝律师也去世了，还好贝夫人怀孕，贝家总算有后了。"他听完后说。

　　我很想告诉他，贝夫人肚里的孩子不是贝律师的，但以罗宋不会转弯的脑子，这消息显然太骇人，所以我选择沉默。

　　说完别人的事，他问我今天想做些什么？我答随便，但傍晚前得离开巴黎，因为我是请假出来的。

　　"那么陪我上菜市场吧！秋天的鸭子很肥美，蘑菇正当季，刚好做顿好吃的。"罗宋说。

　　我对吃的要求一向不高，况且罗宋厨艺了得，我从来不担心他会做出难吃的菜。

当我们准备就绪，临出门前，罗宋却说还是先把衣服洗了再走吧！回来刚好晒上，中午阳光烈，下午肯定干。

我笑而不语，家务事他一向就做得比我好，但人生除了柴米油盐之外，一定还有别的，否则我不会在听了这些后，感到索然无趣。

我不会做家务，华诺也不会，但他的薪水却是罗宋的十几倍甚至更多，当然我不否认有朝一日罗宋会扬名立万，但机会微乎其微；华诺的身高比罗宋高，人也长得体面，这不全然是衣着的原因，还包括内在散发的贵族气质，罗宋站在他旁边，倒像是个仆役；华诺的情商……

糟糕，无形当中我已经把他们两人摆在一起做比较，并且一边倒的倾向华诺，这不是个好现象。

"怎么了？表情怪怪的。"罗宋问。

"没什么。"我说。

看罗宋一副怀疑的样子，我只好佯称自己不喜欢吃蘑菇。

"这样啊，怪可惜的，法国的蘑菇有巴掌大，用奶油和大蒜煎，美味不输顶级牛排。"

他说既然我不喜欢吃蘑菇，那么芦笋好吗？芦笋刚上市，贵了点，但他到常去的蔬果摊买，老板会给折扣。

看罗宋一脸期待，我不忍拂他意，遂说了声："好"。

吃完罗宋精心制作的午餐，他送我去火车站。

"到了里昂，你怎么回贝公馆？"罗宋问。

"别担心，我有办法。"

罗宋又说开学前他得努力赚钱，可能没办法经常去看我。

"没关系，我也有事情要忙。"我宽慰他。

听到火车进站轰隆隆的声音，罗宋再也忍不住，他低下头给我一个长长的吻，舌头伸进我嘴里，接着又亲吻我脖子，气喘吁吁的……

"罗宋，这里是火车站。"我提醒他。

好不容易他才克制住自己，让我离开他的怀抱。

"到了贝公馆，给我来个电话。"他说。

我对他挥挥手，火车很快驶离站台。

我一走出里昂火车站就听到叭的一声，是华诺的 VOLVO。

"怎么来的？"我难掩兴奋之情。

"你不是打电话给贝夫人说坐下午三、四点左右的火车吗？我已经在这里等你一个多小时了。"他解释。

华诺来接我，多少感动了我，有哪个男人会如此大度地接别人的女友？

车子上了高速公路，华诺忽然提起贝夫人今天早上见红了，他请医生到家里来，医生说贝夫人年纪大，体重又过重，怕引发各种併发症，尤其是妊娠高血压，所以勒令贝夫人得躺在床上养胎，直到生产结束。

其实这早在我的意料之中，不说贝夫人的年纪已经五十好几，一百五十五公分的身高，体重却达一百八十斤，这无疑是高危孕妇群。

"我知道了，我会好好照顾她。"

说完贝夫人，华诺还是提起我不愿讨论的人："罗宋好吗？"

"好。"

"他胖了。"

"嗯。"

"看得出很爱你……"他说。

我问何以见得？

华诺指指我的脖子，我把遮阳板扳下来，就着化妆镜察看，原来罗宋留给我一个指甲盖大小的吻痕。

"那个……"

"不用解释了，"华诺面无表情地说："男人会给女人留下吻痕是在宣誓主权，是一种不自信的表现，我就从来不留痕迹。"

华诺这是在炫耀自己的"阅人无数"吗？

"我知道你是万人迷，有些人天生有撩人的魅力，有些人没有，强求不来。"我冷冷地说。

华诺忽然方向盘一转，开出了高速公路。

这是干嘛？走捷径吗？

华诺没回答我，默默把车子开上小丘，目测方园五百米不会有任何人烟。

"来不来？"他问我做不做爱？

"不来。"我直接拒绝。

他下了车，面向空旷的山谷良久后，忽然大声吼叫 Je t'aime（意即"我爱你"），一遍又一遍。

华诺这是发神经吗？时侯不早了，太阳也快下山了……

我气冲冲地走向华诺，被他伸手一揽："你才真的撩人，昨晚我一直想你。"

他问我是否也想他？我答不。

华诺说有没有想他，马上见分晓。

太阳下山了，月亮和星星也出来了，我和华诺在天地间做着原始的交媾，和 1400 万年前的人猿无异。

啊！情欲当前，我又再次被欲望牵引而无法自拔……

第一百零三章： 失而复得

"到贝公馆了吗？" 罗宋问。

"还……还没。"

"火车误点吗？" 他又问。

"……嗯。"

其实火车没误点，但我很难解释两个小时的车程，为什么三个小时后我还在路上？

罗宋问我现在在哪里？我答在华诺的车里。

他要我把手机递给华诺，我听见华诺在电话里嗯嗯呀呀的。

"罗宋问你什么？" 挂上手机，我忙不迭问华诺。

"他说谢谢我送你回贝公馆，又说找时间请我吃饭。"

果然是罗宋的行事方式。

我不知道华诺是怎么想的，但我心里特难受，再次背叛罗宋已成了习惯，尤其数小时前才和他道别离。

"罗宋人不错，很关心你。" 华诺说。

"你呢？你关心我吗？" 我问。

华诺说他当然关心我，因为我是他的性玩具……

听完，我脑袋轰的一声，原来我的角色和充气娃娃无异，是华诺发泄的工具。

见我脸色大变，华诺赶紧改口："我是说着玩的。" 但一切都太晚了，我愤而打开车门。

"干嘛你？" 他紧急刹车。

车子一停稳，我马上跳车，在空旷的公路上奔跑起来……

"依依，上车吧！我为刚刚的不当言论道歉。" VOLVO 低速跟在我身侧，华诺打开车窗对我喊。

我听而不闻，继续往前奔跑，华诺又试了几次，我依然故我，他终于放弃，将车子加速，扬长而去。

　　看着远去的车子，我慢下了脚步，原来，原来在华诺心中我没那么重要，所以他能放我一个人在深夜里独行。换作罗宋，他绝不可能如此狠心，宁愿下车和我一起跑步，也不会弃我而去……

　　我终于跌坐在地上恸哭起来，不知是哭罗宋还是哭自己，只知道心好痛，犹如万箭穿心。

　　"啊～"我对着明月和星光嘶吼起来："罗宋，你在哪里？"

　　我破例没去贝夫人房间探视她，心情太糟糕，怕牵怒他人。

　　回到房间，我将门重重甩上，发出惊天动地的声音，即使睡死的人也会从梦中惊醒。

　　躺回床上，我辗转难眠，华诺你倒好，睡得四平八稳的。

　　从进屋到现在，隔壁房间就没发出过一丁点儿声响，倒像没人住在里面似的。

　　也罢，我如何苛求一个把我视为性玩具的人在乎我的喜怒哀乐？

　　我把毯子盖住头，靠着数羊，一点一滴地将自己逼入梦乡……

　　"扣、扣。"

　　我从毯子里探出头来，床头柜的电子钟显示 05:30，是华诺，他来唤我晨跑。我偏不理他，又钻进毯子里。

　　"扣、扣……扣、扣……扣、扣扣……"

　　敲门声像魔咒似的刺激着我，我愤而下床，用力一开门，门外站着的却是园丁 Bādìsīté。

　　"*€+£？#%……"他急急地说，手指葡萄园的方向。

　　"Qu'est-ce que."我一头雾水。

　　Bādìsīté 这次放慢语速，一字一句地说，我听到"Bonnot"，那是华诺的法文名，我赶紧跟在园丁后面小跑步。

　　华诺的 VOLVO 撞上冬青树，前车厢凹一大块，安全气囊弹了出来，华诺的头深陷其中。

我惊叫出声，想飞奔过去，被 Alicia 抱住，她是贝公馆的清洁工，此时的她正对着我说起优雅的法语。

"听不懂、听不懂，你们怎么不说普通话？"我失去理智地喊叫，并且用力捶打那个可怜的法国女人。

就在难分难解之际，我听到救护车由远及近的声音。

医护人员小心地将华诺扶躺在担架上，我看到他脸色苍白，额头上有大片血迹，嘴唇撕裂，鼻骨貌似骨折了，乌青乌青的。

我握紧华诺的手唤他的名，他好似听不见，气息也很微弱。

"Is he ok？"我问急救员。

法国人一向高傲，对我的"英语"问话不屑一顾，我只好跟着跳上救护车，一路哇呜哇呜地奔向医院。

看华诺终于醒来，我哭得像个泪人似的。

"哭什么？我又没死。"华诺气若如丝地说。

"我以为……以为你再也醒不过来了。"我抽抽答答地答。

华诺说他刚去死神那里报到，死神说他还没跟依依道别，所以转身将地狱之门给关了。

"你咋不上天堂？"我抓到把柄。

华诺说因为他说错话，惹我伤心，所以被判入地狱……

"你一定是女巫的化身，离开你，我没有一天舒心，连吵个架也换来血光之灾。"他说。

"知道就好，"我抹去眼泪："看你下次还敢不敢和我对立？！"

华诺说再也不了。

"看你如此担心我的安危，让人很感动，亲人也不过如此。"他的语气转为温柔："下次……下次找个机会，我和罗宋当面说清楚，男人和男人间的对话，他懂的。"

我不认为罗宋会轻易放开我，但没说打击的话。

我俯身抱住华诺的躯体，失而复得的心情很复杂。他抚摸我的发，低下头亲吻它们……

　　此时无声胜有声，难道这就是传说中的"小确幸"？闻着华诺的体味，我感到份外的幸福。

第一百零四章：毁约

华诺说那天和我赌气，他真的一路开回了贝公馆，只是一直心神不宁，没多久又拿上车钥匙，打算回去找我。

车子刚发动没多久，他看到一辆货车神神秘秘地往葡萄园开去，要知道，这土地是贝夫人的，闲杂人等不得闯入。

他尾随货车，想警告一下对方，谁知竟让他发现了惊人的秘密。

"貌似勘探队的人显然发现了什么，我看到货车打开时，里面满满的炸药。"华诺说

炸药？我问干什么用？

华诺解释炸药分民用和军用，现在不是战时，所以后者可以排除，而民用炸药通常用于开山洞或挖掘地道。贝公馆的庄园内无山，那么最有可能的就是挖掘地道。为什么要挖掘地道？因为他们发现了有价值的东西……

"当时看那帮人凶神恶煞的模样，我认为还是别以卵击石，先撤退再谋略才是上策。谁知天色昏暗，我一不留意就撞上了什么东西，人也昏了过去。"华诺解释。

我心想，既然勘探队发现了宝贝，那么贝夫人知道此事吗？

"华诺好点儿了吗？"贝夫人躺在床上问，肚子小山也似的高。

"好很多了。"我边削苹果边答。

贝夫人说还好华诺命大，不然华家就要无后了，吧吧拉、吧吧拉……

我不得不掐断她的长篇大论，提到此行的目的："勘探队最近有没有新的进展？"

贝夫人说除了一开始的别针和小东西外，一直没有进展，她还持续付他们薪水，简直就是个无底洞，吧吧拉、吧吧拉……

我想起买炸药需要钱，问勘探队是否额外申请了费用？

"什么炸药？他们已经许久没和我见面了，更谈不上说话。"贝夫人说。

这样看来，勘探队有意私下挖掘，否则谁会自掏腰包做无益于自己的事？

贝夫人见我忽然提起此事，怀疑勘探队出了什么乱子。为了不让怀孕中的贝夫人担心，我谎称没事，说是自己的异想天开罢了。

"说到异想天开，你可别在那个穷酸画家身上做梦，爱情是有保鲜期的，一旦错过就不新鲜了。"贝夫人咬了一口我递过去的苹果："你记不记得蓝星？从舞台上摔下来的那个。她伤了脚踝，有一阵子不良于行，但现在康复了，她提出要和华诺第二次会面。"

什么？！好没羞耻心的女人啊！竟然毫不害臊地投怀送抱？！

贝夫人说她把华诺车祸的消息告诉蓝星，意即会面时间得延后，没想到她二话不说，马上表示要到医院探视华诺……

马上？

"嗯，"贝夫人转头看墙上挂钟："估计现在已经在医院了。"

我火烧屁股似地冲向医院，大老远就听到爽朗的笑声，一男一女。

"扣、扣。"我还是表现出该有的教养。

"Entrez."竟然是女的声音。

我一进去，四只眼睛直盯着我瞧。

"我以为你傍晚才会来。"华诺说。

所以你可以放心大胆地和别的女人"谈情说爱"？

"贝夫人让我来问你，撞坏的车是修还是买辆新的？她有认识的售车员。"随便找了个借口。

没想到那个不要脸的女人竟抢在华诺前面说："别修了，买辆新的吧！我父亲和 Ferrari 代理商很熟，Bónǔwǎ 会帮你找辆好车。"

"开跑车不合适吧？！"我不苟同："华诺是股票经纪人，太张扬容易给人浮华、不实在的感觉。"

蓝星笑眯眯地说 Ferrari 也有高级轿车，譬如 250GT2+2 及后来的 FF

系列，但四人座的跌价快，不如二人座的跑车保值……

"也难怪，贝夫人家的女佣是不会懂这些。"蓝星补上一句。

不等我反击，华诺代我说明我的身份。

"呵呵，désolée。没想到贝夫人现在雇了私人秘书，害我误会了，你可别往心里去啊！"

面对蓝星的虚情假意，我一时拿捏不好分寸，只好暂时休兵，另辟战场。

"华诺，刚刚男护士说了，待会儿他来帮你洗澡，房间得清场。"我说。

蓝星听出我的话中话，马上起身："我该走了，和你谈话很有趣，明天再来看你。"

他们两人行贴面礼道别，看得我怒火中烧。

待蓝星走远，我酸溜溜地说："不错嘛！在病房中相亲。"

华诺说我在吃醋，我"当然"否认。

"我没想到她是我的小学同学，以前的她戴着厚重的眼镜，难怪我没认出来。"

华诺又说蓝星之所以从舞台上摔下来是因为认出他来，一时兴奋，所以不小心踩空了……

"眼力真好。"我言不由衷。

华诺解释这跟眼力好不好无关，而是他有无聊时用手指敲击膝盖的动作，正是因为这个小动作，作实了蓝星的猜测。

"其实我也早该认出她来，她以前的中文名是'蓝芝欣'，回了一趟中国后，算命师说若要演艺事业有成，改名"蓝星"才会火，没想到她照办了，难怪我无法将两个名字联想在一起。"

这么说来，又是个两小无猜，长大后重逢的老掉牙爱情故事。

"呵呵，你太有想像力了，我们两个是不可能的，她是个女汉子，跟我称兄道弟还差不多。"

华诺想得简单，但人是会变的，经过二十年，谁敢担保当年的女汉子不会柔情似水？

"明天你要我来吗？" 我赌气问。

华诺问我为什么这么问？我答因为他的青梅竹马要来和他叙旧。

"来，为什么不来？我还希望你们能交上朋友呢！虽然我和蓝星许久没见，但她豪爽的个性没变，日子久了，你会喜欢上她。"

是吗？怎么我一见到蓝星就觉得她表里不一？也难怪，演员出身，假假真真，有时连自己也分不清是现实还是虚幻……

"男护士怎么还没来帮我洗澡？" 华诺故意问。

"那个……也许他现在忙。" 我红着脸说。

华诺笑了，说他知道我在说谎，不过他会原谅我，但我得受惩罚。

"什么惩罚？" 我问。

"罚你帮我洗澡。"

没想到人都躺在病床上了，他还色心不改。

"这是医院。" 我冷冷地说。

华诺问我有没有看到墙壁上有两个按钮，一红一绿？红的表示不想被打扰，绿的表示 available。

华诺让我走过去将红色按钮按上，我不肯，他只好亲力亲为。

"好了，这下子没人会闯进来，你的顾虑消除了。" 他说。

这根本不是症结所在好吗？华诺还没痊愈，脑震荡虽被排除，但鼻梁骨折、右手和左脚有挫伤……

华诺狡辩，他说健全的人身心都需要健康，既然身体已经不健康，那么就得求心理健康。如果我连这个小小的愿望都不能满足他，他宁愿打开窗户往外跳，因为没有什么比压抑性欲更残忍的事了。

"我能帮你洗澡，仅此而已。" 我退一步说。

华诺说行，我们遂走向浴室。

对于言行不一的华诺而言，毁约像平常不过的事，即使受了伤，他依旧勇猛，我很快又被征服……

第一百零五章：毒瘤

一回到贝公馆就听到楼上吵架的声音，我三、两步上到二楼。

"花在你身上的时间和精力还不够多吗？哪次我不是尽心尽力、死而后已？"朱翊安很不满："捐精还有营养费，我图了你什么？不过是要求扩充酒厂设备，说到底还是为你好，你咋这么不爽快？！我还是你肚里孩子的爹呢！"

贝夫人嘤嘤嘤地哭泣，说她不是不给，而是钱买了基金和股票，现在卖不划算。还有还有，贝公馆上下人口这么多，每个月的开支也是不小的负担……

"说到人口多，佣人、园丁、工人我就不说了，马依依和华诺是怎么回事？家里就养着两个闲人。"

然后小朱开始用各种狠毒的话数落我和华诺，在他的绘声绘影下，我们两个就是一对把贝公馆当成淫乱乐园的狗男女。

这个下作的小人，他和贝夫人干的风流事还会少吗？竟然做贼的喊抓贼？！

可喜的是贝夫人为我和华诺"申张正义"，说男未娶女未嫁，乐见两人结连理。刚开始朱翊安还勉强听着，等到贝夫人提及付了我"那么多那么多"的薪水后，小朱不淡定了，他说他能介绍几个会讲华语的越南妹子，个个都是解语花，又乖又听话，价钱不到我的1/10。

"把马依依辞了吧！让她滚回中国去；华诺也该回华堡，他待在贝公馆够久的了。"

我听见贝夫人哼哼呀呀地不置可否，小朱突然改弦易辙，说要帮贝夫人揉背，突来的寂静，倒让人浮想联翩。

家庭医生推荐的营养师给贝夫人制定了特殊食谱，以营养、低卡、高钙为原则。老萧想必照着做，因为贝夫人的气色明显好很多，体重增长也慢了下来，一切朝好的方向发展。

这一天，我把老萧准备好的孕妇餐端到她房里，有苹果鲫鱼汤、胭脂冬瓜球、核桃玉米奶、虫草花猪蹄汤及一小碗糙米饭。

我小心将贝夫人扶坐起，然后将塑料餐架放在她身侧。

"依依，你来法国也有一段日子了，想家不？"贝夫人喝着鱼汤。

想，当然想。我想起那个细雨纷飞的悠然城市，也想起迷人的西湖景色、疼我的爸妈以及我爱吃的葱包桧儿和猫耳朵。

"那么该回去探望探望才是。"贝夫这次吃起冬瓜球。

"我也想啊！可是你生产在即，我不能离开你呀！"我一表忠心。

贝夫人忽然提起生产时会有助产士到家里来协助分娩，生产后，她得雇个有经验的保姆照顾宝宝，因为她是第一次当妈妈，完全没概念。

"当然不能仰赖你，你还是未出嫁的小姐，育儿方面一片空白。"贝夫人说。

"那么我只好陪您聊天或者跟小 Baby 玩。"我笑说。

贝夫人转而向我大吐苦水，说贝律师死了，家里的经济来源断了，现在就靠着几处农地和几间铺子的租金过活。贝公馆开销大，她又想吃好、穿好、用好，宝宝出生后花费可多了，少进多出的结果，就算金山银山也会用光怠尽……

"小朱说想把酒厂规模加大，我想想也是，法国红酒举世闻名，我们贝家的葡萄又是公认的极品，如真像他所说的做专业生产，倒不失为一项重要的收入来源。"贝夫人补充说明。

这下子我听明白了，小朱煽风点火成功，让贝夫人把钱投资在酒厂上，并缩减其他支出，尤其裁掉一些可有可无的人，譬如……我。

"成，这几天我就打包走人，祝您生产顺利，生个白胖小子。"

我作势起身，被贝夫人按住。

"坐，坐，年轻人这么沉不住气可不行。"贝夫人笑着说："我有个完美计划，能制造双赢。"

她接着解释，从现在到预产期还有 40 天，只要我在这 40 天内和华诺走向婚姻殿堂，婚房自然设在华堡，我便能堂而皇之地留在法国了。

"雅各死了，华夫人正愁孤单一人，如果你能快点儿怀上宝宝，她肯定会将你像菩萨一样供起来，因为能不能延续华家烟火，对她至关重大。"贝夫人说。

这可不是我说了算，虽然华诺多次表达娶我的意愿，但现在杀出个程咬金——蓝星，一切都扑朔迷离了。

这个发小来势凶凶，华诺又是管不住自己下半身的动物，分分钟能沦陷投降。再说了，罗宋还以为我仍是他的小红帽，我还没做好撕开面具的心理准备。

"要什么心理准备？打他手机得了，告诉他你爱上华诺。几分钟就能解决的事，还拖泥带水？"贝夫人难得严厉。

我说没带手机，贝夫人说用她的，现在就打，她还可以从旁帮我出谋划策。

手机响了一声被我匆匆挂断，不行，我不能这么伤害罗宋。

"哎！"贝夫人叹息："你这是要拖到花儿都谢了吗？"

我也知道拖不能解决问题，但想不了那么多了，能拖一天是一天。

贝夫人以婉转的方式炒了我，虽然我从没打算长期待在贝公馆，但被炒和自动请辞意义不一样，前者大大伤了我的情感，让我郁闷不已。

"别放在心上，大不了我养你。"华诺很有担当地说。

我没告诉华诺有关贝夫人的"完美计划"，但有他这句话，我受挫的心多少得到慰藉。

"贝夫人说了，希望我等她分娩后再走。"我说。

华诺答那正好，到时我可以跟他回华堡。

"如果你不想待在华堡，回我的家乡尼斯也成，我父亲留了一座庄园给我，你可以帮忙打理。"

华诺也有座庄园？像贝公馆一样大吗？有壮硕的马儿吗？有低头吃草的乳牛吗？有满山遍野的鲜花吗？亦或有饱满多汁的葡萄？我来不及问，蓝星已经推门进来，她好像不知道敲门是基本礼貌。

"华诺，看，我给你带来什么好东西？"蓝星将一沓报纸递给他：

"这几天各家报纸的填字游戏和数独库通通在这里。"

"真的？"华诺像看到什么宝贝似的眼睛发亮。

我没想到华诺也爱玩这个。

法国报纸通常有一版填字游戏，一版数字游戏，法国人只要抓住机会就低头填写，这是打发时间的最好方式。

蓝星从包里翻出一支笔，然后跳上床和华诺一起填写，一点儿也不忌讳。

"不是 beauté，而是 beauty，因为纵行是 Yves。"蓝星提醒华诺。

"嘘～"华诺认真起来六亲不认："别吵我，让我专心填写。"

看看眼前这两位，华诺穿着病号服，松垮垮的像睡衣；蓝星则穿着黄衬衫加黑色 A 字裙，衬衫的第一和第二个扣子没扣，两个月球呼之欲出，隐隐约约还能看见肉色乳贴。

法国女人都不爱穿胸罩，认为这样才有舒适的感觉，但看在我眼里简直就是引诱犯罪，连我都忍不住瞟上几眼。

"咳、咳、"我咳嗽两声。

"错了，是 72，不是 70，亏你还成天和数字打交道。"蓝星吐槽。

华诺很无辜地表示，离开计算器，好比上战场的勇士少了捍卫的武器，这不能怪他。

"咳、咳、咳、"我又多咳嗽了一声。

"你感冒了吗？"蓝星注意到我。

我只好答："有点儿"。

"那快走吧！免得传染给我们。"蓝星像刺猬，刺得我鲜血直流。

我多希望华诺能开口挽留我，甚至赶走那个小骚货，没想到他头抬也不抬地说："快回去吧！路上小心。"

我只好硬着头皮演下去："那……我走了。"

没人理睬我。

"Idiot."蓝星呵呵笑，敲了一下华诺的脑袋瓜，骂他笨蛋。

看他们有说有笑的，我像一只丧家犬，默默夹起尾巴走人。

虽然不愿承认，但蓝星真像日益长大的毒瘤，我开始感到疼痛与威胁，而那个没心没肺的华诺却还有兴致和蓝星玩起暧昧游戏，让我独自一人品尝爱情的苦果……

第一百零六章：好男人

吃完晚饭，我回到房内，椅子还没坐热就听到车子驶入的声音，由远而近。

我走向窗口往外探去，黑暗中只看到车灯，以及车顶上亮着的 TAXI 字样。

没多久，一个人影下了车，看着眼熟，但月色朦胧，我只能看到大致的轮廓。

来者应该是第一次到贝公馆，因为他对周遭环境很不熟悉，左顾右盼的，直到发现伫立在窗前的我。

我的屋子亮着灯，那人站在黑暗处，我看不清楚他，他却能将我看得一清二楚。

我下意识往后退……

"依依～"竟然是罗宋的声音。

我惊讶到说不出话来，他怎么知道这个地址？又为什么忽然到访，连个通知也无？

我有太多问题想问。

"依依，你下来，我想见你。"罗宋在楼下喊，我赶紧飞奔过去。

"你怎么来了？"我还没走近，罗宋一个箭步上来拥抱我，大概有几分钟之久才放开。

"我原谅你，我已经原谅你了。以前是我不好，你惩罚我，我没有怨言，让我们回到从前，重新开始。"他急急地说。

罗宋在讲什么？原谅我什么？我又惩罚他什么？

原来贝夫人下午打电话给他，他才知道事情的严重性，他来就是为了亡羊补牢。

"你上去理个箱子，我们现在就回巴黎。我已经跟司机说了，他愿意等，但计时收费，所以动作请快。"

什么？！我为什么要回巴黎？不，我不走。

"依依，只有离开华诺你才有可能不再沉沦。"罗宋握紧我的手："放心，我不会秋后算账，还是会一如既往地对你好。"

我终于听明白了，中午用餐时间，我用了贝夫人的手机打给罗宋，后来虽然挂断，但贝夫人的手机内还保留手机号，然后的然后，我的雇主便自作主张地帮我戳破那层窗户纸……

"罗宋，我……我从没想过要伤害你，一切发生的太快，我控制不住自己……"我诚心道歉。

罗宋要我别说了，他也有错，如果他没跟华夫人有那一段，再加上后来的不告而别，我也不会迷失。

说到"迷失"，一开始也许是，但是后来……已经不能再拿这两个字当借口，因为我深深迷恋在与华诺的性爱之中，无法自拔。

我没告诉罗宋实情，只表达今晚肯定不回巴黎，我得等贝夫人生产完再走。

罗宋绝望地看着我，似有千言万语，我以为他会说什么骇人的话，没想到他只是转身和出租车司机说了几句，然后塞给他两张票子。

出租车走了，罗宋却留在原地。

"我等你一起回巴黎。"他还是讲出骇人的话。

我把罗宋带进我房里，他不仅极目搜寻，还动手东翻翻西找找。

"华诺住隔壁，我们不住在同一间房。"我冷冷地说。

罗宋被我瞧见了秘密，脸刷的红了起来。

"他出了车祸，现在在医院里。"我顺便打消他想和华诺谈判或决斗的念头。

"放心，"罗宋坐在我床上："我不会像打小尤一样的打他。文明人有文明人的作法，打架只能泄愤，解决不了问题。"

我想起罗宋曾经怀疑我和小尤有染而暴打对方，让小尤挂了彩。

"很好，有进步。"我说。

"你过来，"罗宋拍拍他旁边的位置："我们谈谈。"

我怀着戒心走过去，他一把将我扑倒在床。

"我以为我们有话要谈。"

"是有话要谈，但在谈之前，让我们先用身体交谈。" 他边说边将手伸进我的短裙里。

"别……我没心情……" 我避开他的吻，顺便推开他不安分的手。

罗宋很懊恼，双手捂住脸："看来，真如贝夫人所说，你爱上那个花花公子了。"

我爱上华诺了吗？老实说，我傻傻分不清自己是爱上他的人，还是恋上他的床？

"很抱歉，我需要更多时间去厘清。" 我说。

罗宋问我厘清什么？

我答厘清我爱谁，想和谁白头偕老？

"你和华诺已经干柴烈火好几个月了，还不够让你厘清吗？" 罗宋痛苦地问。

我听出他的弦外之音，那是一种控诉，和他在楼下说的 "不会秋后算账、会一如既往地对我好" 大相径庭。

"你是不是还想问我，你们两人之间，哪个性能力更强些？" 我把头伸出去，就等他一刀砍下。

罗宋的嘴唇在颤抖，眼神非常凌厉，他慢慢地将手举起来……

"想打我吗？" 我的心在淌血。

没想到他非但没打我，反而自己扇自己耳光，啪、啪、啪……一声大过一声。

"你别这样。"

我抓住他的双手，但还是被他挣脱。他将自己往死里打，我只好拿身体当盾牌，圈住他的脸，他舍不得打我，只好放下手来。

"你……你不爱我了，我……我们六年的感情化……化为乌有了。" 罗宋泪流满面。

此时的他，两颊有数个红手印，嘴巴红肿，眼泪和鼻涕直流……

我想起他之前对我种种的好，即使自己饿肚子，也要让我吃饱、穿暖。天哪！我对这个好男人做了什么？惹得他如此伤心、难过。

　　"罗宋，我爱你。" 我有感而发。

　　"真的？"

　　"真的。" 我给他一个吻，轻轻的。

　　罗宋很快反手将我压在底下，并动手掀开我的裙子，我没有反抗，默默闭上眼睛……

第一百零七章：失眠夜

　　罗宋没有带换洗衣物，我只好让他裸体躺在床上，自己到洗衣房洗衣兼烘干，再到厨房端走贝夫人的特别早餐，等她吃饱喝足后，衣服也洗好了。

　　我抱着暖烘烘的衣服回房，没想到一上到二楼，就听到两个男人说话的声音，颇有山雨欲来之势，我赶紧躲到楼梯口。

　　"我把话撂下，依依是我的人，昨晚……你知道的，我们的感觉又回来了。"罗宋赤裸着上身应门，腰部以下裹着床单。

　　"那……恭喜了。"华诺的声音里听不出情绪："如果依依回来，请转告她，我有两张《弄臣》歌剧的票，七点那一场。我四点来接她，请她穿正式一点儿的服装。"华诺说。

　　罗宋呲牙裂嘴地问华诺，这样公然挑逗他的女人，是不是不把他看在眼里？

　　华诺说罗宋言重了，这不过是正常的社交活动……

　　"的确是正常的社交活动，但得看跟着的是什么样的人。别以为我不知道，你就是那种周旋在女人堆里的纨绔子弟，失去祖先的庇佑，什么也不是。"

　　华诺反问："人有资源有什么错？你若是我，会对财富、权力说不吗？"

　　他接着补充，不只依依，但凡有头脑、有思想的女性，都不会选择一个小鼻子小眼睛的乡愿。

　　"你说什么？！"罗宋涨红了脸，上前揪住华诺的前襟，连床单滑落至地上，以致光裸着身子也毫不在意。

　　眼看一场打斗将无可避免，我赶紧现身。

　　"这是怎么回事？"我把烘干的衣服塞给罗宋："光着身子也不怕难为情？"

罗宋还想说什么，被我推进房内："快把衣服穿上！"

我把门随手关上，然后挡在房门口，眼睛直挺挺地盯着华诺。

"我出院了，是蓝星送我回来的。"他说。

"恭喜！"

华诺又说蓝星获得吉尔达的角色，虽然戏份不多，却是男人戏中的红花，前途看好。

"恭喜！"这是今天我给的第二个恭喜。

"想和我一起去看吗？"华诺问我。

虽然我不喜欢蓝星，但放华诺单独赴约等于羊入虎口，我很想跟着去监视，但……

"罗宋来了，我……想陪他。"我几乎能感觉到罗宋正贴紧门板听我说话。

华诺抿抿嘴："那好，你陪你的男朋友，我陪我的女……朋友。"

我怔在原地，女朋友？谁是你的女朋友？蓝星吗？

华诺不理会我渴望知道答案的表情，挥挥衣袖，潇洒走人。

我推说身体不舒服，拒绝和罗宋再行周公之礼，他很体贴，没有勉强我。

华诺不知是几点回来的，反正回来时走路和甩门的声音特别响亮，就算睡死的人也会从梦中惊醒。

我很怕他吵到贝夫人，没想到下一秒钟，我的身体便像石头般坚硬起来，因为华诺不是一个人回来的，那个不要脸的骚货也在他房里。

他们两人不仅大声谈笑，还时不时对唱歌剧，也不管夜深人静，多数人正好眠着。

"太不像话了，我去警告他们。"罗宋被吵醒，一肚子火。

"别去，"我阻止他："大概过一会儿会停。"

我转身趴在罗宋胸膛，他只好一动也不动，好让我睡得安稳些。

没想到那对奸夫淫妇非但没有闭嘴，反而演起春宫戏，摇晃的声音让人担心床架会不会就此解体。女的也没闲着，叫床的声音好比杜比 3D

音效，让人如入其境、想入非非……

我不知道罗宋心里是怎么想的，也许他正在想：依依总算看清楚华诺的本质了。

我想的就复杂多了，虽然明知道自己不是华诺的第一个女人，也不会是最后一个，但他如此大喇喇地召告全天下他的猎艳行径，简直无耻下流到了极点！

好不容易隔壁战役停歇下来，我正好找到机会翻身背对罗宋。啊！我多想找个无人的地方独自舔舐伤口。

罗宋不明所以，从背后拥抱我，吻着我的肩膀，呢喃着："依依，我爱你，forever。"

痴汉对我一往情深，我理应很感动，但他越"以德报怨"，我越被打脸。原来过去这几个月来，我为了华诺这个人渣放浪形骸，以为自己遇到了真爱，原来不过是春梦一场。

我用力闭上双眼，感觉想死的心都有。

"我的指导教授说，下学期……"

此时此刻罗宋竟然还有闲情逸致讲十万八千里以外的事？！

"快睡吧！明天得早起。"我不带感情地对罗宋说。

"那好，晚安，老婆。"

罗宋拥着我，很满足地入睡了，没多久我听到打鼾的声音，而隔壁那两个大战方休的人想必也同样沉沉入睡了吧？！

整个贝公馆，大概只有受尽屈辱的我，一夜无眠……

第一百零八章：失踪的华诺

　　领教过华诺的风流和任性妄为，整个贝公馆的人大概都等着看我笑话，我不认为自己还有脸面继续待在这里。

　　"你先回巴黎吧！贝夫人说等到保姆人选一确定，我就可以先行离开。"我对罗宋说。

　　罗宋虽然只待在贝公馆两晚，但已经略显无聊。他匆匆至此，连换洗衣物也没带，再想到没事先和打工的餐厅请假，老板现在恐怕急得跳脚，所以我的建议一提出，他没多做考虑就答应了。

　　"那么我先回去，你随后跟上，等你喔！"罗宋说，然后在我的额头上留下一个爱的印记。

　　罗宋之所以如此爽快，想必知道华诺已深深伤了我的心，他胜卷在握，所以能放心离去，而华诺这边呢？

　　自从昨晚和蓝星共赴巫山云雨后，到现在连个鬼影子也没有，也许他们已经转移阵地继续快活逍遥了吧？！

　　"哎～"贝夫人已经连续叹息好几声："多好的姻缘啊！就这么错过多可惜。"

　　"没什么好可惜的，"我死鸭子嘴硬："只能说我因此更看清楚华诺邪恶的本质，这是好事，如果婚后才发现，岂不是叫天天不应，叫地地不灵了吗？"

　　"邪恶的本质？"贝夫人投来凌厉的眼神："别告诉我，你没和罗宋上床。"

　　呃……是啊，和华诺在一起后，我又和罗宋上床，自己有错在先，如何苛责华诺和别的女人如此这般？

　　如果这就是邪恶的本质，那么我的内心一定住着一位娼妇，夜夜需要性爱的刺激。

　　见我不言语，坐实了贝夫人的猜测："所以说啊，你和华诺是势均力敌，谁也别笑话谁。"

我站在花丛里，阳光正好，各种花香迎面扑来，蝴蝶蜜蜂齐飞，好一幅怡人的自然景观，可惜我一直无法融入眼前这美丽的画面中。

发呆了好一阵子，我依然没能决定该把哪几朵花摘下，好放进贝公馆的花瓶里。

"依依，原来你在这里，让我好找。"华诺气喘吁吁地向我奔来。

我面无表情地看着他，想从他身上发现一丝一毫出轨的痕迹，譬如眼神、肤色、发型，甚至脸上的微表情。可惜眼前的这个男人和平常无异，看不出任何偷吃的痕迹，可见是只道行很高的狐狸。

"你怎么了？表情怪怪的。"华诺左顾右盼："罗宋呢？"

"回巴黎了。"我说。

华诺说罗宋怎么那么快就回去？话说的好像他不愿罗宋回去似的。

我沉默以对，华诺只好另起炉灶："猜猜我发现小朱什么秘密？小朱他……"

"小朱、小朱、小朱……小朱有什么秘密干我何事？就算他死了，我也不会掉一滴泪。"我歇斯底里地喊着。

华诺问我怎么了？来例假了？还是更年期前的躁郁症？

他自以为说了笑话，我却笑不出来。

"没错，我是更年期到了，蓝星大概还没吧？！我猜她正处于蜜桃成熟期，分分钟让你欲火焚身，是不？"

华诺听了闷不吭声，反倒勾起我的怒火。

"昨晚很销魂吧？！也许到现在你还在想她。"我嗤之以鼻："做演员就是有这等好处，能把你们这些臭男人都玩弄于股掌之间。"

华诺问我讲完了没？讲完了换他讲。

我把时间留给他。

别看他外表斯文有礼，损起人来一点儿也不手软。他说我正是孔老夫子口中"惟小人与女子难养也"中的女子，过于宠溺我就恃宠而骄，不理我又心生怨气，简直不可理喻到了极点！

"你是我遇到的女人中最小心眼的，真不知当初是如何看上你？"华诺边说边摇头，把我仅存的那一点儿骄气踩在脚底下。

果然新人处处好，旧人万般皆不是，既然这样，何不去找蓝星那个可人儿？

"你说得对，我这就去找她！"华诺走了，看得出脸色不太好。

我这才发现自己把事情弄拧了，这不是我要的。事情原本没那么糟糕，华诺看着也有意求和，我却气走了他，真是天下无敌大傻瓜！

一个晚上、两个晚上、三个晚上，华诺都没有回来，想必他还沉浸在蓝星的温柔乡里……

"你把华诺叫过来，我有个好姐妹想介绍个优质客户给他。"

我正陪贝夫人喝下午茶，她随口提起。

"华诺……不在。"我嗫嗫地说。

"不在？"贝夫人咬了一口黄油饼干，饼干屑掉了一身："什么时候在？让他来找我。"

我说我不知道他何时会在，他已经消失三天了，今天是第四天。

"怎么，小俩口吵架了？"贝夫人这次改吃巧克力味的王子饼干，甜而不腻。

我无奈承认。

贝夫人说情侣吵架宛如下西北雨，来的快，去的也快。下雨过后，天边就会出现七色彩虹，感情会比以前更加牢固。

是这样的吗？确定只是下西北雨而不是暴雨过后带来的洪水泛滥？

"把手机给我，"贝夫人拍拍前襟上的饼干屑："我这个姐妹是急性子，我得把话带到。"

我把她的手机翻出来递给她，她一键拨打给华诺。

"奇怪，停机了。"贝夫人很迷惑。

"也许……蓝星知道他在哪里。"我给了提示。

贝夫人对我投来异样的眼神，让人很不舒服。

"哎！多角关系真心看不懂。"她感叹，转而拨打蓝星的手机号。

"没有，"贝夫人挂上手机："蓝星说他们已经好几天没联系了，她也在找他。"

华诺不在蓝星那里，他会去哪里？

贝夫人又拨打华夫人及任何跟华诺有接触的人，还是一无所获。

"华夫人那边也乱套了，现在正积极寻人。"

我开始感到事情的严重性，但首先得安抚大肚子的贝夫人。

"你快躺下，我去找华诺。"

扶贝夫人躺下后，我第一时间冲出房外。

说是要找华诺，但他的朋友圈除了蓝星，我一个也不识，商场上的朋友就更别提了，完全隔绝，加上我不会开车，连边开车边找人的念头也打消了，那么我能做什么呢？

我冲进华诺房间，想从一些蛛丝马迹中找到答案。

华诺的房间还是一贯的整齐、优雅，看不出有何不同，但我还是在他的桌上发现一块鸡蛋大小的石头。说是石头，其实跟一般的石头还是有些许不一样，它的外表呈灰白色，皮质很厚，摸起来有冰凉感。

我把石头拿起来端详了老半天，仍看不出个所以然，遂将它放下，这才发现原来石头下面还压着一张 A4 纸。

既然是在华诺房间里发现的纸，那么我顺理成章地假设这张纸上的图画出自他之手。也许华诺对钱和数字敏感，但他的画画能力还停留在幼儿园，三、两笔带过，简直不知所云。

好吧，让我告诉你华诺画了什么？他在纸的右上角画了一栋二层楼的房子，从大门延伸出去一条弯曲小路直到纸的左下角，那里有一串葡萄。葡萄往右画了一个箭头，上面写 1,000m，箭头指向一棵树，树下有一只猫……

这是什么跟什么？我泄气地放下纸张。

原以为能在华诺的房间里找到他失踪的原因或去向，显然一切都徒劳无功，我只好无奈地离去……

第一百零九章：私家侦探

又是一天过去了，华诺依然无半点儿消息。

华夫人报了警，听说法国警察总署署长还亲自登门受理，可见她的政治影响力无远弗届。没多久两名警察便上贝公馆了解状况，所有人都做了笔录，我是最后一位和华诺见面的人，所以被盘查得特别仔细。

"*€%#¥……"警察 A 问我。

我转头看朱翊安，他翻译："你和华诺是什么关系？"

"朋友关系。"我小声地说。

小朱的"中翻法"惹得两警察发出暧昧的笑声，我老大不高兴，朱翊安肯定没照我说的翻译。

警察 B 问我，最后和华诺见面是否有争吵？若有，为什么吵架？

这叫我如何启齿？我能说因为别的女人，打翻了一坛醋吗？

朱翊安听了大笑，直呼大快人心，正要转身翻译，我不干了，起身就走。后来还是清洁工过来喊我，我才知道翻译换人了，原来警察也想快点儿交差，尤其报案的是黑白两道通吃的华夫人。

少了小朱的不怀好意，笔录进行的果然顺利多了，只是难为了贝夫人，挺着个大肚子还得居中当翻译。

送走了警察，贝夫人忧心地说："华诺可不能出事啊！华家就靠他传宗接代……"

我也暗自祈祷华诺能平平安安，倒不是为了什么"承先启后"的伟大包袱，而是……他是我的情人，一个不卑不亢、放浪不羁又有迷人风采的潇洒男人。

又过了两天，还是无消无息，于是华夫人派了私家侦探前来。

据说 80 年代巴黎曾发生连环杀人案，连警方都束手无策，当时靠的就是这位侦探的火眼金睛才得以告破，我不禁寄以厚望。

没想到来者是一位不修边幅的老者，随便往路旁一搁，活脱脱就是一位流浪汉或行乞者。

他一来到就集合全贝公馆的人员说话，希望大家配合他办案。话锋一转，竟然直接点名找我，其他人都退下。

"我姓姜，大家都叫我姜师傅，"他问："你就是马依依？"

我点头，于是他示意我坐下，仿佛他是贝公馆的主人。

佣人过来问我们需要喝点儿什么？却被姜师傅大手一挥给赶走了，好个没礼貌的家伙！

"你和华诺的关系是什么？"

"最后见面是什么时候？"

"有没有争吵？"

"为什么吵架？"……

和警察的问话如出一辙，我顿时失去了信心，这个侦探……可靠吗？

"你是不是在想我到底有没有两把刷子？"姜师傅问我。

被人瞧见心里的秘密，我有些难为情。

"一切让证据说话，"姜师傅解释："不是每个案件到最后都能侦破，这得天时、地利加上人和。如果破不了，那也是当事人的命。"

怎么说得好像是起命案似的？也许华诺只是像罗宋一样不告而别，然后周游列国去了。

"这也不无可能，如果他不需要护照乘坐公共交通工具，或者他用了假护照的话。"他答。

原来姜师傅已经查过华诺的出入境记录。

这么说来，华诺既没上飞机到他国，也没坐邮轮或国际长巴，换言之，他要嘛还留在法国，要嘛……我简直不敢想像。

"现在带我到华诺的房间！"他下令。

姜师傅在华诺房间里像只猎犬似地到处闻，还东摸摸西找找，把东西的秩序全打乱了。

我心想华诺回来看了，肯定不开心。等姜师傅的魔掌伸向书桌时，我主动交待桌上的石头是华诺失踪后新发现的，免得他再翻找。

他拿起石头，上下左右端详了许久，然后从裤袋里掏出一个小型手电筒，像个宝石鉴赏家似地仔细察看。

"初步判断为金绿猫眼石，只是不知成色如何？这得打磨出来才能得知是每克拉 1,000 美元的淡绿猫眼石，还是每克拉十万美元的蜜蜡黄真猫眼？"姜师傅喃喃自语："但是法国不产猫眼石，华诺是如何得到原石的？"

此时"一休和尚"动画片的主题曲忽然响起，姜师傅拿手机接听。

一个六、七十岁的老人竟然用儿歌当手机音乐，真是出乎意料，难怪有人说"老小孩"。

"华夫人要我马上过去，这个……"姜师傅举起手中的石头："我带走。"

他说他想找个专业人士看看。

"等等，"我喊住姜师傅："如果……如果华诺没离开法国却无端失去联系好几天，这代表什么意思？"

姜师傅说他来贝公馆之前就已询问各大医院，确定没有类似华诺的人入院。以此为依据，再加上没有绑票勒索电话，他认为失踪人恐怕已凶多吉少。

如果言语能杀人，我早被姜师傅的回答给开肠破肚、肝脑涂地了。

相较于我的万念俱灰，姜师傅则冷静到近乎冷血，他明知道我和华诺的关系不一般，却丝毫没有同理心，反而让我交待厨子他吃素，连蛋奶也不吃。

"让厨子别轻举妄动，哪怕是零点几毫米的肉末子，我也尝得出来。"姜师傅说。

此时此刻的我哪有心情关心吃什么？但对方身负寻找华诺的重任，是黑暗中的曙光，哪怕很微弱，我也不希望它灭了。

于是我意兴阑珊地走向厨房，即使双腿有千斤重……

第一百一十章：不是恶梦

"怎么了？一副天……天要塌下来的样子。"老萧问我。

"华诺失踪了。"我坐下来，拿起老萧喝了一半的台湾米酒，一饮而尽。

这个台湾厨子利用午休时间喝酒，眼神迷离，已呈半醉状态。他还好心提醒我，米酒虽然酒精含量不高，但喝多了也会醉。

"醉了好，醉了就想不起烦心事。"我赌气地说。

老萧转而问我为什么突然造访？我想起此行的目的。

"贝夫人请来的私家侦探吃蛋奶素，他要我转告你，别参杂荤食在其中，他吃得出来。"我说。

"哼！"老萧嗤之以鼻："吃得出来？水银他肯……肯定吃……吃不出来。"

水银？什么水银？

老萧说将体温计里的水银滴到食物里根本吃不出来。

根据我微薄的化学常识，水银就是汞，汞中毒也就是重金属中毒，会引发癌症或死亡。很多悬疑故事提到利用水银杀人，但实际上口服水银致死很困难，因为消化道对汞的吸收率非常低。

"呵呵，"老萧笑了："偶尔吃几滴是不……不会死，你吃……吃一个月试试，包准你慢……慢性汞中毒！头……头发掉……掉光光，走……走路像钟楼怪……怪人，连说话也不……不清不楚……"

难道这就是小朱的杀人计划？靠着一支一欧元的体温计，赶走了庄园前主人、让贝夫人生病、甚至毒杀了贝律师？

"人……为财死，鸟……为食亡，别以为贝公馆最……值钱的是土……土地和葡……葡萄，错！最值钱的宝贝在地……地底下，得挖……挖出来才知道。"

地底下的宝贝？那是什么？趁着老萧半醉半醒，我得赶紧套口供。

"猫，"老萧指着葡萄园的方向："小朱说，贝……贝公馆的地底下有……有猫……"

猫？我想起华诺画的图里，树下有一只猫。

"老萧，你说仔细一点儿，什么猫？在哪里？"我试着唤醒趴在桌上的老萧，可惜他已经呼呼大睡，甚至打起鼾来。

我转身回华诺房里，把那张看了无数遍的图找出来。

那栋二层楼的房子应该指的是贝公馆，从大门延伸出去一条弯曲小路直到纸的左下角，那里有一串葡萄，正好是葡萄园的方向，从葡萄园往右 1,000m，箭头指向一棵树，树下有一只猫……

也就是说，我只要往葡萄园右侧走去，不出意外会看到一棵树及那只猫。

事不宜迟，我从马房里挑出一匹最健壮的马，跨上后，我风驰电掣地往葡萄园的方向奔去。

找葡萄园不难，因为我已经来过好几次，但往右 1,000 米却出现了问题，华诺没画出正确的经纬度，不知他指的是冬青树、梧桐、白桦树还是其他不知名的树？

我骑着马来回奔波几趟，仍无一点儿头绪，急得如热锅上的蚂蚁，但是……等等，那是什么？阳光下，地上发出银光，一闪而过。

我下马来，弯腰拾起地上物，那是一块如同华诺房间里的石头，不同的是，上面有些许银粉，像是被人刻意洒上的，否则尘土一片，上面杂石无数，我如何发现？更令人不解的是，每五十米远的地方，同样也有一块类似的石头，然后是第三个、第四个……直到我发现第十三个，它就在雪松下面。

我踩着厚厚的金黄色落叶前进，奇怪，雪松的树叶是深绿色的，怎么它的落叶却是黄色的？没等我想清楚原委，也没等我触及那第十三块石头，我的腿像被什么夹到，疼得我撕心裂肺，惨叫的声音响彻云霄。

"啧啧啧，不作死就不会死，"朱翊安蹲下身来："好好的女孩子瘸了一条腿，多可惜！"

我噙着泪水，低头看到闪着寒光的捕兽夹正夹住我的右小腿，鲜血直流。

"你在贝公馆设捕兽夹，经过贝夫人同意没？这伤到人如何是好？快，叫救护车。"我来不及掉眼泪，赶紧自救重要。

小朱说他没带手机，我忙把口袋里的手机递给他，谁知他非但没拨通电话，反而像丢铅球似地掷向远方。

"你这是干嘛？那是我的手机。"我气急败坏。

"你不再需要手机，华诺也不需要，"小朱盯住我的腿："你伤的是右腿，华诺伤的也是右腿，不同的是，你的情人没有惨叫，连一颗眼泪也没掉。"

朱翊安粗鲁地押着我往回走，也不管我受伤的右小腿行动不便，疼得我一路哀叫。

我多希望我的不寻常表现能引起关注，可惜除了勘探队不怀好意的眼神外，葡萄采摘工人一个也无，像是闹空城计似的。

"工人都被我辞退了，这里只有我的人。"小朱答。

我当然知道"我的人"代表什么意思，也就是说，即使我喊破喉咙也无人施救。

"华诺还好吗？他受伤的腿上药了没？"我还关心着他。

朱翊安说我是泥菩萨过河，还有余力想别人？他若是我，早哭自己了。

我耐心地解释华诺是贝公馆的客人，迟早要走，和他没有任何利害关系，他找错对象了。

"我本来也想放过那小子，谁知他来了一次又来第二次，这是他自找的，怪不得别人。"

我问他到底在进行什么不法的勾当？神神秘秘的，他很讶异华诺没对我透露半点儿信息。

"哈，我本来以为华诺倒大霉，原来你更是背到家，什么都不知道却跟着陷入泥沼里……"小朱说。

"倒了什么大霉？你把华诺怎么了？"我着急问。

小朱嘿嘿嘿地笑，说我待会儿就能见到心上人，何不亲自问他？

真的？我待会儿就能见到华诺，那个我朝思暮想的人儿？

这次我不再拖拖拉拉，在腿受伤的情况下，尽最大努力迈开步伐。

小朱带我到酿酒的地窖，经过编号 F，他打开一扇门，那是冰冻室。朱翊安曾说。为了将酒的香气和风味最大化，葡萄酒都要经过冰镇的过程，所以需要一间冰冻室。

"你骗人！"我很生气："你说要带我见华诺。"

"少啰嗦！"小朱将我一把推进冰冻室，顺便警告我："省点儿力气，叫也是白叫。"

我试着阻止他关门，但没用，门很快关上并且上锁。

"开门，开开门，"我拍打门板："让我出去，我要见华诺。"

果真如小朱所说，即使喊破喉咙也无人应睬我。

我颓然地坐在地上，万念俱灰。

冰冻室里很冷，好处是我受伤的右腿因此麻痹，疼痛减轻不少；坏处是我只着单薄的一件 T 恤加短裤，此时冷得打哆嗦。

室内也暗的伸手不见五指，我寻思着若是有光源，也许能找件暖身的衣服穿穿……

我沿着墙壁摸索再摸索，皇天不负苦心人，几分钟后，我终于找到开关了。按下后，突来的光亮让我紧闭双眼，再睁开时，眼前的景象让我惊叫出声。

我咬住自己的手指头，阻止自己失控，直到渗出血来，我才发现这不是恶梦一场……

【致《法兰西情人》的读者们】

感谢你们对此书的关注，由于部分读者反映希望看到 Happy Ending，所以从第一百一十一章起，将出现"原味版"及"甜味版"供读者选择。又，"原味版"不见得是悲剧收场，只能说是作者的"不忘初心"。

原味版：请见第 432 页
甜味版：请见第 444 页

《法兰西情人》

《法兰西情人》

第一百一十一章：好奇害死猫（原味版）

我看见一个像华诺的娃娃坐在地板上，他的头、他的发、他的脸、他的身体都被洒上一层薄薄的白霜。

是充气娃娃吧？！原来现在的技术已经可以做到以假乱真，可是……为什么他身上穿的衣服和那天拂袖而去的华诺一模一样？

他穿了华诺的衣服，华诺穿什么？

我怀着戒慎的心走向"他"，"他"盘腿而坐，双手搁在膝盖上，像打坐的僧侣，头往下垂45度。

我慢慢地蹲下去，他的侧脸像华诺一样俊美，眼半开着，睫毛长且密，脸颊像陶瓷娃娃，只是少了血色。

我把手盖在他的手背上，他完全没反应。听说好一点儿的充气娃娃是用硅胶做的，摸起来像人肉，可是眼前的他，手背硬梆梆的，完全没有弹性，可见是质量差的货色。我正想起身，不巧让我瞄到充气娃娃脖子上的痣，不可能的啊！没有人会把充气娃娃做得这么逼真，连痣的位置也一毫不差。

我灵光乍现，华诺，是你吗？我捧起他的脸，脸颊上的些许胡髭告诉我这是个如假包换的真人。

噢，不，不是你，不会是你，华诺……

我拒绝相信这残酷的事实，心中仍怀抱希望，也许华诺尚有一丝气息，遂快速将他扑倒在地，又是心脏按摩，又是人工呼吸，直到意识到自己在做徒劳无功的事，这才抱紧华诺的躯体嚎啕大哭起来。

"你怎么可以这样？"我击打他："你一声不响就走了，叫我怎么办？怎么办？……"

冰冻室里回荡着我的哭声，我不知是哭华诺还是哭自己，也许两者都有吧？！

原来我的好运气也不过尔尔，不但没能扭转华家人早逝的厄运，连自己也搭进去，朝不保夕。

我把华诺半开的眼皮往下扳，让他合眼安息。

"亲爱的，你先到天堂等我，我随后就到。"我在华诺耳边呢喃，然后抱紧他。

我感到越来越冷，像无数只虫子在我身上咬。受伤的右小腿已呈黑紫色，我猜想肯定保不住了，但我不在乎，因为在天堂里，我和华诺各有一双翅膀，想飞到哪儿就飞到哪儿。

爱情不过是一种普通的玩意儿，一点也不稀奇。
男人不过是一件消遣的东西，有什么了不起？
什么叫情？什么叫意？还不是大家自己骗自己。
什么叫痴？什么叫迷？简直是男的女的在做戏……

我轻轻地哼起歌剧《卡门》中的一段，这是我惟一会唱的歌剧，因为有中文版本。

是男人我都喜欢，不管穷富和高低；
是男人我都抛奔，不怕你再有魔力……

唱着唱着，我看见天堂的门打开了，上帝亲自过来迎接我们。祂的背后有不自然的灯光，我以为会是自然光，所以有点儿小失望，但是……Whatever，我和华诺就要离开这个纷扰的世界到无忧无虑的天堂，有什么比这个更激奋人心的？

"华诺，上帝来接我们了，我们一起走，嗯？"我亲吻他的脸，他躺在我怀里，像熟睡的婴儿。

"马依依，吓傻了？"上帝开口，看着像是姜师傅："真服了你，生死关头还唱得出来？"

难道是幻觉？听说在生死过渡期间会有幻觉出现。

"@%, ^%+¥€?......"上帝竟然转头对背后的人说起法语。

看来我不只出现幻觉，还出现幻听，一会儿普通话，一会儿法语。

直到穿白大褂的人走进来将我和华诺分开，我才意识到自己回到了现实，并且获救了。

"你们把华诺带到哪里？"我躺在担架上喊，那两个金头发完全不理睬我。

"孩子，"姜师傅走上前："那男人死了，他们送他上太平间。"

"不，"我拼命摇头："他还没死，赶紧送急诊室。"

姜师傅说该送急诊室的是我，那条腿恐怕保不住了。

我还想说什么，医护人员已经抬着我上救护车。

手术前，医生洋洋洒洒地对我吐出一长串的法语，表情严肃，我以为他正准备截肢......

"医生说你的腿应该保得住，但是......"姜师傅当起翻译，此时的他停顿了一下："你怀孕两、三周了，如果手术打麻药，恐怕孩子会保不住，再不济也会造成胎儿畸形。"

我怀孕了？我竟然怀孕了？难道这是上天的安排？

"告诉医生别打麻药。"我斩钉截铁地说。

"很疼的。"姜师傅提醒我。

我苦笑着说再疼我也经历过，这点儿皮肉痛算得了什么？

姜师傅投来崇敬的眼神，那是给予一位初为人母的敬意，但我不觉得有什么特别之处，做妈妈的不都是把孩子摆在第一位吗？

经过数小时的手术，我的腿终于保住，那真是剥肤之痛，但一想到孩子安全了，痛苦也甘之如饴。

姜师傅说我命大，如果不是跑回贝公馆的马儿烦躁不安，一直在原地打转，让他心生警惕地到华诺房里一探究竟，他不会因此发现华诺的画，也不会发现我不见了。

"如果我晚到一个小时，别说腿了，你恐怕得和华诺共赴黄泉。"

的确，当时的我已经出现失温现象，意识茫然、动作协调性差、身体也出现不由自主的抖动……

我诚心地向救命恩人道谢。

姜师傅说不用谢，那是他的工作。

"其实华诺的画不难理解，只可惜当时的我一门心思在猫眼石上，错过了这张画。"他说。

事情都过去了，我毫无追根究底的精神，但姜师傅还是自顾自地说话，把前因后果都交待了。

原来贝公馆所在的庄园底下有猫眼石矿，就在萄萄园附近，朱翊安盯这个宝贝盯很久了，没想到前庄园主人 M.Mollet 有意将葡萄园夷平改建教堂，这下子人来人往，岂不坏了他的计划？于是小朱在 M.Mollet 的食物里每天滴上一滴水银，造成他慢性汞中毒，再后来 M.Mollet 把庄园卖给贝氏夫妇，小朱便一不做二不休地故技重施。

本来朱翊安的目的是杀人夺物，但贝夫人意外怀孕，让他有了"以子为贵，合法拥有庄园"的想法，所以铲除贝律师成了刻不容缓的事。

"口服水银不是致死的原因，小朱在中药里加入了砒霜……"姜师傅说。

我捂住胸口，难以相信这么骇人的谋杀就出现在眼皮底下。

至于华诺……姜师傅说华诺是"好奇害死猫"，他并不在小朱的"死亡名单"内，可惜华诺发现小朱的"所罗门王宝藏"，后者不得不杀人灭口。

"猜猜贝公馆的猫眼石矿若全部开采出来值多少钱？"姜师傅问。

我摇摇头说自己没概念，于是他给了我一个数字，据说比当今英国女皇的财产还要多。

"贝夫人一定很开心。"我说。

姜师傅说那肯定是，不过她现在最开心的是儿子终于诞生了……

贝夫人生了？总算在一连串恶耗中还有值得庆幸的事。

"的确是件喜事。"姜师傅解释："贝夫人本来想在贝公馆生，无奈婴儿头上脚下，助产士建议上医院生产，现在她和孩子正在楼上的 VIP

病房里。"

原来我和贝夫人近在咫尺。

"华诺呢？他在哪里？"我小心地问。

姜师傅说他已被华夫人接走了。

听华诺已离我远去，悲伤的情绪一下子涌上心头，我不禁流下泪来。

"请节哀顺变。"姜师傅站起身来："我让护士给你换药。"

他走了，我的情绪仍没能转换过来，一样的凄凄惨惨戚戚……

第一百一十二章：久别重逢（原味版完結篇）

我坐轮椅上到五楼，VIP 病房有 100 多平方米大，会客室、卧室、陪护室、厨房、卫浴……一应俱全。

贝夫人正在喂奶，两个乳房肿得非常大，小家伙很结实，鼓着腮帮子拼命吸吮。

"五官很清秀，将来会是个美男子。"我说。

眼前的婴儿不过是个皮肤皱成一团的小动物，但我还是应景地说了赞美的话。

"很会吃，一个晚上哭三、四回，我都睡不好。"贝夫人嘴里抱怨着，但欣喜之情溢于言表。

"取名字了没？"我问。

"取了，叫贝中越，中国的中，越南的越。"

听贝夫人这一说，我无语了。

"等他父亲一出来，"贝夫人把娃儿竖起来拍背，以免呛奶："我们一家就团圆了。"

我不得不说这是全天下最残酷的话语，害人的朱翊安还活着，而我的华诺却再也回不来，贝夫人竟当着我的面描绘一家团圆的温馨画面……

我心怏怏不已，贝夫人忽然叫来护士，嘱咐了几句，后者抱着婴儿离开。

"刚刚是说给儿子听的，给他一点儿希望，你别往心里去。"

贝夫人接着解释，法国虽然没有死刑，但朱翊安罪证确凿，被判终身监禁几乎已成定局。

哼！即使终身监禁也难消除我内心的愤怒与不平。

"我知道你肯定不好受，但事情已经这样了，你只能往前看，然后把孩子抚养成人……"贝夫人说。

姜师傅传话的速度可真快，这世界还有秘密吗？

"说到秘密，那孩子……是华诺的吗？"

贝夫人一出拳，果然击中要害。

"我……不确定。"我低下头去。

医生说孩子有两、三周大，时间往前推，那时我分别和华诺及罗宋都上了床，所以……

"要我是你，绝对一口咬定是华诺的，你想华夫人知道了会有多高兴。华诺这一死，等于断了华家的命脉，你肚里的孩子来的可正是时候。"

孩子若是华家的，那自然是，但如果不是华诺的呢？

"不是华诺的也赖他，"贝夫人斩钉截铁地说："依据我对华夫人的了解，即使孩子长得不像华家人，她也会假戏真做，否则华家诺大的产业难道要捐出去或拱手让人？"

贝夫人想得实际，我却认为有失厚道。

"哎！"她叹了一口气："你的毛病就是太优柔寡断，如果当初不管罗宋，直接和华诺成亲，一切变得多简单。"

是啊！如果当初我没到华堡任家庭教师，就不会认识华诺；如果当初我没醋性大发，就不会把华诺气走；如果当初华诺没被气走，就不会回到猫眼石矿区；如果当初华诺不自投罗网，就不会被小朱逮个正着；如果当初……他现在还生龙活虎着。

我陷入深深的自责当中。

回到病房，我看到一个熟悉的背影。

"你……怎么来了？"我问。

"你的手机停机好几天，我只好上贝公馆了解情况，佣人告诉我，你在这里。"罗宋答。

我将轮椅驶向床边，罗宋扶我上床。

"刚刚你去哪里？"罗宋问。

我告诉他贝夫人生了，也在这家医院。

"噢。"罗宋无话可说。

我也保持沉默。

"要吃苹果吗？"罗宋忽然想到话题："来时的路上，我经过水果店买了几个……"

"不，我不想吃。"

看他有些失望，我遂改口想吃。

罗宋认真地削苹果，想和从前一样，削出一条完整不断的苹果皮，这恰好给我机会，把说不出口的话说出来。

"华诺……死了，我……怀孕了，不知道孩子该姓华还是罗……我的脚保住了，但不可能像以前一样，也许会跛脚……"

罗宋听了不动声色，但却失手让苹果皮断了好几次。

他把削好的苹果递给我："吃，苹果含有锌、镁及钾塩，专家说孕妇每天都该吃三个苹果，这是今天的第一个……"

"罗宋，你听到我说什么吗？"我急了。

"听到了。"他开始削第二个苹果："只要是你的孩子，我视如己出，也不在乎你跛脚，能走就好。"

罗宋越"有容乃大"，我越"自惭形秽"。

我告诉他别再来找我，我想静一静，也许三、五个月，也许更久。

"我是不是说错话了？"他痛苦地问。

我答不是，正因为他没做错事，所以我更不应该利用他的善良。

"我……爱上华诺，虽然他已不在人世，但我的心里都是他，容不下别人……"

说着说着我哭了，罗宋把我拥入怀里，好不容易我才停止哭泣。

"答应我，要好好的，我不再打扰你。"他好脾气地说："如果有一天想起我，请记得给我一个电话，我的手机号永远不变。"

我抬起头来，罗宋对我微笑，那是理解的笑容。

7月28日，我产下热情的狮子座女儿，为她取名马双双。

半年后，我和女儿搬进华堡，因为DNA鉴定显示女儿是华家人，于是"马双双"成了"华双双"。华夫人视她如天上星辰，含在嘴里怕化了，捧在手里怕摔了。

在那单调而重复的日子里，我爱上了插花，因为只有在美丽的国度里，我才能忘却生活里的不美丽；我也爱上了歌剧，请了老师到家里教我唱歌，学会了，我只唱给一个人听，那个人静静地躺在不远处的教堂墓园里……

罗宋信守了他的诺言，一次都没打扰我。

双双六岁时，我带她到巴黎最好的 L'experience de l'ecole 小学面试，因为华堡附近没有好学校。

面试完毕，我们沿着塞纳河边走边聊。

"妈咪，那是什么？"双双指着前方的哥特式建筑问。

"宝贝儿，那是圣母院，钟楼怪人住的地方。"

双双觉得很新奇，非要进去看看，我遂了她的意。

圣母院多年后依旧没变，连烛台摆放的位置也丝毫不差。听说几年前曾有宵小入侵，破坏了几片玫瑰窗，经修复后，从外观上完全看不出异样。

走出圣母院，前面的广场上有许多人摆摊帮人画像，让我想起了罗宋，他……还作画吗？仍留在法国吗？结婚了没？

信步走上爱之锁桥，它就在圣母院旁。此时桥上到处是成双成对的情侣，为了一个浪漫的传说，纷纷在桥上挂上连心锁，以为这样就能生生世世地锁住彼此。

"妈咪，快来看，这里有一个好大的铃铛。"双双喊着。

我走过去，认出那是瑞士牛铃，足足有一个小皮球大，是我看过最大的牛铃。

"双双，那是牛铃，给牛戴的铃铛。"我解释。

女儿蹲在牛铃前注视良久后说："这里还有字，什么马……一天……的。"

我教双双中文，她现在会写自己的名字还有我的名字，所以认出我的姓氏"马"。

我在她身侧蹲了下来，发现牛铃挂在一把琵琶造型的铜锁上，上面有小刀刻的一行小字：罗马不是一天造成的。

这……这不是当年我和罗宋的连心锁吗？那牛铃到底是怎么回事？

我努力回想，终于想起罗宋曾经夸下海口，他说一拿到华夫人给的做画钱，会买一个最大的牛铃送我……

原来这就是当年的承诺。

我带双双上 13 区的中国城吃中国饭，好久没来，不知哪家好吃，正当我犹豫不决时……

"妈咪，那里有你的名字。"双双指着前方的银色招牌，上面写着"依依小厨"。

我牵着双双的小手走过去，那是家非常雅静的广东菜馆，有白色桌布、黑色沙发及带花小窗，和传统中国饭馆的大红大绿兼吵杂景象有所不同。

"夫人，用餐吗？"门口那个好有礼貌的男孩问。

我答是。

男孩推开像海一样蓝的玻璃门，我听到清脆的铜铃声，原来门上挂了一个小巧的牛铃……

我吃着美味的广式菜肴，像回到了从前，曾经在巴黎的小公寓里，有一个男人为我洗手做羹汤……

我把侍应生叫过来，问："厨子是从中国来的？"

"我们的老板是法国留学生，他本身就是餐厅主厨，每天一大早到市场采买最新鲜的食材，我们的'依依小厨'已经连续三年获得巴黎最佳中国餐厅的美誉。"侍应生骄傲地说。

我忽然有股冲动，想进后厨见那位法国留学生一面，但最后还是被理性克制住，也许"不见"才是最好的安排。

买单走出"依依小厨"，我的脑子还浑浑噩噩，感觉很不真实。

"Excuse-moi." 我听到熟悉的声音。

噢，不，别回头，回头又是千丝万缕的牵绊。

双双却回头了，她小声地说："妈咪，那是我的 Hello Kitty。"

哎！一定是匆忙间把玩偶遗留在餐厅内。

"乖，妈咪另外买一个给你。"

我牵起她的手，想做脱逃的士兵，然而背后的足音还是急促地向我走来，难道这是命运的安排？

"Excuse-moi." 这次我清楚地听见是罗宋的声音。

我放慢了脚步，心像钟摆，摇摆不定。

踌躇了一会儿，我终于握紧双双的小手转身过去……

"是你？依依。" 罗宋拎着 Hello Kitty 站在风中。

"是我，罗宋。" 我答。

罗宋对我微笑，那是久别重逢的笑容。

（全书完）

《法兰西情人》

《法兰西情人》

第一百一十一章：好奇害死猫（甜味版）

我看见一个像华诺的娃娃坐在地板上，他的头、他的发、他的脸、他的身体都被洒上一层薄薄的白霜。

是充气娃娃吧？！原来现在的技术已经可以做到以假乱真，可是……为什么他身上穿的衣服和那天拂袖而去的华诺一模一样？

他穿了华诺的衣服，华诺穿什么？

我怀着戒慎的心走向"他"，"他"盘腿而坐，双手搁在膝盖上，像打坐的僧侣，头往下垂45度。

我慢慢地蹲下去，他的侧脸像华诺一样俊美，眼半开着，睫毛长且密，脸颊像陶瓷娃娃，只是少了血色。

我把手盖在他的手背上，他的手挪动了一下。

"华诺，是你？"我喜出望外："原来你一直在这里，我们找你找得好辛苦。"

华诺抬起头来注视我良久，仿佛不认识似的。

"华诺，我是依依。"我提醒他。

"依依？"他一脸茫然："我这是在做梦吗？"

我告诉他不是梦，我确确实实存在，他这才松了一口气。

"你怎么在这里？"他忽然想起。

"为了救你，我被小朱抓到这里。"我解释。

他看了一眼我受伤的腿，心中了然。

华诺说他不是一直待在冰冻室里，今天才从小朱的办公室移监到这里，因为小朱抱怨他受伤的腿已经发出恶臭……

"没事的，"我安慰他："等我们出去，医生能把你的腿治好，我们还能一起晨跑、骑马。"

华诺苦笑，他说他已经不抱任何希望，在诺大的庄园里，谁会想到我们被关在一个小小的冰冻室里？

"我们很快会因身体失温而死亡。"他说。

"不会的，"我摇头："你一定要有信心，我们会出去、会结婚、会生一堆小孩天天绕着我们打转……"

"依依，"他将我拥入怀里："我猜自己出现了幻觉，你并不真实存在，但我很高兴死前还有你作伴，不致孤独地死去。"

别，别死，我开始搓揉他的身体，想让他暖和起来。

"华诺，唱歌给我听，快，我想听《罗密欧与茱丽叶》。"我得转移华诺的注意力。

碍于我的请求，他有气无力地开口唱着，在空荡荡的冰冻室里更显悲悽……

我感到越来越冷，像无数只虫子在我身上咬。受伤的右小腿已呈黑紫色，我猜想肯定保不住了，但我不在乎，因为在天堂里，我和华诺各有一双翅膀，想飞到哪儿就飞到哪儿。

爱情不过是一种普通的玩意儿，一点也不稀奇。
男人不过是一件消遣的东西，有什么了不起？
什么叫情？什么叫意？还不是大家自己骗自己。
什么叫痴？什么叫迷？简直是男的女的在做戏……

我轻轻地哼起歌剧《卡门》中的一段，这是我惟一会唱的歌剧，因为有中文版本。

华诺已经唱不动了，他气若如丝，只好由我唱给他听。

是男人我都喜欢，不管穷富和高低；
是男人我都抛奔，不怕你再有魔力……

唱着唱着，我看见天堂的门打开了，上帝亲自过来迎接我们。祂的背后有不自然的灯光，我以为会是自然光，所以有点儿小失望，但是……

Whatever，我和华诺就要离开这个纷扰的世界到无忧无虑的天堂，有什么比这个更激奋人心的？

"华诺，上帝来接我们了，我们一起走，嗯？"我亲吻他的脸，他躺在我怀里，像熟睡的婴儿。

"马依依，吓傻了？"上帝开口，看着像是姜师傅："真服了你，生死关头还唱得出来？"

难道是幻觉？听说在生死过渡期间会有幻觉出现。

"@%, ^%+¥€?......"上帝竟然转头对背后的人说起法语？

看来我不只出现幻觉，还出现幻听，一会儿普通话，一会儿法语。

直到穿白大褂的人走进来将我和华诺分开，我才意识到自己回到了现实，并且获救了。

"你们把华诺带到哪里？"我躺在担架上喊，那两个金头发完全不理睬我。

"孩子，"姜师傅走上前来："你们两个都得送急诊室。"

我还想说什么，医护人员已经抬着我上救护车。

手术前，医生洋洋洒洒地对我吐出一长串的法语，表情严肃，我以为他正准备截肢......

"医生说，你的腿应该保得住，但是......"姜师傅当起翻译，此时的他停顿了一下："你怀孕两、三周了，如果手术打麻药，恐怕孩子保不住，再不济也会造成胎儿畸形。"

我怀孕了？我竟然怀孕了？难道这是上天的安排？

"告诉医生别打麻药。"我斩钉截铁地说。

"很疼的。"姜师傅提醒我。

我苦笑着说再疼我也经历过，这点儿皮肉痛算得了什么？

姜师傅投来崇敬的眼神，那是给予一位初为人母的敬意，但我不觉得有什么特别之处，做妈妈的不都是把孩子摆在第一位吗？

经过数小时的手术，我的腿终于保住，那真是剥肤之痛，但一想到孩子安全了，痛苦也甘之如饴。

姜师傅说我命大，如果不是跑回贝公馆的马儿烦躁不安，一直在原地打转，让他心生警惕地到华诺房里一探究竟，他不会发现华诺的画，也不会发现我不见了。

"如果我晚到一个小时，别说腿了，你恐怕得和华诺共赴黄泉。"

的确，当时的我已经出现失温现象，意识茫然、动作协调性差、身体也出现不由自主的抖动……

我诚心地向救命恩人道谢。

姜师傅说不用谢，那是他的工作。

"其实华诺的画不难理解，只可惜当时的我一门心思在猫眼石上，错过了这张画。"他说。

事情都过去了，我毫无追根究底的精神，但姜师傅还是自顾自地说话，把前因后果都交待了。

原来贝公馆所在的庄园底下有猫眼石矿，就在葡萄园附近，朱翊安盯这个宝贝盯很久了，没想到前庄园主人 M.Mollet 有意将葡萄园夷平改建教堂，这下子人来人往，岂不坏了他的计划？于是小朱在 M.Mollet 的食物里每天滴上一滴水银，造成他慢性汞中毒，再后来 M.Mollet 把庄园卖给贝氏夫妇，小朱便一不做二不休地故技重施。

本来朱翊安的目的是杀人夺物，但贝夫人意外怀孕，让他有了"以子为贵，合法拥有庄园"的想法，所以铲除贝律师成了刻不容缓的事。

"口服水银不是致死的原因，小朱在中药里加入了砒霜……"姜师傅说。

我捂住胸口，难以相信这么骇人的谋杀就出现在眼皮底下。

至于华诺……姜师傅说华诺是"好奇害死猫"，他原来不在小朱的"死亡名单"内，可惜华诺发现小朱的"所罗门王宝藏"，后者不得不杀人灭口。

"猜猜贝公馆的猫眼石矿若全部开采出来值多少钱？"姜师傅问。

我摇摇头说自己没概念，于是他给了我一个数字，据说比当今英国女皇的财产还要多。

"贝夫人一定很开心。"我说。

姜师傅说那肯定是，不过她现在最开心的是儿子终于诞生了……

贝夫人生了？真是太好了。

"的确是件喜事。"姜师傅解释："贝夫人本来想在贝公馆生，无奈婴儿头上脚下，助产士建议上医院生产，现在她和孩子正在楼上 VIP 病房里。"

原来我和贝夫人近在咫尺。

"华诺呢？他在哪里？"我小心地问。

姜师傅说他和我在同一层楼里

"华诺的腿已坏死，医生不得不截肢。"姜师傅告诉我恶耗。

想到华诺是多么爱运动，没了右小腿，他会多伤心、难过？！我不禁流下泪来。

"没什么比能够活下来更值得庆幸的了。"姜师傅站起身来："我让护士给你换药。"

他走了，我的情绪仍没能转换过来，一样的凄凄惨惨戚戚……

第一百一十二章：幸福满溢（甜味版完結篇）

我坐轮椅到走廊尽头的观察室，华诺刚截完肢，需要观察 24 小时。

护士告诉我，患者正在上药，至少得半小时。

于是我轮椅一转，上到五楼。那里的 VIP 病房有 100 多平方米大，会客室、卧室、陪护室、厨房、卫浴……一应俱全。

贝夫人正在喂奶，两个乳房肿得非常大，小家伙很结实，鼓着腮帮子拼命吸吮。

"五官很清秀，将来会是个美男子。"我说。

眼前的婴儿不过是个皮肤皱成一团的小动物，但我还是应景地说了赞美的话。

"很会吃，一个晚上哭三、四回，我都睡不好。"贝夫人嘴里抱怨着，但欣喜之情溢于言表。

"取名字了没？"我问。

"取了，叫贝中越，中国的中，越南的越。"

听贝夫人这一说，我无语了。

"等他父亲一出来，"贝夫人把娃儿竖起来拍背，以免呛奶："我们一家就团圆了。"

我不得不说这是全天下最残酷的话语，害人的朱翊安还四肢健全，而我的华诺却少了一条腿，贝夫人竟当着我的面描绘一家团圆的温馨画面……

我心怏怏不已，贝夫人忽然叫来护士，嘱咐了几句，后者抱着婴儿离开。

"刚刚是说给儿子听的，给他一点儿希望，你别往心里去。"

贝夫人接着解释，法国虽然没有死刑，但朱翊安罪证确凿，被判终身监禁几乎已成定局。

哼！即使终身监禁也难消除我内心的愤怒与不平。

"我知道你肯定不好受，但事情已经这样了，你只能往前看，然后把孩子抚养成人……"贝夫人说。

姜师傅传话的速度可真快，这世界还有秘密吗？

"说到秘密，那孩子……是华诺的吗？"

贝夫人一出拳，果然击中要害。

"我……不确定。"我低下头去。

医生说孩子有两、三周大，时间往前推，那时我分别和华诺及罗宋都上了床，所以……

"要我是你，绝对一口咬定是华诺的，你想华夫人知道了会有多高兴，你肚里的孩子来的正是时候。"

孩子若是华家的，那自然是，但如果不是华诺的呢？

"不是华诺的也赖他，这事只有你知道，你不说，谁会怀疑孩子的父亲是谁？"

贝夫人想得实际，我却认为有失厚道。

"哎！"她叹了一口气："你的毛病就是太优柔寡断，如果当初不管罗宋，直接和华诺成亲，一切变得多简单。"

是啊，如果当初我没到华堡任家庭教师，就不会认识华诺；如果当初我没醋性大发，就不会把华诺气走；如果当初华诺没被气走，就不会回到猫眼石矿区；如果当初华诺不自投罗网，就不会被小朱逮个正着；如果当初……他现在也不会少了一条腿。

我陷入深深的自责当中。

我想轻轻地走过去，不吵醒紧闭双眼的他，然而轮椅滑动的声音还是太大，华诺睁开了双眼。

"你来了。"他说。

"嗯，"我握紧他的手："你好吗？"

"很好，"华诺苦笑："除了少了一条腿之外。"

我怕他有负面情绪，赶紧告诉他，南非有个著名的残疾运动员 Oscar Pistorius，他被誉为"刀锋战士"，是残奥会赛跑冠军，跑步速度之快，连正常人也望尘莫及。

"听说现在最好的假肢是钛合金做的，既轻便又灵活，除了没有触觉外，几乎和正常的肢体一样。"我说。

"好，就用它，"华诺很豪爽："我等不及跑步、骑马及做其他运动。"

我松了一口气，原以为骄傲的华诺从此会一蹶不振，没想到他乐观的很，让我又燃起了希望。

"你的腿好吗？"他转而问我。

我答很好，因为手术及时，腿总算保住了，只是没打麻药，当医生切开皮肤时，我还能感受到骨和肉分离的滋味……

"为什么不打麻药？"华诺问。

"因为……"我抬眼看毫不知情的华诺，不知该不该诚实回答。

"怎么了？"

我摇摇头保持沉默。

"浩劫归来，没有什么承受不住的。"华诺给我吃定心丸。

于是我告诉他自己怀孕了。

他听了很开心，但见我一脸愁容，聪明如他，心中必是了然。

"他是我们的孩子，不论……我视如己出。"

噢，华诺，你如此大度叫我如何是好？

华诺亲吻我额头，说："在冰冻室里，我曾暗自发誓，只要能活着出去，我要和你白头偕老，不管沧海桑田……"

我拥住华诺的躯体，感动的无以复加。

啊！我的确是上帝的宠儿，遇上这么优秀又爱我的男人。

回到病房，我看到一个熟悉的背影。

"你……怎么来了？"我问。

"你的手机停机好几天，我只好上贝公馆了解情况，佣人告诉我，你在这里。"罗宋答。

我将轮椅驶向床边，罗宋扶我上床。

"刚刚你去哪里？"罗宋问。

我告诉他贝夫人生了儿子，就在这家医院，华诺也在这儿，他刚截完肢，所以我分别去探望他们。

"噢。"罗宋无话可说。

我也保持沉默。

"要吃苹果吗？"罗宋忽然想到话题："来时的路上，我经过水果店买了几个……"

"不，我不想吃。"

看他有些失望，我遂改口想吃。

罗宋认真地削苹果，想和从前一样，削出一条完整不断的苹果皮，这恰好给我机会，把说不出口的话说出来。

"我……怀孕了，不知道孩子该姓华还是罗；……我的腿保住了，但不可能像以前一样，也许会跛脚……"

罗宋听了不动声色，但却失手让苹果皮断了好几次。

他把削好的苹果递给我："吃，苹果含有锌、镁及钾塩，专家说孕妇每天都该吃三个苹果，这是今天的第一个……"

"罗宋，你听到我说什么吗？"我急了。

"听到了。"他开始削第二个苹果："只要是你的孩子，我视如己出，也不在乎你跛脚，能走就好。"

罗宋越"有容乃大"，我越"自惭形秽"。

我告诉他别再来找我，我想静一静，也许三、五个月，也许更久。

"我是不是说错话了？"他痛苦地问。

我答不是，正因为他没做错事，所以我更不应该利用他的善良。

"我……爱上华诺，虽然他少了一条腿，但我的心里都是他，容不下别人……"

说着说着我哭了，罗宋把我拥入怀里，好不容易我才停止哭泣。

"答应我，要好好的，我不再打扰你。"他好脾气地说："如果有一天想起我，请记得给我一个电话，我的手机号永远不变。"

我抬起头来，罗宋对我微笑，那是理解的笑容。

7 月 28 日，我产下热情的狮子座女儿，为她取名华双双，我们全家视她如稀世珍宝。

在那单调而重复的日子里，我爱上了插花，让家里花海一片；我也爱上了歌剧，请了老师到家里教我唱歌，学会了，我唱给华诺和小 Baby 听。

有时华诺也会和我对唱，双双便在旁咿咿呀呀地应和着……
罗宋信守了他的诺言，一次都没打扰我。

双双六岁时，我和华诺带她到巴黎最好的 L'experience de l'ecole 小学面试，因为华堡附近没有好学校。

面试完毕，我们沿着塞纳河边走边聊。

"妈咪，那是什么？"双双指着前方的哥特式建筑问。

"宝贝儿，那是圣母院，钟楼怪人住的地方。"

双双觉得很新奇，非要进去看看，我们遂了她的意。

圣母院多年后依旧没变，连烛台摆放的位置也丝毫不差。听说几年前曾有宵小入侵，破坏了几片玫瑰窗，经修复后，从外观上完全看不出异样。

走出圣母院，前面的广场上有许多人摆摊帮人画像，让我想起了罗宋，他……还作画吗？仍留在法国吗？结婚了没？

我们带双双上 13 区的中国城吃中国饭，好久没来，不知哪家好吃，正当我们犹豫不决时……

"妈咪，那里有你的名字。"双双指着前方的银色招牌，上面写着"依依小厨"。

我教双双中文，她现在会写自己的名字还有我的名字，所以认出"依依"二字。

我们牵着双双的小手走过去，那是家非常雅静的广东菜馆，有白色桌布、黑色沙发及带花小窗，和传统中国饭馆的大红大绿兼吵杂景象有所不同。

"您好，用餐吗？"门口那个好有礼貌的男孩问。

"是的。"我答。

男孩推开像海一样蓝的玻璃门……

我吃着美味的广式菜肴，像回到了从前，曾经在巴黎的小公寓里，有一个男人为我洗手做羹汤……

我把侍应生叫过来，问："厨子是从中国来的？"

"我们的老板和老板娘是法国留学生，老板还兼主厨，每天一大早到市场采买最新鲜的食材，我们的'依依小厨'已经连续三年获得巴黎最佳中国餐厅的美誉。"侍应生答。

我忽然有股冲动，想进后厨见那位法国留学生一面，但最后还是被理性克制住，也许"不见"才是最好的安排。

华诺到柜台买单，我看到收银员是个气质绝佳的女性，她的小腹微突，似有身孕。

"几个月了？"我问。

她抚着突起的肚皮，说："才三个月，老公不让我收银，怕动了胎气。"

我说她有个好老公，她同意。

"我老公是美术学院的高材生，这餐厅就是他设计装修的，连我们贷款买的小公寓也是由他一手包办，朋友们都说他让老房子重生了。"她一脸骄傲地说。

知道罗宋有了美丽的妻子和幸福的生活，我内疚的心终于可以放下。

"怎么了？从餐厅出来，你脸上一直带着《蒙娜丽莎的微笑》。"华诺问我。

我笑而不语，原来这就是蒙娜丽莎之所以微笑的原因，我无意间解开了历史悬案。

"爹地，"双双趴在宠物店的玻璃窗上："能不能给我买小狗？"

玻璃窗内是只黑白相间的法国斗牛犬，体型很小，大概只有几个月大，表情非常逗趣，正冲着我们全家摇头摆尾。

"买吗？maman。"华诺跟着双双喊我"妈妈"。

想起华堡有数十匹骏马当我和华诺的宠物，而双双却没有。

我对女儿说，只要她答应不会因为跟狗玩而忘了写作业，她就能带走一只。

双双欢呼一声，冲进宠物店里……

夕阳西下，我们一家人坐在 VEYRON 里，往华堡的方向驶去。

CD Player 传来欢快的旋律，后座的双双抱着新买的小狗说稚气的话。

华诺自信地开着车，钛合金做的右腿非常灵活地踩着踏板，一点儿也没有违和感。趁着等绿灯的空档，他用手指轻敲驾驶盘，一长两短，代表今晚他想和我做爱。

我看了一眼后座的双双，她正和小狗玩得愉快，没注意到华诺的暗号。

"可以吗？"华诺小声问。

"嗯。"我红了脸。

华诺对我微笑，那是幸福满溢的笑容。

（全书完）